傅寒舟想把自己一直装成一只羊,这样骗下去。

因为他太想得到这颗糖了。

第一章　投喂计划　……001

第二章　我的生日分你一半　……029

第三章　我只有你　……056

第四章　真成"弟弟"了　……090

第五章　从我家里滚出去　……113

第六章　"男人心"，海底针　……148

第七章　去找他　……177

第八章　转学 …… 210

第九章　睡在我上铺的兄弟 …… 235

第十章　取暖费 …… 266

第十一章　元旦旅行 …… 288

第十二章　满是虫子的世界 …… 309

番外一　你是我的糖 …… 333

番外二　「傅船船」赖床记 …… 338

To
get
light

"以后晚上抱着熊睡,
每天给它换一身衣服,
就相当于每天都有只熊陪着你睡,
多棒的体验,心动不?"

"嗯。"

Chapter 01
投喂计划

你叫什么名字?
咱们以后可以做朋友。

　　就很突然,苏云景穿书了。他穿越进一本叫《星光璀璨》的言情小说里。

　　苏云景没看过这本小说,还是穿来之后系统把剧情塞进了他的脑子。

　　都说言情小说中的男主角是给女主角爱的,男二号是给读者爱的。《星光璀璨》这本小说,就有一个惹得读者心肝脾胃肾都疼的"病娇偏执男配",叫傅寒舟。苏云景这次穿书的任务就是感化傅寒舟。

　　系统:"希望宿主能让傅寒舟感受到人间有真情,人间有真爱,人间还有个苏云景。"

　　苏云景:"……"

　　这话怎么感觉怪怪的?

　　被系统莫名其妙拽进这本小说之前,苏云景出车祸死了。能进入小说以另一种方式延续生命,苏云景想了想觉得挺值,就同意了这次任务。

　　小说里傅寒舟的命运很惨,他母亲怀着他的时候跟他爸闹翻,之后独自把他生了下来。她还患有遗传性精神病,病情时好时坏,经常打骂傅寒舟。再加上傅寒舟遗传了母亲的病,所以性格偏执。直到遇

001

见女主角,他就像被人拴上了链子,只对女主角温顺忠诚。

像傅寒舟这种感情专一且身世凄楚的人设非常惹人喜欢,就连苏云景这个大男人看完整本书,也觉得他挺惨的。

而傅寒舟现在才七岁,系统把苏云景送回到了傅寒舟的童年。教育要从娃娃抓起,这一点儿毛病都没有,有毛病的是系统把苏云景也变成了一个八岁的娃娃。

看着不远处唇红齿白的小男孩儿,苏云景微微挑了一下眉。这个人就是他的目标——傅寒舟。

傅寒舟坐在树下,碎金般的阳光被那棵百年老槐树切割成千万道,在他身上投下了斑驳的光影。虽然身上穿着不合身的破旧衣服,但仍旧难掩他出色的样貌,粉雕玉琢的,比小女孩儿还要秀气漂亮。

两个月前傅寒舟的母亲因为病情加重去世,她死后傅寒舟就被送到了孤儿院。

系统给苏云景安排的身份非常巧妙,他家就住在孤儿院对面的筒子楼里。就地理位置来说,苏云景占了很大的优势。

孤儿院其他小朋友在小游乐场玩滑梯,就傅寒舟一个人坐在树荫下画画。看着落单的小家伙,苏云景走上前。

一颗奶糖突然出现在眼前,傅寒舟慢慢抬起眼皮。

苏云景近距离一看,才发现傅寒舟是真的好看,五官精致漂亮,就像包裹在布帛里的一块润玉。

出于对美好事物的欣赏,苏云景笑容越发温和友好:"吃糖吗?"

傅寒舟看着苏云景,黑黢黢的眼睛里渗着寒意,他拿过苏云景手里的奶糖,然后扔了出去。

傅寒舟扔了糖低头继续画画,一点儿要搭理苏云景的意思都没有。

苏云景没有跟小孩子打交道的经验,傅寒舟这个反应超出他的意料,不由得愣了愣。

想起傅寒舟的成长经历,苏云景觉得事情有点儿难搞。捡起了地上的糖,苏云景问傅寒舟:"你不喜欢吃糖吗?"

傅寒舟没理他。

苏云景不死心："你叫什么名字？咱们以后可以做朋友。"

傅寒舟眼皮都没抬一下。

傅寒舟很瘦小，露出的那截雪白脖颈，似是白玉雕刻而成。

苏云景看着傅寒舟后颈的那层细小绒毛，内心一时有些复杂。

"明明，回家了。"远处一个清秀的女人喊苏云景。

这人是原主的妈妈宋文倩，今天他们母子俩到孤儿院是来捐赠旧衣服的。

交友失败的苏云景，只能先回去从长计议。

第二天放了学，苏云景在宋文倩的监督下，写完了一年级的作业。

苏云景用自己还不太适应的奶音说："妈妈，我想下去玩一会儿。"

原主的身体非常不好，一年三百六十五天有三分之一的时间是在医院度过的。

见苏云景想出去玩，宋文倩从厨房走出来哄他："妈妈给你打开电视，找个动画片看，好不好？"

苏云景央求说："我不乱跑，就想跟楼下的小朋友玩一会儿，就一小会儿。"

宋文倩不好扫他的兴："那……那不舒服赶紧回来。"

苏云景赶忙点了点头："嗯。"

得到宋文倩的应允，苏云景拿了一块蛋糕去对面孤儿院找傅寒舟。

今天的傅寒舟还是孤零零地坐在树下画画，既不跟其他小朋友玩，也不跟他们说话。

苏云景先去滑梯那边给其他小朋友发了糖，跟他们打听了一下傅寒舟的情况。

这里最大的孩子有十岁了，已经能跟大人正常沟通，苏云景听着他们七嘴八舌地说有关傅寒舟的事。

傅寒舟在孤儿院的风评非常不好，这里没一个孩子喜欢他。

苏云景叹了口气，小家伙在这样的环境下长大，难免会全身带刺。

傅寒舟正在树下画画，说是画纸其实是小学生练习本，正面已经写满了字，所以孤儿院的老师才给了傅寒舟，让他在背面画画。水彩笔是傅寒舟自己带来的，很多颜色都不能用了。

一道阴影投到了画纸上，傅寒舟一抬头就看见了昨天给他糖的男孩儿。

苏云景笑着问："你吃蛋糕吗？"

傅寒舟跟昨天一样高冷，继续画画，压根儿不理苏云景。

苏云景撕开了蛋糕的包装，里面是一块松软的戚风蛋糕，中间夹了点儿奶油。苏云景掰下了一块，诱惑道："很甜也很香，你吃吗？"

看见傅寒舟卷长浓密的睫毛很明显地动了一下，苏云景猜测他应该是饿了。

苏云景跟其他小朋友打听过，孤儿院吃饭的规矩是先到先得，但傅寒舟吃饭不积极，每次都是最后一个吃，孤儿院准备的饭菜并不多，所以苏云景猜测他应该吃不饱。

"给你。"苏云景把蛋糕递到了傅寒舟面前。

傅寒舟冷冷地拍开了苏云景的手。苏云景一时没反应过来，手一松，蛋糕掉到了地上。蛋糕在地上滚了一圈，沾上不少土。

看着自己手背上的巴掌印，苏云景不禁感叹了一句——果然是要长成有偏执型人格的男人，才七岁就这么难搞！

两次失败的教训让苏云景总结出了经验，送吃的这招儿对傅寒舟不管用。回去之后苏云景就调整了策略，送礼嘛，讲究的是投其所好。

当天晚上，苏云景打开了小金猪存钱罐，然后从里面掏出了十个硬币。第二天上学，苏云景斥八块钱巨资，给傅寒舟买了一盒彩笔。

书中对孤儿院的描写很少，虽然只有寥寥几笔，但这里的世界观很完善。这个时候国家的经济还没有发展起来，县城的消费能力有限，工资跟物价都不高，所以八块钱对一个小孩儿来说是笔巨款了。放了学苏云景就拿着那盒彩笔去了孤儿院。

怕傅寒舟会拒绝，这次苏云景将画笔塞进傅寒舟怀里就走了，跑了七八步后，他才回头去看傅寒舟。

"送你的，希望能跟你成为朋友。"苏云景朝傅寒舟挥了挥手，"明天见。"

傅寒舟拿着那盒彩笔，看着苏云景的背影，黑白分明的眼睛动了动。

苏云景觉得这个礼物送到了傅寒舟心坎里，毕竟画画是傅寒舟唯一的精神寄托。等苏云景隔天再去孤儿院，傅寒舟的举动就印证了他的想法，因为对方送了他一个文具盒。

苏云景接过文具盒，眼睛带了些笑意："这是送我的？"

文具盒很破旧，应该是孤儿院接收的捐赠品。

傅寒舟没说话，只是看着苏云景。他的眼睛很黑，像是墨水一样，盯着人看时，说实话，是有点儿瘆人的。但苏云景被他回赠礼物的行为冲昏了头脑，并没有不适的感觉。

文具盒有一定的重量，里面应该是藏了东西。

苏云景打开了铁盒子，看见里面的东西后笑容僵在了脸上——是一只死老鼠。

嗯……就，很别致，别致到让心理年纪二十三岁的苏云景感到头皮阵阵发麻。

傅寒舟那张稚嫩的脸在夕阳的映衬下带着不符合年纪的冷漠。他直勾勾地盯着苏云景，见苏云景的神情从惊讶到平静，最后是无奈。

苏云景默默合上了文具盒的盖子，扯出一个勉强的笑容："谢谢你的礼物，我们小区有很多野猫，我把它带回去喂猫。"

这里面的东西，他确实挺恶心的。但他到底是二十多岁的成年人，不会真生傅寒舟的气，只是有点儿担心傅寒舟的心理状况。毕竟没有哪个七岁孩子有这样的"奇思妙想"，往文具盒里装只毛毛虫应该就是极限了。

傅寒舟没料到苏云景会是这个反应，他愣了一下，不过很快又恢复了冷漠，将苏云景昨天送他的彩笔冷冷地扔了过去。

苏云景也不生气。他捡起彩笔，坐到了傅寒舟旁边，问："这是你弄的？"

傅寒舟抬起漂亮的眼睛看着苏云景："嗯。"

苏云景扯了扯嘴角："你不怕它咬你吗？"

傅寒舟没说话。苏云景以为他不会再搭腔时，傅寒舟突然说："屋子里有很多。"

傅寒舟其实很爱干净，但孤儿院的条件不允许他有洁癖，他的房间里有很多老鼠，他没事就会抓。这也是其他小朋友不喜欢他的原因之一，就连幼儿园的老师都觉得傅寒舟有点儿瘆人。

反应过来傅寒舟在说什么，苏云景浑身不舒服。

这家孤儿院规模不大，收养的孩子也就二十几个，因为不太出名，所以捐赠善款的人很少，只能靠政府拨款维持。不过衣物倒是不缺，附近小区的居民总爱往这里送不穿的衣服鞋子。

苏云景实在没想到傅寒舟的住宿条件这么差。看着远处玩滑梯的孩子们，他心里一酸。现在的他只有八岁，没钱、没权、没影响力，没能力为孤儿院这些孩子做什么，给傅寒舟买个蛋糕都得花原主的零花钱。

苏云景回家之后求宋文倩，让她跟有关部门打个电话，反映一下孤儿院的情况。

宋文倩是个母亲，还是个生病孩子的母亲。原主的病情不容乐观，所以她没有时间也没有精力，把自己的母爱放到其他孩子身上，她能做的也就是打个电话而已。

她能打这通电话，苏云景已经很感激了。

等宋文倩挂下电话，苏云景说："妈，我想奶奶了，我能不能跟奶奶通个话？"

宋文倩轻轻地拧了一下苏云景的耳朵，笑着骂他："你姥姥算白疼你了。"

苏云景心想：对不起，这碗水他没有端平。

"给奶奶打完电话,我再给姥姥打。"苏云景连忙补救了一句。

宋文倩捏了捏他的脸,然后将手机递给了苏云景:"还算你有良心。"

原主从小体弱多病,而且乖巧懂事,所以很招家里长辈的喜爱。

苏云景给原主奶奶打电话,是想让她跟孤儿院反映一下孩子宿舍有老鼠这个问题。

他特意看了看孤儿院的办公室电话,把号码报给了原主奶奶。

等过几天苏云景再给原主姥姥、大姑、小姨打了一遍电话,让她们帮着催孤儿院解决问题。苏云景没其他办法,一个八岁的孩子只能动员家里人。

第二天是周六,苏云景上午写作业,下午陪着宋文倩看电视剧。傍晚的时候趁着宋文倩做饭,苏云景又从储钱罐里掏了几个硬币。

苏云景买了几根火腿肠,在孤儿院的宿舍周围将火腿肠掰碎了到处撒。他希望晚上有野猫来吃火腿肠时,顺便把这些老鼠也给吃了。

苏云景的举动吸引了傅寒舟的注意。他看着苏云景拿着火腿肠丢来丢去。

察觉到傅寒舟的视线,苏云景朝他看去。

傅寒舟的眼睛又黑又亮,还带着一丝不近人情的冷意。苏云景捉摸不透他在想什么。

"想吃火腿吗?"苏云景善意地打了个招呼。

傅寒舟移开眼睛,没理苏云景。

苏云景不再自讨没趣,继续干手里的活儿。

晚上宋文倩给家里人改善伙食,做了一道醋熘鱼,还炖了半只鸡。

原主爱吃鱼,所以宋文倩买了一条大鱼。苏云景见鱼剩下不少,想了想,最终还是从橱柜翻找出饭盒。

傅寒舟现在的体质很差,明显比同龄人瘦小很多,这是长期营养不良造成的,如果情况允许,他想投喂傅寒舟。

苏云景从家里出来时已经晚上七点了,但现在昼长夜短,所以天还很亮。

树荫下坐着许多纳凉的人，苏云景一路打着招呼走到了对面的孤儿院。

他打听过了，孤儿院六点半开饭，七点孩子们就能吃完。但傅寒舟作为食物链的最底层，抢饭经验不如那些从小在这里生活的孩子，所以总是吃剩饭。

孤儿院的伙食不太好，一个星期只有周五跟周日能开荤。因为任务在身，苏云景自然是偏心傅寒舟的，所以只给他一个人带了饭。但他心里多少觉得对不起其他孩子，于是路过商店时买了糖，回去发给他们。

苏云景发糖时问了问老鼠的情况，想看看他昨天的措施有没有见效。

苏云景兜里还揣着几根火腿肠，如果真能招来野猫抓老鼠，他准备今天再撒点儿。不过就算招不来猫也没事，起码老鼠吃饱了就不会去屋里找食儿吃。

不少孩子表示睡觉时听见了猫叫，至于老鼠弄出来的动静他们都习以为常了。

苏云景听得心里多少有些不是滋味，把口袋里的糖都拿出来了。

傅寒舟还在老地方一个人画画。苏云景看着不合群的小家伙，有些头疼地走上前。

傅寒舟的眉眼淹没在斑驳的树影里，浅色的唇紧紧地抿着，从过大的衣领里可以清晰地看见他的锁骨以及消瘦的肩背。因为他太瘦了，线条尖锐得让人揪心。

苏云景蹲到他面前打开了饭盒："我从家里带了饭给你，有鱼跟土豆。"

宋文倩做了鸡肉炖土豆，鸡肉都吃完了只剩下土豆，土豆被炖得软烂，入口绵糯，汤汁浓稠，正好可以拌饭吃。

傅寒舟晚饭没吃饱，闻到香味儿，喉头不由得滚了滚。但他没抬头,他不想吃苏云景带来的饭,更不想跟他做朋友。

见眼前的人稳如泰山,苏云景问他:"你不饿吗?"

傅寒舟神情冷冷的,年纪虽小,气势却很足,说了句:"不关你的事!"

苏云景一愣,从傅寒舟漂亮的眼睛里看见了厌恶。他忍不住摸了摸自己婴儿肥的脸,有一说一,他照镜子的时候,觉得原主长相挺可爱的,不至于招人烦。

苏云景还在消化傅寒舟对他的厌恶,远处跑过来一个圆墩墩的小男孩儿。小男孩儿是幼儿园里年纪最大的孩子,他的糖吃完了,于是厚着脸皮跑过来,想问苏云景还有没有糖。

看见苏云景带过来的鱼,小男孩儿的眼睛"噌"地亮了,死死地盯着那块颜色诱人的糖醋鱼。

苏云景多少有点儿尴尬,本来是想偷偷投喂给傅寒舟的,没想到被抓包了。

小孩子想吃好的很正常,尤其是孤儿院条件这么差。苏云景冲他招了招手,想分给他一块鱼,但有人不想。

傅寒舟跟小男孩儿好像有过节儿,见他想吃,傅寒舟抱起了饭盒开吃。

苏云景愣住了。

小男孩儿见此情景冲上去就要跟傅寒舟抢,中途被苏云景拦下。

偏心的苏云景觉得眼前的小男孩儿可能是虚胖,但傅寒舟是真瘦。

苏云景将兜都掏了出来:"没有糖了。这样吧,明天我给你带锅巴。"

小男孩儿心不甘情不愿,但在苏云景的保证下,他最终还是走了。

狠心地拒绝了"祖国的花朵",苏云景的良心有些不安,就算是宋文倩夫妇都没办法喂养二十多张嘴,更别说他现在是个小孩子了。他按了按太阳穴,压下最后那点儿心软。

他快速调整好心态,转过身正准备继续给傅寒舟献爱心,就见漂

009

亮的小孩儿捂着喉咙面有难色。

苏云景很快反应了过来："是不是鱼刺卡喉咙了？"

鱼刺卡喉咙这事可大可小，苏云景急坏了。他上手捏住傅寒舟的下巴："抬头，我看看那根刺大不大。"

傅寒舟不喜欢别人碰他。他推开了苏云景，低头咳嗽了好一会儿，最后将那根刺吐了出来。

一张瓷白的小脸涨得很红，神情却很冷。小男孩儿一走，傅寒舟放下饭盒就没再碰了。

苏云景用保温杯装了一杯宋文倩煮的酸梅汤。酸梅糖在冰箱最上层放了一会儿，这会儿酸酸凉凉的，很开胃。

"喝点儿水，顺顺气。"

苏云景将杯子递了过去，但傅寒舟根本不接，也不领情。

苏云景故意说："这是酸梅汤，你要是不喝的话，那我给刚才那个小男孩儿了。"

傅寒舟是不想理苏云景的，但见对方似乎真要去，他拧了拧眉头，一把夺过保温杯。

苏云景只让他喝了两口就伸手拿了过来，声音带了些笑意："别喝太多，先把饭吃了吧。"

到底是个孩子，还是个记仇的孩子，激将法还是管用的。

小说里的傅寒舟就十分记仇，属于那种别人给他一巴掌，他会十倍还回去的主儿。这样的人为情所困才会有巨大的反差，然后招读者心疼。

苏云景心疼傅寒舟倒不是因为他喜欢的人不喜欢他，单纯就是觉得他的设定很惨。

看着傅寒舟垂落下来的细软的黑发，苏云景没忍住伸手摸了摸。

苏云景没摸两下，"小疯狗"就亮出爪子，将苏云景狠狠地拍开了，不过好歹他又把饭盒端了起来。

苏云景怕傅寒舟再被鱼刺在卡住，认认真真给他挑了一遍刺。

 010

"这下没刺了，你吃吧。"苏云景把筷子递给了傅寒舟。

傅寒舟抿了抿唇，沉默地接过了筷子。他的手很小，普通筷子对他来说太长了。

看着傅寒舟笨拙地夹着土豆，苏云景顿感失误，他应该给傅寒舟准备个勺子。

趁着傅寒舟吃饭的时候，苏云景掰碎了三根火腿肠，扔到他们宿舍周围，省得老鼠晚上打扰孩子们睡觉。

吃饱喝足的傅寒舟肚皮终于鼓了起来，苏云景很是满意地端着空饭盒回去了。

今天他终于迈出了第一步——投食成功。

宋文倩做晚饭时，写完作业的苏云景溜进了厨房，勤快地帮忙择豆角。

宋文倩笑着问他："作业写完了？"

苏云景点头："写完了。"

宋文倩边择豆角边说："那去看动画片吧，这里不用你。"

苏云景没动："妈，以后晚饭能不能多做点儿？我晚上有时候会饿。"

宋文倩听到这话笑着说："你要是饿了，就跟妈妈说，妈妈给你现做。要不明天妈妈带你去超市买点儿吃的？"

苏云景赶忙说："我们老师说小孩子要少吃零食。妈，你多做点儿晚饭就好。"

"知道了，你去看动画片吧，记得离电视远点儿，别看坏眼睛了。"

苏云景帮宋文倩择完豆角才去客厅打开了电视，随便找了个《蓝精灵》，看了起来。

晚上宋文倩做的炸酱面里除了加肉酱，还加了切碎的豆角，让口感更丰富。

吃完饭，宋文倩在客厅一边看《新闻联播》，一边织毛衣。

苏云景跟宋文倩说了一声，然后偷偷带着饭去找傅寒舟。

011

他花两块钱在商店买了点儿散装锅巴跟糖果，带给孤儿院其他小朋友。把东西分完，他才走到傅寒舟旁边，将今天的食物投喂给他。

傍晚微凉的风吹过，树叶哗哗地响了起来，斑驳的树影落在傅寒舟漂亮的脸上。他面色沉静似水："你整天围着我到底想干什么？"

苏云景很难想象一个七岁的孩子竟然会有这样的表情。他知道傅寒舟不信任他，甚至不喜欢他。

苏云景平和地跟傅寒舟对视："我没什么恶意，就是想跟你做朋友。"

傅寒舟的声音带着孩子的稚气，神情却很冷："我不需要朋友！"

苏云景今天才知道，原来傅寒舟小时候还挺酷。

"你现在不想跟我成为朋友，以后或许就想了呢？"苏云景打开了饭盒，"今天我妈妈做的是炸酱面，你先吃饭吧，面已经有点儿坨了。"

傅寒舟打翻了苏云景的饭盒，肉酱和面条撒了一地。

"我不需要朋友。"撂下这句话，傅寒舟就站起来走了。

苏云景看着离开的傅寒舟，太阳穴突突直跳。在苏云景眼里傅寒舟就是个特殊一点儿的小孩子，没有其他孩子活泼好动，没有其他孩子天真无邪，更没有其他孩子讨人喜欢，但他始终是个小孩子，而且以前过得还很苦，所以他不信任别人，会拒绝别人的好意，苏云景能理解。

只是好好的粮食被糟蹋了，苏云景可是往里面放了不少肉酱。

苏云景不敢浪费粮食，他将那些面跟肉酱放到了宿舍后面的角落，等着晚上吸引野猫。

过来跟苏云景要糖的小胖子看着他的手惊讶地说："你怎么玩屎屎？"

苏云景："……"

苏云景默默地去院子里的水管处洗了手，然后回家了。

唉，昨天刚迈出去的一步今天又被迫缩回来了，这傅寒舟着实不好搞定。

漆黑的夜里，面容精致的男孩儿猛地弹坐起来，苍白的嘴唇不住地颤抖着。

傅寒舟是被噩梦惊醒的，他又梦见了那个女人，梦见她在咒骂他。

"你就是个灾星，我的人生都被你毁了，你知道吗？"

歇斯底里的骂声往往会伴随着殴打，傅寒舟被她按在墙上，整个人被撞得头晕目眩，胃里也翻腾不止。

"这个世界上没有人会在乎你！"

女人揪着他的头发，神情越发癫狂："他们都想你死，你知道吗？他们都想咱们死！"

傅寒舟长到七岁就不哭了，他捂着脑袋尽量保护自己。

倒是她——最先骂人的是她，最先打人的是她，最后抱着他一块儿哭的人也是她。她时常失控，所以邻居经常报警，因而他们俩经常搬家。终于有一天，警察堵到家门口要强制带走他，她才难得平静了下来。

她把警察锁在门外，换了一件干净的白色连衣裙，化了淡妆，蹲在他面前难得地笑得很温柔。

"以后要好好照顾自己，按时吃饭按时睡觉，知道吗？"她轻轻摸着他脸上的伤，亲了又亲，"能不能别恨我？我只是控制不住，我……"她的情绪又上来了，狠狠地捶着自己的脑袋，神情痛苦到扭曲。

"这里……"她指着自己的脑袋，颤着声音艰难地开口，"这里很疼，总是很疼，很多声音在吵。"

怕控制不了自己，她终于打开了门将他交给了警方。没过几天，傅寒舟就接到她去世的消息。

从小就有人告诉他，像他这样的人不会有人对他好。所以傅寒舟不喜欢这两天出现在他面前的那个男孩儿，更不喜欢他莫名其妙对自己好。

傅寒舟稚嫩的脸完全隐没在黑暗里，薄薄的唇微抿，神情麻木又漠然。

他拉过被子正要躺下时，窗外传来一声猫叫。

一只黑猫敏捷地跳上了窗户，它踩着窗台，身体慢慢俯下，前爪猛地一蹬，跃进窗内将藏在黑暗里的小东西叼住。它懒懒地叼着自己的战利品，悄无声息地离开了。

傅寒舟看着它消失的方向，许久才躺了下来。

自从傅寒舟打翻了饭盒之后，苏云景一连两天都没有去孤儿院，倒不是生傅寒舟的气，而是不知道该怎么让小家伙放下戒备。再加上这两天他开始咳嗽，宋文倩怕病情恶化，所以没让他出门。他连学校都没去，就在家里躺着。

这两天，苏云景捋了捋剧情线，看看女主角是怎么感化傅寒舟的，他能不能从中学两招儿？

事实证明他不能！

女主角是走人美心善路线的，苏云景自我感觉挺善良，但男女有别，有些事女孩儿做会让人觉得暖心，要是男人做就有说不出来的别扭。

唉！

休息到第三天苏云景决定重整旗鼓，在感化傅寒舟的路上再接再厉。

宋文倩包了原主最爱吃的小笼包，皮薄馅儿多，拌馅儿的时候和了些猪油，汤汁鲜美。

小笼包包得很小巧，只有半个手掌那么大，就连苏云景也吃了五六个。对他来说这不是包子，就是个头大一点儿的蒸饺。

晚饭后，趁着原主爸妈看《新闻联播》时，苏云景装了几个小笼包。鸡蛋汤喝完了，他只好给傅寒舟冲了一袋豆奶。

苏云景没有养孩子的经验，也不知道怎么跟小孩子打交道，看傅寒舟瘦小的样子，本能觉得应该让他多吃点儿。

苏云景去了孤儿院，没在那棵槐树下看见傅寒舟。他不安地眉头一挑。

人呢？生病了？还是被人领养走了？

傅寒舟是有亲爹的，而且亲爹来头还不小。傅寒舟的妈妈不是第三者，他的父母是正常恋爱。

年轻的傅妈妈十分漂亮，气质出众，跟同样优秀的傅爸爸很般配。但随着深入了解，傅妈妈展现出来的过分占有欲让傅爸爸无法忍受，然后提出了分手。那个时候她已经怀孕了，她觉得自己把孩子生下来就能挽回这段感情。事与愿违，她坚持生下孩子后，傅爸爸却只想要傅寒舟。这个结果刺激到她，导致她的病情加重。

不知道出于什么心思，傅妈妈没把傅寒舟给傅爸爸，抱着他走了。

没有傅妈妈的纠缠，傅爸爸结婚生子，过上了新的生活。但因为意外他的儿子去世，妻子不堪丧子之痛，一年后也生病走了。接连遭受打击的傅爸爸，在悲痛中想起他还有一个孩子。

小说里提到过傅寒舟是在八岁那年被亲生父亲接回家。今年傅寒舟七岁，苏云景记得他是在新年前被接回去的。现在才六月份，离小说里的时间还有小半年呢。

苏云景问了问其他小朋友，得知傅寒舟没生病也没被领走，只是因为在晚饭前跟其他小朋友打了一架，被孤儿院的阿姨罚了禁闭。

大概是为了突出傅寒舟童年过得凄惨，为以后剧情发展有个合理的解释，孤儿院的阿姨不仅罚了禁闭，还打了傅寒舟——拿戒尺打了他十几下手心。

傅寒舟被关在禁闭室，一个人靠着墙坐在角落，透过破旧的窗纱看向远方。

今天的天气不太好，乌云密布。阴郁的云一层一层地往下压，给人一种喘息不过来的感觉。

突然一颗圆滚滚的脑袋出现在窗口，挡住了傅寒舟的视线。

看见那张脸，傅寒舟秀气的眉头微拧，然后冷漠地将视线移开了。

苏云景脚下踩着两块砖朝窗户里巴望，很快就找到了角落里的傅

015

寒舟。

小家伙靠在墙角低着头，睫毛垂落在眼睑，投下一片阴影，稚气漂亮的脸上满是冷漠。

苏云景问："你手没事吧？"

听其他小朋友说傅寒舟一直不肯认错，气得孤儿院的阿姨多打了他好几下。

其实看着傅寒舟那双漆黑得不含半点儿杂质的眼睛，孤儿院的工作人员有时也觉得瘆人。

一个七岁的孩子，你打他的时候，他不哭不闹还会面无表情跟你对视。明明是一双很漂亮的眼睛，但总会让人觉得狠戾。老师本来只是想吓唬吓唬傅寒舟，看见他这样，下手不由得加重了。

傅寒舟没说话，也没有看苏云景。

见他还是爱搭不理的样子，苏云景也不气馁："我不跟你做朋友了，咱们俩就做个陌生人，你不想跟我说话就不说，你不想理我也随你。我从家里拿了小笼包，你可以只吃我的东西，不理我这个人。"

苏云景从食品袋里捏起一个小笼包，探进窗内递给傅寒舟。

他是真的一点儿都不介意傅寒舟做个只走胃不走心的小白眼狼。

"我妈往馅儿里放了一点儿猪油，一咬就能滋出汤汁，特别特别好吃。"苏云景诱惑他说，"你尝尝，很香的小笼包。"

傅寒舟晚上没吃饭，现在正是饿的时候。但他仍旧没动，只不过肚子倒是很实诚地响了一声，声音不大，苏云景并没有听见，傅寒舟却负气地抿紧了嘴，背过身子不想搭理苏云景。

"你要是不吃，那我给跟你一块儿打架的小孩儿送过去了。听说是他先骂的你，你因为他挨饿受罚，他却吃着我给你送的包子，喝着我给你冲的豆奶，吃饱喝足后晚上还能睡个好觉。"

苏云景说话时留心着傅寒舟的举动。但傅寒舟一直背对着他，他也看不到傅寒舟的表情。

苏云景故意说："我给他送过去了。"

016

傅寒舟的睫毛动了动，小小的眉头拢起。

苏云景拔高声音，提醒傅寒舟："我真走了。"

苏云景跳下了砖块，傅寒舟回头时只看见苏云景的半个脑袋露在窗台上。

见他有反应，苏云景又踩上那两块红砖："过来！"

苏云景冲傅寒舟招了招手。

傅寒舟眼眸越发幽深，他沉着脸朝苏云景一步步走去。

见傅寒舟肯过来了，苏云景大喜。

"给你。"苏云景将手伸进纱窗里，手里捏着一个白白胖胖的小包子。

傅寒舟看着苏云景递过来的包子，从衣兜里拿出自己的手。

傅寒舟要拿包子时，苏云景却将手缩了回去："你手上是什么？"

他看着傅寒舟手上沾了不少黑色的粉末，好像是铅笔里面的石墨。

苏云景来之前洗了手。他踮起脚尖身子前倾，将小笼包递到了傅寒舟嘴边："你手上有铅笔印，不太干净，你就着我的手吃吧。"

傅寒舟爱干净，他的手也的确很脏，但他不太喜欢眼前这个人，只是不想便宜那个胖子。

傅寒舟伸出另一只手，拿过包子低头咬了一口。

挨了十几下戒尺的手心又红又肿，但傅寒舟从小就挨打，人已经皮实了，并不觉得这点儿小伤有什么。

苏云景看见忍不住叹了口气，希望傅寒舟他亲爹赶紧来吧，带着这孩子回家好好养着。

有了经济条件，傅寒舟就能看心理医生了。

傅寒舟显然是饿了，但动作还是很矜持，吃相很好。苏云景带了六个小笼包，都被傅寒舟吃了，他还喝光了那杯豆奶。

完成今天的投喂任务，苏云景也没多留，他去商店买了面包跟酸奶，给傅寒舟打架的那个小孩儿送去了。

这孩子就是一直向苏云景要糖的那个小男孩儿。他也被罚了禁闭，不过他倒是没怎么挨打,孤儿院的阿姨打了他五六下,就在他的讨饶中住手了。

没吃晚饭的小男孩儿看见苏云景就跟见着亲人似的。

"你以后能不能别欺负傅寒舟?"苏云景撕开了面包袋。

"我才没有欺负他,是他先打的我。"小男孩儿嚼着面包,声音含糊。

苏云景头疼地说:"你骂他妈妈,他当然生气了。"

也不知道是谁传开的,现在孤儿院都知道傅寒舟的身世了。

小男孩儿振振有词地说:"他妈妈本来就有病,听说可凶了,还总打他!"

苏云景看着对方理直气壮的模样,多少有些无奈。小孩儿天真是天真,但也因为过分无知,所以有些话才格外伤人。

苏云景问他:"那如果有人骂你是没爹没妈的孩子,你会生气吗?"

小男孩儿不吃了,他的鼻翼动了动,眼睛红了一圈:"我才不是没爹没妈的孩子。院长妈妈说了,没爹没妈是齐天大圣,只有齐天大圣才是石头缝里蹦出来的。"他越说越委屈,用手背擦着眼泪,"我是我妈妈生出来的,我不是石头缝里蹦出来的。"

苏云景揉了揉他的脑袋:"你看,你也觉得这话伤人,所以,以后不要说这种话。要不然……我就不给你带糖了。"

听到苏云景的威胁,小男孩儿抬眸,怔怔地看着他好一会儿,才冒出一句:"你以后要罩着傅寒舟吗?"

他问得格外严肃认真。

苏云景:"……"

这是小孩子之间的"黑话"吗?

苏云景假装冷漠无情地说:"嗯,我以后要罩着他。你告诉其他小朋友,谁要是再欺负他,以后都没有糖!"

小男孩儿"哼"了一声,低头狠狠咬着面包。

"听见了吗?"苏云景戳了戳他胖嘟嘟的脸。

018

小男孩儿一开始表现得坚决不向恶势力低头，没一会儿就服软了："你再给我一个火腿肠，我就答应你。"

苏云景兜里的确揣着火腿肠，但那是给野猫买的诱饵，配料很差，淀粉吃多了胃会不舒服。

"好。"苏云景一口答应，"我明天给你买火腿肠。"

小男孩儿这才高兴地继续吃面包。

苏云景将酸奶给他："你慢点儿，喝口奶。"

小男孩儿感动地看着苏云景："你真好，老大！"

苏云景被这声"老大"弄得哭笑不得，其实他只想收傅寒舟这一个"小弟"。

奈何小男孩儿偏要做他的"马仔"，一口一个老大，完全拜倒在他的火腿肠、面包、酸奶之下，没有一点儿节操。

等小男孩儿吃完，苏云景跟他道歉："你是有妈妈的，我刚才胡说八道的。"

小男孩儿眼巴巴地看着他："那我妈妈在哪里？"

苏云景沉默了好半天，转移话题说："明天我给你带两根火腿肠吧。"

这个深奥的问题他不知道，所以他用一根火腿肠谢罪。

"好。"

"还有……"苏云景的语气不容拒绝，"你要跟傅寒舟道歉。"

小男孩儿见他一脸认真，闷闷地咬了口面包，答应了。

用两根火腿肠安抚小男孩儿找妈妈的心思后，苏云景抱着自己的保温杯准备回家。途经傅寒舟的禁闭室时，撞上了一双黑漆漆的眼睛。苏云景一惊，体内二十三岁的灵魂险些没从八岁的身体里跳出来。

怕傅寒舟跟小男孩儿再打起来，孤儿院的老师没将他们俩关在一块儿，但两个房间距离不远。

被傅寒舟现场抓包他"收小弟"，还收了傅寒舟的对家，苏云景感觉自己要完。

019

这是一个记仇的小屁孩儿，还是个软硬不吃、只吃激将法的小屁孩儿。要是让他知道自己跟小男孩儿私下有交往，傅寒舟估计也要将他列入敌人的阵营里。

小孩子的生存法则就是这么严苛残酷，容不得苏云景这个圆滑的成年人亵渎。

正要上前解释，傅寒舟冷冷剐了他一眼，转过身走了。

苏云景："……"

唉，这年头做个好人真难！

苏云景说话算话，给小男孩儿买了两根火腿肠，偷偷给了他之后，就去找傅寒舟了。

还有几天就到端午节，原主大姨家包了不少粽子，当天就给宋文倩家里送了些。苏云景给傅寒舟带了一个秀气的小肉粽。

作为北方人的苏云景喜欢吃红枣粽子，这种咸口粽子他总感觉怪怪的。

肉粽只是点心，宋文倩晚上包了小馄饨，搭配酸黄瓜跟油墩子。馄饨小巧雪白的面皮里透出淡粉色的肉馅儿，油墩子炸得金黄酥脆，配上酸口的黄瓜，味道很绝。苏云景特意拿了汤勺跟孩子专用筷子。

美食在前，傅寒舟仍旧面不改色。

"不吃吗？"苏云景佯装收拾碗筷，"那我给小胖送过去。"

"去吧。"傅寒舟冷冷地说。

苏云景："……"

见这招儿不管用了，苏云景坐下来跟他说："我昨天只是想劝他不要再找你的麻烦，我绝对是站在你这边的。"

他说得斩钉截铁，但傅寒舟没有理苏云景。

苏云景催他赶紧吃饭："油墩子放时间长了就不脆了。"

油墩子是南方小吃，葱花和萝卜丝裹上面糊下油锅炸成金黄色，除了油香还飘着淡淡的葱花香，小孩子都很喜欢吃。

傅寒舟抿着唇，稚气未脱的脸上满是冷淡。他不相信这个世界上会有人对他好,而且这个人还是突然冒出来的。

苏云景拿起一块油墩子放到了傅寒舟嘴边:"你尝尝,炸得很香。"

傅寒舟明明是不想碰,但鬼使神差地张嘴咬了一口。

的确很香,也很脆。

见傅寒舟吃了,苏云景笑了笑,将油墩子放到他的手里。

"这种过油的东西很容易腻,你可以吃点儿酸黄瓜,我妈腌得很清口开胃。"苏云景将那碟酸黄瓜往傅寒舟跟前儿推了推。

傅寒舟还是很沉默。许久,他才定定地看着苏云景,问:"为什么要跟我做朋友?"

苏云景望着那双过分平静的漂亮眼睛,心里想不管他看起来有多成熟,到底只是一个七岁的孩子。孩子都很敏感,他们需要关爱,需要良好的成长环境。

傅寒舟这么早熟,究其原因是缺乏安全感。

苏云景抬手摸了摸小家伙的脑袋,他顶着八岁的脸说话却老气横秋:"没有为什么,如果非要说有,那就是咱们有缘分。"

每年车祸死亡的人那么多,偏偏是他被系统选中派到了傅寒舟身边。他觉得这就是缘分。

傅寒舟还是不喜欢别人碰他,平静地拍开了苏云景的手。

苏云景看着手背上的巴掌印——嗯,可以,酷酷的人设没有崩。

之后傅寒舟不再说话,捧着手里的油墩子沉默地吃着。

喂饱了傅寒舟,苏云景心满意足地回了家。

看着苏云景离去的背影,傅寒舟那张漂亮的脸被太阳落山后的黑暗一点点侵蚀。远处的万家灯火映在他沉静的眉眼,让人一时猜不透他在想什么。

马上就要放暑假了,天气一天比一天热,家里的垃圾袋每天都得换,尤其是厨房的垃圾,一天不倒就会生很多小飞虫。宋文倩路过厨房时,见里面的垃圾袋又换成新的。

"最近表现可以呀,老陆!"宋文倩心情很好地调侃躺在沙发看体

021

育节目的老公。

陆涛纳闷儿地抬头:"什么表现可以?"

宋文倩笑着说:"竟然会主动收拾家里的垃圾袋了,不错,继续保持,奖励你一杯酸梅汁。"

陆涛一头雾水:"我没倒垃圾。"

"不是你倒的?"宋文倩愣了一下,"那是谁?"

"不是你,不是我,那就是儿子呗。"陆涛看了一眼苏云景的卧室,"儿子呢?"

他们正说着话,苏云景拿着钥匙推开门进来了。

苏云景换了拖鞋,见原主父母都在客厅,于是叫了声"爸爸、妈妈"。

"妈妈的小宝贝回来了,渴不渴?妈妈给你倒了酸梅汁。"宋文倩拿过陆涛手里的杯子,走过去递给了苏云景。

陆涛"哎"了两声:"你不是给我倒的?"

宋文倩回头瞥了他一眼:"我儿子起码还知道给我倒个垃圾。你看看你,下班就是往沙发上一躺,跟个大爷似的!"

陆涛自知理亏,不敢搭腔找骂。

宋文倩"哼"了一声,转头看苏云景,她温柔了很多:"这几天的垃圾是你倒的?"

苏云景点了下头:"嗯,我下去玩的时候顺手把垃圾拿下去了。"

从情感上来说他跟这家人没什么关系,所以苏云景不好意思白吃白拿,做点儿力所能及的事,他也心安。

"我就说你爸不可能这么勤快,还是我儿子好。"宋文倩捧着苏云景的脸,狠狠地亲了一口。

苏云景:"……"

作为成年人,他还是不适应自己是孩子的身份。

苏云景挤出一个天真无邪的笑容:"妈,我明天晚上想吃排骨,可以吗?"

 022

自从那天之后，傅寒舟就没有再拒绝过苏云景的投喂。这是一个很好的开始，苏云景想着把傅寒舟之前的营养不良补回来。

"这有什么不可以？我儿子想吃什么都行，你就是想吃天上的月亮，妈妈都给你摘下来炖着吃。"宋文倩摸了摸苏云景脑袋，见他满头是汗，"走，妈妈带你去洗澡。"

苏云景尴尬地说："今天还是让爸爸给我洗吧。"

宋文倩没多想，转头去喊沙发上的人："陆涛，听见没？儿子让你给他洗澡。"

沙发上的男人动了动："这就过来。"

周三放学前的最后一堂课，苏云景的班主任给他们一人发了一张A4纸。

"这个是给家长看的，大家千万不要丢了，一定要让自己的爸爸、妈妈看看内容。"班主任站在讲台上反复叮嘱，"记住了吗？"

苏云景低头一看——《致家长们的一封信》。

这个年代经常会评选什么"感动华夏十大人物""全国十大劳模"等。除了这种全国性质的，省城和县城也会评选道德模范。学校给家长写这封信就是因为校长参加了县城"感动十大人物"评选，目的就是为了拉选票，希望家长能动员身边的人给校长投票。县城电视台为了这次评选还专门开了个新节目，专门报道这些参赛者的事迹。

苏云景看着这封信，动了些其他的心思。

自从知道他们校长参加了"感动十大人物"评选，苏云景就开始留意校长的行踪。终于在某天的大课间，他在学校看见了王校长。

这几天教育局一直在开会，再加上还要忙"感动十大人物"的评选，王校长这个星期一直很忙。

"王校长。"

刚挂完县教育局的电话，王校长正要回办公室，身后有一道清亮稚气的声音叫住了他。

王校长回头就看见一个八九岁的孩子。他穿着本校的校服，脖子上系着红领巾。见男孩儿似乎有话要说，王校长温和地问："怎么了？"

苏云景压下心里的别扭，用孩子的说话方式开口："我听我爸爸说您可厉害了，马上就要上电视了。我们家附近有一个叫欣荣的孤儿院，里面有很多没有爸爸、妈妈的孩子，听说他们的东西都需要别人捐。王老师，您上了电视能不能告诉其他人，欣荣孤儿院有很多孩子想要书包、铅笔盒、画册、画笔，还有故事书？"

苏云景希望王校长能在这个特殊时期，为孤儿院搞一次捐赠活动。王校长需要丰富自己的履历，孤儿院能得到实惠，苏云景觉得这是双赢的局面。

看着一脸纯真的苏云景，王校长显得若有所思。

"感动十大人物"会给候选人做一期专访，由县电视台拍摄录制。原本王校长打算在学校做这次专访，被苏云景这么一提醒，他现在改主意了，准备搞一场义捐活动，电视台采访那天带着高年级的孩子去孤儿院做义工。

这事提前知会了孤儿院，院长妈妈听说王校长要捐赠，而且电视台还会来，就组织着大家大扫除。知道孤儿院内老鼠横行，她还叫了一支非专业的除鼠队，鸡飞狗跳地闹腾了一天。

苏云景给傅寒舟送饭时孤儿院内十分热闹，孩子们都高兴疯了。只有傅寒舟一个人坐在树荫下，他垂着眸，纤细卷长的睫毛染着余晖的暖光。那双漆黑的眼睛中带着不符合年纪的冷漠，跟热闹的孤儿院硬生生隔出了两个鲜明的世界。直到看见端着饭盒走过来的苏云景，他才露出一点儿人气儿。

今天晚上宋文倩擀了面条，做了用老母鸡肉吊出来的高汤。

因为最近苏云景晚上经常咳嗽，为了给他补充身体，宋文倩用熬三个多钟头的鸡汤下了几碗手擀面。把老母鸡肉撕成条，跟切丝的香菇过油，炒得焦香。

傅寒舟不喜欢姜，面汤除了淡淡的香气还有一种挥之不去的姜味儿，他吃得直皱眉。

"熬鸡汤就得加姜，姜可以去腥的，你在碗里多加点儿菜可以中和姜味儿。"苏云景把那碟香菇鸡肉给他倒进了碗里。

面汤里面盐放得少，所以姜味儿很突出。

傅寒舟看着碗里多出来的香菇鸡肉，垂着眸，神色不明。

傅寒舟突然说："今天孤儿院把我们住的地方都打扫了一遍，掏了好几个老鼠窝。"

苏云景有些无语，心想：吃饭的时候讲这个好吗？

"那不挺好的？"苏云景敷衍地说。他刚吃了晚饭，实在不想跟傅寒舟谈什么老鼠窝。

傅寒舟黑黢黢的眼睛看着他："这事跟你有关吗？"

苏云景一愣，不明白傅寒舟怎么会有这样的猜测。

自从傅寒舟送给苏云景一份特殊的"礼物"后，苏云景每天都会拿着火腿肠，掰碎了放到宿舍附近。不仅如此，傅寒舟多次听见孤儿院的阿姨们说起，最近接二连三接到投诉孤儿院老鼠多的电话。今天孤儿院突然找了很多人来他们住的地方抓鼠，傅寒舟很难不把这件事往苏云景身上想。

这的确有苏云景的一部分功劳，但他不敢独揽，赶巧都凑到一块儿罢了。要不是他们校长参选"感动十大人物"，电视台又要来采访，他不可能三言两语就让王校长举办募捐活动。

只能说傅寒舟还是有"男二号光环"的。

不过这是一个跟傅寒舟邀功并拉近距离的好机会，苏云景当然不会放过了。

"我们校长要上电视，我就跟他说我家附近有一个孤儿院，他正好也想做好事，所以搞了一场募捐活动。你们总是住在这样乱糟糟的地方不好，现在把老鼠清除干净了，晚上也能睡得踏实。"

看着苏云景善意的笑容，傅寒舟本就漆黑的眸子越发幽深，模模糊糊得让人看不真切他眸底的真实情绪。这不是一个七岁孩子该有的

025

眼神。

傅寒舟不喜欢苏云景,也不理解他为什么那么喜欢管别人的闲事。他跟苏云景坐在一起,甚至吃他带过来的饭,不是他接纳了苏云景,而是在用一种冷眼旁观的姿态,想看苏云景对他的好能坚持多久。

傅寒舟没再说什么,低头继续吃饭。

电视台来学校采访那天,王校长带了五六年级的学生,拿着捐赠的物品去孤儿院。他们还做了一整天的义工,帮着学校给孩子们发新的书包和画册,还给他们讲故事。

苏云景放学去孤儿院找傅寒舟,小朋友都拿了新礼物,一个个高兴得不得了。小胖还十分阔绰地给了苏云景两颗巧克力糖,表示跟着他混有巧克力吃,苏云景哭笑不得。

傅寒舟虽然年纪小,但是个很有个性的人。他没有要任何东西,画笔还是自己从家拿来的那盒;画本也是别人用了正面淘汰下来的练习册;吃的也一样没拿,那些巧克力糖也好,面包饼干也好,还有水果,他都没要。

苏云景看着树荫下的人笑了笑,小孩儿的自尊心还挺强。

傅寒舟把苏云景带的晚饭吃了,包括那块冰过的西瓜。

天越来越热,苏云景最近这几天都会给傅寒舟带冰镇过的水果,有时是西瓜,有时是葡萄、甜杏、李子,都是宋文倩买的应季水果。

"你想不想吃油焖大虾?明天我爸生日,我妈会做一些好吃的,到时候我给你多带点儿。"苏云景一边收拾空饭盒一边问傅寒舟。

"随便。"傅寒舟的声音淡淡的。

傅寒舟是一个挑食严重的人,难伺候的劲儿遗传他妈。但因为年纪小,很多事情他即便有自己的想法也做不了主,所以哪怕碰上不喜欢吃的东西,也不会像其他孩子那样。不过跟孤儿院的孩子一比,他就要显得挑剔很多。

"那你有想吃的吗?"苏云景又问。他最近致力于让傅寒舟开口说话,毕竟沟通是拉近距离的最好桥梁。

"没有。"

"想玩的？"

"没有。"

苏云景："……"

傅寒舟惜字如金，苏云景沟通失败，这个心看来不是那么容易交的。

"那我明天给你带大虾，晚上别吃饭等着我。"苏云景立下让傅寒舟等着他的保证。

结果当天晚上苏云景突然发起了高烧，还出现了咯血的情况，被宋文倩夫妇送进了医院。

原主的身体不好，像这种突发情况不是第一次了。这也是上次苏云景只是发烧，宋文倩就不让他上学的原因。

苏云景这一病就在医院里住了整整四天。

第一天傅寒舟没有吃晚饭，等着苏云景的油焖大虾。但等到了晚上八点孤儿院关门，他也没有等到苏云景。

第二天苏云景还是没来。晚上七点时，傅寒舟坐在树荫下，偶尔抬头看一眼门口。

到了第三天，就连小胖都忍不住跑过来问傅寒舟，为什么这两天苏云景没来。

在小胖眼里虽然他跟傅寒舟都是苏云景的"小弟"，但明眼人都能看出来苏云景更喜欢傅寒舟，他只能算"二号小弟"。所以当老大不见时，"二号小弟"只能屈辱地来"一号小弟"这里打听消息。

见傅寒舟冷着那张漂亮的脸也不回答，小胖有些恼了："问你话呢！是不是你跟老大吵架，把他气跑了？他该不会以后不来了吧？"

苏云景对孤儿院的孩子来说就是一个移动糖库，而且他性格很好，跟所有小朋友的关系都不错。

见小胖脸上带着明显的担忧，傅寒舟的眸底隐约透出一丝讥讽。

前几天孤儿院收到捐赠时，傅寒舟冷眼看着孤儿院的小朋友因为别人的施舍而高兴。在他眼里，苏云景对他也是一种施舍。这种关系是不对等的，他在兴头时会对你温和友好，还会拿一些小物件获取你的信任。等他觉得无聊了，就会结束这个游戏，不会考虑到你的想法。

这一天傅寒舟早就料到了，他对苏云景没有什么期望，所以也不会像小胖这样失望。

这个世界上不会有人对你负责到底，能靠的只有自己。

傅寒舟的冷漠让小胖更加觉得他像个机器人一样没有感情。

从傅寒舟这里得不到自己想要知道的事，小胖生气地离开了。他在心里暗暗发誓，等老大回来了，他一定把傅寒舟这个冷血鬼的真面目告诉老大。没有傅寒舟他就会成为老大的"一号小弟"，想起美好的未来，他流下了感动的口水。

Chapter 02

我的生日分你一半

> 既然你没有生日,
> 那就用我的生日。

因为生病苏云景连期末考试都错过了。在医院住了几天,苏云景回家后又被宋文倩强制要求,在床上躺了两天。

苏云景心急如焚,他跟傅寒舟的关系好不容易有点儿进展了,一场病耽误了一个星期,黄花菜都凉了,但他也不敢不听宋文倩的话。

这具身体的体质真的很不好,普通发个烧都有可能昏迷送医院,他受罪不说,还得花原主爸妈不少钱。这些年因为原主的病,夫妻俩前前后后花了十几万元。

这个年代的十几万元可不是一笔小数目,好在原主家的条件不错,在建材市场开了个五金店。

苏云景听话地在家里待了两天,宋文倩终于松口让他出去放风。

七月酷暑,哪怕到了傍晚也没有一点儿凉风,闷热的天气让纳凉的居民都少了很多。

苏云景额前碎发被汗濡湿了,泛着莹润的水光,白嫩的脸也被烤得红扑扑。他从小卖部买了十袋刨冰。老板见他买得多又赠了他一袋。他擦着额头上的汗,然后拎着刨冰去了孤儿院。

见苏云景终于出现了,小胖飞奔着朝他跑了过来。

"把这个给大家分了吧,我没钱买那么多,两个人吃一袋,吃之前别忘了洗手。"苏云景将手里的食品袋给了小胖。

"大哥,我有一件事要告诉你!"小胖缠着苏云景告傅寒舟的黑状。

说实话,从小胖嘴里听到他不在的这几天,傅寒舟一点儿反应也没有,苏云景多少还是有点儿失望的。他还以为跟小家伙建立了一些友情,如今看来完全是他多想了。

"我知道了,你赶紧去把刨冰分了吧,不然一会儿该化了。"苏云景提醒小胖。

刨冰是校门口大热的夏天单品,以前大家都是吃一毛钱一袋的冰袋,条件好的吃"小雪人"。自从刨冰出现后,就席卷了中小学生群体。苏云景到现在还记得他上学时,大家排队买刨冰的盛况。

小胖终于被美食所诱惑,乐颠颠地去给大家分刨冰。

等小胖一走,苏云景立刻龇着牙,把藏在他口袋的"小雪人"拿出来了。隔着一层布料,他的大腿外侧被冰得直起鸡皮疙瘩。

苏云景趁着其他人不注意,偷摸把"小雪人"拿给了傅寒舟。

傅寒舟穿着一件洗到发白的宽大短袖坐在槐树下。他皮肤瓷白细腻,在这样的酷暑下,却显得清爽干净。

不知道是不是心理作用,看到冷冷清清的傅寒舟,苏云景竟然觉得凉快了不少。他放缓脚步从傅寒舟身后悄悄靠近他。

正在低头画画的傅寒舟突然感觉后颈一凉,有什么冰冰凉凉的东西贴着他,丝丝凉意直往骨头里钻。

傅寒舟不用回头也知道是苏云景来了,刚才他跟小胖说话时,傅寒舟就听到了动静。

他没回头,冷淡地拨开了冰凉的东西。

二十三岁成年人的恶作剧被一个七岁的孩子无视了,苏云景也不知道该吐槽自己幼稚,还是对方太成熟。他绕过去,坐到了傅寒舟旁边。

"请你吃雪糕。"苏云景将"小雪人"塞到了傅寒舟手里。

傅寒舟没说话,直接把"小雪人"给苏云景扔了回去,低头继续画画,动作一气呵成,连头都没有抬。

看傅寒舟冷冰冰的样子，苏云景主动道歉："对不起，我不是故意说话不算数的。那天回去之后我就发高烧住院了。在医院住了好几天，我爸的生日都被我耽误了。"

傅寒舟没说话，也没有理他。

苏云景将自己的手递过去："你看，这是我住院输液扎的针。"

苏云景的手背上有输液留下来的青色印记。

这个小县城还没有普及滞留针，小孩儿血管又细。苏云景每天要输两次液，手背青了一大片，看起来触目惊心。

傅寒舟瞥见后，嘴唇抿了一下。

"我在医院输了四天的液，回家之后我妈怕我再生病又照顾了我两天，今天她才同意我出门。所以别生我的气了，我真不是故意骗你的。把雪糕吃了吧，奶油的特别容易化。"苏云景耐心地哄他。

就算刚才苏云景有那么一丁点儿失望，但看见小孩儿漂亮干爽的样子也烟消云散了。

苏云景撕开了包装袋，将里面那个很丑的黑咖色"小雪人"放到了傅寒舟手里。

雪糕冒出的寒气在傅寒舟的眼前氤氲着，那双漆黑的眼眸蒙着一层晦涩的雾气。

傅寒舟垂下了眼睫。他的头发好久没有修剪，细软的发梢盖过清秀的眉毛，有几根最长的头发搭在卷翘的睫毛上。

苏云景鬼鬼祟祟地扫了一眼四周，将包装袋叠好放到了裤兜里。他对傅寒舟说："你赶紧吃，就你一个人是'小雪人'。"

这要是被小胖看见了，估计得哭天抹泪跟他哭一顿。

傅寒舟低头咬了一口"小雪人"的咖啡色帽子，一股淡淡的巧克力味儿在他舌尖化开，被傅寒舟吞咽了下去。

傅寒舟在吃雪糕，苏云景去看他的画。

傅寒舟的画是抽象派的，他画出来的东西让人看不懂。一团黑色的东西不知道是山还是天空，中间站着一个身子拉得很长、很扭曲的人。这人穿着红色的长裙,长发凌乱,脚上戴着厚重的镣铐。

苏云景大概能猜出傅寒舟是在画他的妈妈。从作者对傅寒舟的描写中,苏云景感觉他对他的妈妈有着非常复杂的感情。

想到傅寒舟的过去,苏云景忍不住摸了摸他的脑袋。

这次傅寒舟难得没有拍开苏云景的手,他似乎知道苏云景在想什么,淡淡地开口:"她已经死了,没什么可怕的。"

傅寒舟来孤儿院之前的事早就传开了,所以他不吃惊苏云景知道。

垂眸看着那幅画,他的眼睛逐渐幽邃了起来,好像有什么东西在翻滚。

"真正可怕的,是其他的东西。"傅寒舟幽幽冒出一句。

苏云景听得心里一惊。他错愕地看向傅寒舟,但对方已经敛起所有情绪,又变回那个比同龄人成熟冷静的孩子。

这孩子可千万别变坏,比起"偏执狂"他更喜欢现在的傅寒舟。

苏云景觉得自己应该加速计划,要在偏执性格萌芽时狠狠掐断他继续发展的可能。

期末考试后学校就放了暑假。五金店一个人忙不过来,宋文倩夫妇俩商量了一下,最后决定把原主奶奶接过来照顾苏云景。

苏云景身体情况不太好,随时都有可能生病,必须有人看着他。

暑假让苏云景自由了不少。以前因为要上学,他每天只能给傅寒舟送一顿饭,现在他可以给傅寒舟送午饭和晚饭两顿饭。

上午苏云景写作业,下午跟奶奶睡午觉,四点凉快一点儿后他就去找孤儿院找傅寒舟,奶奶在孤儿院门口的树荫下跟其他人乘凉。

傅寒舟的头发越来越长,现在快要遮住眼睛了,苏云景实在看不过去。

虽然小家伙跟块冰玉似的,即便是大夏天他身上也没有黏腻的感觉,但这么长的头发,还没有造型,看起来一点儿也不清爽。

苏云景给了他两个选择,要么用皮筋扎上头发,要么自己用剪刀给他剪短点儿。

傅寒舟多少有点儿"偶像包袱"，他不信任苏云景的技术，于是选择把头发扎上。

苏云景在宋文倩的梳妆台上给傅寒舟找了一个黑色的细皮筋。傅寒舟虽然不让他剪，却让他碰头发。他在傅寒舟的脑袋上绑了个小丸子头，终于露出了傅寒舟饱满光洁的额头。

傅寒舟的五官很漂亮，像是雕刻出来的玉石，鼻翼细腻白皙，唇薄且秀丽。他本来就有几分女相，把头发梳上去之后，额前垂着几绺碎发的样子更加秀雅。

苏云景真心夸他："很漂亮。"

难怪女生总爱说母爱泛滥，看见傅寒舟这样，苏云景终于理解了。

然而傅寒舟却不喜欢这个夸赞，他拧起了眉头，用黑黢黢的眼睛冷冰冰地扫了一眼苏云景。

苏云景也不生气，反而笑着问他："你有没有想吃的东西？我让我奶奶给你做。"

傅寒舟喜欢吃宋文倩做的小笼包，不过话在舌尖滚了一圈，最后变成了"鱼"。

难得傅寒舟点了一次餐，苏云景立刻保证没问题，毕竟鲤鱼很便宜。

鲤鱼便宜是便宜，就是刺比较多。苏云景在家里为了保持小孩子的"人设"，鱼刺是原主妈妈跟奶奶给他挑，到了傅寒舟这里他就要照顾他。手脚变小后四肢跟着也不太协调，他拿着筷子一点儿一点儿地挑着刺。

其实傅寒舟是故意的，故意折腾苏云景。看见他认真找鱼刺的样子，傅寒舟抿着唇，那双漆黑的眼睛里露出一丝困惑。

一晃半个月过去了。宋文倩的亲叔叔家要嫁闺女，她怕苏云景在家总闷着不好就带他一块儿回去了，留陆涛一个人看店。

苏云景临走的时候跟傅寒舟说了一声，让他中午在孤儿院吃饭，自己要回姥姥家一趟。但计划赶不上变化，宋文倩好久没回娘家了，再加上隔天就是原主舅舅的生日，所以就留宿了一个晚上。

苏云景没告诉傅寒舟他晚上不回去了，也不知道傅寒舟晚上能不能吃上饭。他越想越不放心，就用宋文倩的手机给孤儿院打了一通电话。

接通后苏云景听出了对方的声音："是陈阿姨吗？我是陆家明，您能不能让傅寒舟接下电话？"

苏云景经常来孤儿院，跟院里的工作人员都混熟了。他打的是座机，陈阿姨出去把傅寒舟叫了进来，一来一回，两分钟过去了。傅寒舟拿起听筒，"嗯"了一声，表示是自己在听。

"我今晚要在姥姥家过夜，估计第二天下午才能回去。你晚上别等我了，在孤儿院吃吧。打饭的时候积极点儿，别拖到最后一个吃。"

苏云景絮叨了半天，最后换回来对方的一句"嗯"。

"明明，你在哪儿呢？你是不是拿我手机了？"

听到宋文倩的声音，苏云景也不再唠叨了："我挂了，我妈找我呢。"说完也不等傅寒舟说什么，他就把电话挂断了。

听着话筒里的嘟嘟声，傅寒舟却没把电话放下。

好一会儿，陈阿姨见傅寒舟一直不开口，低头看了一眼座机："这不是挂了，你怎么还拿着？"

陈阿姨拿过傅寒舟手里的电话放了回去。傅寒舟没说话，转身离开了办公室。

这时候的通讯不是很便捷，在苏云景所在的现实世界，五岁的孩子都有手机了，虽然可能是家长淘汰下来的，但也人手一部。

如果他跟傅寒舟一人有一个手机就好了，这样有什么事也能第一时间联系上。毕竟傅寒舟是个很敏感的孩子，他比一般人更缺乏安全感。

苏云景有些头疼地按了按太阳穴，这具身体的主人年纪太小了，导致很多事情苏云景做不了主，更重要的是他身体还不好，苏云景就更加束手束脚了。

第二天是原主舅舅的生日，原主的两个阿姨都带着自家小孩儿来了。一大家子热热闹闹吃了一顿团圆饭，看着自己越来越消瘦的女儿，原主的姥姥眼眶泛红。

"倩儿，趁着年轻再要一个孩子吧！咱也不是说防着什么，以后明明长大了遇到事还有个商量的人。"

原主从小就体弱多病，这些年宋文倩夫妇为他操碎了心。一个孩子照顾起来都精力不够，别说再要一个了。但不怕一万就怕万一，说是不防着什么，其实就是怕原主走了，小两口会崩溃。

宋家大哥插嘴："我跟妈一个意思，你们再要一个吧！现在可能会累，但老了之后你们就知道有好处了。"

宋文倩一听这话紧张地去看苏云景："你们别当着孩子的面说这个。"

苏云景很尴尬，但他也不好表现出来，只能假装看电视剧，一副没听见他们在说什么的样子。

宋文倩这才松了口气。

苏云景找了一个机会从饭桌上溜走了。他不知道真正的陆家明去什么地方了，系统并没有告诉他，他现在也联系不上系统。事已至此，他只能硬着头皮继续当陆家明。

苏云景走出餐厅，打算出去透口气，路过原主表姐的房间听见里面在打电话，脚步微微一顿。

宋媛媛挂了电话看见门口的苏云景，她笑着招了招手："你站那儿干什么，进来。"

苏云景慢腾腾地走了进去，叫了一声"姐姐"。

宋媛媛捏了捏苏云景的脸，觉得又滑又软，忍不住又捏了捏："好久不见，有没有想姐姐？"

苏云景："……"

苏云景转移了话题："姐……姐，你买新手机了？"

宋媛媛在苏云景面前晃了晃，炫耀着她手里那部新手机："最新款，漂亮不？"

"漂亮。"苏云景点了点头，不太好意思地说，"姐，你能不能把旧手机给我？"

宋媛媛纳闷儿地看他："你要手机干什么？"

苏云景扬着天真的小脸低声说："前几天我生病住院，在病房特别无聊，很想给姥姥打电话，但我妈手机总有人打电话。"

苏云景的卖惨很有效果。宋媛媛一听这话，心里也有些难受。她捏了捏苏云景的嘴角，拉扯出一个微笑的弧度。

"我旧手机被你舅舅拿走了，不过他的手机可以给你。但他手机是最老的那款，没什么游戏，只能接打电话。"

苏云景立刻乖巧地表示："我不玩游戏，我就想给你们打电话。"

"行吧。"宋媛媛从床上站了起来，"那我去给你翻一翻，你坐在这里等着。"

苏云景乖乖地点了点头。

宋媛媛去原主舅舅房间的抽屉翻了一圈，找到了老式的手机和充电器。

现在营业厅搞活动充值一百元话费赠一百元话费，不过话费充到了新卡上面，月租还贵得吓人，一个月就要五十元钱。

宋媛媛现在不用那张卡了，她索性把卡也给了苏云景："等手机没话费了，你给姐姐打电话，姐姐给你重买一张卡。"

苏云景拿过手机："谢谢姐姐。"

宋媛媛将手举高。她笑着逗苏云景："姐姐好不好？"

"好。"

苏云景把从宋媛媛那儿拿到的手机给了傅寒舟："这个给你。"

傅寒舟看着跟他手一样大小的旧手机，黑琉璃一样的眼珠动了动。好一会儿，他才问："给我这个干什么？"

苏云景说："手机是我一个姐姐给的，你拿着，以后有什么事，我就可以给你打电话。"

傅寒舟薄唇微抿，没有说话。

苏云景翻出了手机电话簿，里面只有三个电话号码："这个是我家座机，你有什么事就给我打这个电话。如果没人接就打我妈妈的电话，我妈还没接的话就给我爸打。"

夕阳下傅寒舟的眉眼格外沉静，他看着那三串长长的数字，半晌都没有回神，直到苏云景问他："你会用手机吗？"

傅寒舟抬眸看了他一眼，然后摇了摇头，难得地露出了属于七岁孩子的迷茫。

看见他这样，苏云景忍不住笑了："那我教你，很简单的。"

这部手机有点儿年头了，按键上面的数字跟字母有些都蹭掉了。苏云景告诉他从哪里找电话簿，按哪个键是接电话，哪个键是打电话。傅寒舟很聪明，教一遍就记住了。

苏云景把手机和充电器交给了傅寒舟："记得看电量，这个格子变成一就要给它充电。"

傅寒舟的话还是不多，他"嗯"了一声。但不知道是不是因为拿到了人生中的第一部手机，他的安静跟过去那种不爱搭理人的冷冰冰不一样，更像是不知道要说什么。

傅寒舟轻轻摩挲过手机的按键，眼睑垂下时，眼尾竟有些温和。

见傅寒舟一直沉默着摸着手机，苏云景感觉他是开心的。

"以后我再找一部手机，咱们俩就可以互相发短信了。"苏云景笑着问他，"要不要我教你拼音跟汉字？"

傅寒舟眉眼平和地"嗯"了一声。

苏云景把手机送给傅寒舟后就回家了，宋文倩正在厨房收拾从娘家带来的腊肠跟熏肉。

苏云景洗了把手，正要回房间时客厅的座机突然响了。看着座机显示的那串号码，苏云景觉得很眼熟。他拿起电话，果然是傅寒舟打过来的。

宋文倩的声音从厨房飘了出来："明明，谁来的电话？"

苏云景捂住听筒对宋文倩说:"没谁,我一个同学。"

见是苏云景的朋友,宋文倩也没再多问。

苏云景放下手,小声询问傅寒舟:"怎么了?"

电话那边的人说:"只是想试试。"

隔着一条细细的电话线,苏云景感觉傅寒舟说话的声音显得有些稚气。苏云景以为他是好奇这部手机能不能拨通电话,傅寒舟有时候还挺可爱的。

苏云景笑着在线放"彩虹屁":"你真聪明,一学就会。"

傅寒舟没说什么,其实他是想知道苏云景留的电话号码真的是他家的座机号码吗。手机对一个七八岁孩子来说无疑是很新奇的玩意儿,但傅寒舟跟其他孩子不同。苏云景给他手机的那刻傅寒舟内心复杂,疑虑茫然间还夹杂了一点儿莫名的喜悦。

在来欣荣孤儿院之前,傅寒舟曾在一所稍有名气的孤儿院待了半个月。当时警方正在处理傅寒舟妈妈的身后事,所以把他暂时放到了那家孤儿院。

那家孤儿院每隔几天就会来些爱心人士进行捐赠。傅寒舟冷眼看着孤儿院人来人往,走了一批又一批来捐赠的人,唯一不变的是那些孩子总会期待下次。但所谓的捐赠其实就是一锤子买卖,有没有下一次要看捐赠者的心情。可孤儿院的小朋友不懂这个规则,他们总觉得这是长久的来往。那些形形色色的捐赠者,一旦离开孤儿院,没有一个孩子知道他们的去向。

傅寒舟一开始就懂得这个规矩,他不在乎那些捐赠者从哪里来,到哪里去,还会不会再来。但是当苏云景送给他一部手机,他产生了疑虑。他甚至想把这三个电话都打一遍,确定苏云景给的电话号码是不是真的。

没有哪一个捐赠者真正在乎孤儿院的这些孩子。接受捐赠的孩子一直都在高兴和失望中度过。每来一个爱心人士,他们都会期待下次,然后慢慢失望,直到遇见新的捐赠者,再期待,失望,期待,失望……一直重复这个过程，直到他们摸清楚这个规则，才会彻底放弃期待。

所以这部手机让傅寒舟的心情很复杂，它不同于苏云景过往送给他的东西，那些都是一次性的东西，但手机却不同。它像一根风筝线，无论苏云景去什么地方，只要他动一动这根线，就能知道他的去向。他不会像其他人那样，从孤儿院踏出去，就彻底消失在人群中，再也找不到了。

昨天刚下了一场雨，天气难得清爽，苏云景跟傅寒舟并肩坐在树荫下，因为挨得近，两个人的胳膊稍微一动就会碰到一块儿。

傅寒舟的身体就跟他这个人一样清冷，像一块泡在寒潭里的冰玉，在盛夏看到他就觉得解暑。

苏云景只用了几天的时间就教会了傅寒舟拼音，这让他很有成就感。最近傅寒舟的脾气明显好了不少，至少苏云景再碰他，他不会像之前那样冷冰冰地拍开。

看着眉眼精致的小家伙在写字，苏云景多少有些感叹。一个多月前傅寒舟还高冷地不搭理他，现在他靠这么近，傅寒舟都没有任何反应。

苏云景颇为欣慰。他摸了摸傅寒舟脑袋上那个小鬏鬏。傅寒舟好长时间没有剪头发了，细软的黑发已经遮过耳朵，苏云景给他扎了个半丸子头。

被苏云景投喂了一段时间，傅寒舟的气色也好了，薄薄的嘴唇隐隐泛着红，像抹了口红似的，眉目秀气得像个小姑娘。

正在好好学习的傅寒舟，一点儿也不客气给了苏云景一爪子，嫌他手欠。漆黑莹润的眼眸清冷地扫过来时，苏云景尴尬地收回了手。

许久，傅寒舟下定决心似的把秀气的眉头拢得很紧："你帮我把头发剪了吧。"

苏云景愣了："你确定要我剪？"

傅寒舟停顿一下："尽量剪好一点儿。"

因为他扎着头发，孤儿院其他小朋友总笑他是女孩儿。他倒是不在乎外人对他的评价,但最近苏云景也总说他漂亮得跟个小女孩儿似的。

苏云景没有给人剪过头发,他看着傅寒舟一头乌黑的头发,也不知道哪儿来的自信,信誓旦旦地说:"我肯定给你剪个好看的造型。"

为了剪出好看的造型,苏云景还特意去小区旁边的理发店学艺。

学了三天,苏云景从家里拿了一把剪刀、一块枕巾、一个浇花的喷水壶准备"实战"。

苏云景用枕巾在傅寒舟纤细的脖子上裹了一圈,然后用喷水壶打湿了他的头发:"我动手了。"苏云景拿着剪子提醒,"我剪的时候你别乱动。"

傅寒舟"嗯"了一声。

苏云景紧张地动了人生当中的第一剪。

事实证明三天不足以学到精湛的技术,不要说精湛的技术了,连最基本的技术都不行。

傅寒舟一头漂亮的长发被苏云景剪得参差不齐,也就比狗啃的强了那么一点儿。

苏云景:"……"

就连苏云景自己也没办法直视这个劳动成果,倒是傅寒舟接受能力比较强,因为他一开始就没有抱多大希望。

事实证明,再好看的人也会被发型拖累。傅寒舟精致白皙的五官配上狗啃式的厚刘海儿,"清冷小帅哥儿"秒变"小杀马特"。

苏云景生出不少愧疚感,傅寒舟倒是没说什么,去院子的水管处冲头发。

苏云景见他用凉水洗头,连忙将他按了回来:"你这样很容易感冒。"

他让傅寒舟拿了两个洗脸盆,然后接了两盆凉水放在太阳下。等凉水被晒热后,他半蹲在傅寒舟面前,捧着水将他脖颈的碎头发一一冲干净了。

苏云景的指尖温热,洗头发的动作也很温柔,傅寒舟不由得想起了那个女人。

她有时会抓着他的头发，将他按进浴室里。花洒冲刷下来的水大多时候是凉的，水流如注，迎面冲在脸上，砸得他眼睛都睁不开。

所以傅寒舟不喜欢别人碰他，触碰只会让他觉得危险又恶心。

给傅寒舟冲了两遍才将他身上的碎头发冲干净了，苏云景将枕巾洗干净拧去水，给他擦了擦头发。

傅寒舟从头到尾都沉默地配合着，乖得不像平时的他。苏云景不禁看了他一眼。小家伙垂着眼皮沾着水珠的睫毛湿漉漉的，神情似乎有些困倦。

这样的傅寒舟看起来柔软了不少。苏云景抬手撸了一下他的头说："你把上衣脱下来，我给你洗洗。"

虽然裹着枕巾，但他短袖的领口处仍沾了很多细小的头发。

傅寒舟犹豫了片刻，才脱下身上的衣服。他肤色很白，像一块清冷的冰玉，衬得身上交错的伤痕更加狰狞可怖，简直是触目惊心。虽然最近他气色好了不少，却没胖多少，肋骨根根清晰可见。

苏云景喉咙发涩，看着傅寒舟，一时不知道该说什么。他想问问傅寒舟疼不疼，但转念一想，这不是废话吗？别说一个七岁的细皮嫩肉的孩子了，就算二十七岁的精壮青年被打成这样都受不了。

苏云景最终什么也没有问，将自己的视线从傅寒舟身上移开了。他往傅寒舟手心放了一颗奶糖，挤出一个笑容："今天的练习册你还没有写完，你去写吧，我把这件衣服洗了。"

傅寒舟没说什么，顶着糟糕的发型去阴凉处写苏云景给他布置的作业。

苏云景捏了捏眉心，压下翻腾的情绪。他收拾好心情，重新打了一盆水，把傅寒舟满是碎头发的上衣洗了。

傅寒舟拿着铅笔，看着蹲在水管旁洗衣服的苏云景。细碎的光线洒进他眼里，在上面渡了一层糖浆似的颜色，有什么东西在里面慢慢化开。

傅寒舟捏着手里那颗糖，最终将它剥开了。

把衣服上的头发择干净后，苏云景拧了拧水，顺手将衣服搭在了院子的角落。他甩着手上的水，走过去问傅寒舟："怎么样，这些题都会不会做？"

苏云景低头一看，见傅寒舟根本没写几道。虽然写得少，但正确率很高，苏云景也没再说什么，坐到了傅寒舟旁边。

他刚坐下，傅寒舟就将一个黏黏的东西放他嘴边——半颗奶糖，末端还有两个小小的牙印。

苏云景忍不住笑了，其实他兜里还有糖，没必要跟傅寒舟分一颗。但这是傅寒舟第一次给他留东西，苏云景笑着张嘴咬了下去。

"你继续写吧，不懂就问我。"苏云景揉了揉他的脑袋。

傅寒舟"嗯"了一声，低头做练习题。

苏云景看着傅寒舟后背纵横交错的伤疤，心里多少有点儿不是滋味。有几次，他甚至都想摸一摸那些疤，但又怕伤到傅寒舟的自尊心。

傅寒舟是有点儿"偶像包袱"的，苏云景给他剪的发型实在"非主流"，不得已他只能自己修了修。虽然丑还是丑，但起码头发齐了，不过还是遭到了其他小朋友的取笑。

其中小胖闹得最厉害，被苏云景逮住教训了一通，他才垂头丧气地离开了。

两个月的暑假很快就过去了，苏云景跟傅寒舟的关系也有了质的飞跃。

上学之后他们在一起的时间变少了，放学回来苏云景得先写完作业，吃了晚饭才能去看傅寒舟。孤儿院晚上八点锁门，满打满算他们俩一天也只能相处一小时。

现在苏云景开始教傅寒舟算术，每天会出二十道算术题让傅寒舟做。

苏云景检查完昨天出的算术题，见傅寒舟全做对了，就奖励了他一个大果冻。

天气渐渐转凉,余城的深秋不是刺骨的冷,而是一种潮湿的阴冷。

傅寒舟怕冷不怕热,夏天挨着他能解暑,但现在跟他待一块儿就像抱着一块冰似的。才十月中旬还没有立冬,他的手脚就冰凉冰凉的,脖颈间淡青色的血管在冷白的皮肤下清晰可见。

傅寒舟已经穿上加绒的衣服,但寒意还是直往他的骨头里钻。

见傅寒舟脚上还穿着一双很旧的单鞋,苏云景心里一酸。

孤儿院不缺衣服,但缺鞋。七八岁的小孩儿正是活泼好动的时候,这个年代娱乐活动很少,孩子大多都是在家门口疯跑,非常费鞋。

苏云景回家翻箱倒柜找了半天,没有找到去年原主过冬的旧鞋,他只能去问宋文倩。

宋文倩坐在沙发上给陆涛织毛衣,已经织了大半。她扯了扯毛衣,盖住自己略微凸显的肚子:"给你二姨家的弟弟了,你问这个干什么?"

一听这话,苏云景顿时有些失望,勉强挤出一个笑容:"没什么,就是随便问问。"

宋文倩打着毛衣说:"也该给你买今年过冬的鞋了,等这周六妈妈带你去市场买两双新鞋。"

听到这话,苏云景动了些其他心思。

周五下午会少上一节课,苏云景被宋文倩接回家也才三点四十分。

宋文倩打算晚上包饺子,就去厨房剁肉馅儿去了,等她拌好肉馅儿、和好面从厨房出来,就见苏云景蹲在阳台上。

"明明,你干什么呢?"宋文倩走过去。

苏云景在刷鞋,他把鞋柜里宋文倩跟陆涛穿过但没刷的鞋都翻了出来。其中还有两双女式高跟皮鞋,苏云景拿鞋油刷了一遍。宋文倩都惊了。

最近儿子真是越来越懂事,主动倒垃圾不说,吃完饭还会帮忙擦桌子、收拾板凳。这些都是他力所能及的,但刷鞋这操作着实让宋文倩摸不着头脑了。

怎么想起这出了？该不会……

宋文倩下意识摸了摸自己的肚子，惊疑不定地胡乱猜测着。

苏云景拿着鞋刷不太好意思地开口："妈，我能不能求您一件事？"

宋文倩的嘴唇微抖，她强装镇定地问："你是不是不想妈妈再给你生个弟弟或者妹妹？"

啊？苏云景愣了一下，但想起宋文倩这段时间食欲不好，再加上陆涛对她小心翼翼，他忽然明白了。

"妈，你怀孕了？"苏云景盯着宋文倩的肚子。

听出他话里的不确定，宋文倩讷讷地问："你不知道？"

苏云景摇头："我不知道。"

母子俩对视了片刻，双方都从对方眼里看到了尴尬。

宋文倩咳了一声，维持表面的镇定："你刚才说有事求我，你要求我什么？"

苏云景觉得还是先解决肚子里的小家伙比较要紧，因为他感觉宋文倩好像对他有什么误解。于是，他又问了一遍："妈，你有小宝宝了？"

宋文倩露出忐忑之色："你想要弟弟或者妹妹吗？"

就苏云景来说，他是没权干涉宋文倩和陆涛要二胎的。只要他们夫妻俩商量好了，不管做什么他都不会有意见，而且孩子都有了，打胎对女性的伤害很大。

苏云景点了点头："妈，你生吧，不管是妹妹还是弟弟，我都会照顾他的。"

宋文倩鼻子有点儿酸。她拉过苏云景的手放到了自己的肚子上，认真跟他保证："你放心，就算有了弟弟或妹妹，妈妈也会非常疼你的。"

生二胎在小县城很普遍，但她家情况不一样，宋文倩总担心她再生一个会让苏云景觉得他们放弃了生病的他。

宋文倩的肚子已经有一点儿鼓了,但摸上去不像肥胖的人那么柔软。

苏云景没摸过怀孕的准妈妈,感觉还挺奇妙的。他不由得想到了傅寒舟,顿时觉得骄傲:"我日后肯定是个好哥哥。"

傅寒舟他都搞定了,其他小孩儿更不在话下。

听到他这么说,宋文倩终于放心了。她低头亲了一口苏云景:"嗯,我儿子这么乖,这么懂事,以后肯定是个好哥哥。对了,你刚才想跟妈妈说什么?"

苏云景一到跟宋文倩要钱的时候就显得底气不足:"妈,我在孤儿院认识了一个好朋友。马上就要冬天了,您能不能也给他买一双棉鞋?"

这几个月苏云景总往孤儿院跑,宋文倩知道他在孤儿院有一个好朋友,名字还挺好听,叫傅寒舟。小孩儿她也见过,长得很漂亮。她还以为是什么大事,没想到是这个,于是很痛快地答应了。

苏云景松了口气。

宋文倩和好面,等它醒了一会儿,就准备包饺子了。

苏云景搬上小板凳,洗了手要给宋文倩擀饺子皮。

宋文倩没指望他真能擀出饺子皮,但也多拿了一个小擀面杖教他怎么擀皮:"中间要厚一点儿,两边薄一点儿。对,对,就是这样。"

苏云景两只小手抱着小擀面杖,虽然擀得不圆,但也符合宋文倩的要求。

宋文倩看着认真擀皮的苏云景,忍不住感叹:"你比你爹强多了,也不知道谁有福气,以后能嫁给我儿子。"

苏云景有些尴尬,心想:现在说这个会不会太早了?

陆涛从门市回来就被宋文倩数落了一通。莫名其妙挨骂的陆涛看了一眼从厨房里乖巧地端出饺子的苏云景。

宋文倩立刻心疼地说:"烫不烫?快让你爸端。"

苏云景良好的表现让陆涛在家的地位一降再降："我来吧，别烫到你。"陆涛在苏云景的屁股上拍了一巴掌，"小子，最近表现挺好啊！"

苏云景："……"

跟宋文倩夫妇相处的这段时间，苏云景是拿他们当家人的。只不过他不是八岁的孩子，知道挣钱不容易，也知道因为原主的病家里花销大，所以每次提要求都会不好意思。

这次去市场买鞋，苏云景对牌子没什么要求，只要便宜舒服就行。跟宋文倩逛了一上午，中午苏云景在小饭店吃了碗云吞面和半块千层饼。吃完了饭，把该买的东西都买了，宋文倩就带着苏云景去了五金店。

到了建材市场，苏云景用宋文倩的手机给傅寒舟打了一通电话。

"我被我妈接到店里了，得跟他们待到下班，我晚一点儿过去检查作业。"

"嗯。"

"对了，你想吃糖葫芦吗？回去的时候我给你带一串。"

傅寒舟没说话，隔了一会儿，他幽幽地问："只给我一个人买吗？"

苏云景不知道傅寒舟怎么会突然这么问，但他也没多想，笑着说："对呀，你想吃吗？"

"那你买吧。"傅寒舟清凌凌的声音干脆轻快。

晚上苏云景带着一串糖葫芦去找傅寒舟。红彤彤的山楂浇了一层薄亮的冰糖，鲜艳的色泽让手拿糖葫芦的苏云景一进孤儿院就成了焦点。

苏云景："……"

齐刷刷二十多双眼睛望过来，苏云景有点儿招架不住。他站在孤儿院大门口，愣是不敢进去。

就在苏云景踌躇时，一个清瘦漂亮的男孩儿走了过来。他眉眼沉静，神情淡漠，走过来接过苏云景手里的糖葫芦，目不斜视地走了。

要不是傅寒舟只有七岁，拿的还只是糖葫芦，就他那个骄矜的样子，苏云景还以为是偶像剧走出来的霸道总裁!

苏云景没他那么厚的脸皮，吃独食可以吃得如此心安理得。他在一众愤怒、失望、可怜巴巴的目光下，鬼鬼祟祟地跟在傅寒舟身后，活像个总裁身后的小跟班。

像苏云景这种普通百姓做不到傅寒舟这么坦然，他没法儿无视那么多双充满期待的眼睛。但没办法，他现在能力有限，能把傅寒舟养得白白胖胖就不错了。

苏云景正感叹自己人小势弱时，被傅寒舟往嘴里塞了一口糖葫芦。

嗯，还挺甜。

苏云景咬了一口，是小时候的味道。

现在的糖葫芦都剔了籽，没有小时候吃的新鲜。这个时候的糖葫芦香气很大，甜中混着山楂汁水的酸味儿。

先喂了苏云景一颗，傅寒舟才低头咬了口糖葫芦。他的唇色很艳，映着糖衣的光泽，嘴里鼓鼓囊囊塞着一颗山楂。他皱着眉嚼着粘牙的山楂时，终于有了几分鲜活的孩子气。

苏云景突然想起什么似的开口："后天是我的生日，你晚上来我们家吃饭吧。"

傅寒舟咬糖葫芦的动作一顿，抬起头去看苏云景。

现在昼短夜长，六点天就开始黑了，对面的筒子楼纷纷亮起了灯。远处的万家灯光明明暗暗地投进傅寒舟漆黑的眼睛，最后被吞噬殆尽，只有那双眸子越发幽邃。

他问："只有我一个人吗？"

苏云景一时没明白傅寒舟什么意思："不是你一个人，还有我爸妈。是在我家过生日。"

苏云景怕他没听懂，又重复了一遍："我邀请你来我们家。我已经跟我妈说好了，她会跟院长阿姨说的。"

傅寒舟执着地又问："就咱们四个人，是吗？"

苏云景点头："对，就咱们四个。"

得到苏云景肯定的回答,傅寒舟满意地继续咬冰糖葫芦。

苏云景语气带了几分小心:"你什么时候过生日?"

傅寒舟摇了摇头,神色平和:"我不知道,我没生日,也没过过。"

傅寒舟的妈妈生下他之后情绪一直不稳定,对他非打即骂。虽然出生证明跟户口本都有出生日期,但他没见过这两样东西。

傅寒舟从来不过生日,这点小说里提到过。

一个不幸的童年往往要用一生去治愈,傅寒舟后来遇到了一个能治愈他的女孩儿,但对方是女主角,他却是个男二号,世界上最悲催的事莫过于此!

所以苏云景想给傅寒舟一个幸福的童年,也希望他不要卷入别人的爱情。

"既然你没有生日,那就用我的生日。我是阴历九月初十那天生的,以后九月初十也是你生日。我妈说要给我买生日蛋糕,到时候咱们俩一块儿吹蜡烛,好不好?"苏云景笑着问他。

苏云景明亮的眼睛里映着愣神的傅寒舟,他脑子还没反应过来,但下意识地点了点头。

苏云景的笑容爽朗干净:"那咱们说好了,后天我放学来接你。"

傅寒舟被他笑晃了一下,不知道怎么回事一股喜悦之情从心底慢慢冒出,怎么也压不住。他的眼眸微微弯了一点儿,拉出一个漂亮的弧度:"好。"

苏云景愣了一下,随后抬手摸了摸他的脑袋。不管傅寒舟平时表现得有多成熟,但到底是个七岁的孩子,所以才会对生日有种莫名的向往。

苏云景很狡猾,他没有把自己准备生日礼物的事告诉傅寒舟,打算后天给傅寒舟一个惊喜。

到了生日当天,宋文倩去孤儿院把傅寒舟接了过来。

只是一顿晚饭,再加上宋文倩就住对面小区,都是知根知底的,孤儿院院长也没多说什么,只是让她在八点之前把傅寒舟送回来。

为了给苏云景和傅寒舟过生日，宋文倩订了一个八寸的蛋糕，特意跟蛋糕店的人要了两个生日帽，蛋糕上面写着——祝明明跟寒舟生日快乐。

苏云景叠了一个生日帽扣到傅寒舟脑袋上，眼睛染了一丝笑意："生日快乐。"

明知道这是假的，只是商家骗小孩儿的手段，以前傅寒舟是不屑的。但真有人把它戴到自己头上，他心里是喜悦的。他轻轻摸着皇冠的边缘，动作细致又小心。

苏云景看见了傅寒舟的小动作，心想他应该是高兴的吧。

傅寒舟抬头去看苏云景，黑黢黢的眼睛像是在无声质问——你怎么不戴？

苏云景已经过了渴望过生日的年纪，对生日蛋糕和皇冠早就不感兴趣了。但在傅寒舟的目光下，他还是给自己戴了一顶。

宋文倩从厨房端出刚蒸好的糯米排骨对他们俩说："你们两个小寿星站着干什么？"

把排骨放到餐桌上，宋文倩抓了一把瓜子给了傅寒舟："寒舟，把这里当自己家，千万别客气，你们先吃点儿瓜子，等明明爸爸回来了，咱们就能吹蜡烛切蛋糕了。"

傅寒舟礼貌地道谢："谢谢阿姨。"

他长得很好看，唇红齿白，眉目清秀，掩去冷冰冰那一面时，显得特别乖巧。

宋文倩看到这样的傅寒舟，母爱瞬间被激出来了："哎呀，这孩子真懂事，文文静静的，像个小姑娘。"

苏云景："……"

傅寒舟是不喜欢别人碰他的，宋文倩捏他脸，他难得没表现出嫌弃跟厌恶，一双黑白分明的眼睛里透着天真。

他还挺能装。

陆涛回来时给苏云景和傅寒舟一人买了一辆四驱小赛车，随着

《四驱兄弟》这部动画片的大热，校门口都是卖四驱车玩具的。他是听了五金店隔壁家居店老板的意见，路过商店时买了两辆赛车，还大手笔买了赛车跑道，然后毫不意外被宋文倩骂了一顿。

"你买这个干什么？家里就这么一块地方，弄这么个东西一摆，客厅连个下脚的地方都没有。"

"今天是孩子的生日，我也是为了让他们高兴。"陆涛赶紧拉两个孩子挡枪："儿子，爸给你买的礼物高兴吗？"

这要是十几年前摊上这么一个爸爸，苏云景能高兴得起飞，毕竟当年谁还没个赛车梦？

苏云景很给面子地点头："高兴。"

陆涛又问傅寒舟："叔叔给你买的礼物喜欢吗？"

莫名被拉下水的傅寒舟跟着苏云景一样点了点头。

陆涛顿时就有理了："你看两个孩子都高兴。"

宋文倩不想再跟他掰扯下去了，没好气地说："洗手吃饭！"

陆涛嘴角一扬，笑得有点儿欠："得令！"

宋文倩在蛋糕上点了一圈蜡烛，大家齐声唱了生日歌。

苏云景转头对傅寒舟说："一起吹蜡烛吧！"

苏云景明亮的眼睛映着摇曳的烛火，星星点点的深处像是有蜜色的糖浆在化开。傅寒舟只觉得很温暖，也很甜。他点了下头，跟苏云景一起凑过去将蜡烛吹灭了。

吹完蜡烛，苏云景拿着透明的塑料刀开始切蛋糕，切好后的蛋糕被宋文倩装到了托盘上。

苏云景将第一块蛋糕给了宋文倩："妈妈，工作辛苦了。"

宋文倩一愣，然后笑着摸了摸他的脑袋："还是我儿子知道心疼我。"

陆涛："……"

苏云景又切了一块给陆涛："爸爸，工作辛苦了。"

陆涛感叹："还是我儿子知道心疼我。"

宋文倩瞪了陆涛一眼。

苏云景给傅寒舟一块蛋糕，然后在他耳边小声说了一句什么。

见两个小家伙咬耳朵，宋文倩觉得很有意思，笑着问："你们说什么悄悄话呢？"

说完悄悄话的苏云景不慌不忙地坐好："没什么。"

他只是对傅寒舟说让他少吃点儿蛋糕，如果还想吃明天他再给他带，蛋糕这玩意儿吃多了容易消化不良。

傅寒舟倒是很听话，真的只吃了一块。

吃完晚饭，苏云景征求宋文倩的同意："妈，现在还不到八点，能不能让我在家给寒舟洗个澡？"

"你给寒舟洗澡？"宋文倩哭笑不得，"你才刚学会自己洗澡，就敢给别人洗了？"

苏云景有点儿无奈，顶着这张刚刚九岁的脸干什么都会被家长怀疑。但傅寒舟不太喜欢别人碰他，现在也就不反感苏云景。

"他自己会洗澡，我就给他洗洗头发。妈，你把小孩儿洗头用的那个浴帽给我找出来吧。"

在苏云景的再三保证下，宋文倩才终于松口。

"冲泡沫的时候让寒舟低着头，这样洗发膏不容易溅到眼里。"

"我知道了。"

"打开花洒前试试水温，别烫到寒舟了。"

"好。"

"干净的衣服我给你们挂到这里了，穿好衣服再出来，别感冒了。"

"嗯。"

宋文倩嘱咐了苏云景好几句，她才离开。

苏云景刚要去关洗手间的门，宋文倩又折回来不放心地说："要不还是我给你们洗吧。"

苏云景："……"

陆涛听不下去了，走过来把宋文倩拽走了。

苏云景关上门，转身无奈地对傅寒舟说："我妈就是怕我刺激到你的眼睛。"

当妈妈的都喜欢操心。

傅寒舟坐在小板凳上，抬头纯良地看着苏云景，浴霸的橘色暖灯在他柔软细黑的头发上晕出一个漂亮的光圈。眉目精致的小孩儿眼睛黑得发亮，但不像往日那样冷冰冰的瘆人，反而透出几分乖巧。

苏云景感觉今天的傅寒舟好像从一只凶悍高冷的狼崽子变成了刚出羊圈的小羔羊。他蹲到傅寒舟面前把宋文倩拿给他的浴帽给傅寒舟戴上了，然后踮着脚取下淋浴喷头。苏云景先试了试水温，觉得水温合适后，他让傅寒舟低下头。

花洒的水浇下的那刻，傅寒舟猛地闭上眼睛。

感受到傅寒舟身体的紧绷，苏云景连忙移开了花洒问："怎么了，是水温不合适？烫了，还是凉了？"

水是温热的，不是傅寒舟想象的凉到刺骨，这让他抿了抿唇。他摇了摇头："不凉也不烫，很好。"

听到这话，苏云景放心了。他用花洒打湿了傅寒舟的头发，然后关了水，挤了点儿冰冰凉凉的洗发露，在手心打出泡才抹到了傅寒舟的头发上。

苏云景的指甲被宋文倩剪得很短，手指穿过傅寒舟发间，轻轻地搓着他的头皮时，不会有任何的不舒服。

傅寒舟垂着眼睫，水雾氤氲在他的眼角眉梢，脸庞被水汽蒸得泛出一层浅浅的红晕。不知道是不是浴室的温度太高了，他整个人有些头重脚轻。周围光怪陆离，眼前的苏云景也变得不真切起来，他心里蓦然生出慌乱恐惧。

"闭上眼睛，我给你把泡沫冲了。"

苏云景的声音十分缥缈，像是跟他隔了很远的距离。

傅寒舟的头疼得更厉害了。他感到小小的空间开始扭曲，低声喘息着。

苏云景没注意到傅寒舟的异常,他第一次给别人洗头发,感觉有些别扭,一连调整了好几次姿势。突然,他的衣摆被傅寒舟紧紧抓住。

嗯?苏云景纳闷儿地询问傅寒舟:"刺激到眼睛了?"

傅寒舟没说话,他用力抓着苏云景。

整个世界都安静了,那些扭曲混乱的东西一一消失。

傅寒舟的头上还带着泡沫,滴下的水让苏云景的衣服湿了一大片。

苏云景忍不住揉了揉他的脑袋:"怎么了?"

傅寒舟轻声说:"生日快乐。"

这是他人生中第一次跟别人说"生日快乐"。

苏云景笑了:"你也生日快乐。"

傅寒舟闭上了眼睛,湿漉漉的睫毛搭在眼皮上,嘴角微微翘起一点儿。

嗯,以后今天也是他的生日了。

周六逛街的时候,宋文倩不仅给傅寒舟买了鞋,还有新的秋衣秋裤,给傅寒舟洗了澡,苏云景就让他穿上了。

苏云景笑着说:"鞋子和衣服是我妈给你的生日礼物。"接着他又给傅寒舟套上一条黑色的围巾跟同色系的帽子,"这是我给你的生日礼物,还有一副手套,等天再冷一点儿的时候,你就戴上它。"

苏云景将黑色加绒手套塞进了傅寒舟的上衣口袋。这件棉服是宋文倩去年冬天买的,原本她打算给自己外甥的,但知道孤儿院条件不好,就翻出来让傅寒舟穿上了。

黑色围巾遮住了傅寒舟大半张脸,只露出细腻精巧的鼻梁以及一双漂亮漆黑的眼睛。看着全副武装的傅寒舟,苏云景都觉得暖和了很多。

"还是寒舟长得好看。"宋文倩越看傅寒舟越喜欢,开始言语伤害自己儿子了,"你穿上这身就没人家耐看。"

苏云景:"……"

果然没有对比就没有伤害。

宋文倩拉起了傅寒舟的手："马上就要八点了，阿姨把你送回去。"

傅寒舟转头去看苏云景。

苏云景接收到信号立刻表示："妈，我跟你一块儿去。"

宋文倩皱了皱眉："你去干什么？外面这么冷，当心感冒了。"

"我多穿一件衣服，你们等我一会儿。"苏云景从宋文倩手里拉过傅寒舟，拽着他去了自己的房间。

宋文倩嗔怪地说："你这孩子，换衣服就换衣服，你拽人家寒舟干什么？"

苏云景自然不可能告诉宋文倩，傅寒舟不喜欢别人拉他的手。

进了房间，苏云景放开傅寒舟，走去衣柜找了一件厚衣服。等苏云景穿好衣服，转过头就见傅寒舟盯着书桌一盒彩笔看。

这盒彩笔是之前苏云景给傅寒舟买的，对方不仅没要，还送了他一个让他浑身起鸡皮疙瘩的回礼。

想起最初跟傅寒舟认识时，他高冷的样子，苏云景笑了笑。他走过去拿起那盒彩笔递给傅寒舟："诺，给你。"

傅寒舟微微一怔："送给我吗？"

苏云景笑着说："买它本来就是送给你的。"

看着苏云景毫不芥蒂的笑容，傅寒舟抿了抿唇，然后默默地接过了那盒彩笔。

苏云景也给自己裹了一条围巾，然后对傅寒舟说："咱们走吧。"说完关了房间的灯，跟傅寒舟一前一后走出了卧室。

见苏云景为了防止感冒，快要把自己裹成一个球了，宋文倩也没再说什么。

把傅寒舟送到院长妈妈手里，宋文倩拉着苏云景往回走。这个时候的汽车还很少，马路上并没有多少车辆。

苏云景跟着宋文倩横穿马路的时候，像是受到感召似的回头看了一眼。

孤儿院的铁栅栏门已经关上了，傅寒舟站在门里眼睛一眨不眨地看着苏云景。他身后是一片黑暗，犹如深渊一点点朝傅寒舟蔓延，似乎要将他吞噬。身形单薄瘦弱的男孩儿，在清冷的夜里显得极为孤单落寞。

有一瞬间，苏云景是想将他带回家的。但宋文倩刚怀孕，不可能再领养一个傅寒舟。更何况傅寒舟有爸爸，他爸爸马上就要来接他回去了。

傅寒舟抓着冰冷的铁栏杆，一张小脸被冻得惨白，像冬日清晨的那层寒霜。在看见苏云景回头的那一刻，他那双漂亮的眼睛在寂寥的深夜里亮得惊人。

苏云景似乎看懂了傅寒舟的期待。他抬头跟宋文倩低声说了一句什么，对方迟疑着放开了他的手。

苏云景小跑着走近傅寒舟，然后从兜里掏了两颗糖递给了他。

"快点儿回去吧，别感冒了。"苏云景拉了拉傅寒舟脖子上的围巾，遮住他大半张脸，抵挡寒风的侵袭。

傅寒舟垂下了眼睛，掩下了眸中的失落。他紧紧握着苏云景给他的那两块糖，最终还是乖乖回去了。

看着身形孤单的傅寒舟，苏云景心里也不是滋味。

再等等吧，最多等两个月傅寒舟的父亲就能来接他了，到时候他就有家了。

Chapter 03

我只有你

> 嘲笑矮人的恶龙，
> 最终变成了矮人。

第二天早上，苏云景上学路过孤儿院，看见傅寒舟站在寒风中目送宋文倩送他上学，等他放学回来又见傅寒舟在门口等他。他的目光波动了一下。

"妈。"苏云景拽了拽宋文倩的衣服，"停一下，我想下来。"

宋文倩下了自行车回头看他："怎么了？"

苏云景从后座跳了下来："妈，你先回去吧，我跟寒舟在外面玩一会儿。"

宋文倩皱眉："这么冷的天在外面有什么好玩的？"

宋文倩也看见了傅寒舟。她怕苏云景会感冒，停好自行车进孤儿院跟院长说了一声，就带着两个孩子回去了。

宋文倩给他们拿了瓜子跟橘子："寒舟晚上留下来吃饭，我跟你们院长说好了。"

傅寒舟客客气气地道谢："谢谢阿姨。"

看见这个乖巧漂亮的小男孩儿，宋文倩忍不住感叹："你看这睫毛长得跟个小姑娘似的，阿姨真喜欢你。"

苏云景："……"

总感觉傅寒舟一来，他在家里的地位都下降了。

宋文倩一走,苏云景就带着傅寒舟去洗手了。看他手凉得跟块冰似的,苏云景多倒了一点儿热水,让傅寒舟泡了一会儿。

回到自己的房间,苏云景关上门给傅寒舟剥了个橘子:"你吃吧,我写会儿作业。"

傅寒舟点了点头,没有打扰他。

小学二年级的作业非常简单,苏云景很快就写好了。写完自己的作业,他开始给傅寒舟布置明天的算术题。

宋文倩晚上打算吃馄饨,拌好馅儿后,洗了点儿刚买的草莓给两个人送了过来。

她还以为苏云景跟傅寒舟在看电视,结果在卧室看见他们俩在学习,苏云景正在教傅寒舟学写汉字。

看到这幕,宋文倩这个当妈的顿时感觉欣慰,她不自觉摸了一下自己微隆的肚子。

从那以后傅寒舟每天都会站在孤儿院门口,目送苏云景上下学。

这个时候的娱乐活动很少,傅寒舟又是个很独的人,他玩得来的人只有苏云景。

苏云景一想到傅寒舟天天眼巴巴盼着他放学,他就觉得小家伙特别可怜。所以放学后他会第一时间去孤儿院找傅寒舟。苏云景兜中常备奶糖,他一来,孤儿院的孩子就会围着他要糖。

这几天苏云景兜里的糖往往还没有发出去,就会被傅寒舟掏个干干净净。

苏云景从宋文倩自行车后座下来,一只脚还没有踏入孤儿院,傅寒舟就走过来将他的口袋翻了个遍,熟练地拿走了所有的糖。

傅寒舟的手不小心碰到苏云景手腕,冰得像一块泡在寒潭里的玉石。

苏云景没计较糖的事,皱着眉问他:"我给你的手套呢?"

傅寒舟将奶糖都装进了自己的兜:"我洗了。"

"你以后别在门口等我了,你看你冻得脸色发白。"苏云景掀起自己棉服后面的帽子对傅寒舟说,"你把手放这儿,这里暖和。"

傅寒舟迟疑着将手放了上去。隔着厚厚的棉服,他感受到苏云景的体温。

傅寒舟的声音轻不可闻:"以后不要给他们糖。"

苏云景没料到傅寒舟会突然冒出这么一句,他下意识问:"为什么?"

傅寒舟没回答,只是固执地重复:"不要给他们糖!"

苏云景哭笑不得:"好吧,你说不给就不给吧。"

正好他最近也想攒钱,因为离傅寒舟被亲爹接走的日子越来越近,他想送傅寒舟一份临别礼物。

见苏云景答应了,傅寒舟清俊的眉眼微微弯了一些。

现在苏云景不用再偷偷摸摸给傅寒舟送晚饭了,因为宋文倩太喜欢傅寒舟,见他们待在一块儿又是为了学习,所以晚上会留傅寒舟在家里吃饭。她会按时将傅寒舟送回去,孤儿院那边也就睁一只眼闭一只眼了。

见傅寒舟一天比一天开朗,苏云景很是欣慰。不过他又仔细想了想,傅寒舟好像只跟他在一块儿才会变得开朗,在其他人面前还是那个高冷的样子。

不知道这样算不算完成系统指派的任务,如果算的话任务过后他会离开这个世界吗?

最近苏云景一直在想这些问题,奈何他联系不到系统,只能继续做好陆家明。

立冬后一天比一天冷,虽然苏云景给傅寒舟买了手套,但孤儿院取暖条件太差,傅寒舟还是冻坏了手。

苏云景躺在床上想着明天给傅寒舟买一管冻疮膏,想着想着,他迷迷糊糊就睡着了。不知道睡到了几点,他突然被座机的来电铃声吵醒了。

最先醒过来的人是宋文倩,因为怀着孕,她最近的睡眠质量不大好，电话刚响几声她就醒了。

宋文倩将一旁睡得沉沉的陆涛踹醒了："去接电话。"

陆涛暗骂一句来电话的人"神经病"，不情不愿地去客厅接了电话。

也不知道谁打来的骚扰电话，陆涛问了句"谁"，对方居然挂断了。

苏云景在卧室听见陆涛骂骂咧咧地回了房间，于是揉了揉眼睛，翻了个身刚要继续睡觉，鬼使神差地想到了傅寒舟。

等隔壁主卧没了动静，苏云景悄悄下了床。他没敢开灯，眯着眼睛摸到了座机，然后翻了翻来电显示。见的确是傅寒舟的手机号，苏云景顿时变得紧张起来，这么晚傅寒舟打电话肯定是有急事。

怕傅寒舟出事，苏云景不敢耽误，拿起听筒回拨了过去。刚拨通他就隐约听见，门外传来了手机铃声。他心里一惊，放下电话蹑手蹑脚地走到门口，然后将房门打开了。

楼道的冷风从门缝灌了进来，吹得苏云景直打哆嗦。他探出脑袋，看见黑暗处有一团影子。

"傅寒舟？"苏云景的声音极小，他怕吵醒别人。

那团影子动了动，起身走向了苏云景。等他走近之后，苏云景才发现的确是傅寒舟。

傅寒舟浑身脏兮兮的，身上跟脸上都沾着泥土，像是在地上打了好几个滚儿。见他脸色苍白如纸，苏云景连忙将他拉进了屋。

"嘘，跟我过来。"苏云景抓着傅寒舟冰冷的手，带他回了自己的房间。

关好门，苏云景转头担心地问他："你怎么大晚上跑出来了，发生什么事了？"

"有虫子。"傅寒舟薄唇惨白，像覆了层寒霜似的，眼睫发着颤，"我床上有很多虫子。"

苏云景眉头皱了起来，大冬天哪儿来的虫子？但看傅寒舟的样子也不像是在说谎。

苏云景突然想到了一种可能。小说里提到过傅寒舟偶尔会出现幻觉，这也是傅寒舟喜欢上女主角的原因之一，因为跟女主角待在一起时那些乱七八糟的幻觉会消失。

苏云景没想到傅寒舟这么小就开始出现幻觉，他既心疼又无奈。他可不是女主角，没有本事让傅寒舟的幻觉消失。

苏云景揉着他的脑袋安抚："我这里没虫子，你今天晚上在这里睡吧。"

傅寒舟轻轻点了一下头，纤长的睫毛被夜里的寒气打湿了，密密地铺在眼皮上，像一只遭了风雨的蝴蝶。

苏云景从来没见过傅寒舟这样，心里跟着一酸。他抬手擦了擦傅寒舟脸上的土。傅寒舟整个人仿佛一块冰，寒气从他骨头往外渗，苏云景被他冰得起了层鸡皮疙瘩。

"先把衣服脱了，去床上暖一暖。"傅寒舟身上都是土，脸上跟手上也沾着不少。

怕吵醒宋文倩和陆涛，苏云景没敢带他去洗漱。

傅寒舟双手冻僵了，半天解不下来一个扣子。苏云景实在看不下去，上前利索地帮他把衣服脱了。

折腾了半天，被窝也有些凉了，苏云景让傅寒舟赶紧钻进去。怕傅寒舟会冷，他又从衣柜里翻出几件棉袄盖在了棉被上，然后才脱鞋上了床。

苏云景刚躺下就察觉到了傅寒舟的不对劲儿："怎么了？"

傅寒舟死死地盯着天花板，身体绷得像一张拉满的长弓："它们进来了。"

傅妈妈下葬那天，孤儿院的人带着傅寒舟去了殡仪馆。他看着她躺在停尸间，穿着一件素色的白裙，胸前戴着一朵白色的菊花。

在外人看来她神色安详，他却看见许多虫子在贪婪地吞食着她。

再后来，傅寒舟的眼睛被拉着他的院长捂住了，那些虫子也跟着消失不见。

现在它们又冒出来了，迅速朝他涌来。

就在这时，傅寒舟突然被人裹住了。

苏云景看不到傅寒舟的幻觉，但看到他此刻的表情也能猜到是怎么回事，所以拽着被子将傅寒舟从头裹到脚。

苏云景轻轻拍着傅寒舟的后背："别怕，那些虫子进不来的，你看我把被角儿都掖紧了。"

傅寒舟没说话，只是抓住了苏云景的袖口，像溺水的人遇见一根救命稻草。

苏云景摩挲着傅寒舟的后颈，除了不断重复"别怕"以外，他多少有点儿词穷。小家伙难得露出脆弱的一面，单薄消瘦的身体战栗着。但他没有女主角的技能，抱住他就能让他脑海里的幻觉消失，所以只能干巴巴地安慰着。

傅寒舟的体质太特殊，苏云景焐了半天都没有焐暖和。不过好在情绪稳定下来了，傅寒舟的呼吸逐渐平稳。不知道过了多久，他终于睡着了。

苏云景被压得不舒服，胳膊又麻又痛，但只要他动一下就能惊醒傅寒舟。无奈他只能保持不动。这一晚上，他都没睡好，中途醒来好几次。

迷迷糊糊睡到五点多，苏云景把傅寒舟叫醒了。趁着没人知道傅寒舟偷跑出来，苏云景得赶紧把他送回去，等孤儿院的人发现就麻烦了。

傅寒舟睡得也不太好，被叫醒后沉默地坐在床上。

苏云景活动了一下被压的那条胳膊，他忍住酸麻的感觉将傅寒舟的衣服找了出来。

"快点儿穿上衣服，我把你送回去。"苏云景说着上手给傅寒舟套上了毛衣。

傅寒舟配合着穿上之后，垂下眼睛将额头抵在了墙上。

苏云景看着心情低落的傅寒舟，忍不住揉了揉小家伙细软的黑发:"我知道你还困,但也得送你回去,不能让孤儿院的人知道你大半夜跑过来了。"

见傅寒舟情绪实在不佳,顿了下苏云景又说:"这样吧,今天我跟我妈说说,让她去问问你们院长,晚上你可以不可以来这里睡。"

傅寒舟立刻抬起了头:"真的吗?"

苏云景笑着反问:"我什么时候骗过你?"

听到苏云景的保证,傅寒舟精神了很多,自己穿好了衣服从床上下来。

苏云景怕傅寒舟感冒,又多给他裹了一件外套,这才送他回去。

回到家还不到六点,苏云景抓紧时间睡了个回笼觉。

七点二十分,苏云景被宋文倩叫醒了,他无精打采地刷牙洗漱,吃了早饭,坐在自行车后座上去上学。

宋文倩骑着车刚出小区就见对面孤儿院门口站着一个漂亮的男孩儿:"那是寒舟吧?"

苏云景听到这话猛地抬头。

傅寒舟今天仍旧早起来送苏云景上学。他站在生着铁锈的栅栏里,漆黑的眼眸直勾勾地看着苏云景。

宋文倩语气纳闷儿地说:"寒舟怎么天天站在门口,这孩子也不嫌冷?"

苏云景没说话,嗓子像是泡进盐水里似的又胀又涩。

昨天晚上的事让苏云景终于明白了一件事,傅寒舟开始信任他了。以前傅寒舟就算出现幻觉,他也是一个人扛,现在却会第一时间来找苏云景。他拿他当家人,所以不管天气好坏每天早上都会爬起来送他上学,下午眼巴巴等着他放学回来。

苏云景想,他大概也中了小男二号的毒。现在的他很不理解女主角,傅寒舟这么优秀居然还没有看上!果然爱情是不讲道理的。

苏云景硬着头皮撒娇卖萌,宋文倩终于答应去问问孤儿院院长,能不能让傅寒舟晚上留宿到他们家。

在宋文倩的多番保证下，院长才松了口。苏云景拉着傅寒舟的手把他领回了家。

虽然这不是第一次来苏云景家，但因为今天可以光明正大留宿，一向高冷的傅寒舟明显是开心的。

吃了晚饭苏云景就带傅寒舟去洗澡了。傅寒舟很喜欢苏云景给他洗头发，对方动作温柔地穿过他的发间揉搓时，傅寒舟感觉很舒服。

傅寒舟坐在小板凳上，象牙白玉般的肤色被水汽蒸得透着淡淡的薄红，唇红齿白的样子非常惹人喜欢。

苏云景看着傅寒舟长长的睫毛下细小晶莹的水珠，越来越觉得他乖巧。苏云景最初跟傅寒舟接触的确是抱着做任务的心态，但现在是真的心疼他，希望他能开开心心，有一个美好的童年。

苏云景将傅寒舟黑发上的泡沫冲干净后，抽出一条蓝色的毛巾给他擦头发。

"我妈说明晚要炖鱼吃，你想吃鱼了吗？"在灯光的映照下，苏云景脸上覆了层橘色的暖光，五官轮廓显得异常柔和。

傅寒舟眉眼一弯，点了点头。其实他不喜欢吃鱼，但喜欢苏云景给他挑鱼刺。

洗完澡傅寒舟穿了苏云景的睡衣。上面带着淡淡的肥皂清香，他很喜欢这个味道。

他们俩洗完澡还不到八点，苏云景问傅寒舟："你要看电视吗？少儿频道这个时候应该还有动画片。"

傅寒舟对动画片没兴趣："你教我用手机打字吧。"

苏云景有些纳闷儿："怎么突然想学打字了？"

傅寒舟说："你不是说以后再有一部手机，想跟我发短信？"

看着傅寒舟那双黑白分明的眼睛，苏云景一时无言。说实话要不是傅寒舟提醒，他都忘记自己说过这话了。

苏云景咳了一声："那回我房间，我教你。"

教傅寒舟学打字之前，苏云景先给他抹了一点儿冻疮膏。

傅寒舟的手很嫩，冻伤了的食指和小拇指又红又肿。涂好之后苏云景将冻疮膏给了傅寒舟，嘱咐他每天都要涂。

傅寒舟"嗯"了一声。

拼音傅寒舟早就学会了，但认识的字没那么多，苏云景先教给他怎么打自己的名字。

傅寒舟非常聪明，拼写出自己名字后就知道其他字怎么打了。不过因为不熟悉按键字母的排列顺序，所以速度比较慢。苏云景又教了他怎么发送短信。

即便傅寒舟变开朗了，但他不像其他孩子那么活泼好动，加上苏云景也不是孩子，对小孩儿的玩具没什么兴趣。他们这两个比较成熟的小朋友，刚到八点就关灯躺到了床上。

宋文倩见两个人过分安静，趁着自己追的剧播广告时，她去苏云景的房间看了看。结果一推门发现房间里是黑的，床上两颗小脑袋齐刷刷地看向她。

宋文倩："……"

这么早就睡了？生活也太健康了吧！她还以为两个小孩儿难得在一块儿肯定玩得忘乎所以，晚上甚至不愿意睡觉。

苏云景不解地看着她："妈，有事吗？"

"没事，你们睡吧，睡吧。"宋文倩摆了摆手，退出了房间。

"电视小点儿声，两个孩子都睡下了。"宋文倩压低声音，呵斥了陆涛一顿。

"这是你的'八点档'，我就是一个陪看陪聊的，怎么还训上我了，这不是你的遥控器吗？"

陆涛委屈得像个受了气的孩子。

宋文倩踢了陆涛一脚，捡起遥控器调小了声音："别跟我贫，一边儿去。"

其实苏云景跟傅寒舟没睡，只是钻被窝躺下了。刚躺下没多久，傅寒舟就不舒服地动了动。

苏云景问他:"怎么了?"

"手很痒。"被窝很暖和,傅寒舟冻伤的地方泛起一股难忍的痒。

苏云景小时候也冻过手知道这种感觉。他拉过傅寒舟的手熟练地搓着冻伤的地方,促进血液循环。

傅寒舟细嫩白皙的脸靠在枕头上,然后闭上了眼睛。

傅寒舟的呼吸逐渐平稳。苏云景放开了傅寒舟的手,给他掖了掖被子,打着哈欠调整了一个舒服的姿势。

苏云景睡着之后,傅寒舟睁开了眼睛。漆黑的眼睛凝视了苏云景片刻,然后又闭上了。

留宿这种事,有了第一次就会第二次。傅寒舟睡觉很老实,不打呼噜不磨牙,也不到处打滚。但他有个毛病,那就是喜欢贴着别人睡,有时候会压到苏云景的胳膊,第二天麻得他抬不起来。意识到这个睡姿会给苏云景带来麻烦,傅寒舟收敛了不少,不过还是喜欢靠着他。

苏云景能理解傅寒舟这个举动,这是一种缺乏安全感的表现。毕竟傅寒舟的童年过得太糟糕,现在好不容易遇见一个亲近的人,肯定会牢牢抓住。所以苏云景也没纠正过傅寒舟,贴着就贴着吧,也不是什么大事。

因为经常出入苏云景家,傅寒舟跟宋文倩、陆涛相处的机会也变多了。

傅寒舟褪下那层高冷的外皮后,凭着他出色的长相,在这个看脸的世界无往不利,夫妇俩对他都很有好感。

傅寒舟对苏云景以外的人其实不大关注,即便如此他也注意到了宋文倩越来越凸显的肚子。

苏云景笑着跟他解释:"那是我妈怀孕了,所以肚子才会那样的。"

傅寒舟听到苏云景的话,漆黑的瞳孔微微一颤。他像被扼住喉咙似的,声音绷得很紧:"你要有妹妹或者弟弟了?"

听出傅寒舟话里的不对劲儿,苏云景连忙表态:"我就算有弟弟妹妹,你也还是我最好的朋友。"

前段时间傅寒舟不让他给其他小朋友发糖，苏云景一开始不知道原因，后来他琢磨过来了——小家伙是吃醋了。

小说中的傅寒舟就是一个占有欲很强的人，几乎到了病态的程度。

虽然苏云景不是女主角，但亲情和友情同样会让人忌妒。傅寒舟想要做苏云景最好的朋友，想苏云景对他最好，以他的"人设"来说会有这样的想法一点儿都不意外。

苏云景就像个即将有二胎的父亲，跟傅寒舟这个大儿子保证："你放心，我不会因为弟弟或妹妹而不和你玩。"

苏云景脑子里突然冒出一句风靡网络的台词，他觉得用这里还挺合适的："他不是来拆散咱们兄弟俩的，而是来加入的。"苏云景说这话时都带着"卡哇伊"的腔调了。

"你不想除了我之外再多一个弟弟或者妹妹跟你玩吗？等他长大后还会追在你屁股后面，软萌萌地喊你哥哥。"

傅寒舟不想，他一点儿也不想。宋文倩肚子里的孩子，就是来拆散他跟苏云景的。

这一刻，傅寒舟无比清晰地认清一件事——除他之外，苏云景有父母、有同学，还有朋友。而他只有苏云景一个朋友，现在又有一个人出来跟他抢苏云景了。

苏云景不清楚傅寒舟在想什么，反而觉得这是个好机会，正好可以向他灌输正确的价值观。

傅寒舟什么都好，就是性格有点儿偏激，而且独占欲强，要不然也不会一直追着女主角。他是那种一旦投入了感情，就会死心塌地，撞了南墙也不回头的人。

苏云景希望他开朗豁达，也希望他能淡忘过去的伤害，接纳更多的人，这样才能感受到更多的爱。

苏云景跟他说了很多，但傅寒舟一句也没有听进去。他满脑子都是——宋文倩怀孕了，苏云景要有弟弟或妹妹了。

见傅寒舟低落地垂着眼睛，苏云景终于停下了"煲鸡汤"。

他揉着傅寒舟细软的黑发，郑重地跟傅寒舟保证："你永远是我最好的朋友。"

傅寒舟的眼睫颤了一下，他心里生出了许多惶恐，在苏云景温暖的掌心下那些乖戾的、不安的、狂暴的情绪暂时被抚平。

傅寒舟合上眼睛，他想如果这个世界上，只有他们两个人就好了。

自从知道宋文倩怀孕，傅寒舟总会无意识地盯着她隆起的肚皮看。

正在厨房摘菜的宋文倩见傅寒舟巴望着她的孕肚，就笑着招了招手，将他叫了进来。

宋文倩的老家有一个说法，据说孩子的嘴巴很灵，能猜准孕妇肚里宝宝的性别。

"寒舟，你觉得阿姨肚子里的是男宝宝还是女宝宝？你要是猜对了，等阿姨生下来给你做好吃的。"

傅寒舟看着宋文倩的肚子没说话。他的眼珠是纯粹的黑色，像没有尽头可以吞噬一切的深渊。

宋文倩蹙了蹙秀气的眉头："寒舟？"

傅寒舟收回视线。他神情寡淡，声音也很轻："是女孩儿。"

"是吗？"宋文倩没太在意傅寒舟刚才的异常，她笑着摸了摸自己的肚子，"女孩儿好，阿姨喜欢女孩儿。这样好不好？等阿姨生下来，就给你们订个娃娃亲。"宋文倩故意逗他，"你要不要小媳妇？"

傅寒舟却突然说："我能不能摸一摸？"

"可以呀。"宋文倩将沈寒舟的小手放到自己的肚皮上，"要真是女孩儿将来就给你做小媳妇。"宋文倩继续逗他，"你喜欢吗？"

傅寒舟不喜欢，肚子里这个宝宝生出来会抢走苏云景对他的关注，他怎么可能喜欢？

苏云景从洗手间出来就看见傅寒舟绷着一张小脸，喜怒不明地将手放在宋文倩的肚子上。

他的眉头狂跳了两下，莫名觉得毛骨悚然。他连忙将傅寒舟叫到了房间，开口问他："你刚才跟我妈说什么了？"

傅寒舟声音淡淡地说："她问我喜欢不喜欢她肚里的宝宝，还说要给我做小媳妇。"

苏云景："……"

家长们就爱这么开玩笑，因为小孩儿根本不懂什么"媳妇"不"媳妇"的，他们单纯的反应会戳中大人们的笑点。

苏云景抿了一下唇，谨慎地问他："那你喜欢吗？"

出乎苏云景的意料，傅寒舟仰起那张精致的脸笑了笑："我喜欢。"

他笑起来的时候眉眼弯弯，眸底干净清澈。

苏云景愣了愣，下意识地问："真的吗？"

他有点儿怀疑，因为傅寒舟之前的表现怎么看都不像是喜欢的样子。

傅寒舟点了点头，唇角仍旧挂着浅浅的笑意："我真的很喜欢。"

见傅寒舟又朝着开朗迈出一步，苏云景心里特别高兴，有一种拨开云雾见月明的喜悦。

傅寒舟认真地问苏云景："那你喜欢我吗？"

苏云景没有半分犹豫："当然了。"

傅寒舟纤长的睫毛垂下，眼下投下一片极重的阴影，显得阴郁又执拗："会比喜欢她还要喜欢我吗？"

这个"她"是指宋文倩肚子里的宝宝。傅寒舟认定宝宝是女孩儿。

苏云景稍作迟疑，最后还是给了傅寒舟一个肯定的答案："会。"

听到这话，傅寒舟才终于露出了真心的笑容。他不喜欢这个宝宝，就像他不喜欢除苏云景以外的人碰他。

宋文倩牵他的手摸他的脑袋，傅寒舟从来不拒绝，反而表现得乖巧，是因为他知道这是生存法则。宋文倩是苏云景的妈妈，他必须得让她喜欢他，这样才能自由出入这个家。

对于那个未出生的宝宝，他即便再讨厌也得接受。因为苏云景想要他接纳这个新生命，所以他不喜欢也得喜欢，他不想惹苏云景生气。

傅寒舟表现得越来越好，已经完全融入这个小家庭了。

元旦跨年那天，宋文倩特意跟孤儿院院长求情，让傅寒舟晚上留了下来。

一般孩子多了都会十分闹腾，但苏云景跟傅寒舟不一样。两个孩子一个赛一个地懂事，要不是宋文倩肚子里怀着一个，她都想把傅寒舟领养回家。

傅寒舟能放下过去，开始接纳其他人，这个结果是苏云景最想看见的。

刚洗完澡的傅寒舟带着一身湿意，他仰头看着苏云景，卷翘的睫毛下是一双漆黑干净的眼睛。

"我喜欢叔叔，也喜欢阿姨，还有肚子里的宝宝。"苏云景听见他这样说。

看着像乖宝宝一样的傅寒舟，苏云景心里一片柔软，抬手摸了摸他打着卷的潮湿黑发。

感受到苏云景的喜悦，傅寒舟唇角保持着微笑。但等苏云景转身去拿毛巾时那个笑容慢慢敛下，眼底的清澈也逐渐变回幽邃的黑。

傅寒舟很聪明且比一般孩子更懂得察言观色，他隐约感觉出苏云景很想他融入这个家，所以他努力满足苏云景对他的期许。

苏云景拿了条干毛巾，给傅寒舟擦头发。

"但我最喜欢的还是你。"傅寒舟紧紧地抓住了苏云景的衣摆，他一眨不眨地看着苏云景，忐忑地问，"你最喜欢我吗？"

苏云景忍不住笑了，傅寒舟每隔几天都要问一遍类似的问题。也只有这个时候苏云景才肯定，傅寒舟就是一个七岁的孩子。

世界上哪儿有什么最喜欢？成人的世界诱惑太多，想要的东西也太多了，只有小孩子才会把这种话挂在嘴边。

就算跟女朋友在一起，你突然冒出一句"全世界我最喜欢你"，估计女朋友都会嫌弃这种油腻的土味儿情话。

不过傅寒舟既然喜欢听，苏云景每次都十分配合地说给他听。

苏云景用一种哄小孩儿的口吻说:"我也是最喜欢你,全世界最喜欢你!"

傅寒舟没说话,只是抓紧了苏云景的衣角。他能听出对方的话没有走心,知道苏云景只是哄着他玩,甚至没把他的话当真。

傅寒舟垂下了眼睛。他现在就像那些关在铁栅栏的孤儿,一心一意期盼着捐赠者再回来。

嘲笑矮人的恶龙,最终变成了矮人。

学校元旦放了三天假,苏云景买了仙女棒,然后带着傅寒舟去孤儿院跟大家放烟火。

傅寒舟的话虽然还是很少,但现在已经会跟孤儿院其他小朋友玩了。

苏云景忍不住感叹,照这样下去,傅寒舟应该不会变成原书中的那样,一切都朝美好的方向发展。

傅寒舟的亲生父亲很快就会找过来,之后会把傅寒舟接回家养。具体日子苏云景记不清了,只记得是在元旦过后。

跟傅寒舟相处了大半年,苏云景自然是很不舍得他的,但该来的总会来的。等傅寒舟被接回去,苏云景的任务大概也就完成了,不知道他会不会离开这个世界。

不远处的傅寒舟拿着一根燃烧着的仙女棒。转瞬即逝的火花映在傅寒舟漂亮的眼睛里,却照不亮里面的漆黑。他不喜欢这种昙花一现的东西。哪怕看起来再美,他也不会被迷惑。

看着苏云景被孤儿院其他小朋友围着,傅寒舟眉头紧紧皱到了一起。

仙女棒危险指数小,很适合孩子们玩。孤儿院很多小朋友都没玩过,有些小女孩儿一开始还怯生生的,后来见没危险还是抵挡不住天性,围着苏云景跟他要仙女棒。

苏云景手里的仙女棒很快就发完了,见傅寒舟手里只有两根了,苏云景问他:"还玩吗?要不要我再去给你买几根?"

傅寒舟没说话,只是不停去揉鼻子,鼻尖都被他揉红了。

苏云景摸了摸他的额头:"怎么了?是不是鼻子不舒服,还是感冒了?"

傅寒舟望着苏云景,吸了吸鼻子说:"有点儿冷。"

他跟个雪人似的,皮肤雪白,鼻尖发红,一双眼睛乌黑乌黑的。

苏云景很怕傅寒舟感冒,也没心情带他交新朋友了。

"那咱们回去吧。"苏云景给傅寒舟裹了裹围巾。

傅寒舟笑了笑:"嗯。"

见苏云景跟傅寒舟一块儿离开了,孤儿院其他小朋友都露出了失望的表情。

回去的路上见傅寒舟一直抿着唇,也不知道是被冻到了,还是吃醋他给其他小朋友仙女棒。苏云景忍不住跟他解释了一句:"我是希望你能再交几个朋友,这样我上学的时候也不用担心你孤零零的一个人。"

这话明显取悦了傅寒舟,他眼睛微弯,语气欢快地说:"我知道。"

这一笑正中苏云景的靶心,他觉得傅寒舟太可爱了,虽然独占欲强了一些,但很好哄嘛,一哄就开心了。

元旦假期结束后,苏云景上了没几天的学,就在某天放学路过孤儿院时看见一辆豪车停在门口。

苏云景心里咯噔了一下,应该是傅寒舟的父亲找上了门。

苏云景说不清心里什么滋味,傅寒舟一旦被接走他们俩会相隔几百千米,见面的机会也就少了,更别说任务完成后,苏云景还能不能继续留在这个世界了。

正当苏云景胡思乱想时,傅寒舟从孤儿院走了出来,他身后还跟着一个男人。那人穿着一身熨烫妥帖的黑色西装,高眉长目,五官深邃英俊,气质出众。这人就是傅寒舟的生父沈年蕴。

傅寒舟随母姓,长相也有四五分像母亲,尤其是眉眼。沈年蕴在见到傅寒舟第一面就知道，自己没找错人。

傅寒舟身后跟着沈年蕴，沈年蕴身后又跟着自己的助理，还有孤儿院院长，以及两个中间人。能这么快找到傅寒舟，中间人起到了关键作用。

傅寒舟走过来对苏云景说："走吧，回你家检查作业。"他神色寡淡，看不出喜怒。

沈年蕴跟在傅寒舟身后，一副欲言又止的模样。

看得出来这位在商场上如鱼得水的男人，面对自己这个陌生的儿子显得格外手足无措，眉宇间有几分挫败。

宋文倩扶着车把，不动声色地打量沈年蕴。

五金店虽然规模不大，但人来人往的，宋文倩见多了形形色色的顾客。生意人的敏锐让她迅速察觉到了气氛的微妙。见这人好像是冲着傅寒舟来的，宋文倩生出了几分警惕和好奇。

傅寒舟跟她家明明是好朋友，她又挺喜欢这个小孩儿的，所以多嘴问了一句。

宋文倩去看孤儿院院长："李院长，这位是？"

李院长连忙介绍说："这位是沈先生，他是寒舟的生父，今天是来接寒舟的。"之后他又对沈年蕴说："沈先生，这就是我跟您说的文倩，他们一家人的心肠特别好，经常请寒舟到家里玩。"

一听是傅寒舟的爸爸，宋文倩惊讶地看着沈年蕴。眼前的男人一看条件就不错，能穿得起这么好的西装，还戴名表，怎么会把孩子往孤儿院丢？

由于宋文倩眼里的打量太过明显，沈年蕴不自在咳嗽了一下："非常感谢你们对寒舟的照顾，不知道您有没有时间？晚上我想请您跟您先生吃顿便饭。"

见他说话倒是挺客气，宋文倩对他的成见少了一些。

他们说话时傅寒舟看都没有看沈年蕴。感受到傅寒舟隐约的怒意，苏云景对宋文倩说："妈，您跟这位叔叔说话，我带寒舟先回家。"

傅寒舟明显是不接受沈年蕴的，苏云景想单独开导开导他。

宋文倩也看出了傅寒舟的排斥，她点了点头："去吧。"

沈年蕴刚想说什么，宋文倩给了他一个眼色，及时制止了他要说的话。

等苏云景和傅寒舟离开后，宋文倩才开口："本来这是你们的家事，我这个外人不该插手。但寒舟是个好孩子，跟我们家关系不错，我是拿他当儿子的。"

"我知道，所以非常感谢您。"沈年蕴谈吐得体，"这里不是说话的地方，您要是不忙，咱们可以找个地方聊聊吗？"

正好他很想找个跟傅寒舟熟悉的人谈一谈，深入了解一下这个从未见过面的儿子。

孤儿院院长忙不迭接话："去我办公室吧。"

宋文倩现在最大的事就是回家做饭，但做饭跟傅寒舟亲爹找上门一比简直不值一提。

"那走吧。"宋文倩推着自行车往孤儿院里面走。

沈年蕴看了一眼身后的助理，对方连忙上前接过了宋文倩的自行车。

"我来吧，您还怀着孕呢，小心身体。"

男助理的殷勤吓到了宋文倩，这些人可真不像他们小县城的做派，她心里疑惑寒舟的亲爹是打哪儿来的？

见傅寒舟的手冰凉，回到家后，苏云景拉着他去暖气片取暖。苏云景小心翼翼问他："刚才那个人是你爸爸？"

"我没有爸爸。"傅寒舟的语气很平和，但垂眸时眼尾却染着戾气。

"是他认错人了，还是你不想认他？"苏云景明知故问。

苏云景黑色的围脖垂落到暖气片上，傅寒舟悄悄捏住了一角，他的手一点点收紧："他抛弃了我，所以我没有爸爸。"

其实沈年蕴没抛弃傅寒舟，当年他是想把傅寒舟要过去的，是傅寒舟的妈妈将他带走了。

当然这也不是说他就是一个好父亲了。傅寒舟都七岁了，他才想起来找他，而且还是在妻儿都去世后才惦记上这个血脉。

虽然当爹的有过错，但他不是不爱傅寒舟，毕竟傅寒舟是自己的亲儿子，而且沈年蕴是傅寒舟目前唯一的选择。

宋文倩一家不会收养傅寒舟，他要么被其他人收养，要么就永远待在条件很差的孤儿院。他不想傅寒舟遭这么多罪，所以还是想傅寒舟跟沈年蕴走。

"是你妈妈告诉你，你爸爸抛弃了你们吗？"苏云景给他分析，"我觉得你不能听信一面之词。你得跟你爸爸沟通，问问当年到底发生了什么事，你不想知道他们是怎么分开的吗？"

傅寒舟不想知道，但他听出了苏云景的弦外之音。

"你是希望我跟他走吗？"傅寒舟垂着眼睛，声音有些闷。

"怎么说呢，如果我要是大人的话，我一定会想办法收养你。"苏云景有些无奈，"可惜我太小了。"

苏云景希望傅寒舟能吃得饱，穿得暖，接受更好的教育。

傅寒舟的眼睛里像是洒了一把细碎的冰凌，微弱的光在里面闪动。他看着苏云景问："你真的想过收养我？"

"当然了。"苏云景摸着他的脑袋叹气，"不过现在说这些也没用，咱们都还小，有些事情做不了主。不管怎么说，他是你爸爸，肯定比陌生家庭收养你要好。"

傅寒舟又垂下头不说话。

看着他露出的那截过分纤细的后颈，苏云景有点儿心软："我知道你不愿意跟他回去是舍不得我，但咱们可以每天打电话，寒暑假你也可以来找我玩。"

苏云景告诉傅寒舟，现在的交通很便利，不要说国内了，就算是出国坐飞机也才十几个小时。

傅寒舟一直没开口，他敛着眉，似乎若有所思。

宋文倩跟沈年蕴聊完之后，对他的评价还不错。

沈年蕴谈吐不凡，一看就是受过良好教育的人，最重要的是不像其他有钱人那么高高在上。他非要请宋文倩夫妇吃晚饭，感谢他们对傅寒舟的照顾。

沈年蕴说是便饭，其实让助理订了一家最好的饭店，这次吃饭自然会带上两个小家伙。

苏云景还以为傅寒舟不会去，没想到他并没有拒绝。只不过吃饭时他全程没有搭理沈年蕴，这让沈年蕴多少有些尴尬。

吃了晚饭，沈年蕴踌躇了一下，才低声问傅寒舟："我在酒店订了房间，你是跟我回酒店还是先回去？"

知道他们父子关系不太好，宋文倩主动解围："让他跟我们回去吧。"

孤儿院条件太艰苦，暖气片都没几组。沈年蕴到底是傅寒舟亲爹，不想他回去受苦，正要同意宋文倩的提议却听见傅寒舟说："我跟你回酒店。"

所有人都惊讶地看向傅寒舟，其中也包括苏云景，想通的速度未免太快了吧？

一向沉稳的沈年蕴难得露出了一抹喜色，他伸手去拉傅寒舟的手，对方不领情地避开了。

傅寒舟没理沈年蕴，他对苏云景说："你回去吧，路上小心。"

包间暖色的橘灯映照在他的侧脸上，投下了斑斑点点的阴影。

看着眉眼沉静的傅寒舟，苏云景一时之间竟然觉得陌生。明明他只是一个七岁的孩子，苏云景却猜不透他现在想什么。

"好。"苏云景只得点头。

回去的路上宋文倩跟陆涛说："有时候血缘挺奇妙的，寒舟看着好像不喜欢他这个亲爹，但最后还是毫不犹豫地跟人家走了。"

听出宋文倩话里的酸溜溜，陆涛忍不住笑了起来："你吃什么醋？人家那是亲父子。"

宋文倩秀气的眉一横:"吃醋怎么了?寒舟怎么也算我半个儿子,跟我肚里这个是定了亲的。"

陆涛笑骂道:"你要点儿脸吧,这还没生呢,就有女婿了?"

两个人拌嘴的时候,苏云景看着窗外一言不发。说实话,他现在心里很复杂。父子俩和好是好事,但苏云景有种自己辛苦养的孩子被人拐走的心酸。

隔天苏云景照常去上学,路过孤儿院他习惯性地看了一眼。今天铁栅栏后面空荡荡的没有任何人,以往只要傅寒舟晚上不留宿,他早上一定会站在孤儿院门口目送苏云景上学。

今天没看见人苏云景多少有点儿不适应,不过转念一想,以后傅寒舟会得到好的照料,他也就放心了。

接受傅寒舟要离开的事实,苏云景那点儿惆怅散去,只剩下离别的不舍。

下午宋文倩来接苏云景放学时,告诉他傅寒舟已经答应跟沈年蕴回去了。所以今天晚上她准备请父子俩在家里吃饭,知道傅寒舟爱吃鱼,她特意准备了一条清江鱼。清江鱼刺少,但价格是鲤鱼的好几倍,足见宋文倩对这顿饭的重视。

宋文倩做了一大桌拿手菜,庆祝傅寒舟他们父子团圆。

沈年蕴带了礼物上门,礼物倒是没有多贵重,但说出来的话让人很舒服。

"两个孩子关系这么好,希望咱们两家以后能多走动,不要让他们断了联系。"

沈年蕴儒雅俊朗,没有有钱人的倨傲。宋文倩夫妇对他还是很有好感的,不管往后会不会真联系,单这个说话方式就让人受用。一顿饭吃得宾主尽欢,气氛非常融洽。

大人们在谈话的时候,苏云景跟傅寒舟这两个小孩子就默默吃东西。只是傅寒舟兴致不高,苏云景给他夹菜,他才会吃一口,不然就是干扒米饭。

晚饭后，傅寒舟想晚上在这里睡，明天早上他就要跟沈年蕴坐飞机回去了。

沈年蕴本不想再打扰别人，但拗不过傅寒舟，只得同意。

晚饭傅寒舟没吃多少，等沈年蕴走后，苏云景从厨房偷拿了半截肉肠。

"饿不饿？"苏云景问他，"要不要再吃一点儿？"

看着苏云景手里的肉肠，傅寒舟突然想起苏云景偷偷从家拿饭给他吃的日子。虽然只过去了一个多月，但让人有种恍如隔世的感觉。

傅寒舟抿了下唇，接过了苏云景手里的肠，他低下了头，碎发遮住了精致的眉眼。

见傅寒舟心情低落，苏云景坐到了他旁边："虽然咱们俩要分开了，但以后又不是不能联系，最重要的是你找到家人了，你应该开心……"

苏云景话还没有说完，嘴里就被傅寒舟塞了一截肉肠。

苏云景："……"

嗯，肉肠味道还是不错的。苏云景默默咬了一口。

傅寒舟本质上是个爱干净的小孩儿，但他并不嫌弃苏云景，就着苏云景的牙印也咬了一口肉肠。

苏云景掏出两袋酸奶，给了傅寒舟一袋，自己喝了一袋。

"其实他人还是不错的，你跟他回去要好好的，有什么事要主动跟他沟通，别什么事都藏在心里不说。"

苏云景知道虽然傅寒舟同意跟沈年蕴回去，但心里对沈年蕴还是有所芥蒂的，这种心结不是一两天就能解开的。不过只要傅寒舟能率先敞开心扉，苏云景相信他们父子的关系会慢慢变好。

傅寒舟其实不爱听这些，但面上还是乖巧地"嗯"了一声。

"这个送给你。"傅寒舟拿出一部最新款的手机。

"这是你爸买的？"

"嗯。"

"既然是他买给你的,你拿着就好,你把之前那部旧手机给我,我以后用那部手机给你打电话。"

"那部手机你已经送我了。"傅寒舟拧着眉头说,"那是我的。"

想了想沈年蕴的家底,苏云景觉得他家不会缺一部手机,所以没再推辞。

吃完东西,苏云景跟傅寒舟刷了牙,然后就上床睡觉了。

大概是要分别了,今晚的傅寒舟格外黏人,问了苏云景好几遍会不会因为距离而跟他疏远。

知道傅寒舟缺乏安全感,苏云景很耐心地告诉他不会。

一直聊到了深夜十二点,苏云景困得睁不开眼迷迷糊糊地睡着了。

傅寒舟看着黑暗里沉睡的人,想到苏云景说的,他们俩还小,有很多事情都做不了主。

尤其是傅寒舟,他现在很弱小,吃穿住都是靠别人,宋文倩夫妇虽然对他不错,但那种不错源于他故意营造的乖巧假象。这种不错是极其不稳定的,等她把肚里的宝宝生下来,就不会再把注意力放在一个跟她毫无血缘的人身上了。

他们现在的和睦就像那天的烟花一样转瞬即逝,充满了不确定。这也是傅寒舟同意跟沈年蕴回去的重要原因,他得强大起来。

既然苏云景没能力养他,那他可以养苏云景。

苏云景做了半个晚上的噩梦,梦里有一条巨蛇将他卷了好几圈,勒得他胸闷气短,呼吸不畅。第二天醒来,没睡好的苏云景活像被妖精吸了大半的精元。手边毛茸茸的触感让他太阳穴狂跳,低头一看原来是傅寒舟的头发。

傅寒舟压在他的胳膊上,苏云景整条胳膊都被压得没了知觉。

苏云景一动,傅寒舟浓长的睫毛颤了颤,接着睁开了眼睛,漆黑的眼里有一瞬的迷茫。

见苏云景拧着眉不断倒抽凉气,傅寒舟赶紧起来给他捏了捏压麻的手臂。

傅寒舟不捏还好，一捏苏云景感觉有数万根针在戳他骨头，嘴里哎呀哎呀地叫个不停。

等苏云景好受一点儿了，才慢慢活动着酸麻的胳膊。他忍不住问傅寒舟："你昨晚睡着的时候都不嫌硌吗？"

傅寒舟捏着苏云景的肩，低声说："睡到后半夜感觉有点儿冷，挤着睡暖和。"

苏云景："……"

沈年蕴订的是上午九点的飞机，不到七点他就来接人了，苏云景一家人正在吃早饭。

今天是周四，苏云景还要上学，不能送他去机场。

宋文倩给傅寒舟准备了一大包吃的，里面有她腌的酸黄瓜，卤的大棒骨和豆腐干，零零碎碎地装了满满一书包。

趁着宋文倩嘱咐傅寒舟要常回来看看时，苏云景对沈年蕴说："叔叔，我能跟您单独谈谈吗？"

沈年蕴有些惊讶地看了一眼苏云景，随后点了点头，跟他去了卧室。

苏云景给了沈年蕴一个小本子："这是我写的。寒舟不是个很挑剔的人，但也有口味上的喜好以及生活小习惯。"

这些东西能帮沈年蕴快速了解傅寒舟，也能让傅寒舟融入新的生活。

沈年蕴冷肃英俊的脸上染了些笑意，看苏云景的眼神都温和了许多："你有心了。"

苏云景顶着一张稚气的脸认真地说："寒舟是一个很孤单的人，我认识他的时候他基本都不跟其他小朋友玩。后来我听说他妈妈以前对他很不好，我也见过他身上有很多伤。"

听到这话沈年蕴忍不住叹了口气，傅棠是个什么样性格的女人他再清楚不过了。这么多年让傅寒舟跟着她的确是受苦了，沈年蕴心里也不好受。

看到沈年蕴脸上的愧疚，苏云景继续说："寒舟晚上经常做噩梦，醒过来情绪就会很低落。希望叔叔以后能多陪陪他，尤其是在他做噩梦的时候。我妈妈有时候也很心疼他，说他受了不少苦，心里肯定留下了阴影。"

这个时候苏云景不怕自己过于成熟的表达会引起沈年蕴的怀疑。沈年蕴对傅寒舟无疑是愧疚的，因此格外担心傅寒舟变成第二个傅棠。

小说里沈年蕴十分重视傅寒舟心理问题，给他找了很多心理医生。他平时忙于工作，跟傅寒舟沟通很少，导致傅寒舟从小就是在打针吃药、做心理治疗中度过的。

这让傅寒舟由衷地感觉，所有人都拿他当一个不正常的人。

沈年蕴本意或许不是这样的，但他的举动给傅寒舟带来了伤害。

偏偏他们父子俩一个工作忙，另一个自我封闭，不轻易信任别人，才导致情况越来越糟糕。所以苏云景双管齐下，昨天晚上劝了傅寒舟，今天提醒了一下沈年蕴，希望这招儿有效果。

苏云景下楼送傅寒舟的时候被对方紧紧抱住了。

知道傅寒舟心里不舍，苏云景笑着安慰他："等放了寒假你可以回来看我，到时候我给你买冰糖葫芦吃。"

傅寒舟沉默地抓着苏云景的衣袖，他不想走，尤其是在这个当口。苏云景还有几个月就有妹妹了，傅寒舟受到的关注本来就会大打折扣，现在离开孤儿院，苏云景对他的关注会越来越少。

他很忌妒宋文倩肚里的这个孩子，忌妒这个孩子生下来就自然而然地成了这个家的一分子。不像他，哪怕伪装得再好，融入得再好，其实也是个外人。

傅寒舟正是因为清楚这点，所以不得不离开。

最终他还是慢慢松开了苏云景，低垂着眼睛突然说了一句："那以后不要给别人买。"

苏云景一时没理解他的意思："嗯？"

傅寒舟抬起漆黑的眸子很是认真地说:"你既然答应给我买冰糖葫芦,这之前不能再给别人买。"

苏云景:"……"

一个糖葫芦而已,怎么有种海誓山盟的感觉?苏云景把傅寒舟这个迷惑行为解读成分离恐惧症。

"好。"苏云景理解并且纵容了他的敏感,"我等你寒假回来。"

这下傅寒舟满意了。

等傅寒舟坐进车厢,苏云景看着逐渐远去的黑色轿车,才生出了惆怅。他养了半年的傅寒舟,还是跟着爸爸走了。

傅寒舟从倒车镜一直盯着苏云景,直到人消失不见了,他也没有收回视线。路边的景物从傅寒舟眼里飞快倒退,没有一个能真正映进那双漆黑的眸子。

不知道过了多久,傅寒舟突然开口,他问身旁的沈年蕴:"你们谈了什么?"

傅寒舟看见苏云景把沈年蕴叫进了房间,但不知道两个人说了什么。

难得傅寒舟肯主动跟说话,沈年蕴也有兴趣和他多聊聊,而苏云景是个不错的突破口。沈年蕴能看出两个孩子的感情很好。

"也没谈什么,他给了我一个小本子,告诉我你的一些生活习惯。"

沈年蕴目前还不想跟傅寒舟谈他的母亲,所以就将苏云景后面的话都隐去了。

傅寒舟用黑白分明的眼睛看着沈年蕴。他问得很礼貌:"我可以看看那个本子吗?"

见傅寒舟这样乖巧,沈年蕴心情很好。他将苏云景给他的那个巴掌大的记事本给了傅寒舟。

傅寒舟翻开了一页,上面的字迹他很熟悉,的确是苏云景写的。

为了符合八岁孩子的"人设",苏云景故意将字写得很大。

苏云景用歪歪扭扭的字写着:他对桃子毛过敏,不喜欢吃姜、

081

香菜……

　　内容不算多，只有两页纸，但傅寒舟看了很长时间。有些字他不认识，不过靠着偏旁乱猜也能猜得七七八八。

　　沈年蕴还没看苏云景写的内容，所以上飞机前跟傅寒舟要这个小本子。

　　傅寒舟反应很冷淡，他合上本子放进了自己的书包里："有什么问题以后可以直接问我。"

　　这话的意思很简单，小本子他没收了。

　　沈年蕴："……"

　　看着自己这个有两副面孔的儿子，沈年蕴一时无言。

　　虽然傅寒舟走了，但两个人没有断联系。傅寒舟每天都会掐着点给苏云景打电话，要么就是发短信。

　　从电话里得知沈年蕴和傅寒舟父慈子孝，关系越来越融洽，苏云景十分高兴。

　　大概是苏云景的任务完成了，所以系统没打算让他继续留在这个世界。

　　在某天夜里，苏云景被紧急送进了医院，等他醒过来已经是第二天的事了，手腕还莫名出现个数字"十"。

　　一开始苏云景不知道这个数字代表什么意思，随着每过一天数字就减少一个，苏云景再傻也明白了。

　　这哪里是数字？这分明是他的生命在倒计时。

　　苏云景不由得苦笑，系统还真是卸磨就杀驴，一旦他完成任务了，就立刻安排他离开这个世界，连个绩效奖都没有。

　　苏云景的身体一天比一天虚弱，宋文倩和陆涛也越来越伤心。每当这个时候，苏云景都不知道该不该告诉他们真相，也不知道怎么跟傅寒舟做最后的告别。

　　苏云景住院的这段日子，还是每天跟傅寒舟通电话。

现在傅寒舟好不容易开始新生活了，苏云景也不知道他的死亡会不会打击到傅寒舟。这也是他没告诉傅寒舟自己命不久矣的原因。

苏云景想来想去，最终还是决定给傅寒舟写一封信。在信里告诉他真相，总比他亲眼看到自己去世要好受一些。

这个时候的信件速度很慢，普通的信件最快也要两天。苏云景跟傅寒舟隔着几百千米，差不多要四五天才能送到。苏云景的情况非常不好，这封信他断断续续写了两天才让宋文倩投寄到了邮筒。寄完信，苏云景当天主动给傅寒舟打了一通电话。

工作日的下午一点能接到苏云景的电话，对傅寒舟来说是意外之喜，但苏云景说的内容就让他没那么"喜"了。

"我们马上就要放假了，学校在放假之前搞了一个冬令营，我妈帮我报名了。明天我就要参加集训，以后也不能接你的电话了。"

苏云景说了两句，就忍不住低声咳嗽了起来。他抓着病床上的被子，勉强压下了喉间泛上来的阵阵痛痒。

一听说苏云景不再给他打电话了，傅寒舟眼底的笑意退得一干二净。隔了好一会儿，他觑起细长的眼睛问："什么是冬令营？"

苏云景解释："冬令营就是特殊的集训，主要是为了锻炼学生的身体跟意志，所以我要跟学校其他人去深山生活几天，山上没有手机信号。"他压抑着喉间的咳声，"老师也不让我们带手机。"

苏云景的身体特别不好，没有精力天天跟傅寒舟打电话。等傅寒舟收到信，苏云景差不多也离开这个世界了。有了这几天不联系作为缓冲，苏云景想傅寒舟会少伤心点儿。

其实像他们这么大的孩子，对生死是没有多少概念的，奈何傅寒舟的情况比较特殊。

让苏云景庆幸的是傅寒舟开朗了不少，跟沈年蕴的关系也越来越好，他也不再是傅寒舟唯一信任的人。

但苏云景显然低估了傅寒舟的智商，苏云景话音落下那一刻，傅寒舟就知道他在撒谎。

傅寒舟握着手机的手骤然压紧，指尖泛着青白色。

为什么要骗他？为什么以后不想跟他联系了？

傅寒舟滚了滚喉咙，努力压下快要涌出来的戾气。

他还是一如既往的乖巧，轻轻跟苏云景说了一句"好"，紧接着傅寒舟又追问了一句："你还记得之前的话吗？"

苏云景苍白的唇欲言又止地蠕动了片刻，他哑声说："记得。"

傅寒舟走那天，他答应等傅寒舟回来了，会给他买一串冰糖葫芦。

谁知道系统这么"坑"，冰糖葫芦肯定是买不了了，不过他在信里给傅寒舟寄了两块钱，让他自己买。

这话苏云景肯定是不能告诉傅寒舟的。

"你放心，我一定让你吃上冰糖葫芦。"苏云景承诺说。

"好。"傅寒舟嘴上说着好，心里并没有放心。

苏云景身体不好他多少是知道一点儿的，平时宋文倩就十分小心，什么都不让他干。所以就算学校有冬令营活动，宋文倩也不可能同意让苏云景参加。他在撒谎，在骗他。

挂了电话，傅寒舟一脸阴郁地给沈年蕴打了通电话，告诉对方他想回去。

傅寒舟是个一旦决定做什么事就一定会做的人，沈年蕴也拦不住他，他要回去看看苏云景在干什么。

沈年蕴公司这段时间很忙，没时间陪傅寒舟回去，但又架不住傅寒舟主意大，只能让助理带着傅寒舟去找苏云景。

助理订了最近的航班，飞了三小时，到了飞机场后，又叫了一辆出租车。折腾了好几个小时，到达目的地时，已经晚上十一点多了。

傅寒舟想见苏云景，这一路上都在想，但到了苏云景家门口，他反而有点儿迟疑了。

不能就这么进去，如果苏云景真的在家，反过来问他这么着急赶回来干什么，他解释不清楚。

傅棠的掌控欲极强，这点傅寒舟完全遗传了她，他也无法忍受事情超出他的掌控。今天苏云景的这通电话就完全在他的意料之外。

苏云景是个很奇怪的人,总是会对弱小的生物产生怜悯。对孤儿院其他孩子是这样,对他也是这样。只不过苏云景和他关系更好,可能是因为他长得好看,也可能是因为他看起来更弱小。

但傅寒舟再弱小,也弱不过一个新生儿。

在傅寒舟的想法里,宋文倩肚子里的孩子生下后,苏云景会把注意力慢慢放到这个血缘至亲的妹妹身上。这点傅寒舟早做了心理建设,他勉强能接受。

可那个孩子还没有出来,苏云景就毫无征兆地不想跟他联络了。虽然苏云景给出了理由,但傅寒舟不相信,他必须要亲自来看看才安心。

几番犹豫后,傅寒舟最终没进去,找了个旅馆先住下了。

第二天上午,傅寒舟才去找苏云景,但敲了半天门都没人应,问了邻居才知道苏云景住院了,好几天都没回来。

这个消息让傅寒舟茫然了片刻,回过神时,他的手脚冰凉。

傅寒舟拿出手机,给宋文倩打了一通电话。

苏云景病情恶化得很快,县城医疗条件有限,两天前他转到了市医院。

傅寒舟跟助理打了一辆车,坐了一个多小时才到了市二院。

傅寒舟来得非常不巧,如果早来十分钟或许还能见到苏云景。现在苏云景已经被推进手术室,宋文倩跟陆涛焦急地等在走廊里。

大半个月不见,夫妇俩面容憔悴了很多。尤其是宋文倩,挺着隆起的肚子坐在手术室门口的长凳上,红肿的眼皮下是一双带着血丝的眼睛。

见傅寒舟来了,夫妇俩也只是匆匆打了个招呼,毕竟苏云景还在手术室里,谁都没心情寒暄。

傅寒舟也没有像往常那样凑过去假装乖巧,他甚至没有问苏云景是什么病,手术能不能成功。他还是个孩子,不会有人跟他说实话。

傅寒舟也不想听他们的回答，他站在手术室门口，看着那盏写着"手术中"的灯，安静地等苏云景从里面出来。

时间一分一秒过去了，手术室的门一直没有打开。其间助理接了一通沈年蕴的电话，跟他汇报了一下这里的情况。听说苏云景在做手术，沈年蕴非常关心他的情况，毕竟他是傅寒舟唯一的朋友。助理也不知道具体情况，但看苏云景父母的神情就知道这不是一场小手术。

沈年蕴问："那寒舟呢，他有没有事？"

听到这话，助理看向了傅寒舟。眉目精致的少年神色异常地平和，平静得不像一个七八岁孩子该有的表现。

助理奇怪地多看了一眼傅寒舟，不是说最好的朋友吗，怎么感觉他一点儿也不担心？

傅寒舟的确不担心，苏云景说过会给他买糖葫芦。他有的是耐心，乖乖等在这里，只要门打开了，苏云景就会从里面出来。

傅寒舟一直盯着"手术中"的指示灯牌，四五个小时过去了。手术室的门终于打开了。

从里面出来的人不是苏云景，而是一个穿着无菌手术服的男医生。

宋文倩的身体猛地绷直，在陆涛的搀扶下站了起来，害怕又期望地看着医生，眼泪无声地往下掉落。

对方摘下了口罩，露出一张歉意的脸："对不起……"

男医生的话还没有说完，宋文倩的身体剧烈地震了震。她小腿一软，身子滑了下去。

陆涛手疾眼快地扶住了宋文倩，而她已经昏迷了过去。

"文倩，文倩，你怎么了？你别吓我！"一米八几的汉子此刻也完全崩溃了，声音带着哭腔，"医生，你快看看她！"

男医生连忙上前帮忙。

傅寒舟还站在门口，表情有些茫然。他看着那扇打开的门，心里疑惑，怎么苏云景还不出来？

傅寒舟站了许久，助理不忍地上前，正打算安慰他几句时，几个护士将苏云景推了出来。

苏云景双眼紧闭，脸色惨白，他躺在病床上，胸口没有一点儿起伏。

傅寒舟的脸色瞬间变得煞白，因为他又产生了幻觉，看到了很多虫子在苏云景身上。它们要带走他！

那一刻傅寒舟心中生出了无数的惶恐和戾气。他猛地扑到苏云景身上。

在外人看来傅寒舟就像中邪了似的，对着苏云景的遗体又抓又挠。医生和护士都被吓到了，但很快就反应了过来，连忙喊沈年蕴的助理抱走傅寒舟。

助理快步上前将瘦小的男孩儿抱了起来。

傅寒舟发了疯似的对着助理又踢又咬："放开我！"

助理一个人根本抱不住傅寒舟，两个男医生联手才勉强按住他。

傅寒舟挣扎得更厉害了："放开我！"

傅寒舟神情癫狂，脖颈的青筋根根暴起，整个人充满了无助跟绝望。直到一根针扎入了傅寒舟的身体，他的力气才一点点流逝。

傅寒舟四肢无意识地抽搐，猩红的眼睛里满是绝望。

他忽然想起了那个女人说的话，她说没人会喜欢他。如果有的话，那个人也会离开。现在那个人真的离开了。

苏云景提前结束了自己的生命。

他本来是抱着能多活一天是一天的想法，但是后来宋文倩夫妇给他转到了市医院，苏云景才惊觉他多活一天，夫妇俩就会多花一天的钱。所以找了个机会，他拔下自己的呼吸器，想给宋文倩夫妇减少点儿负担。

没承想被宋文倩及时发现，病情加重、处于昏迷中的苏云景被送进了手术室。

等苏云景再睁开眼，居然回到了最初的起点，也就是系统这里。

看着白茫茫的空间，苏云景叹了口气。

系统安慰他："这次没有完成任务也不全是你的错，毕竟傅寒舟不是那么容易被治好的。"

也是，完不成任务当然不是他一个人……

等一下！

苏云景突然反应了过来："你说我没完成任务？"

"这不是显而易见吗？"

苏云景心想：哪里就显而易见了？明明他完成得很好——傅寒舟变开朗了，还找到了自己的爸爸，父子关系也越来越好。这还不算完成任务？

系统不知道苏云景此刻在想什么，继续跟他分析失败的原因："我想了想，失败真不怪你，这次给你的身份寿命是短了点儿，导致你跟傅寒舟没有更多的相处时间。"

陆家明的生命有限，虽然系统尽力帮苏云景调整身体状态，让他在医院少受了罪。但死亡的结局，它也没办法更改。本来陆家明应该后天才会死亡，见苏云景也觉得自己任务无望，选择提前结束任务，系统这才帮他缩短了两天寿命。

知道真相的苏云景满头问号，他什么时候觉得自己任务无望而选择提前结束任务了？他分明是想给宋文倩肚子里的孩子留点儿奶粉钱，所以才选择这条路。

不过苏云景现在总算知道了，原来不是系统卸磨杀驴，而是陆家明的寿命本来就这么一点儿。

唉！只能说幸亏宋文倩又怀了一个孩子，至少能弥补一点儿她失去儿子的悲痛。

见系统没判定他任务成功，苏云景说："我觉得你对傅寒舟可能有什么误解。"

系统苦笑着说："我也觉得宿主对傅寒舟可能有什么误解。"

苏云景："……"

系统："……"

苏云景跟这串代码诡异地沉默了几秒。

虽然苏云景坚信傅寒舟只是缺乏安全感，跟偏执没什么关系。但听系统这话的意思，他还能回到小说世界继续改造傅寒舟，苏云景就没再跟系统辩论了。

能活着谁还想死？

"好吧，我失败了。"苏云景痛快认错，"接下来该怎么办？"

系统："当然是要继续完成任务了。"

苏云景等的就是这句话，他有点儿开心地问："我还是以陆家明的身份回去吗？"

系统："陆家明已经死了，宿主不能再用这个身份。我会给宿主安排新的身份，宿主一定记住，千万不能暴露过去的身份。"

苏云景蒙了："为什么？"

系统："没有为什么，这是规定。"

苏云景无奈地说："好吧。"

虽然苏云景不太情愿，但毕竟每个地方都有自己的规章制度。

苏云景突然想起什么似的："对了，如果我这次完成任务有没有什么额外的奖励？"

系统幽幽地说："如果没有，宿主你早就死了。"

苏云景竟觉得这话没毛病，且找不到反驳的理由。

苏云景试探性地跟系统谈条件："我觉得吧，有奖励的话我可能干劲儿更足。"

系统没有说话，隔好一会儿它才说："这事我做不了主，我给宿主申请一下。"

苏云景惊了："你还有上级？"

系统恢复了最初冷冰冰的态度："这是保密内容，宿主无权知道。如果宿主没有其他问题了，我会将你送回小说世界。"

苏云景压下了心中的好奇心："没有了。"

Chapter 04

真成"弟弟"了

> 我跟他是邻居。
> 我们两家关系很好,
> 我们俩上下学坐一辆车。

苏云景再次睁开眼时,坐在汽车的副驾驶位上。

驾驶座上的男人边开车边跟他解释:"你姑姑本来打算接你的,但临时有事,只能派我过来接机了。"

此时,系统将一段陌生的记忆植入了苏云景脑海。来不及整理这些记忆,也不清楚现在的情况,苏云景只能笑着应了声。

敷衍过去后苏云景低头看了一眼自己的手,修长干净,右手中指的骨节处裹着厚厚的茧——这是长期写字引起的。

看见这双少年的手,苏云景松了口气,总算不是八九岁的孩子了。

趁着男人变换车道没工夫搭理他,苏云景开始接收不属于他的记忆。

这具身体的主人叫闻辞,目前正在读高二。原主小学的时候父母出车祸去世了,之后跟着爷爷、奶奶住在一块儿。虽然从小没有父母,但家里经济条件非常不错。

闻辞的亲姑姑闻燕来是国内影后级别的女星。她十九岁只身进入娱乐圈,凭借自己的努力,拿下多个含金量很高的奖项,知名度非常高。因为事业心重,闻燕来三十七岁才将婚姻大事定了下来。

令苏云景惊讶的是,闻燕来的结婚对象居然是沈年蕴。

所以原主姑姑是傅寒舟的后妈？从法律层面来讲，苏云景跟傅寒舟马上就是兄弟？

能成为兄弟是好事，但成为好兄弟继母的娘家人……这就很微妙了。

对苏云景来说，他离开这个世界也就几分钟而已，但再回来时间线已经过去了十年。这次他跟傅寒舟同年，今年十七岁，都是高二的学生。

闻燕来怕老两口照顾闻辞吃力就将他接了过来，准备让他在京城参加高考。

苏云景只能用两个字形容系统的业务水平——专业！

系统每次给他的身份都很给力，第一次是傅寒舟的邻居，这次直接要住他家。

来接苏云景的人是闻燕来的助理，名字叫常见。这个名气取得很有意思，人也健谈幽默，一路上都在跟苏云景说娱乐圈的趣闻逸事。

行驶了一个多小时，常见开着车到了一家电视台。

"你姑姑在这里接受访谈呢。"常见看了一眼手表，"现在差不多快结束了，咱们找个地方等她一下。"

苏云景自然没什么异议。

常见找了家快餐店，他们在里面等了将近两个小时，闻燕来的访谈才结束。

苏云景没想到常见所谓的差不多快结束了，居然能差这么多。

常见有通行证，直接将车开进了电视台。不多时，一个很漂亮的女人从电视台正门走了出来。

墨镜遮住了她半张脸，气质婉约典雅，很有民国时期古典美人的味道，这就是原主的姑姑闻燕来。

等车门打开闻燕来坐进来后，苏云景叫了她一声"姑姑"。

"嗯。"闻燕来摘下了墨镜，虽然年近四十岁，但她看起来很年轻，五官清冷出众。

大概觉得自己的回答太冷淡，闻燕来问了一句："坐飞机累不累？"

苏云景摇了摇头："不累。"

说实话，跟这位大明星同处，苏云景多少有点儿不自在，一是跟对方没有血缘关系，二是原主好像跟闻燕来的关系也不太亲近。

闻燕来这些年一直打拼事业，一年回家的次数屈指可数，姑侄俩相处的日子不多。所以就连原主也很惊讶，闻燕来要接他来这里上学。

闻燕来随口问了一句："你爷爷、奶奶还好吗？"

苏云景被影后的气场压制，老实地说："他们身体都挺好的。"

"嗯。"闻燕来没话说了。

车厢气氛过分地安静，常见出来打圆场，聊了不少拍戏的趣事，才让苏云景没那么尴尬。

闻燕来和沈年蕴约好晚上给苏云景接风洗尘。他们订了一家口碑很好、位置隐蔽的私房菜馆。苏云景还以为会见到傅寒舟，没想到只有沈年蕴一个人来了。

沈年蕴一如既往地穿着正式的西装，身形修长，气质儒雅。看见闻燕来，他含笑走来："等多长时间了？"

闻燕来笑着说："没多久，我跟小辞也刚来。"

橘色的灯光落在她眼角眉梢，消减了身上的清冷，多了几分女性的柔和。

闻燕来转头对苏云景说："小辞，叫人。"

因为职业的特殊性，闻燕来跟沈年蕴还没有公开关系，也没有举办婚礼。

苏云景忍下心里的别扭，叫了一声"姑父"。

之前他叫同样没有血缘的宋文倩夫妇爸妈，都没有像现在这么别扭过。究其原因，他觉得因为沈年蕴是傅寒舟的亲爹，所以这声"姑父"不好叫出口。

傅寒舟没来，苏云景多多少少有些失望。

傅寒舟是个占有欲很强的人，怕是他接受不了闻燕来才怄气不愿意和他们吃晚饭。

虽然心里挂念着傅寒舟，但席间苏云景并没有让话题冷场，该有的礼貌还是有的。他能看出来，闻燕来跟沈年蕴是真的有感情，所以也真心祝福他们。

这顿饭吃得异常和睦，吃完饭苏云景跟着沈年蕴他们回了家。

沈年蕴住在景苑世家，这里是京城有名的高档别墅区，寸土寸金。

见苏云景从后备厢拿行李，沈家的保姆连忙上前帮忙。

行李箱虽然有些重，但苏云景有手有脚，实在不好意思让一位有些年纪的女性帮他。他正要拒绝时，别墅雕花的大门打开了，走进来一个清瘦挺拔的少年。

苏云景的心顿时高高地提起。傅寒舟跟沈年蕴离开后，苏云景也就半个月没见他，没想到再见面他已经变成了美少年。

庭院的暖色灯光打在傅寒舟的眉眼上，延伸的丹凤眼眼尾就像饮了血般绮丽。他拎着单肩包，细软的黑发松松散散地绑在脑后，露出了精致出众的五官。

苏云景看着这个留着长发的翩翩少年不由得愣了愣，他记得傅寒舟不喜欢别人说他像女孩子，怎么留起长发了？

沈年蕴和闻燕来还站在庭院里，傅寒舟却像没看见他们似的，目不斜视地走了过去。

沈年蕴蹙了一下眉头，叫住了他："寒舟。"

傅寒舟这才像发现周围有人似的，稍稍抬了抬单薄的眼皮看向了沈年蕴。

"你闻阿姨把小辞接过来了，他明天要去你们学校报到。在学校你要多照顾小辞。"沈年蕴叮嘱道。

"哦。"傅寒舟应了一声，拎着单肩包走了。从头到尾，他连看都没有看站在车旁的苏云景。

沈年蕴对这个儿子一点儿办法也没有。他勉强笑了笑，转头跟苏云景解释："他性子有点儿慢热。"

闻燕来帮了句腔："以后你们多多接触，混熟后寒舟就不这样了。"

这点苏云景是相信的，傅寒舟什么性格，没人比他更清楚了。况且傅寒舟现在这个态度，已经出乎苏云景的预料了。想当初傅寒舟非常高冷，苏云景跟他认识时小家伙可是相当"豪横"的。现在居然还能平和地"哦"一声，看样子也没有多排斥他们姑侄。

苏云景被安排到了二楼的客房，傅寒舟的房间就在他对门。

他整理行李的时候闻燕来站在门口，半张脸埋在阴影里也不知道在想什么。

来之前闻燕来打电话告诉原主，日常用品包括衣服、鞋子都准备了，让他不用多带。所以原主没带什么东西，苏云景很快就整理好了。

见苏云景抬起行李箱打算放到衣柜上面时，闻燕来终于开口了："这里有储物室，一会儿我让他们把你的行李箱拿下去。"

听到这话，苏云景放下了箱子。

闻燕来抿了抿嘴唇又说："你要是觉得明天去新学校报到时间太仓促了，也可以再等几天。"

苏云景赶紧说："不仓促，我也想早点儿入学，适应新的环境。"

他巴不得早点儿去学校，总觉得原主这个亲姑姑不太好相处，不如宋文倩有亲切感。

宋文倩就是千千万万普通妈妈中的一员，苏云景在她身上能找到自己妈妈的影子。闻燕来就显得不接地气多了，再加上苏云景也没接触过大明星，不知道该怎么跟闻燕来相处。

闻燕来"嗯"了一声，又没话音了。

苏云景觉得尴尬，硬着头皮说："姑姑，那个储藏室在什么地方？我去把行李箱放进去。"

闻燕来走进房间拎过箱子淡淡地说："你早点儿睡吧，明天还要上学呢。"她没再说什么，将行李箱拎出去了。

闻燕来一走，苏云景松了口气。

虽然傅寒舟小时候也很高冷，但在苏云景眼里他只是比一般小孩儿难哄了点儿。闻燕来从气场到年龄全方面碾压他，苏云景跟她单独相处时压力非常大。

看了一眼紧闭的对门，苏云景犹豫着要不要去和傅寒舟打个招呼。他现在已经不是陆家明了，依照傅寒舟的性格应该不会给他好脸色看。

算了，反正都住进来了，来日方长嘛。

苏云景上前将房门轻轻扣上。他躺在柔软的大床上，然后从裤兜摸出一部最新款的滑盖手机。他还记得傅寒舟的电话号码，也不知道过了十年傅寒舟还有没有留着那张电话卡。

苏云景蠢蠢欲动，想打一通电话试试看，但又怕暴露自己的身份会被穿书系统惩罚，只好作罢。

已经十年过去了，宋文倩夫妇应该从悲痛中走出来了吧？就是不知道宋文倩后来给他生的是弟弟还是妹妹。

苏云景在床上胡思乱想了好一会儿才起身去浴室洗澡。

苏云景适应能力良好，躺在床上一觉睡到天亮，第二天醒来已经六点五十分了。苏云景起床洗脸刷牙，等他出门正好碰见了来叫他吃饭的闻燕来。

闻燕来穿着居家服，脸上化着淡妆。

苏云景看见她条件反射般背脊微绷，不自在地打了个招呼："姑姑。"

"下楼吃饭吧。"闻燕来没多说什么，带着苏云景去了餐厅。

早餐是中式的，米粥、煎蛋、包子、油条，还有爽口的小菜，跟苏云景想象的豪门"画风"不太一样。

沈年蕴笑容温和："不知道你爱吃什么，早上就多准备了几样。"

苏云景拉开餐椅坐了下来，笑着跟沈年蕴说："在家我奶奶也是给我做这些。"

进了餐厅，闻燕来就没再开口，倒是沈年蕴这个姑父很关心苏云景能不能适应新生活。

"就拿这里当家，有什么喜欢吃的就跟王嫂说，她做饭很好吃。"

"我知道了。"

"你姑姑不太方便带你去学校报到，我今天也要去公司。让老吴陪你去，他天天送寒舟上学，对学校很熟。"

苏云景也没拒绝："谢谢姑父。"

闻燕来拿着瓷勺搅着热气腾腾的米粥，唇角用力地抿着，显得有些焦躁。

苏云景跟沈年蕴有一搭没一搭地聊着，面前的粥喝了一半了也没见傅寒舟下来。

"寒舟还没有起来吗？"苏云景忍不住问，"要不要去叫他？"

说话时苏云景的屁股挪了挪，随时准备起身叫傅寒舟下来吃饭。

沈年蕴却说："他睡眠不太好，所以早上会多睡一会儿，你先吃，不用管他。"

苏云景点了点头，屁股又坐稳了。

小时候傅寒舟晚上就经常做噩梦，偶尔还会出现幻觉，也不知道情况是不是严重了。

苏云景有些担心他，但又不好表现出来。

等苏云景吃完早饭，收拾好书包，傅寒舟才终于醒了。他穿着浅色运动装，戴着棒球帽，身形修长，迈着一双大长腿从楼上走了下来。

傅寒舟常年不在家吃早饭，王嫂给他打包了一份，让他带去学校吃。

少年似乎还没睡醒，狭长的凤眼耷拉着，随手接过王嫂递过来的早餐。

看着像鬼一样游荡出门的傅寒舟，苏云景有点儿哭笑不得，怎么感觉长大后的傅寒舟跟他想象的不太一样？

苏云景跟闻燕来和沈年蕴道了一声"再见"，然后拎着书包跟了出去。

司机老吴早已经等在庭院。苏云景绕到车的另一边，打开车门坐了进去。

傅寒舟半边身子倚在车玻璃上，棒球帽的帽檐压得很低。

老吴问苏云景："小辞少爷，您有没有落下东西？没有的话我就开车了。"

"叫我小辞就好了。"苏云景说，"我没落下什么东西，您开车吧。"

老吴应了一声，启动车子引擎，缓缓开出了别墅区。

傅寒舟手里还拎着早餐，也不知道是不是睡着了，半晌都没有动一下。帽檐遮住了他一大半脸，只露出了一点儿细腻高挺的鼻尖以及微抿的唇。

他现在长得特别高，据苏云景目测估计得有一米八几。他才十七岁，还有长高的希望。

长手长脚的少年窝在车座跟车玻璃之间，苏云景看着都替他不舒服。

新生第一天上学要去教导处报到，老吴把车停到学校对面的停车位，然后叫醒了傅寒舟。

傅寒舟将棒球帽推上去，看着他惺忪的睡眼，苏云景这才确定他是真睡着了。

苏云景感觉傅寒舟还没睡醒，只是凭着肌肉记忆打开车门，穿过马路，进了校门，从头到尾傅寒舟都没有理任何人。看着他的背影苏云景叹了一口气，然后跟着下了车。

虽说老吴天天送傅寒舟上学，但他很少进学校里面。在保安亭问了教导处在哪栋楼，老吴拿着转学证明跟苏云景去了教导处。

路上苏云景问老吴："寒舟是不是也在上高二？他是几班的？"

这倒是把老吴难住了："这个我不太清楚。"

苏云景又问："那他有朋友吗？"

老吴回想了一下："没见过他跟谁走得特别近，也没邀请谁来家里玩过。"

老吴在沈家工作了四五年，傅寒舟上初中时就是他接送上下学。他对傅寒舟的印象就是寡言事少，没有其他富家弟子的恶习，除此之外就什么都不知道了。

苏云景：行吧，还是那个熟悉的孤僻小孩儿。

苏云景被分到了高二五班，正好五班的班主任在教导处，就将他领了回去。

班主任是一位教数学的男老师，叫张志刚，今年三十五岁。张志刚做了三届班主任，跟这帮十七八岁的"皮猴儿"打了九年的交道。因为性格好，他跟班里同学的关系处得很好，人送外号"话痨张"。

张志刚卷着数学教案走上了讲台，一脸的恨铁不成钢："动静能不能小点儿？！一上三楼其他班都是读书声，就咱们班跟唱大戏似的。这学期为了早读这点儿事，教导主任找我谈两次话了，再来一次我估计就该卷铺盖回去实现街舞大神的梦想了。"

一听这话，讲台下面调皮的男同学开始起哄：

"老师，给我们来一段街舞。"

"来一段！来一段！"

"……"

张志刚用数学书敲了敲桌子："好了，好了，大家都安静，我给你们介绍一个新同学。"说着冲苏云景挥了挥手："你给大家做个自我介绍吧。"

苏云景踏进教室，犹豫了一下，站到讲台上。

看着这位清俊帅气的转学生，班里不少女孩儿眼前一亮。

讲台虽然只有五六厘米高，但站上去视野立刻就不一样了。

苏云景很轻易地捕捉到最后一排趴在课桌上睡觉的长发少年，心情顿时变得很好。

苏云景笑着做自我介绍："大家好，我叫闻辞。"

张志刚转头问他："没了？"

苏云景只得又加了一句："很高兴能转学到'南中'高二五班，希望以后能跟大家好好相处。"

见张志刚还看着自己，苏云景无奈地说："老师，这次是真没了。"

张志刚也没再为难他,说了些场面话。大致意思就是,既然来到五班,那就是缘分,大家一定要和平相处,携手共创未来,千万别集结起来"大闹天宫"。

苏云景:"……"

张志刚指了一个空位对苏云景说:"你就坐李学阳旁边吧。"

教室有两个空位,都是在最后一排,其中一个是李学阳,另外那个是傅寒舟。苏云景是想跟傅寒舟坐一块儿的,所以多少有点儿失望,不过他也没有说什么,拿着自己的书包乖乖坐到了倒数第一排。

李学阳推了推黑框眼镜,打量着自己这位新同桌。

今天苏云景穿了一身鸽子灰运动服,脚上踩着一双名牌的白球鞋。眉目清朗干净,轮廓清晰流畅,是很多女孩儿喜欢的那种清俊校草长相。

李学阳的视线在那双白球鞋上停顿了片刻,开口问苏云景:"你从哪儿转过来的?"

苏云景说:"衡林一中。"

李学阳皱眉:"我怎么没听过咱京城还有一个'衡林'?"

苏云景跟他解释:"'衡林'不是这里的学校,我老家是衡林的,是个县级市。"

李学阳纳闷儿:"那你怎么来这里上学了?"

苏云景半真半假地说:"我家里人在这里工作,再加上京城升学率高,所以就把我转到'南中'了。"

李学阳瞅了瞅苏云景的鞋,突然问他:"你看篮球吗?"

"偶尔看看。"

"那你看湖人跟火箭抢七场大战了吧?想起来我就难受得不行,老姚真是可惜。"李学阳啐了一下。

苏云景当年也觉得遗憾,但现在早过了那个阶段。他随口附和了一句:"是呀。"

李学阳被他这句"是呀"堵了一下,心想:不懂球穿什么名牌球鞋？

李学阳懒得再搭理苏云景。过了一会儿，他见苏云景总看趴在桌上睡觉的傅寒舟，又忍不住搭话："是不是好奇他为什么可以留长发？"

苏云景听到这话看向了李学阳，他还真好奇傅寒舟为什么留头发。

李学阳压低声音说："咱们'南中'的校风很开明，倡导思想自由，所以学校有很多特别有才华又特立独行的人。不过这位……"李学阳推了推眼镜，神秘一笑，"他爹给学校捐了一栋实验楼。"

李学阳转着手里的圆珠笔，神神道道地说："所以你想留长发可以，但得找个有钱的爹。"

苏云景："……"

有钱的爹他没有，但有一个有钱的未来姑父。

当然这话苏云景肯定不能对李学阳说。他转头又看向了傅寒舟。

金色的光线透过窗大片大片地洒进来，黑发黑眸的少年完全融进了光晕中，冷白的皮肤仿佛上了层蜜色的釉彩，精致的五官漂亮到了失真的地步。

别说，长大后的傅寒舟更好看了。

五班的同学们太能闹腾，早读学习气氛很差。就算"南中"校风开明也是在教学方式上开明，不会去刻意压制学生的天性，但没让这帮人去"大闹天宫"。

张志刚被教导主任叫过去谈了谈五班的纪律问题，因此早读也变成了批评大会。他在上面讲得唾沫横飞，傅寒舟在下面岿然不动，眼皮都没抬一下。

随着早读结束的铃声响起，张志刚的"谈心之旅"也终于结束了："好了，你们调整一下状态准备第一节课吧，记得皮都给我紧着点儿！"

说完张志刚拿着数学教案离开了教室。他一走，班里的气氛顿时欢快了起来。好动的少年们打打闹闹，女孩儿则聚在一块儿聊八卦新闻。

吵闹的环境并没有影响傅寒舟的睡眠，似乎越吵他睡得越好。直到有人打闹时不小心将一本英语书扔到了他身上，英语书的九十度硬直角砸到傅寒舟的肩膀后，随后嘭的一声掉到了地上。

整个教室顿时鸦雀无声。打闹的两个男生表情僵硬，其他人也像集体失声似的，齐刷刷地看着傅寒舟。

苏云景环视了一圈，不解地问李学阳："怎么都不说话了。"

是他的错觉吗？感觉大家好像很怕傅寒舟？

李学阳其实不想搭理苏云景，但又按捺不住一颗分享八卦的心。他凑近苏云景小声说："他上学期跟人打架，把人家的腿都打断了，听说肋骨也断了好几根。好不容易被他爹用钱摆平了，他倒好直接把受害者送进了'局子'，对方最后被判了十来年。"

苏云景觉得不对劲儿，现在可是法治社会，确定被判十来年是傅寒舟阴险，而不是那人罪有应得？

一旁的傅寒舟悠悠醒来，随着他慢慢坐直身体，教室里更加安静了。他薄薄的眼皮搭着，一副没睡好的样子。惹事的两个少年顿时有些紧张。

傅寒舟像没感受到周围的气氛一样，他从桌洞里拿出早餐吃了起来，没理周围的任何一个人。

气氛诡异了几秒。

见傅寒舟没在意谁拿书扔他，丢书那人松了口气。他飞快捡起地上的英语书，低声跟傅寒舟说了"对不起"。

傅寒舟没说话。

风波过后大家都老实了不少，乖乖坐回自己的位子准备第一堂英语课。倒是苏云景看了场免费的"吃播"，傅寒舟赶在上课铃响前把早饭吃完了。

之后的每一堂课傅寒舟都在睡觉，苏云景怀疑他是不是睡神附体了。小时候傅寒舟虽然睡眠质量不好，但也没这么夸张。

苏云景皱了皱眉。

"南中"有两个食堂,学生中午基本不回家,都是在学校解决午饭。西食堂是大锅菜,便宜实惠;东食堂是精致小炒,去这儿吃饭的都是家境殷实的学生。

上午最后一堂课是张志刚的数学课,放学铃声响后他把苏云景跟李学阳叫住了。

"我忘了让你买一张食堂的饭卡,这顿先用我的饭卡。"张志刚将自己的饭卡给了苏云景,然后嘱咐李学阳:"他刚转过来,现在还不熟悉学校的环境,你带他去食堂吃饭。"

李学阳不情不愿地应了一声。

苏云景跟张志刚道了一声谢:"谢谢老师。"

等张志刚走后,苏云景转头一看,傅寒舟的座位已经空了,他只好跟李学阳一块儿去食堂。

从李学阳嘴里听说有两个食堂,苏云景没跟李学阳去西食堂,而是打听了一下东食堂的位置。依照苏云景对傅寒舟的了解,他一定会选味道偏好的精致小炒,也就是东食堂。

苏云景想着花张志刚多少钱,自己办饭卡的时候再给他充回去。李学阳不知道苏云景的打算,阴阳怪气地指了路。等苏云景离开,他忍不住翻了一个白眼,心想不是自己的饭卡真不心疼钱。

进了东食堂,苏云景在窗口外看见有鱼。他点了一份糖醋鱼,又点了一份自己爱吃的辣子鸡。

苏云景端着餐盘站在大厅扫了一眼,很快就锁定了鹤立鸡群的傅寒舟,他笑着走了过去。

苏云景还以为傅寒舟在学校没有朋友,没想到他旁边坐着两个少年。餐桌是四人位,他们那桌正好空出一个。苏云景走上前将餐盘放到了空位上,一脸友好地问:"我能坐这里吗?"

坐在傅寒舟对面的少年一脸凶悍,一看就不是什么好学生。他抬起头,眼睛一横,说话也十分冲:"你谁呀你?"

苏云景指了指正在吃饭的傅寒舟:"我是他的同班同学。"

傅寒舟听到这话抬了一下眼皮，没说什么低着头继续吃饭。

唐卫一时摸不准傅寒舟什么意思，认认真真地打量着苏云景。最后唐卫还是拿走了自己的饮料，给苏云景腾出了座位："坐吧。"

苏云景跟他道了声谢，然后坐了下来。

唐卫戳着餐盘里的咕咾肉，斜眼问苏云景："我怎么没在五班见过你？"

苏云景如实说："我今天刚转到'南中'上学。"

那也就是跟傅哥不熟了？

唐卫又露出刚才的傲慢神情。他眉头一挑正要说话，就看见苏云景夹了块糖醋鱼放到傅寒舟的餐盘里。

唐卫："……"

林列："……"

在苏云景的印象里，傅寒舟是爱吃鱼的，虽然不知道他今天为什么没要鱼，但见到鱼还是习惯性往他碗里放了一块儿。怕这个举动显得突兀，他又给唐卫和林列各夹了一块，做到了雨露均沾。

苏云景解释："这鱼做得挺好吃的，大家都尝尝。"

傅寒舟嘴角抿成一条直线，神情有一瞬的阴郁，他把那块鱼又扔回了苏云景的餐盘。

东食堂厨师的手艺很好，糖醋鱼浇的汁非常浓稠，傅寒舟的米饭上沾上了汤汁。傅寒舟把那些米饭都拨了出去，起身拎着餐盘就走了。

苏云景："……"

得，他们俩又回到了原点。傅寒舟还是当初那个孤僻小孩儿，在面对陌生人的示好会挠上一爪子。

在苏云景坐过来之前，傅寒舟他们已经吃得差不多了。

傅寒舟这么一走，唐卫更加无所顾忌了："你知道他是谁吗？上来就抱大腿，你当我们傅哥的大腿是那么好……"

还没等唐卫把话说完，苏云景就打断了："我跟他是邻居。"

唐卫的气焰顿时熄灭了："什么？"

苏云景睁着眼说瞎话："我家长辈跟傅寒舟的爸爸关系很好，我们俩上下学坐一辆车。"

总会有同学看见接送他们的车是同一辆，这件事瞒不了，苏云景也不准备隐瞒。

唐卫蒙了，别说坐傅寒舟家的车了，他甚至不知道傅寒舟住什么地方！

稍微稳重些的林列问："那你跟傅哥早就认识了？"

苏云景不好回答这个问题，只能委婉地说："我们两家关系很好。"

"你扯呢吧？"唐卫瞪着苏云景，"看傅哥那样子你们那是认识吗？你们那是有仇！"

苏云景叹了一口气，半真半假地说："哎，怎么说呢……前几天因为一些事，我惹他生气了。"

在苏云景刻意的误导下，唐卫和林列都以为他和傅寒舟关系不错，只是最近闹翻了而已。

苏云景趁机打听傅寒舟的交友情况："你们是寒舟的朋友？"

"那是必须的！"唐卫胸口一挺，嘚瑟地说，"我们跟傅哥是男人与男人之间的交情，懂？"

苏云景不懂。

男人之间默认的铁交情是：一起同过窗，一起扛过枪。唐卫说的交情就是跟傅寒舟"一起扛过枪"，说白一点儿就是曾经一块儿打过架。

一听到打架，苏云景的心里咯噔了一下："我听说寒舟把人腿打断了，有这回事吗？"

"何止打断腿！"提起这事唐卫特骄傲，这可是让他们一战封神，值得吹嘘半辈子的事。

唐卫激情"开麦"，把那场仗讲得是一波三折，高潮迭起。好在苏云景理解能力强，去掉那些夸大的吹嘘，还原了事情的经过。

起因是"南中"校花跟女同学约好去网吧玩游戏，结果碰到了不良少年。当时唐卫也在网吧玩游戏，撞见校花被欺负，当即召集了同样打游戏的同学赶走了那两个混混儿。没过两天，对方就带着好几个人来堵唐卫跟林列。两个人见情况不妙也没硬碰硬直接跑了，但最后还是被堵到了校外巷子里。这事从头到尾跟傅寒舟没有一毛钱的关系，巧就巧在傅寒舟在那条巷子里。

唐卫吹嘘："你是没见到傅哥当时有多厉害。那小子让傅哥滚，傅哥连理都没理他，继续玩手机。"

那个时候他跟傅寒舟还不熟，只是听说过学校里有这么一号人物。留着长发，脸蛋比校花还要漂亮，据说家里很有钱，亲爹非常阔绰，随手就捐一栋实验楼。

所以唐卫很纳闷儿，这么一位顶级"富二代"怎么拿了一款最老式的手机。那破手机不要说照相功能了，连个俄罗斯方块都没有，收废品的估计都嫌弃。

那帮混混儿见傅寒舟这么目中无人，恼火地想给他点儿教训，傅寒舟的手机被其中一个混混儿摔坏了。

唐卫现在回想起当时的场景仍旧后脊发麻，并且庆幸自己没找过傅寒舟的麻烦。手机屏幕摔碎那一刻，傅寒舟整个人犹如从地狱攀爬出来的恶鬼。

这事最后是沈年蕴拿钱私了了。但没过多久就赶上有关部门扫黑除恶，这帮混混儿就被送进去吃牢饭了。最有名气那个混混儿被判了十几年，普通小混混儿各项罪名加起来也有两年多。

苏云景没想到居然是一部手机引发的血案，被摔坏的手机应该是他送给傅寒舟的那部手机。十年过去了竟然还能用，不得不说老式手机真耐用。

陆家明最后是病死的，傅寒舟当时那么依赖他，所以才会因为手机被砸做出过激的事。

苏云景叹了一口气。

下午的课上傅寒舟倒是没有再睡，趴在桌子上玩俄罗斯方块。那是一款很老的掌机，外形有点儿像20世纪80年代的BP机，漆黑的外壳，右边有大小两个按键，下面还有四个圆形按键。

傅寒舟玩了半节课，大概是眼睛累了，他将掌机放进桌洞，在耳朵里塞了一对白耳机眺望着窗外的景物。上课的老师似乎已经见怪不怪了，并没有出声制止傅寒舟。

看着百无聊赖的傅寒舟，苏云景蹙了蹙眉头。不知道是不是错觉，他总感觉傅寒舟散漫得过头了，有种得过且过的心态。

想起傅寒舟对自己的排斥，苏云景头疼地按了按太阳穴。

下午最后一节是体育课。体育老师让他们跑了一千米后，剩下的就是自由活动时间。

刚跑完圈，苏云景出了一身汗，就连不怕热的傅寒舟额角都有薄薄的一层汗。

苏云景擦了把汗，转身去小卖部去买水。等他买完水回来，傅寒舟已经不知去向。

"南中"的体育操场很大，光篮球场就有六个，被绿色的栅栏分开。篮球场有五波学生在打球，除了五班外还有高三的一个班。

高三的一个学生在抢篮板，手劲儿太猛直接将篮球拍出了栅栏。那颗球在地上重重一弹，接着滚出了两米多远，最后停到了一个少年脚边。

那少年凤眸，薄唇，长发似墨，皮肤冷白。他耳朵里塞着白色的耳机，垂着精致冷淡的眉眼，跟喧闹的操场隔开了两个世界。

"同学。"篮球场内的人喊道，"麻烦帮我们捡一下球。"

傅寒舟仿佛没听见，看也没看那颗篮球，目不斜视地走了。

丢球的高三学生皱了皱眉头，正要说什么，一个清瘦的少年跑了过来。少年捞起地上的篮球，扔回了篮球场里。

高三学生稳稳接住了球，冲少年比画了一个手势："谢了，兄弟。"

苏云景朝他挥了挥手，然后快步追上了走在前面的傅寒舟。

苏云景悄悄跟在傅寒舟身后，他笑着将刚买的水放到了少年后颈。

苏云景买的不是常温矿泉水，瓶身带着一丝凉意跟水汽。

傅寒舟的指尖一僵，接着抬手挥开了苏云景，动作有几分烦躁。

见傅寒舟不大高兴了，苏云景笑了起来："生气了？跟你开玩笑呢。"

傅寒舟没理他，冷着脸继续朝教室走。

苏云景也不气馁，慢悠悠地跟在傅寒舟后面："食堂的事是我不对，我只是想和你搞好关系，毕竟我们俩……你也懂，反正已经这样了，你不如就当自己多了个兄弟。"

苏云景快步超过傅寒舟，转身跟他面对面："你觉得呢？"

傅寒舟漆黑的眸子有一瞬间似乎变得幽邃，但又似乎没有，最终他平静地"哦"了一声。

苏云景愣了愣，完全没想到傅寒舟居然就这么痛快答应了。就在他愣神的工夫，傅寒舟越过他，迈着大长腿走了。

看着傅寒舟挺拔修长的背影，苏云景心里一时复杂难言。

就这么简单？他怎么感觉哪里不对劲儿呢？

对于傅寒舟的态度，苏云景感觉十分不真实，等反应过来后就是狂喜。

之前穿书系统说他没完成任务时，他心里多少有点儿犯嘀咕。

现在看来傅寒舟一点儿都没有"黑化"的迹象，虽然看着冷淡寡言了一些，但这不是挺好说话的吗？

隔天吃了早饭苏云景没等傅寒舟，先坐进了车里。五六分钟后，傅寒舟拿着王嫂给他准备的早饭，睡眼惺忪地从别墅走出来。

上了车傅寒舟脑袋一歪，正要靠着窗户睡一觉的时候，苏云景将一个抱枕垫了过来。

傅寒舟支起漂亮的眼睛，瞅了苏云景一眼。

苏云景笑了笑："垫上这个睡得舒服。"

傅寒舟没说话，闭上眼睛靠了上去。

见他没拒绝自己的好意，苏云景最后那点儿担忧也没有了。本来他都做好艰苦奋战的准备了，没想到事情出乎意料地顺利。

这是不是间接说明他治愈了傅寒舟的童年，让他的性格发生了变化，不再像之前那么孤僻了？但系统以为他没完成任务，所以又把他送到小说世界。

苏云景感觉自己白捡了一条命。

第二节课后的大课间，苏云景去办公室找张志刚，希望对方给他调一下座位。

见苏云景想跟傅寒舟做同桌，张志刚有些惊讶："怎么突然要调座？跟李学阳相处得不好？"

苏云景连忙否认："不是，跟李学阳没有关系，我和傅寒舟是邻居，两家关系一直很好，所以想跟他坐一起。"

张志刚有些意外他们俩还有这层关系，但他似乎有些为难："这事怎么说呢……理论上你刚转过来，是应该找个熟人让你尽快融入新集体。"

苏云景一听这话，心不由得提了起来。

张志刚果然紧接着来了一句："熟人有熟人的好处，但有时候太熟了反而会影响学习。我看了你之前的成绩，好像一直是全校前十？"

苏云景听出了张志刚的弦外之音，无非是担心傅寒舟会影响他的学习。昨天他观察了傅寒舟一天，发现傅寒舟没有一堂课是好好听的。就算傅寒舟聪明也不可能不听课就考高分，张志刚担心他被傅寒舟带坏。

"老师，我要调座位就是因为寒舟学习成绩不好，我打算帮他补习补习功课。"末了，苏云景又加了一句，"寒舟的爸爸也是这个意思。"

张志刚权衡了一下，最终还是松口答应了。

苏云景笑着走出办公室，回到教室开始收拾自己的东西。

李学阳即便不喜欢苏云景，看到他这个举动也不由得问了一句："你这是干吗呢？"

苏云景头也不抬地说："老师给我调了一下座位，让我跟傅寒舟同桌。"

李学阳皮笑肉不笑地扯了扯嘴角:"呵。"

苏云景看出李学阳不高兴了,但没理会他的不爽。昨天李学阳刚跟他说了傅寒舟不太好的传闻,转天他就跟傅寒舟坐在一块儿了,搁谁心里都不会太痛快。

傅寒舟趴在书桌上睡觉,苏云景轻手轻脚地坐到他旁边。

傅寒舟已经很久没有同桌了,对于这次的座位调动大家都有些摸不到头脑。

李学阳的前桌戳了戳他,小声问:"你的新同桌怎么搬走了?"

李学阳阴阳怪气地说:"人家怎么想的,我哪儿知道?"

他刚说完,趴在书桌睡觉的长发少年动了动。他连忙缩了起来,像个受惊的鹌鹑。

傅寒舟没睡好,原本的单眼皮竟然有了一层褶皱。

看着他那只变成双眼皮的眼睛,苏云景唇角有了些笑意,很想给他把那层眼皮捋平。

苏云景跟他解释:"班主任让咱们俩坐一桌。"

傅寒舟没说什么,重新合上眼睛,换了条胳膊继续枕着睡。

苏云景没指望傅寒舟会热烈欢迎他的到来,只要不拒绝,在苏云景眼里就已经是欢迎了。

接下来的课傅寒舟一句也没有听,全程趴在桌子上补觉。前几天"南中"摸底考试,今天每节课都在讲试卷,傅寒舟的卷子平摊在桌子上,他连看都没有看。

苏云景没参加考试,向傅寒舟要了他的卷子。

傅寒舟平均分很低,分数最高的一科是英语四十五分。英语分数高是因为卷子选择题多,傅寒舟学习不行运气倒是很好,A、B、C、D胡乱选竟然还对了不少。英语卷子最后的作文题,傅寒舟直接把上一题的阅读理解前两段抄了一遍,没想到还拿了一分。

苏云景:真辛苦分。

数学后面的大题他就写了一个"解"字。理综的计算题全部写的是牛顿第二定律的公式"F=ma",结果还真被傅寒舟蒙对了一题的计算公式。

苏云景:这怎么说呢……起码傅寒舟没有交白卷,努力为自己争取了不少分数,说明他多多少少是在乎学习的。

苏云景把自己安慰好了,才怀着一颗平常心继续听课。

正在玩俄罗斯方块的清冷少年眼皮稍稍抬了抬,看了一眼认真听课的苏云景。

苏云景拿着笔正在改卷子上的错题,露出清瘦纤细的下颌线。

傅寒舟的目光在苏云景脖颈那条淡青色的血管停顿了片刻,最后收回视线继续玩掌机。

等各科卷子发下来,苏云景看着傅寒舟的分数颇为头疼。这家伙的学习成绩实在是太差了,妥妥全年级倒数第一的水准。他还想着以后跟傅寒舟一起考所好大学,就这点儿分只能花钱上个大专。

必须得把他的学习成绩提上去。

其实高中知识苏云景早忘得差不多了,好在原主是学霸,他继承了对方所有的记忆。

吃完晚饭后,苏云景拿着作业跟卷子,敲了敲傅寒舟的房门。

"寒舟。"

苏云景在门外叫了两遍,才听见里面的人懒懒散散地说:"不在。"

苏云景愣了一下,不气馁地问:"要不要一块儿做作业?你有不懂的题我可以教你。"

"不要。"

"那……你房间有电脑吗?我有道物理题不会做,想上网查一下解题步骤。"

"没有。"

行吧。见傅寒舟不愿意给自己开门,苏云景只好抱着作业回去了。

回到房间的苏云景无奈地按了按眉心,果然换了"马甲"很不方便。以前他找傅寒舟学习,对方非常积极,怎么现在不爱学习了?

现在傅寒舟展现出来的性格既不是小说中的偏执疯狂,又不是苏云景记忆里的那个样子。

想要他们俩的关系恢复到当初那样,首先得了解现在的傅寒舟是什么样的性格。小时候的他喜欢一个人画晦涩难懂的画,据苏云景观察,如今的他喜欢上课戴着耳机睡觉。

为了进一步了解傅寒舟,苏云景想知道他爱听什么歌。

苏云景笑着问:"你听什么歌呢?我能听一下吗?"

傅寒舟刚睡醒,整个人懒洋洋的,垂着漂亮的凤眸没理苏云景。

见傅寒舟没说话,苏云景犹豫了下,最终还是伸手摘了他一个耳机。

傅寒舟看了一眼苏云景,狭长的眸子格外漆黑。

苏云景把耳机塞进了耳朵里,音乐声倒是不大,只是曲风突破了他的想象,是一首很"非主流"的歌,有点儿像十年后风靡直播界的喊麦。

> 人生就像一场戏,因缘际会才相聚。
> 兄弟相扶不容易,就应好好去珍惜。
> 为了小事闹脾气,回头想想又何必。
> 兄弟之间不攀比,双肋插刀由他去。
> 吃苦享乐在一起,神仙羡慕好兄弟。

苏云景:"……"

这好像是改编版本的《莫生气》,配上喊麦那种嘶吼的声音,听得苏云景头皮一麻。苏云景心情复杂地瞅了瞅黑发黑眸的美少年,真没想到他居然好这口。

直到中午去食堂吃饭苏云景才知道,原来那个MP4是唐卫送给傅寒舟的,里面的歌也是唐卫下载的。

"不是跟你吹,唐爷我手机里就没有一首难听的歌,你要是爱听,一会儿我用蓝牙传给你。"

唐卫是热血漫画的"脑残粉",手机里都是那种为兄弟两肋插刀的土味儿歌曲。

苏云景怕唐卫独特的品位会影响傅寒舟的审美,上计算机课时给他下载了几首钢琴曲。

结果傅寒舟一点儿反应也没有,苏云景忍不住问他:"你没觉得耳机里的歌变了?"

傅寒舟正在玩俄罗斯方块,听到这话眉头一挑,抬眸看向苏云景。那模样分明是没有听出曲风有什么不同。

苏云景:"……"

相处了两天,苏云景发现傅寒舟的脾气的确比之前好了不少。

除了最初在食堂跟他闹了一下,再之后就没"挠过人",面对苏云景的示好大多也是照单全收的。甚至苏云景跟他借 MP4,他也没有说什么。

一开始苏云景觉得这是好事,但现在越来越感觉奇怪。虽然傅寒舟不会像小时候那样竖起所有的刺时刻准备扎你一下,但现在过于散漫,好像什么事都没放在心里。天天戴着耳机听歌,其实一首也没听进去,MP4 放什么他听什么,换了歌单也没发现。

苏云景有片刻的茫然,傅寒舟的变化让他觉得陌生。

但傅寒舟顶多就是懒散,感兴趣的事少,离穿书系统所说的偏执还差十万八千里,因此苏云景也没太纠结。毕竟已经过去了十年,他不了解现在的傅寒舟很正常,谁还能一成不变?

Chapter 05

从我家里滚出去

咱们一块儿考上京城大学，
好不好？

现在闻燕来是半退圈状态，她已经很久没拍戏或出席商演活动了。前两天接受采访还是因为一部压了三年的大制作电影要上映，她需要配合宣传才同意媒体采访。

沈年蕴和闻燕来准备下个月结婚。这段时间她一直忙着电影宣传和婚礼的事，很少待在家里。沈年蕴去京杭市参加"世界互联网大会"，家里只剩下苏云景和傅寒舟。

苏云景想帮傅寒舟提高学习成绩，但对方似乎对他还有些戒备，从来不让他进房间。

傅寒舟是个领域意识很强的人，在没完全接纳你的时候，是不会让你进入私人领域的。

不过苏云景跟唐卫和林列倒是彻底混熟了，中午在学校食堂吃饭时总是他们四个人一桌。

东食堂的小炒比西食堂的大锅菜味道是好吃不少，但吃了这么久多少还是会腻。唐卫在家电城买了两个酒精炉，带来学校打算吃火锅。

酒精炉是饭店做水煮肉片的炉子，放上固体酒精点燃就可以加热食物。

学校不让学生开明火，唐卫偷摸地把吃火锅的地点选在了旧实验楼的天台。

"你确定这里不会被发现?"苏云景刚加入"差生小团伙",没有那么多跟老师对抗的经验,总觉得不踏实。

唐卫满不在乎地说:"你就把心放肚子里,咱们现在上课都去新实验楼,这里早成'三不管'了……哎,哎,锅开了!"他抄起羊肉片就往锅里放。

酒精炉没有鸳鸯锅的样式,所以唐卫买了两个,一个清汤,一个辣汤。

炉子底下放了一大块固体酒精,两口不锈钢锅里的火锅汤底已经煮沸。

红油那锅颜色鲜红,又香又呛,坐在炉火边玩俄罗斯方块的清冷少年都染了几分烟火气。

这样的傅寒舟终于让苏云景有了几分熟悉,他仿佛看到那个只有七岁的小男孩儿,安静地坐在孤儿院的树下等着他投喂。

苏云景忍不住笑了,拿起一旁的鱼滑往锅里添。

唐卫嚷嚷着:"你们谁吃辣,谁吃不辣的?"

"我肯定辣的,傅哥应该是清汤吧?"林列没见过傅寒舟点带辣椒的菜。

"你呢?"唐卫用胳膊肘杵了一下苏云景。

"我辣的。"苏云景嘴上说着吃辣,却往清汤里放了不少鱼滑。

他爱吃辣,但傅寒舟口味清淡且爱吃鱼。

唐卫是个急性子,恨不得把菜一股脑儿都放进去。苏云景连忙拦住了他:"别放那么多菜,这种锅不好煮。"

酒精炉肯定没有电磁炉给力,这种小锅煮了十来分钟才能冒起小水泡。

等锅开后,唐卫突然骂了一声:"我忘带筷子了。"

苏云景和林列:"……"

傅寒舟听到这话也抬头扫了一眼唐卫。

唐卫不仅没拿筷子，还没准备蘸料，更没有碗。其他都好说，就是没筷子吃不了。

林列没好气地说："吃火锅不拿筷子，让我们手抓？"

唐卫看着煮熟的羊肉心里也着急："这不是第一次没经验嘛。"

苏云景无奈地站起来："我去食堂拿吧。"

等苏云景拿回筷子，羊肉早已经煮老了。没蘸料口感差了不少，而且还烫。

唐卫吃饭又急又快被烫得直卷舌头："嗯，烫，烫烫烫！"

没吃多久傅寒舟就放下了筷子。

林列惊讶地问他："你不吃了？"

傅寒舟摇了摇头。

唐卫边胡吃海塞边凑过来搭腔："傅哥你怎么就吃这点儿，不爱吃火锅？"

傅寒舟不是不爱吃火锅，根据苏云景的观察，他只是不愿意跟唐卫吃一锅。也不知道是不是太烫了，唐卫有个毛病——嘬筷子，嘬完再往锅里一涮……

傅寒舟从小就有轻微洁癖，除苏云景以外的人咬过的东西他都不碰。

吃完火锅苏云景去小卖部买了两桶方便面，傅寒舟没动几下筷子，肯定是没吃饱的。

苏云景刷干净锅给傅寒舟煮了两袋方便面，他往锅里倒了半袋牛奶，又把剩下的鱼滑、蔬菜、肉片、香菇都放进去了。

因为那半袋牛奶，所以汤色发白，和红红绿绿的菜搭在一起看起来很有食欲。

唐卫对着锅吸了两口热气，摸了摸自己发撑的肚皮，最终放弃了再吃点儿面的打算，瘫回去继续养膘。

"早知道你要给傅哥煮面，我刚才就少吃点儿了。"唐卫一脸惋惜。

他特别爱吃泡面，或者说只要是垃圾食品就没他不爱吃的。

林列没唐卫那么没心没肺,他多少猜到傅寒舟不吃的原因:"你得了吧,别祸害那锅面了。"

"嘿,放下碗就骂厨子,别忘了你刚吃的火锅可是我弄的。"唐卫挺着胀起来的肚子跟林列斗嘴。

苏云景边听他们俩贫嘴,边拿筷子拨弄锅里的泡面。他很喜欢这种热闹的氛围,疏朗干净的眉眼微微带着笑意。傅寒舟眯了眯眼。

等面煮熟后苏云景递给了傅寒舟:"午休快结束了,你赶紧吃了。歇一会儿咱们就回班里。"

傅寒舟没说什么,接过了那桶面。他的吃相跟小时候一样慢条斯理,不管多饿苏云景都没见过他狼吞虎咽的样子。

面煮得有点儿多,傅寒舟没吃完,剩了些鱼丸、蟹棒,还有苏云景特意给他留的鱼滑。

看到傅寒舟一口鱼滑也没吃,苏云景没多想,以为他这些年吃鱼吃多了,所以不像小时候那么爱吃了。

这顿饭苏云景吃得也有点儿撑,但又觉得扔了怪可惜的,他拣着鱼滑、蟹棒、肉片吃,最后剩了泡面,他一看就这么点儿了,咬咬牙全都塞肚里了。

好不容易吃完,苏云景重重地舒了口气。

唐卫拍了拍苏云景的肚子:"我是不是要当叔了,你这怀几个月了?"

苏云景笑着拍开了他的手:"一边儿去。"

吃撑之后格外不想动,苏云景正想瘫会儿时天台的铁门被打开了。苏云景他们几个吓得一激灵。唐卫脱口而出:"谁?"

教导主任怒声呵斥:"你们在这儿干什么呢?"

见是教导主任,唐卫七魂六魄都被吓走了一半,屁股就跟装了弹簧似的猛地弹起,条件反射就要跑。

唐卫是学校出名的捣蛋分子,在教导主任这里是挂了号的,两个人相爱相杀一年多。

这里是三楼的楼顶，能出去的地儿只有那扇门，但现在那扇铁门被教导主任堵住了。

唐卫如同热锅上的蚂蚁，就差从三楼跳下去了。他正想着要不要赌一把，没承想被教导主任认出来了。

"唐卫，又是你！"袁梁火冒三丈，"你以为蒙上头我就认不出你了？"

看着T恤衫蒙头的唐卫，苏云景的嘴角抽搐了一下。

林列显然靠谱儿多了，趁着袁梁把注意力放在唐卫身上，试图藏匿两个酒精炉，掩盖罪证。

奈何袁梁火眼金睛，林列刚打算动手就被呵斥了一顿。

"别藏了，我看见那两口锅了，你们把学校当饭店了？还在这里吃火锅，要不要再点个烤全羊？"

见瞒不过去，苏云景站起来乖乖认错："对不起，老师，我们不该在旧实验楼煮东西吃。我们几个愿意写两千字的检讨，再打扫一周的旧实验楼。"

鉴于苏云景认错态度良好，袁梁的脸色总算缓和了。

唐卫拉下盖住脸的T恤衫，瞠目结舌地看着苏云景，一脸"你疯了吗"的表情。

两千字检讨？八百字作文他写着都费劲儿。

但袁梁更狠："两千字检讨太少，至少三千字，明早交到我办公室。另外再打扫一个月的旧实验楼，要是打扫不干净就再给我加一个月！"

苏云景："……"

本来他想着主动认罚，袁梁会按照他说的惩罚他们几个，没想到人家根本不上当。

袁梁记下了苏云景几个人的班级、名字、学号才离开。

教导主任一走，唐卫开始哀号："我要是能写出三千字检讨，我早成咱们省文科状元了。"

看着老神在在、稳如泰山的傅寒舟，唐卫眼珠一转。他把所有希望都寄托到傅寒舟身上："傅哥，要不你给咱爹打个电话，毕竟咱爹为学校捐了一栋实验楼，学校多少得给点儿面子。"

傅寒舟眼皮微抬，给了他一个意味不明的眼神。

唐卫很干脆就认怂了："对不起，我忘了，咱爹很忙，肯定没时间管这种小事。"

苏云景说："小唐，你可以的。"

唐卫焦虑得不像要写三千字检讨，而是要写三千万字的检讨。就连林列也发愁，他理科有多强，文科就有多菜。

最终还是苏云景站出来力挽狂澜："写检讨这事我有经验，三千字由我来搞定。"

这一刻苏云景在唐卫眼里就是"圣母"降临，背后有万丈光芒的那种。

"闻哥，你是我闻爹。"唐卫赶忙过去抱大腿，"我们的幸福都靠你了。"

苏云景："……"

作为小团队的"技术骨干"，放学打扫旧实验楼时，苏云景奋笔疾书写检讨。

唐卫扫地，林列擦化学药剂跟试管。傅寒舟看着窗户外面发呆，做团队有也行没有也行的"灵魂人物"。

检讨其实很好写，主要分三部分：第一部分是详细讲述犯错经过，第二部分要态度诚恳地认错，第三部分保证自己以后不会再犯。三千字不是个小字数，所以苏云景非常详细地描述了他们犯错的经过。

苏云景刚写完检讨，迟迟不见他们出来的老吴忍不住打了个电话。

苏云景赶忙接通了："喂，吴叔？嗯……我跟寒舟还在学校，今天做值日，所以可能会晚一点儿。"

挂了电话，苏云景朝傅寒舟看了一眼。

太阳逐渐西移，血红的余晖晕染在少年俊秀精致的五官上。他眺望着远方，漆黑的眸子被染成蜜糖色，眼神很空，空得好像谁都没有被装进去。

苏云景的心像是被什么东西狠狠蜇了一下。

唐卫拿着拖把突然凑过来问："写好了？"

苏云景迅速回神，点了点头："好了。"

看着苏云景写的检讨书，密密麻麻的字让唐卫大呼："闻爷厉害！闻爷万岁！闻爷千古流芳！"

苏云景："……"

"老林，你别擦那破玻璃管子了，赶紧过来抄，抄完明天好交差。"唐卫招呼擦玻璃试管的林列。

林列闻讯把抹布一扔，火速赶来。

苏云景怕他们俩一字不差全抄完，赶忙过来做指导。

唐卫不以为意："放心，放心，这事我最在行。"

林列挤对他："可不是？从小学就开始积累经验，论抄作业谁都赶不上咱唐爷。"

唐卫笑着踢了一脚林列："滚犊子。"

但检讨书跟作业完全不是一回事，唐卫这个"内行"写了几行字就写不下去了："这怎么抄？我知道不能全抄，可不全抄我写不出来。"

苏云景说："其实很简单，你只要掌握'检讨三大要素'，然后在我的基础上把话变成你自己的。"

唐卫被他的专业名词唬得一愣："'检讨三大要素'，闻爷专业呀！以前没少写吧？"

苏云景只写过一次检讨，为此他专门上网查了查写检讨的窍门。他在线指导两个新手，有他这篇检讨做参照，唐卫和林列下笔就有谱儿多了。

唐卫奋笔疾书时突然想起什么似的："傅哥，你不写吗？"他转头一看，傅寒舟已经不在教室了。

林列看了一眼手机时间，对苏云景说："七点半了，你先走吧，把检讨书留给我们,等明早我们帮你送到老袁的办公室。"

唐卫附和说:"对,你先走吧,找找傅哥去哪儿了。"

傅寒舟出去时苏云景也没有注意到,还以为傅寒舟在教室待得无聊,所以先回车里了。

等苏云景上车后却没在车里看见傅寒舟,于是开口问老吴:"寒舟没过来?"

老吴摇头:"没有,他不是跟你一起吗?"

"他比我先出来。吴叔,你能不能把他电话号码告诉我?我给他打个电话问问。"

老吴"哎"了一声:"他手机上个学期好像摔坏了,一直没买新的。"

苏云景只能出去找傅寒舟,之前听唐卫说见过傅寒舟在学校旁边的巷子。

苏云景找了好几条巷子,最后在一个特别偏僻的地方看见了傅寒舟。他脚边有几只流浪猫,低头吃着什么东西。

巷子里的光线有点儿暗,苏云景眯眼分辨了一会儿,才发现傅寒舟手里有半根火腿肠。

苏云景笑了笑,敢情来这里喂流浪猫了。

"傅寒舟。"苏云景喊了他一声。

傅寒舟抬了下眼皮,苏云景站在巷口光影交界的地方,眉眼格外柔软干净。

他笑着说:"回家了,吴叔还等着我们呢!"

傅寒舟身子猛地一震。他眯起眼睛,目光幽邃晦涩。

有那么一瞬间,这个喊着"回家了"的少年,跟记忆里某个人重叠到了一起。

回去时天已经黑了,车顶灯打下一道冷色的白光。傅寒舟倚在车厢闭目养神。他的眉眼明明十分惊艳,隐在黑暗处时却无端地显得凉薄冷情,两瓣薄唇紧紧地抿着。

车厢内一片安静,还是苏云景先打破了平静:"你三千字的检讨怎么办?"

傅寒舟很干脆地说:"不写。"

苏云景被他硬气的回答噎了一下,一时竟然不知道该说什么。半晌后,苏云景叹了口气:"虽然这次罚得是有点儿狠,但在学校吃火锅的确是我们的不对。"

傅寒舟一脸平静地说:"哦。"

苏云景:"……"

这个"哦"意味深长,像极了吃火锅前的苏云景,明知道学校不让开火,也明知道这样做违反校规,但还是干了。傅寒舟这声"哦"也是一样的道理,虽然我知道我错了,但我就是不写检讨。

行吧!苏云景彻底没话了。

傅寒舟因为没写检讨被袁梁单独叫去谈话。苏云景不知道校方是怎么处罚他的,从教导主任办公室回来后,傅寒舟什么也没说,趴在书桌上继续睡觉。

这事结束后,捣蛋如唐卫,这之后也老实了几天。

傅寒舟还是那样,整个人懒洋洋的,对什么事都提不起兴趣的样子。

他们俩的关系看着亲近了不少,但苏云景仔细想了想,其实没多好,跟小时候差多了。

傅寒舟只是照单全收了苏云景的示好,要是苏云景不主动亲近,他也无所谓。

不过傅寒舟没像小时候那样"炸蹶子",而是直接接纳了他,苏云景觉得已经很不错了,他对目前的状况十分满意。

闻燕来跟沈年蕴的感情非常稳定,婚礼的准备正在慢慢推进。

闻燕来已经有退圈的打算,这些年她投资了不少产业,就算不演戏每年的收入也很可观。

最近闻燕来忙着电影宣传，很少在家，短短十二天跟着电影宣发跑了十九个城市，十七所高校。这么高强度的宣传任务，她都咬牙坚持下来了，跑完宣发她坐飞机回到家。

周五晚上，闻燕来敲开了苏云景的房门。

闻燕来推开苏云景卧室的门，看见书桌上摊着厚厚一摞练习册，苏云景埋在桌上奋笔疾书。台灯将他的影子拉得很长，侧脸被光染得十分柔和。

闻燕来垂眼看着桌子上那堆练习册，低声问："你们作业这么多？"

苏云景咳嗽了一下，不动声色地合上了两本高一的理综练习册："为了明年高考，所以多买了几本题册做。"

其实这些练习册是给傅寒舟买的。这几天苏云景疯狂刷高一的练习题，想把基础题搜罗一遍给傅寒舟出一张试卷。等他摸清傅寒舟的短板再有针对性地给他补课。

苏云景是为了让傅寒舟跟他考上同一所好大学，所以才挑灯夜读奋斗着。

闻燕来看了一眼苏云景眼底的黑眼圈，她抿了一下嘴唇，开口说："我觉得没有必要。"

苏云景没理解闻燕来的意思："什么？"

闻燕来淡淡地说："如果你喜欢学习，那么好好学没问题，但你要只是为了高考考个好分数、以后上个好大学、毕业有个好工作，那没必要。"

苏云景被闻燕来的这番话惊到了。

闻燕来身形高挑，头发简单盘起，随意往那儿一站，气质典雅出众，仿佛一幅浓淡适宜的水墨画。她神情淡淡的，声音却很柔和："你甚至可以不参加高考，我国外有认识的朋友，能送你去那边读书。或者是做点儿自己感兴趣的事，就算搞艺术也没事，你不用操心钱的事，我早给你存了一笔。"

这一刻，苏云景无比清楚地意识到一件事——闻燕来是拿闻辞当儿子的，就是那种死后遗嘱全部归他的亲儿子。

天降巨额财产，把苏云景砸得晕头转向。

这，怎么说呢，闻燕来的话从侧面证明了搞艺术很烧钱，真正的艺术是不会向市场妥协的，所以不仅烧钱还不挣钱。

苏云景脑袋卡壳了几秒，然后摇了摇头说："书还是要读的，我不想出国留学，咱们这里挺好的。"

闻燕来很开明："既然你想好了，那就按你的想法来。"

苏云景想跟闻燕来道个谢，但又怕说"谢谢"太生疏，只能保持沉默。

苏云景不说话，闻燕来似乎也没其他话要说。气氛一下冷了下来，空气都充斥着尴尬。

诡异的沉默让苏云景头皮发麻，只想赶紧给自己找点儿事做。他低头去整理书桌上那些练习册，想让自己看起来自然又忙碌。

就在苏云景绞尽脑汁想缓解气氛的时候，闻燕来又开口了："我跟你沈叔叔快要结婚了，你有没有什么想法？"

苏云景没想到她会问这个。他抬头看到闻燕来认真的神色，先是愣了一下，然后很快回过神，坐直身子说："我没什么想法，只要您高兴，我非常赞成。"

闻燕来的嘴角松了松："如果你明天没事的话，中午咱们出去吃饭吧？"

苏云景迟疑地问："跟沈叔吗？"

闻燕来的嗓音温柔了下来："就咱们俩。"

苏云景知道她是想跟他多相处相处，从而拉近姑侄俩的关系，所以点头说了声"好"。

"那你早点儿休息。"

"姑姑，您也早点儿休息。"

闻燕来走后，苏云景提着的那口气才卸下了。他不是不想跟闻燕来亲近，只是相处起来很尴尬。他也说不清楚为什么，最终只能归结于影后气场过于强大。

闻燕来说是一块儿吃午饭,但隔天一早就开车带着苏云景出去了。他们先是去商场,开启了疯狂的"买买买模式"。

马上要换季,闻燕来给苏云景买了不少衣服,从头到脚换下来几万块就花出去了。

闻燕来掏了一张卡给店内的女销售:"把他试过的都包起来吧。"

苏云景换上自己的衣服从试衣间出来,正好听见闻燕来这话,他连忙说:"姑,我穿不了这么多的。"

这个牌子的衣服随随便便一件卫衣就要两三千元,苏云景一整个季度的衣服加起来都没这件卫衣贵。

店内的销售员用眼神无声地询问闻燕来。

闻燕来拍板:"都包起来吧,我看都挺合适的。"

销售员眉开眼笑,让同事帮忙把衣服包起来,自己则带着闻燕来去结账。

"给您打了一个会员九二折,一共消费一万五千六百元。"销售把卡在刷卡机一刷,笑容甜美地说,"闻姐,您在这里输一下密码。"

这么几件衣服居然要一万五千六百元,苏云景听得都替闻燕来肉疼。

闻燕来输密码时,销售员不方便看,视线自然而然地落在了苏云景身上。

"闻姐,您侄子跟您长得好像,果然是侄子像姑姑。"销售员夸赞苏云景长相。

闻燕来修长的指尖微顿,抿了抿唇,没说话。

刷卡机很快打出了消费记录,销售双手将银行卡还给了闻燕来:"闻姐,您的卡收好。"

闻燕来淡淡地道了一句"谢谢"。

从商场出来之后,闻燕来带苏云景去了一家数码体验店。她显然是做过功课的,十七八岁的少年正是"中二期",喜欢玩也喜欢一切很酷的东西，比如篮球、滑板、智能游戏机。

苏云景看着店内那台PSP，浓浓的年代感顿时扑面而来。

苏云景当年做梦都想有台PSP，但现在他对店里的任何一款游戏机都没太大的兴趣，就跟当初陆涛送他的那辆四驱车一样，只能勾起他的青春记忆，却勾不起他玩的欲望。

苏云景摸了一下PSP，然后又将东西放了回去。他转身问闻燕来："游戏机就不要了，我能买个手机吗？"

"可以。"闻燕来对老板说，"给他拿个最新款的智能手机。"

"不要新款的，老式手机就好。"苏云景笑着补了一句，"要带俄罗斯方块的。"

手机是给傅寒舟买的，之前他送的那部被人摔坏了，老吴说傅寒舟一直没买新的，苏云景想再送他一个。

手机还是很有必要的，这是人跟人联系的重要工具。

苏云景跟闻燕来吃了午饭又看了一场电影，回到家已经下午三点了。

闻燕来送他回来没多久，接了一通电话，拿上车钥匙就出门办事了。

苏云景拎着大包小包进了房间，把衣服放进衣柜后，他拿着新手机跟连熬好几个晚上写出的卷子去敲傅寒舟的门。

苏云景在门外喊他名字："寒舟。"

傅寒舟还是那两个字："不在。"

苏云景感到有点儿无语："我知道你在，开一下门，我给你买了神秘的礼物。"

他侧耳听了一会儿门内的动静，不知道是不是隔音效果太好了，苏云景什么动静也没有听见。

苏云景只好没什么惊喜地亲自揭露"神秘礼物"："我听吴叔说你手机摔坏了，逛商场的时候我给你买了一部新的，自带俄罗斯方块的哟。"

苏云景的诱惑起到了效果，没过一会儿，房门从里面打开了一条缝。

房间好像拉着窗帘，光线十分暗。傅寒舟俊美的面容隐在黑暗里，黑黢黢的眸子显得有几分神秘莫测。

苏云景一怔，接着有点儿想笑。

傅寒舟吝啬地开了一条窄窄的门缝，苏云景只能看见他半张脸。

怎么搞得跟特务接头似的？是不是只有对上暗号了，傅寒舟才会给他开门？

苏云景把手机盒塞进了门缝："给你买的手机。"

傅寒舟没说话，扫了一眼手机盒，漂亮的丹凤眼微微眯起，似乎在审视，又似乎只是随意瞟了一眼。

苏云景发现他的不对劲儿，正要开口时，傅寒舟接过了那部手机。

"对了，还有这个。"苏云景连忙将四张卷子一并塞给了傅寒舟。

傅寒舟眼眸微垂，扫了眼那四张纸，上面满满当当的题。字迹相当飘逸随性，看似潦草，其实仔细看每个字还是很好看的。

为了看清楚上面的内容，傅寒舟的上半身小幅度地往前探了一些，他的脸从黑暗中解放。

苏云景看见他精致的眉梢微微挑起。

傅寒舟问："这是什么？"

苏云景回答："卷子。"

傅寒舟能看得出这是卷子，但他问题的重点也不在这儿，而是……

"给我这个干什么？"

"让你做题。"苏云景耐心地跟他解释，"我把高一到高二的基础考题都归纳总结了一遍，你闲着没事就做做这些题。不会做的题就空着，我主要是想看看你不擅长的题型。"

摸清这点，苏云景就能针对傅寒舟薄弱的地方补习了。

见苏云景想给他补课，傅寒舟很冷淡地把卷子又还给了他："我不用。"

苏云景仿佛摸到什么烫手山芋似的，立刻又推给了傅寒舟："你放心，我要是给你补课肯定会劳逸结合，不会让你一天二十四小时都学习的。"

苏云景晓之以理："离高考还有一年的时间，咬咬牙，努力一把或许就能考个好大学。"

其实依傅寒舟的家世，他就算不努力，也有花不完的钱。

闻燕来虽然没沈年蕴那么有钱，但听她话里的意思，她存的钱也能让苏云景衣食无忧过完一辈子。

这事要是放到以前，苏云景肯定会当一条"咸鱼"，谁还没个潇潇洒洒环游世界的梦想？

但现在苏云景不是一个人，他身负要拯救傅寒舟的任务，身边有了陪伴的人就会生出往前冲的动力。如果傅寒舟是个丧心病狂的偏执狂，苏云景的动力就是把他变好；如果傅寒舟只是没有上进心，那苏云景就想拉着他一块儿前行。总之苏云景必须把傅寒舟规划进他人生的每一个阶段，所以他很自然地表露着内心的想法。

"咱们能一块儿考上京城大学最好，不能上京城大学那就一起去南华大学，或者是其他重点大学。"

傅寒舟眯了下眼，目光极度幽深。

见傅寒舟不说话，苏云景抬头看他。

不知道什么时候，傅寒舟又融入了黑暗，眉眼一片模糊，让人看不清他的神情，只觉得那双漆黑的眼睛格外幽邃。

苏云景还没来得及看清，傅寒舟就垂下了眼睛，所有情绪被不着痕迹地抹去，仿佛一切都是错觉。

苏云景的长篇大论，只换回傅寒舟一句平平淡淡的"哦"。

说完傅寒舟就关上了房门。

哎？

苏云景很蒙地看着那扇紧闭的门——谈得好好的，怎么突然关门了？

无奈苏云景只能隔着门说:"总之你好好做题,有什么不懂的可以来问我。"

傅寒舟什么也没说。

在门口等了一会儿,苏云景才满头问号地回房间了。

傅寒舟现在的心思真是比海底针还难捞。

最近闻燕来又忙碌了起来,没时间继续拉近姑侄关系,苏云景倒是乐得轻松。

傅寒舟还是跟过去一样,上午睡觉,下午玩俄罗斯方块。他这个散漫的样子让苏云景有些头疼,也不知道那天的话他到底听没听进去。

苏云景抱着"他晚上可能偷偷做卷子"的想法,没强行劝傅寒舟好好学习。一晃好几天过去了,傅寒舟一张卷子也没给他,在回家的路上苏云景实在忍不住了。

"卷子你做了没?"

傅寒舟窝在车厢后座,上车之后就没怎么动,好像睡着了,一头长发随意地披散在脑后。

听到苏云景的话,傅寒舟微微动了一下眼皮,却没睁开眼,嘴里发出含糊的"嗯"。

苏云景一头雾水,也不知道他这个"嗯"是做了,还是"渣男"在回复敏感问题时惯用的模棱两可、含糊其词的说法。

苏云景不想跟他打哑谜,直白地问:"你到底做没做卷子?你就直接跟我说,做还是没做?"

傅寒舟终于睁开了漂亮的凤眼:"嗯?"

苏云景嘴角抽了抽,脾气很好地没拿书包砸他的脸。

不知道是不是错觉,他怎么感觉傅寒舟学坏了?

晚上,闻燕来和沈年蕴都在家,难得他们一起吃了顿整整齐齐的晚饭。

见闻燕来气色不好,沈年蕴关心地问:"电影的宣发不是结束了吗，怎么还是这么忙？"

闻燕来淡淡地笑了一下："这两天好多事挤到一块儿了，不过快忙完了。"

沈年蕴是搞互联网的，跟娱乐圈能沾上点儿边，但他毕竟不是圈内的人。他见闻燕来不想说也就没再问。

苏云景一想到自己的衣食住行都靠闻燕来，看她这么疲惫，知道帮不上什么忙，默默给她盛了一碗汤。

闻燕来的心情似乎变好了一些，低头喝着那碗汤。

傅寒舟抬眸，扫了一眼苏云景跟闻燕来。

吃了晚饭苏云景寻思着看看傅寒舟的劳动成果，见傅寒舟起身离开餐厅，他紧随其后跟着上了楼。

没想到傅寒舟直接进了房间，理都没有理身后的苏云景。

看着紧闭的房门，苏云景用拳头敲了敲。

直到响了三下，门内的人才冷淡地说："我不在。"

苏云景："……"

众所周知，苏云景是个脾气很好的人，但最近被傅寒舟接二连三的叛逆多少拱出了一点儿火。

以前小家伙浑身是刺的时候，起码他知道怎么避开那些明晃晃的刺，也能从小家伙的表情看出喜欢什么不喜欢什么，但现在根本不知道这家伙脑子里到底在想什么。

他就无从下手！挥出去的拳头全砸到了棉花上，苏云景都不知道怎么改变招数。十七岁就这么难搞，二十七岁他还了得？

苏云景怄气到了第二天，一早上他都没怎么理傅寒舟。

下午上计算机课的时候，最后进来的李学阳走过来对苏云景说："外面有人找你。"

苏云景看了一眼教室门口，没见门口有人，于是问李学阳："哪个外面？"

计算机教室跟他们班不是一个教学楼，所以苏云景不太知道李学

129

阳说的外面是哪个外面。

李学阳满脸不耐烦，口气也很不好地说："问问问，光问有什么用，你出去看看不就知道了？"

李学阳突然拔高的音量让坐在苏云景旁边的傅寒舟抬了一下眼皮。李学阳似乎被他细长的眼尾蜇了一下，心虚地避开了他的眼睛。

李学阳低声不自然地说："在校门口。"

苏云景："……"

苏云景一言难尽地看着他："就你这个表达水平，我劝你以后别揽给人传话的活儿了。"

这活儿有技术含量，需要那种能把话说清楚的人。

李学阳的脸黑了黑，但没敢说什么。

苏云景在京城没什么认识的人，也不知道是谁在校门外等他。他跟计算机老师请了几分钟的假，朝校门口走去。

他在校门口看见一个陌生的男人。他疑惑地上前，隔着一道铁栅栏问对方："请问是你找我吗？"

男人手里拿着一张照片，他看了看苏云景又看了看照片。确定了苏云景的身份，男人开口问道："你就是闻辞吧？现在方便出来谈谈吗？"

苏云景有些警惕："有什么事就在这里说吧。"

"不是我找你，你稍等一下。"男人拿手机拨了一个电话。

那边接通之后，男人简单跟他说了一下情况，然后把手机递给了苏云景。

苏云景迟疑着接过来，将手机放到了耳边："喂，你好，我是闻辞，你找我什么事？"

那边传来几声很重的咳嗽声。对方咳嗽了好一会儿，才沙哑地开了口："闻燕来可能没跟你说过我，但我才是你的亲生父亲。"

苏云景心想：这么狗血的开场白吗？

苏云景游荡着回到计算机教室时，半节课都过去了，计算机老师倒是没批评他，只是冲他摆了摆手，让他赶紧坐回了自己的机位上。

他们学校的计算机课都只讲半节课，下半节课是给学生练习的时间。

讲完最后的知识点，计算机老师说："刚进来的那位同学，一会儿你找个熟悉的朋友让他教你怎么操作。"

苏云景应了一声："知道了，老师。"

等老师出去后，苏云景打开网页，搜了搜"许弘文"这个名字。

许弘文就是刚才那个自称是他亲生父亲的男人。跟闻燕来一样，许弘文也是一名演员，还是一级演员，同时也是戏剧协会副会长以及华夏戏剧学院教授。

许弘文出演的影视剧不多，但每一部都是史诗级的恢宏制作，两部参演的电影也是国家四十周年的献礼片。除此之外他还带了两届非常出名的明星班，其中一个明星班出了一个大满贯影后，这个大满贯影后就是闻燕来。

苏云景看着许弘文年轻时候的照片，忍不住摸了摸自己的脸。

原主跟闻燕来不是姑侄，而是母子，难怪他总觉得跟闻燕来相处时怪怪的，原来是因为这个。

算算年纪，闻燕来生闻辞时才二十岁，还是个大三的学生。可能是为了自己的名声跟事业，她把儿子交给了自己的亲哥哥养。这么多年闻燕来对原主肯定是愧疚的，所以跟他单独相处时才会那么焦虑。

苏云景没想到这次的身份居然还有这么复杂的设定。

许弘文找上门的意思是要认他，但闻燕来这边似乎没有挑明他身份的打算，或者是有，只是怕他接受不了才一直没开口。

夏末的阳光并不毒辣，金色的光线透过窗洒进来，在清俊帅气的少年身上画下了斑驳的阴影。

明明暗暗的光影里，苏云景眉头紧蹙，心情似乎很烦躁。

傅寒舟扫了一眼他的电脑屏幕，眼神波动了一下。

苏云景心里有事，一下午过得浑浑噩噩的。闻燕来是个公众人物，要是不小心曝光了他们俩的关系,肯定会引起轩然大波,毕竟这个许弘文早就结婚了。

新闻上说他和妻子在大学认识,毕业后又谈了几年才牵手走进婚姻殿堂。结婚二十多年夫妻俩恩爱有加,是圈内出名的模范夫妻,还孕育了一双儿女。他的大女儿在国外读博士,小儿子比闻辞大了几岁,目前就读于戏剧学院的导演系。

去年许弘文接受采访时还感谢了妻子这么多年不离不弃的陪伴,一副深情顾家的好男人形象。

如今深情"人设"崩塌,私生子苏云景都这么大了。许弘文明显是婚内出轨,那闻燕来不就是……

苏云景不了解当年的实情,不好妄加猜测,更不想去评判什么。

他头疼的是该怎么办,装糊涂等闻燕来摊牌,还是主动找闻燕来谈谈?

这两天闻燕来一直在家,看样子她还不知道许弘文打电话找他的事。许弘文没通过闻燕来找他,间接说明闻燕来不同意许弘文打扰他的生活。

苏云景几经犹豫,最终还是决定等闻燕来和沈年蕴婚礼过后,再找她好好谈一谈。毕竟她马上就要结婚了,苏云景不想在这个时候破坏她的心情。

最近苏云景兴致不高,不像前几天那样追着傅寒舟让他学习,两个人的交流少了很多。

傅寒舟还是老样子,作息极其规律,上午睡觉下午玩游戏,要么就是看着窗户外百无聊赖地发呆。

看着傅寒舟宛如退休般的生活,苏云景都替他感到无趣,有时候想问问他,这么虚度光阴有意思吗?

说实话,他很想知道这十年到底发生了什么,让可可爱爱的傅寒舟变成这样了?

闻燕来和沈年蕴的婚礼确定在十月七日,这天正好是沈年蕴的生日，而且还赶在长假的最后一天。

婚礼的规模不大，只请了双方最亲近的亲戚朋友，加起来也就是二十人左右。

沈年蕴包了两架宽敞舒适的私人飞机，接着亲朋好友直接飞到风景优美、私密性很高的小岛上举办婚礼。闻燕来提前一个星期就飞到小岛上筹备婚礼了，婚礼前两天沈年蕴将苏云景和傅寒舟也接了过去。

婚礼流程一切从简，没有花童、没有教堂，也没有伴娘、伴郎。

苏云景第一次坐私人飞机，也是第一次来这种私人小岛，说一点儿也不兴奋肯定是假的。

苏云景住的房间有个小露台，可以看到私人小岛的全貌。傅寒舟就在他隔壁，房间同样有个小露台。

苏云景在露台喊傅寒舟，叫了好几声，他才懒懒散散地走了出来，耳朵里塞着一只白色的耳机，修身的居家服显出他优越的身形。

傅寒舟神情怏怏的，一看就是被迫出来的，满脸写着"有事快说"。

两个露台的距离很近，中间只有十厘米的间距。

苏云景扶着露台的栏杆，看着总是睡不醒的傅寒舟："你看外面蓝天白云的，多好的景色，要不要跟我去岛上转转？"

傅寒舟反应冷淡："不去。"

苏云景就知道他会这么回答："你晚上失眠就是因为白天睡得太多，作息不规律，再加上不运动导致的。以后咱们俩一起晨练，多活动活动，我保证你每天晚上睡得香香的。"

傅寒舟瞥了一眼苏云景。

苏云景身后是一片海域，海水的颜色从浅蓝到水蓝再到深蓝，颜色一层层递进就像一幅层次鲜明的油画。轮廓干净柔和的苏云景也被框进了画里，跟这水天一色相得益彰。

苏云景爬上阳台跳到傅寒舟身边，极力邀请他："走吧，走吧，咱们出去转转。"

苏云景难得劝动傅寒舟走出房间。他们光着脚踩在柔软的白色沙滩上，细沙从脚趾缝隙滑过，凉凉软软的，很舒服。

傅寒舟一言不发地跟在苏云景身后，墨色的长发被风吹得有些凌乱，扬起的细沙在脚踝打着转。

傅寒舟懒散的神情跟刚才没什么区别，特别像某个养老院里出来溜达的退休大爷。

苏云景嫌他没有少年该有的活力，转头去海边捧了一把水朝傅寒舟泼了过去。

傅寒舟上衣被溅湿了一小片，在白色的衬衫上洇出深色的痕迹。然而他只是用眼尾波澜不惊地扫了扫苏云景。

傅寒舟冷淡的反应衬得苏云景幼稚至极。苏云景脚底沾了不少沙子，他欠欠地上前在傅寒舟脚背踩了一下，然后坏笑着跑开了。

傅寒舟没搭理苏云景，径自朝前走。

苏云景去海边洗了洗脚，又满脚沙子地追上来踩了一下傅寒舟的脚背。他在傅寒舟的脚背上反复横跳，踩完就大笑着迅速溜开。等他第四次去踩时，傅寒舟反应神速，右脚后退了一步，上手扣住他的胳膊，将苏云景两条胳膊反剪到了后背。

被逮住的苏云景也不生气，反而笑了起来："对嘛，你多动动，单从咱们俩的走路姿势看，不知道的还以为是爷孙呢。"

傅寒舟面无表情地放开了苏云景，似乎嫌他烦，继续朝前走。

苏云景活动了一下胳膊，跟在傅寒舟身后念叨："你说你才多大，活得跟八十岁老人似的，小心不到二十岁就骨质疏松。"

血色的夕阳西下，海面仿佛披了层锦色的绸缎，水光潋滟。

傅寒舟眸底映着海水的波光，太过光亮反而让人看不清楚里面的情绪。

苏云景散完步回去，正好看见婚礼策划师在客厅跟闻燕来和沈年蕴确定流程。

因为流程里还有苏云景和傅寒舟的戏份，所以他们俩也被策划师叫了过去，两个人的戏份很简单，就是给闻燕来和沈年蕴递戒指。

流程很简单，策划师说一遍苏云景就记住了。

第二天，宾客分两拨到了私人小岛，其中还有原主的爷爷、奶奶。

苏云景帮忙招待亲朋，一整天都没清闲的时候。到了晚上的单身派对，苏云景穿着正式的西装跟在闻燕来身后送伴手礼。

好在来的人不多，都是闻燕来认识很多年的老朋友，她不过是借着送伴手礼的机会把苏云景介绍给她的朋友认识。

闻燕来知道苏云景忙了一天，所以送完伴手礼就让他回去休息了。

苏云景回房后随手扯开领带，解放了自己的脖子。用发胶定型的头发也懒散地垂下了几缕，被他又推到了脑后。

活动着发酸的肩膀，苏云景朝露台走去。

隔壁房间已经熄了灯，纱质的白色窗帘被夜风吹得鼓起。

两个露台只有十厘米的间距，苏云景单手撑着露台，腿一迈，轻松跨了过去。

这一天苏云景忙得脚不离地，傅寒舟则安安逸逸地窝在房间，跟个大家闺秀似的没露面。

苏云景跳到傅寒舟的露台，掀起窗帘的一角，想看看傅寒舟有没有睡着。

房间没有开灯，光线十分暗，只有一个圆点散着猩红的光。

窗帘被人拉开一条缝隙，像是黑暗里撕开了一个口子，有光照了进来。

傅寒舟懒洋洋地倚在墙壁上，灯光投进他黑黢黢的眼睛像是被吸收了，只余下看不见尽头的黑。

"你吃了饭吗？"苏云景没进去，站在阳台外给傅寒舟一袋三明治跟一盒酸奶。

傅寒舟没说话。

"早点儿睡。"苏云景嘱咐他，"临睡之前别忘把露台的门关上，这地方半夜起风了特别冷。"

傅寒舟看着苏云景不说话。

"我先去睡了,你也早点儿睡。"苏云景打着哈欠,又跳回了自己的房间。

等苏云景走后,傅寒舟保持着原来的姿势没动,许久他才起身将苏云景给他的酸奶和三明治扔进垃圾桶。

第二天傅寒舟居然不见了。一大早他们还一起吃的早饭,但等大家陆陆续续进了礼堂,苏云景却找不到傅寒舟。

婚礼策划师也着急,婚礼进行曲已经响起来了,等闻燕来和沈年蕴宣完誓就要交换婚戒了,结果其中一个递戒指的人不见了!

苏云景拧了拧眉说:"我去找他。"

婚礼策划师看了一眼时间,面色发愁地说:"不行,来不及了,只能改一下流程,一会儿他们宣完誓,你把这两个婚戒都拿过去。"

苏云景无奈,现在也只能这样了。

之前他也没有感觉出傅寒舟排斥闻燕来这个后妈,怎么关键时刻掉链子了?好在傅寒舟不来也出不了什么大事,要是他把婚戒拿走了才真的麻烦了。

就在苏云景庆幸的时候,礼堂内突然嘈杂了起来,他有些纳闷儿地朝里面看去。

礼堂里有一个很大的 LED 显示屏,一般会播放新郎和新娘从相遇到相识的照片,或者是鲜花气球这些温馨浪漫的图片。

闻燕来不想搞那么花哨,她让策划师放了一张素雅的静态图,但现在那张图被两张亲子鉴定取代:一张是苏云景和闻燕来的亲子鉴定报告,一张是苏云景和许弘文的亲子鉴定报告。

看见这两张亲子鉴定报告,闻燕来脸上血色尽失,下意识去看站在门口的苏云景。

不光是闻燕来,所有人都一齐看向苏云景。

在一旁的婚礼策划师都蒙了,没想到出了这么大的差错。

突如其来的状况,打破了婚礼的节奏。

沈年蕴并不知道苏云景跟闻燕来是母子,心里微妙又复杂。但他很快就镇定了下来,让人赶紧把LED上的照片撤换掉。

见闻燕来惊慌失措到几乎快要站不稳,沈年蕴上前扶住了她。

闻燕来在娱乐圈经历了不少大风大浪,再难堪的事她也不至于如此失态。但凡事都有例外,这个例外就是她的儿子。

这么多年她没认回闻辞,一是不知道怎么开口,二是想要保护他。毕竟当年那段感情不光彩,她跟许弘文的事曝光了,闻辞就会被打上私生子的头衔。

对方只是一个十几岁的孩子,她不知道他能不能承受这么多,作为一个母亲,她也不想他承受这些。

苏云景虽然心理年龄已经二十多岁,但从来没经历过这种事。尴尬了片刻,他猛然意识到这里最尴尬的人不是他,而是闻燕来和沈年蕴,尤其是闻燕来。

苏云景硬着头皮,顶着一众人的视线走过去抱住闻燕来:"祝您新婚愉快。"

他这么走进来显得戏剧又矫情,但现在这个场面不管做什么都不对,既然都不对,那也就无所谓了。

苏云景只想安抚闻燕来,让她知道他理解她,不怨恨她。就算当年闻燕来做错了什么,也轮不到苏云景去指责,谁都有这个权利,就苏云景这个"外来户"没有。

闻燕来的眼眶一下子红了,但碍于其他人在场,她只能维持体面。

婚礼继续进行,苏云景站在他们身后尽量显得云淡风轻,等他们宣誓完了,他走上前把戒指递了过去。

闻燕来和沈年蕴给彼此戴上了戒指,苏云景拿着空戒指盒,脊背笔直地离开了。

苏云景表面镇定,其实心里虚得不行,长这么大他从来没这么引人注目过,简直尴尬到家了。

苏云景走出了礼堂,瞥见站在棕榈树下,神情冷漠的长发少年。

他的心咯噔了一下，短暂的供血不足让他整个人麻了一下，指尖无意识地蜷缩。

刚才苏云景只顾着尴尬，没工夫去想是谁放的那两张亲子鉴定。在看见傅寒舟的这一刻，他的脑海里浮现出一个疯狂的想法——是他做的吗？

苏云景心口发堵。他抿着嘴唇，朝傅寒舟走了过去。

离傅寒舟越近，苏云景反而越觉得他五官模糊，不是看不清楚的那种模糊，而是明明朝夕相处了那么久的人，现在竟然觉得他的模样很陌生，仿佛一直以来看见的都不是这张脸。

一股寒气从苏云景尾椎最后一根骨头直蹿到脊椎的第一节。

"你……"一开口苏云景才发现自己的声音哑涩至极。他用力抿了一下嘴唇才问出口，"你刚才去哪儿了？"

傅寒舟没说话，抬手将苏云景之前送他的那部手机扔给了他。

苏云景茫然地看着傅寒舟。

傅寒舟面无表情地开口："从我家里滚出去。"

他的声音没有半分戾气，苏云景却猛地一震，表情定格在"不可置信"上。许久，他慢慢弯腰，捡起了地上的手机。

手机像是从来都没有用过，电话簿跟短信息都是空的。

苏云景这才想起，自从他送了傅寒舟手机就没见他用过。

他一直以为傅寒舟虽然没完全接纳他，但他们俩起码能和平相处了。但现实正好相反，傅寒舟还是那个浑身带刺的"刺猬"，只是十年后他的刺不像过去那么明显，他学会了蛰伏，学会了在关键的时候给你致命一击，而不是像当初那样只是恐吓似的送你一只死老鼠，明晃晃地展现着自己的恶意。

所以这些日子以来他是在跟他虚与委蛇，从来没有把他当过兄弟？

苏云景突然觉得自己有点儿看不懂眼前这个人了，或者他一直没懂过。

他看着傅寒舟，眼里是前所未有的茫然，以至于此时此刻一句话也说不出来。

苏云景打完饭，端着餐盘环顾了一圈，视线扫到长相瞩目的长发少年目光一顿，接着就转开了。

坐在傅寒舟对面的唐卫看见苏云景招了招手，但对方似乎没看见，随便找了个空座。

唐卫纳闷儿地说："这两天闻辞怎么回事？他为什么不跟咱们一块儿坐了，眼里还有没有咱们这个 team（团队）？"

林列难得没吐槽唐卫的英语发音，而是看了一眼旁边的傅寒舟。他慢条斯理地吃着饭，好像没听见唐卫刚才的话。林列隐约察觉到了一丝微妙。

唐卫看不懂现在的情况，还继续嚷嚷着要把苏云景叫过来。

"好好吃你的饭，行吗！"林列忽然按住了唐卫，后两个字加重语气。

唐卫明白了林列的暗示。他看了看傅寒舟，又朝苏云景的方向扬了扬下巴，无声询问林列他们俩怎么了？

林列给了他一个"我也不知道，但你少惹傅哥"的眼神。

唐卫想起傅寒舟那天在小巷子打架的场景，觉得林列这个提议甚妙，于是比画了一个 OK（好的）的手势，表示自己知道了。他按捺八卦之心老实吃饭，不敢再触傅寒舟的霉头。

傅寒舟像是没有发现他们俩的小动作，从头到尾都没有反应。

这两天苏云景不仅没跟傅寒舟一块儿吃饭，就连上下学都不坐一辆车了。

从私人小岛回来两个人就没说过一句话，与其说苏云景生傅寒舟的气，倒不如说他震惊于傅寒舟这十年的改变。

当年傅寒舟顶多用只死老鼠吓唬吓唬他，但这次事态要严重很多。

闻燕来是蓳声国际的影后，虽然不是走"流量"那挂的，但如果传出私生子丑闻也会在娱乐圈掀起轩然大波。好在闻燕来有先见之明，这次参加婚礼的人都被要求手机关机,包括工作人员也是,他们沟通都是用对讲机,因此事情才没有传开。但闻燕来还是让人盯着各大网络平台,以防万一。

傅寒舟不想自己有个后妈,苏云景可以理解,却不赞成他用这种极端的办法阻止。最令苏云景诧异的是这件事发生之前,他居然没有看出傅寒舟对沈年蕴的婚事怀着这么大的恶意,更不知道他是这么讨厌他。

苏云景之前还美滋滋地觉得,自己跟傅寒舟建立了初步的友谊。

结果现在啪啪打脸,脸肿得都没法儿看。

苏云景和傅寒舟还是同桌,不过即便坐一块儿两个人也没什么交流。傅寒舟耳机一戴,谁都不爱。前两天苏云景让他少戴耳机,因为对听力不好,现在回想起来,他一次都没听进他的意见。

苏云景按了按眉心,不再想这些乱七八糟的事,专心听课。

放学后,苏云景又像昨天一样没跟傅寒舟坐老吴的车回家。

老吴没参加婚礼,不知道发生了什么事。苏云景不愿引起没必要的麻烦,所以给老吴打了一通电话,告诉他自己晚上有点儿事,让他带傅寒舟先回去。

苏云景慢吞吞地走出学校,却被一个青年拦住了。那人白衬衫牛仔裤,五官轮廓深邃,高眉深目,像个混血儿。

青年居高临下地打量着苏云景:"你就是闻辞?"

苏云景心情本就不好,面对这种疑似来挑衅的,语气自然不太好:"找我干什么?"

许淮压低声音,但话里的恶意怎么也藏不住:"你妈是个破坏人家家庭的小三,你就是个见不得光的私生子!"

一股火气直蹿头顶,苏云景立刻反驳:"我的出现,说明你爸也不是什么好人!"

上来就骂闻燕来和自己的人,除了许弘文的儿子苏云景想不出第二个人。

许淮的脸瞬间阴沉了下来:"要不是你妈勾引我爸,怎么会生出你?"

苏云景嗤笑:"当年他也三十好几的人了,得多蠢才会被一个十九岁的女孩儿耍得团团转?而且你以为你爹是什么好人?他这次想认回我,是打着我给他换骨髓的主意吧?你给我告诉他,让他哪儿凉快哪儿待着去。"

网上到处传许弘文癌变需要换骨髓,这个时候他找上苏云景,有点儿脑子的都知道他想干什么。

苏云景的本意是让许弘文想都别想,他是不可能给他换骨髓的,但这话听到许淮耳朵里就完全变成另一个意思了。许弘文现在半截腿都快迈进棺材了,"哪儿凉快哪儿待着"不就是让他趁早去死?

许淮握着拳头朝苏云景抡了过来。

苏云景其实是个脾气很好的人,很少跟人起争执。但这两天因为傅寒舟的事他一直憋着口气,许淮真是赶枪口上了。

脸上挨了一拳,苏云景立刻反击了回去。两个人很快扭打到了一块儿。

苏云景不想那么早回家,一直磨蹭到六点四十分才走出校门。这个时候大部分学生都走了,零星有几个学生从学校出来,见校门口有人在打架,三五个人停下来看热闹。

好一会儿,保安亭里的人听到动静,出来厉声呵斥:"你们俩干什么呢?给我住手!"

这声斥责让苏云景快速冷静了下来。他一脚踹开了许淮,拎着单肩包狂奔。许淮不是"南中"的学生,他被抓住了不会有什么事,但要是苏云景被逮住那就麻烦了。

跑出去很远之后苏云景才停下来,他扶着膝盖大口喘气。

路过的行人频频看向他,紧迫感没了的苏云景才感觉脖子火辣辣地疼。他抬手一摸,沾了一手的血。

刚才打架的时候,不知道许淮手里拿着什么东西,在苏云景的耳后划出一道一寸长的口子,殷红的血往下流。他捂着脖子就近去了一家诊所。

伤口倒是不深,诊所医生也没给他缝针,上了点儿药就用纱布包起来了。

除了脖子那道伤口,他被许淮扑倒按在地上时胳膊肘跟后腰都磨破了皮,颧骨和眼角也有瘀青。

当然,许淮也没讨到什么便宜,苏云景把他也揍破相了。

苏云景身上都不是什么要紧的伤,医生给他开了点儿消炎药就让他走了。

打完架苏云景就有点儿后悔了,这要怎么回家?

苏云景想了想给闻燕来打了个电话,看看她在不在家。

从私人小岛回来后闻燕来找他谈过一次。但她似乎还没想好怎么沟通,只是想确定一下苏云景的态度。所以那次他们俩没有深谈,她也没谈当年那段感情。

这通电话打过去,苏云景明显能感觉出闻燕来的局促无措。

闻燕来不在家里,这两天她忙着找许弘文算账,忙着压下私生子的传闻,还要处理跟沈年蕴的关系。其实这些事加起来都不如闻辞重要,但越是分量重,她越是不知道怎么面对。一直拖到了今天,她还是不敢跟苏云景坦白过去。

知道闻燕来不在家,苏云景也就安心回去了。幸亏她不在,要不然苏云景顶着这一脸的伤真不知道该怎么跟她解释。

苏云景回到家,他们已经吃了晚饭,保姆正在打扫餐厅。

苏云景没打扰任何人,自己悄悄上了楼,在二楼的走廊很巧地撞上了从房间出来的傅寒舟。

苏云景半边脸挂了彩,青紫交加,原本挺括的白衬衫也到处都是褶皱,衣领有大片干涸的血迹,修长的侧颈被一块方形纱布包裹,从领口隐约看见锁骨沾了不少血。

傅寒舟的目光顿了顿。

苏云景看见傅寒舟也没心情打招呼，跟他错身而过，回了自己的房间。

苏云景很久没有打架了，全身上下的骨头跟散了架似的。他捏了捏眉心，一种说不出的疲惫感在身体蔓延。

现在他跟傅寒舟闹成这样，也不知道以后是个什么走向，唉！

傅寒舟晚上总是睡不好，不是做噩梦就是会出现各式各样的幻觉。这十年一直如此，白天人多吵闹的地方他反而能睡着。

今晚他又做梦了，梦见他跟陆家明第一次过生日的场景。梦里他们俩刚吹了生日蜡烛，他就莫名其妙地被锁进了孤儿院。隔着一道铁栅栏他喊着陆家明的名字，想让陆家明带他回去一块儿切蛋糕。但他喊了很长时间也没把陆家明喊过来，反而引来了一大群虫子。

傅寒舟从梦里惊醒，坐在床上缓了好一会儿。

在那个女人死后的很长一段时间里，在哪里生活对傅寒舟来说其实都一样。他第一次感觉孤儿院是个牢笼，是在他们过生日那天。

傅寒舟在栅栏里面，陆家明在栅栏外面。他这天过得很开心，吃了人生中第一块蛋糕，过了人生中第一个生日。陆家明给他洗了头发，他还穿上了宋文倩买的新衣服，脖子上裹着陆家明送他的围巾。但在他最开心的时候，陆家明又把他送回了孤儿院。

在那个黑漆漆的寒夜里，他看着逐渐远去的陆家明，目光中盛满了渴望与期待。他卑微地在心里哀求着——把我带回去吧。

陆家明似乎听到了他的期待，竟然转身看向他。

那一刻，傅寒舟是惊喜的，心脏一下一下撞击着胸口。但等陆家明走过来，却只是给了他两颗糖，让他早点儿回去睡觉。

傅寒舟很失望，因为他想跟陆家明回去，想成为他的家人。

后来沈年蕴找了过来，他听见陆家明亲口承认想收养他，傅寒舟这才终于安心了。同时他也下决心跟沈年蕴回去——既然陆家明没能力养自己，那自己可以去养他。

可是那个人没有等他长大就从他的生命里彻底消失了。

这么多年傅寒舟知道自己很想他,但不知道自己其实也很恨他。直到半个月前那个叫闻辞的人出现,傅寒舟才发现了藏在深处的愤怒跟恨意。恨他没有说到做到,恨他抛弃了自己。

闻辞一些不经意的举动,总是能让傅寒舟看到陆家明的影子。所以傅寒舟格外厌恶闻辞,甚至把这十年来压抑的恨意都迁怒到他身上。

傅寒舟不在乎沈年蕴娶什么女人,给他找什么样的后妈,他针对的只是闻辞,想让他滚出这个家,滚出他的视线。想起闻辞,他就满身的戾气。他说不清焦虑的原因,只能归结为厌恶。

直到余光瞥见放在桌子角落的那罐奶糖,傅寒舟纤长的睫毛颤了一下。他打开台灯,拉开了第一个抽屉,从里面拿出一封已经泛黄的信。

这封信是苏云景最后寄给傅寒舟的,他一直没有拆开,不知道里面写了什么,也不想知道。反正知道了也没用,给他寄信的那个人已经走了。

傅寒舟眉眼低垂,用指腹摩挲着那封信。

苏云景晚上的那通电话,让闻燕来下定决心跟他谈谈。回到沈家后她敲开了苏云景的房门,看见他一身的伤,又听说是许弘文的儿子来找麻烦了,她当即就发怒了。也顾不上跟苏云景彻夜长谈,闻燕来怒气冲冲地回房给许弘文打电话,让他管好自己的儿子。

苏云景脸上受了伤不方便上学,闻燕来向学校请了两天假。

这点儿小伤不至于在家养两天,但苏云景担心学校会彻查校门口打架的事,也就乖乖听闻燕来的话了。

第二天上午,闻燕来一直在打电话,似乎在安排什么事,到了下午她才腾出时间,走到苏云景门外苦笑了一下。该来的总会来的,有些事不可能一直拖下去。

闻燕来抿着嘴唇，敲了敲苏云景的房门。

苏云景从里面将门打开。闻燕来轻声问："有时间吗？"

见她一脸凝重，苏云景提着心点了点头。

苏云景坐在床上，闻燕来坐在书桌配套的旋转椅上，两个人面对面，要多尴尬有多尴尬。

苏云景起了个不太好的头："那个……您跟沈叔还好吧？"

他原本是想叫"姑父"的，但这两个字在舌尖滚了一遍，愣是没叫出口。不要说他不知道怎么称呼沈年蕴，就连眼前这人苏云景都不知道是叫"姑"，还是叫"妈"。

闻燕来摇了摇头："没事。"

沈年蕴结过婚也有孩子，他自然不会要求三十七岁的闻燕来一直守身如玉。如果闻燕来一开始就告诉他，闻辞是她的亲生儿子，他根本不会说什么。但结婚当天冒出一个私生子，他心里多多少少会有芥蒂，不过他早过了血气方刚的年纪，干不出临时取消婚礼这种事。闻燕来已经跟他谈过了，他表示能理解，但需要时间调整一下心态。

苏云景心里松了口气，他们俩的婚事没黄就好。

闻燕来看着苏云景，薄唇蠕动了两下，眼里流露出回首往事的难堪："我跟许弘文……"

苏云景一听苗头不对，连忙打断了闻燕来的话："过去的事就让它过去吧。"

苏云景不想给闻燕来洗白，做错了就是做错了，无论从什么角度看她都不该破坏人家家庭。但即便是错了，也轮不到他说什么。

既然跟他谈论当年的事会让闻燕来羞愧难堪，那他觉得没必要去揭开这道伤疤，毕竟都已经过去十几年了。

怕闻燕来多想，苏云景硬着头皮说："有些事……怎么说呢？我可能现在不理解，但在我心里您是我的家人，很亲近的家人。我总有一天会释然的。"

苏云景不是原主，对闻燕来没有那么复杂的感情。他成为闻辞后，

145

闻燕来对他不错，也在尝试跟他沟通，想弥补这么多年的亏欠。

如果原主在这里，他或许不会接受闻燕来迟来的母爱。等他再大一点儿，真正成熟之后或许会慢慢释然，最后跟闻燕来和解。

苏云景没有复杂的心路历程，他现在就想立刻跟闻燕来和解，这样他们相处时就不会尴尬了。

不过经过多番考量，苏云景决定含蓄点儿，如果立刻改口叫"妈"也太心大了。矜持归矜持，还是要安抚好闻燕来的情绪，让她知道自己只是暂时不能接受。

苏云景能说出这番话，闻燕来已经很高兴了。他话音刚落，闻燕来就猛地抱住了苏云景。

"对不起，对不起。"她声音发颤，尾音带着哭腔。这两声"对不起"，一个是为她这么多年生而不养道歉；另一个是为她曾经后悔生下他，甚至把他视为人生污点道歉。

当年闻燕来被许弘文的甜言蜜语冲昏了头脑，鬼迷心窍非要生下肚子里的孩子。后来等她看清了许弘文的真面目，就特别憎恶这个只有一个月大的孩子。他的存在不仅是颗定时炸弹，会毁了她的演艺生涯，还时刻提醒着她曾经干了什么愚蠢的事。

那几年闻燕来很少回家，就是因为不想看见他。等他再大一点儿，那些恨意随着时间慢慢消失了，但她还是不知道怎么面对这个成为侄子的亲生骨肉。直到现在，她也不知道怎么做一个好妈妈，她亏欠他太多了。

苏云景有些不知所措，他不知道怎么安慰闻燕来，只能任由她抱着自己哭了很久。

作为一个外人，他是能共情她的。如果原主真是闻燕来的侄子，她可能是个好姑姑。但就是因为两个人是母子关系，她才会特别心虚，不敢跟原主太亲近，生怕被媒体挖到真相。这种担心不仅是为了自己的前途，还怕打扰一家人平静的生活。

可对原主来说，自己的亲生母亲就是没有尽到责任。虽然钱上面没亏待他，可少了很多关爱。

闻燕来是个失败的母亲，就算有苦衷也确确实实伤害到了原主。

但苏云景不是原主，所以给予了她最大的理解。

把话说开之后，苏云景和闻燕来各自舒了口气。

闻燕来的意思是让苏云景搬出沈家，然后回老家读书。依照她现在的名气，苏云景一旦曝光身份，就会受到四面八方的恶意猜测。

闻燕来是想送苏云景出国读书避一下风头，但他不愿意留学。那她只能退而求其次，先暂时离开京城，等风头过去了再把苏云景接来这里读大学。

闻燕来是真的不想让儿子离开她，她这次把人接过来就是打算缓和他们的关系，谁知道会发生这种事。

苏云景认真想了想，最后同意了闻燕来的提议。现在的傅寒舟很不待见他和闻燕来，留在这里说不定还会引起什么风波，不如等事情平息后再做打算。

而且他的内心已经有一点儿动摇，或许傅寒舟根本不需要他。以前傅寒舟住在孤儿院，吃不饱穿不暖才会需要人照顾。现在的他妥妥是"富二代"，一辈子不用奋斗都会比百分之九十九的人过得好，躺着就能挣钱，为什么还要努力呢？

所以苏云景陷入了自我怀疑，他是不是不该把自己的意愿强加到傅寒舟身上？

苏云景决定缓两年，要是傅寒舟喜欢这种状态，那他也就不在他身边添乱了。

至于穿书系统发布的任务，苏云景还是坚定不移地觉得，傅寒舟只是占有欲很强，接受不了沈年蕴再娶，所以才这么干的。

只要他不是心理扭曲，那苏云景也算完成任务。当然就算他不完成任务那又怎么样呢？穿书系统没说奖励，也没说惩罚。苏云景心态受挫，现在多少有点儿得过且过了。

就这样吧。

Chapter 06

"男人心",海底针

> 傅寒舟自然还是一个个拨了出来,
> 一副"我不吃你给的菜,
> 我只吃自己夹的菜"的样子。

把苏云景的学籍再调回去有点儿困难,因为京城的学校有规定,除非特殊情况,半年之内不能随意转学。

这条规定就是针对那些为了孩子高考,铆足劲儿找关系往重点学校塞的家长,频繁转学对学生心态有很大的影响。

虽然暂时想不到办法把学籍转回去,但为了苏云景的安全,闻燕来让他先搬出沈家。

圈内不少人知道闻燕来跟沈年蕴在恋爱,一旦苏云景身份曝光,媒体跟网友就会顺着沈家挖出苏云景。

这些年闻燕来把家人保护得很好,闻辞从来没有出现在公众视野。

苏云景理解闻燕来的担心,也觉得这个时候搬出去比较好。闻燕来已经帮他找好房子了,就在"南中"附近的一栋高档小区,从小区到学校只需步行十分钟。

趁着苏云景养伤休息这两天,他正好可以搬个家。

闻燕来离开后,苏云景就去地下储藏室把自己的行李箱提回了房间。来时一个行李箱就能装下,现在要搬走了,苏云景难过地发现一个行李根本不够。前段时间闻燕来给他买了不少东西,他都得带走,因为再回来的可能性微乎其微。

苏云景整理了一下午的行李,他跟闻燕来说好第二天就搬。

晚上傅寒舟没回来吃饭,苏云景当老妈子习惯了,下意识操心了一下他的去向。

依照傅寒舟三点一线的规律生活,很可能去小巷子喂猫了。傅寒舟活得像个无趣的老头子,除了学校和家里,常去的地方就只有那个喂野猫的巷子。这种生活也挺好的,他或许就不该打扰他"佛系"的生活。

所以苏云景没给老吴打电话询问情况,吃了饭就上楼回房间了。

傅寒舟回来得有点儿晚,八点多才到家,回来后就进了自己的房间没出来。

半夜,苏云景睡得正香时,脑海里突然响起穿书系统的声音:"请宿主马上去找傅寒舟。"

苏云景睡得晕晕乎乎,满脑子问号。

找谁?找寒舟干什么?

反应了一会儿,苏云景才问穿书系统:"怎么了?"

穿书系统没回答。

苏云景又问了一遍,对方还是没吱声。

好脾气的苏云景也不由得骂了一句脏话。等他有钱了,一定要买个能把话说清楚的系统。

虽然不知道发生了什么事,苏云景还是决定起身下床去找傅寒舟。穿书系统总不会无缘无故大半夜耍着他玩,应该是傅寒舟发生什么事了。

傅寒舟住苏云景对面,他走出房间看见对面的门虚掩着。他从门缝没看见房间有人,纳闷儿地下了楼在客厅和厨房找了找。

什么地方都找了,但不见傅寒舟的踪迹,苏云景有点儿急了。

今天还是系统第一次在小说世界里跟他联系,他很担心傅寒舟会出事。他一边联系穿书系统,一边围着房子找人。

"傅寒舟去哪儿了?人还在沈家吗?"苏云景问穿书系统。

149

对方仍旧没有回应,仿佛他刚才听到的话都是自己幻想出来的。

苏云景掐了自己一把,痛得皱了皱眉,看来不是做梦。

苏云景出了沈家,打算在这片别墅区找找看,余光忽然瞥见楼顶站着一个黑影,心里一惊,连忙跑回了沈家。

苏云景一口气上了顶层,推开露台的门,果然见傅寒舟在上面。

露台装修得很休闲,地上铺着原木色地板,中间是套米白色的沙发。

傅寒舟站在十五厘米宽的露台上,一只脚踩在空中,松散的裤腿被风吹得鼓起,露出一截修长有力的脚踝。

苏云景的心猛地漏跳了一拍。他没敢从正面走过去,绕了个大圈,一点儿一点儿朝傅寒舟挪。

苏云景稳住气息,尽量用闲谈的口吻问傅寒舟:"你怎么大半夜站这儿?"

傅寒舟仿佛在梦游,没理苏云景。

傅寒舟现在这个姿势很危险,但凡平衡感差点儿就可能从露台摔下去。苏云景怕刺激到他,贴着墙慢慢靠近。

傅寒舟垂眸看着下方,他的眼睛很空,没有任何情绪,仿佛两个黑黢黢的窟窿。

苏云景的心顿时像被一只大手搅弄似的。他不知道傅寒舟怎么了,心里莫名有种惶恐。

"寒舟。"苏云景的喉咙干涩沙哑。

傅寒舟的唇色其实很醒目,但被初秋的晚风吹得苍白,覆了一层薄薄的寒霜。傅寒舟是个特别怕冷的人,小时候他们俩睡一张床时,总喜欢贴着苏云景睡,冰冷的手脚半天都暖不过来。

苏云景的喉咙烧得更厉害了:"寒舟。"

傅寒舟不理他,苏云景就继续叫。苏云景喊了好几声,傅寒舟才终于有了反应,微微侧头看了他一眼。

"是做噩梦了吗?"苏云景尝试跟他沟通,"上面很危险,有什么事咱们下来再说。"

"你没听见吗?"傅寒舟的声音平淡无波,"下面有人在喊我的名字。"

苏云景顺着傅寒舟的视线朝露台下面看去。能住在这里的人非富即贵,大家都很注重隐私,所以小区里装的都是地灯,为的就是避免住户晚上散步时被打扰。地灯的照明度不高,只能勉强看见地面以及近处的人影而已。

苏云景眯着眼找了一圈,也没看见下面有人,但傅寒舟还是专注地看着那片漆黑的地方。

那个女人临走之前指着脑袋跟他说,那里很疼,总是很疼,很多声音在吵。当时的傅寒舟根本不信她的话,以为那是她的借口,现在他知道那是真的。

真的很疼,很吵。

见傅寒舟似乎很难过,苏云景的心跟着一阵一阵地疼。

"没有人叫你。"苏云景又朝他靠了靠,"你要是不信,我带你下楼去看看有没有人?"

傅寒舟看向他,纤长的睫毛下是一双略显迷茫的眼睛。

"下来。"苏云景将修长的手递到他面前,眼睛深深地凝望着他。

少年的眉眼在暮色下是那样干净温柔,像极了当年把傅寒舟送回孤儿院又突然掉头回来的那个人。

傅寒舟怔怔地看着苏云景,眸里有细碎的光在闪。

"我陪你下楼去找他。"苏云景慢慢抓住了傅寒舟冰冷的手。

见他没有什么反应,苏云景握紧,然后一点儿一点儿将他拉下来。

傅寒舟被苏云景拉着朝前走,什么反应也没有,乖乖跟在苏云景身后。

终于将傅寒舟拉了下来,苏云景松了一大口气,但小腿还是发虚,他没有想到傅寒舟的病居然加重了。

苏云景心里一阵酸楚,他牵着变乖的傅寒舟走下了楼:"你看,外面根本没有人。"

傅寒舟没说话。

现在已经很晚了,苏云景又把他带回了房间。从头到尾傅寒舟都非常配合,乖得好像他记忆中的傅寒舟。

"早点儿睡吧,现在已经很晚了。"苏云景放开了傅寒舟。

那只温热的手一离开,傅寒舟就像从梦中醒来似的。他垂着眼睛看着自己的指尖。

苏云景看着失神的傅寒舟,犹豫了片刻,低声问:"那个,晚上要不要我陪你一块儿睡?"

傅寒舟收回了视线,没理苏云景,直接上了床。

唉!苏云景知道傅寒舟不太喜欢自己,在心里叹了口气。他转身要走时,床上背对着他的人突然动了动,接着默默腾出了半边床。

苏云景愣了一下,琢磨了一会儿,试探性地迈出第一步,坐到了傅寒舟的床上。床上的人没什么反应。他顿时有点儿哭笑不得,起身把房门关上,然后躺到了傅寒舟旁边。

苏云景想跟傅寒舟说点儿什么,但又不知道怎么开口问今晚的事。在床上心事重重地躺了半个多小时,苏云景才熬不住困意,不知不觉地睡着了。

听到他平稳绵长的呼吸声,傅寒舟转过身,他凝视着黑暗中那张模糊的脸,深邃的目光有几分探究和审视。

苏云景一觉醒过来,腰酸背痛,哪儿哪儿都不舒服。难怪傅寒舟晚上总睡不好,就这张破床的确不舒服。他扶着腰刚动了一下,就不小心牵扯到了腰上的伤口,"嗞"了一声。

好吧……腰酸背痛不一定是床不行,还有可能是前天跟人打架了。

苏云景只动了两下,旁边熟睡的少年就拧了拧好看的眉毛。苏云景看了一眼旁边的电子表,现在已经是早上六点四十分了。

今天周五还要上课,但鉴于傅寒舟每天早上都醒得晚,苏云景也没敢乱动。

没过一会儿，傅寒舟皱在一起的眉头松开了，然后继续睡。

苏云景在床上"躺尸"，躺到七点十分才把傅寒舟叫醒了："该起床了，再晚就赶不上第一节课了。"

傅寒舟这才慢慢醒来，细长的眼尾有一层淡淡的褶皱。他半睁着眼看着苏云景，目光却没有聚焦。

苏云景一时猜不透傅寒舟的意思，傅寒舟一直盯着他也不知道在想什么，感觉像单纯地发呆。

就在苏云景要开口说点儿什么时，对方掀开被子下床去了洗手间。

苏云景慢慢坐了起来，皱眉活动着发酸的胳膊。因为脖子有伤，他晚上只能侧躺着，压了一个晚上的胳膊又酸又麻，一活动跟过电似的。

苏云景起来后顺手把被子叠起来了，之后他也没多待，穿上拖鞋离开了。

给傅寒舟关房门的时候，苏云景看见桌子上有一罐打开的奶糖盒。糖盒倒在桌子上撒出来一桌子奶糖，还有吃完留下来的糖纸。

苏云景笑了一下，这都多大了还吃奶糖。

听见房门打开关上的声音，傅寒舟从卫生间出来，目光落在那扇紧闭的房门上。

中午大家在安静地吃饭，唐卫却左右环顾。

林列没好气地说："你不好好吃饭，獐头鼠目的，干什么呢？"

唐卫先是小心翼翼瞄了一眼傅寒舟，才凑近林列压低声音说："我正找闻辞呢，已经两天没见他了，你不觉得奇怪吗？"

林列也瞅了瞅旁边吃饭的少年。虽然对方只是在安静吃饭，但他跟唐卫都有种老虎头上拔毛的刺激感。

林列很了解唐卫，知道他又欠又二还"八婆"的德行，也压了压自己的声音："说吧，你得到什么内部消息了？"

唐卫小声说："我听说闻辞疑似前天晚上在校门口跟人打架了。"

"疑似"这个词用得很妙，毕竟唐卫没亲眼看见，是他认识的"小弟"瞧见的。他们四个中午经常坐一块儿吃饭，时间久了唐卫的"小弟们"对闻辞多少有几分眼熟。

"闻辞两天没来学校了，这个疑似可以改为破案了，那天跟人打架的人就是他。"唐卫用口型对林列说，"你问问傅哥，他没事吧？"

苏云景曾经说过他跟傅寒舟是邻居，虽然两个人闹别扭了，但仍旧还是邻居，抬头不见低头见的，估计知道点儿什么内幕。

林列挑眉，用眼神无声地反问他：你怎么不问？

唐卫：老子又不傻。

林列：滚！

傅寒舟突然开口，声音平淡地说："他跟谁打架了？"

唐卫激灵了一下，忙说："不知道，好像不是咱们学校的。"

傅寒舟没再说话。

唐卫跟林列对视了一眼，彼此都在对方眼里看到了惊讶。最怕傅哥突然关心人。

在林列眼里傅寒舟散漫寡言，对什么事都不上心，虽然他们已经常坐在一块儿吃饭，却是两个世界的人。

傅寒舟这长相这家世，起初围着他身边打转的人不少，他对这些人的态度从始至终都是不接受、不拒绝、不搭理。你坐他旁边，他不会说什么；你离开，他也不会说什么。

林列跟傅寒舟认识快一年了，他敢说要是有一天他不主动找他，傅寒舟肯定也不会有什么反应。他就是这样一个冷血的人。

林列倒是觉得他这样的人挺有意思的，唐卫纯属就是神经大条。

所以兜兜转转，傅寒舟身边只剩下他们俩还在"死磕"，直到前几天又冒出个傅寒舟的邻居——闻辞。

傅寒舟对闻辞仍旧是"三不原则"——不接受，不拒绝，不搭理。但隐约中林列又感觉有点儿不一样，至少傅寒舟不会有意无意去观察别人。可他会观察闻辞，具体观察什么，林列也不知道。就像今天如果他跟唐卫脸上挂彩,傅寒舟肯定不会问他们跟谁打架了。

林列看了一眼傅寒舟,目光有几分意味深长,一副"我这双眼已经看透太多"的模样。

林列正要发出霸道总裁式的喷声时,看见唐卫从他餐盘里偷章鱼小丸子。

今天中午食堂有日料,但限份限量,林列运气好,抢到了一份章鱼小丸子。本来就没几个还被唐卫一筷子插走两个,林列手疾眼快从唐卫嘴里夺下一个小丸子。

唐卫飞快吞了另一个,嘴里塞得鼓鼓囊囊:"看你那小气劲儿。这味儿也不正宗啊,就你傻兮兮地点它。"

林列气愤地说:"滚。"

发生昨晚的事让苏云景很担心傅寒舟的心理状况,但他们的关系不像小时候,对方不可能跟他交心。

苏云景怕以后还会发生这种情况,不过转念一想,傅寒舟好歹是这个世界的男二号,他跟女主角还没见过面,应该不至于出事,否则穿书系统也不会突然提醒他。

苏云景记得傅寒舟跟女主角第一次见面,好像就是在高二这一年。

傅寒舟出了场车祸,正巧被路过的女主角救了,当时他陷入了昏迷被女主角送到了医院。就是因为昏迷前的匆匆一瞥,再加上对方能消除他的幻觉,傅寒舟对女主角留下了深刻印象。

他是个对待感情很专一的人,认定了一个人就会一直等着她。

长大后的傅寒舟成为娱乐圈的"流量巨星",又跟跑龙套的女主角见面了,然后女主角、男主角、傅寒舟三个人就开始了一段"狗血"的三角恋。

女主角还没出现,男二号就没了可还行?

所以傅寒舟的安全苏云景不是那么担心,主要是怕他走上老路,喜欢上名花有主的女主角。

而且他现在的心理状况跟小说描写的差太多。其实小说没细致写过傅寒舟的童年，至于青少年时期，读者也是通过只言片语了解万人迷男二号过得有多惨。

经过昨晚那一遭，苏云景多少动摇了搬出去的念头。但他住在这里就有暴露的危险，到时候最难堪的肯定不是苏云景，而是闻燕来。现在还是纸质媒体时代，信息没十年后那么发达，苏云景找个地方一藏，就不会有人知道他是谁。

苏云景认真想了想，决定还是按照原计划，从傅家搬出来，他不想让闻燕来为难。

傅寒舟放学回来，见家里的保姆在收拾对面的房间。

苏云景睡的那张床换了新的白色被单，两个保姆正在往上面套防尘袋。

家里客房虽然会天天打扫，但不住人的房间会套防尘袋，避免床垫发霉。

傅寒舟的视线顿了一下。

一个年纪稍长的保姆，见傅寒舟沉默地站在房门口，笑着解释了一句："听说小辞的爷爷、奶奶也搬来京城了，闻小姐就让小辞搬过去跟爷爷、奶奶一块儿住了。"

这是闻燕来想出来的托词，是为了让苏云景搬出去不起疑。

傅寒舟盯着房间一言不发，里面空荡荡的，就连垃圾桶都收拾走了，好像没人来过似的。

他薄薄的唇抿得更紧了。

苏云景一进教室吸引了不少人的视线。

米白色卫衣，深色运动裤，脚上穿了双醒目的红色球鞋，一米八的身量修长匀称。他把头发剪短了，露出清俊立体的五官，眼角有块颜色很淡的瘀青，侧颈缠着块纱布。其实眼角上的瘀青还很明显，只不过闻燕来给他抹了点儿遮瑕的东西，看起来才没那么打眼了。

苏云景拎着书包，穿过前排坐到了最后靠窗的位置。他是踩着上课点从家里步行过来的，没想到傅寒舟比他来得还晚，上课前的两分钟才慢悠悠地进了教室。

坐到苏云景旁边后，傅寒舟跟过去一样耳机一戴，趴到桌子上谁也不理。

苏云景看着傅寒舟那截藏匿在墨色长发的修长后颈，在心里叹了口气。两天前他刚想通，要给自己和傅寒舟留有的空间，甚至都想好上学来的第一件事就是去找班主任调个桌。等闻燕来把转学的事弄好了，他就回原主老家准备高考。

结果昨晚突然来了个反转，傅寒舟退休老干部的表象之下，隐藏着一个厌世的内核。

发现傅寒舟的心理问题加重，苏云景进退两难，颇为头疼。他比任何一个人都希望傅寒舟能好好的，可对方未必能领他的情，对他充满了敌意，像枝带毒刺的玫瑰似的。

算了，现在也只能走一步看一步了。

傅寒舟睡了一上午，最后一节体育课终于打起了一点儿精神。

体育课老规矩先跑一千米，之后就是自由活动时间。女生一般会两三人结伴去小卖部买点儿零食，然后聚在一块儿聊天。男生大多数去打篮球。

苏云景难得抛下傅寒舟进了篮球场。来"南中"已经有一段时间了，他跟班里男生没一个熟的，平时也没怎么接触过。所以班里男生打球从来没叫过苏云景，这次还是李学阳喊他一块儿打球。

李学阳抱着篮球，冲落单的苏云景扬了扬下巴："要不要来一场？我们正好缺个人。"

苏云景对李学阳没什么好感，但闲着也是闲着，况且又不是跟他一队，苏云景就点了头。

苏云景已经很久没摸球了，上大学他还曾代表系里跟其他系打过友谊赛。但任何一项运动如果长时间不练习，肌肉记忆就会消失。

苏云景起初摸球的手感很差，一个到手的球他都能丢了。

李学阳"啧"了一声。他近视两百度，打篮球会摘了眼镜，但还是习惯性地做了个推眼镜的动作，看苏云景的眼神有几分意味不明。

因为苏云景菜得过分，队友的脸色都不太好看。

篮球抢到手，双方又在球场上争了起来。

苏云景穿着抓地超强的球鞋，在球场来回奔跑，终于慢慢地找回了感觉。

俯身运着球，苏云景速度极快地穿过对方的防线，篮球被他拍下去，在地面一弹，又稳稳地被修长的五指扣住，假动作晃过一个拦他的人。起跳上篮时，突然杀出个李学阳要盖他的帽。

李学阳跟苏云景身高差不多，弹跳能力却非常强，但就这个距离，他想成功盖帽几乎不可能。不过被李学阳这么一挡，苏云景也不确定自己能否投篮成功，他手腕一转，果断将球传给了同队的陈越超。

陈越超不负众望，进了一球，二分到手。

对于苏云景的应变能力，陈越超笑着冲他竖起大拇指。

苏云景状态回来了大半，在球场上很活跃，一记三分投篮成就"人生高光时刻"。

陈越超走过来兴奋地揽过苏云景的脖子："可以呀，兄弟！"

苏云景笑了一下，继续在篮球场上奔跑，额角溢出大量汗水，晶莹的水滴沿着他侧脸的线条，在下颌缀了片刻最后没入衣领。

苏云景已经很长时间没有感受到这么鲜活澎湃的少年活力。果然运动使人快乐，大脑分泌的多巴胺和内啡肽让他处于兴奋的状态。下半场他跟陈越超打配合，把之前落下的比分追了上来。

这回换李学阳脸色不好了。

苏云景一个起跳投球，下巴向上扬起，修长的脖颈抻直，上面有层薄薄的汗，腹部肌肉收紧，勾勒出削窄清瘦的线条。球在篮筐边缘打着转，最后坠进了篮筐中。

苏云景默契地跟陈越超碰了下拳头，然后各自回到自己的位置。

新一轮的攻防开始。

苏云景已经适应了节奏，防守、进攻、切球、上篮，动作一气呵成，进了球就跟队友碰一下肩膀，或者击掌表示庆祝。

傅寒舟看着远处篮球场上那个奔跑跳跃的身影。他眉眼干净，笑容爽朗，以极快的速度融入了新集体。

几个爱看热闹的女孩儿，见球场进了帅哥，跑过去看篮球，正好挡住了傅寒舟的视线。

傅寒舟移开了目光，艳丽的眼尾像嗜足了血的刃尖，垂下时凝着一丝阴郁。

苏云景长时间不锻炼，体力有点儿跟不上。他萌生了退意，陈越超却拉着他，不让他走。

陈越超压低声在苏云景耳边说："我喜欢的女孩儿就在场外看咱，你再打会儿吧。"

苏云景不太理解他的脑回路："我留在这里跟你追女孩儿有关系吗？"

陈越超鬼鬼祟祟地瞟了一眼场外一个身材娇小的女同学，随之他的声音压得更低了："你引来好多女孩儿看球，你一走她们都走了，万一我喜欢的女孩儿不好意思留下来看我怎么办？"

苏云景哭笑不得，只好咬牙又打了十多分钟，但他体力透支得太厉害，跟陈越超配合度大打折扣。

见苏云景喘得跟个破风箱似的，陈越超只好把他换下去。

苏云景下场的时候，陈越超还不忘挤对："你以后多锻炼锻炼体力，男人最怕的就是体力不行，懂吗？"

苏云景心想：我懂你个鬼！

拒绝了几个女孩儿递过来的水，苏云景去小卖部买了瓶常温的。他拧开瓶盖灌了几口，下意识找了找傅寒舟的影子，但操场上没人，估计是回教室睡觉去了。

苏云景看了一眼时间，还有十几分钟就能下课去食堂打饭了。

闻燕来说中午会让人来给他送饭，趁着苏云景还没走，她很想多表达一下自己的关心。

闻燕来就是太想做好一个母亲了，反而让苏云景觉得压力很大，明明食堂就有饭，味道还不错，真没这个必要。

苏云景在原地休息了一会儿，起身去校门口拿午饭。

闻燕来身份特殊，没敢亲自送过来，让她的生活助理送过来。她生怕苏云景吃不饱似的，准备了不少饭菜，饭盒死沉死沉的。

饭盒本身就很有分量，是大容量的不锈钢保温饭盒，一层套着一层，连菜带汤一共准备了四样，还有一份分量很足的米饭。

苏云景提着饭盒回到教室，果然看见傅寒舟趴在桌子上睡觉，于是走过去把保温餐盒放到了桌子上。

苏云景的动作不大，一旁的傅寒舟却醒了。

沐浴着阳光的长发少年，冷白的面庞仿佛镀了一层淡金色的釉彩，高挺的山根几乎透光。

以前新闻上用"山根透光"来证明女明星整容，其实一点儿科学依据都没有，山根透光纯属是曝光过度。

大概刚睡醒，傅寒舟锋锐漂亮的眼睛内敛了不少，漆黑的眼瞳也有点儿涣散，看起来很好说话的样子，惹得苏云景心痒痒，不由得问他："我带了饭，你要不要吃点儿？"

本来苏云景没抱什么希望，没想到傅寒舟竟然没拒绝，苏云景惊讶之余还有些高兴。

闻燕来准备的饭菜倒是不少，但只有一双筷子，好在还有个汤勺。苏云景把筷子给了傅寒舟，自己用汤勺吃。

傅寒舟只扒米饭吃，菜一点儿都没有动。

苏云景给傅寒舟挖了一勺鸡肉："吃点儿菜。"

他刚将鸡肉放傅寒舟碗里，对方立刻拿筷子拣出来扔了回去。

苏云景心想：行吧，又自作多情了。

傅寒舟扒了两口米饭，然后将刚才扔出去的那块鸡肉又夹回到碗里。

苏云景满脸问号地看着傅寒舟的举动。见傅寒舟面无表情，苏云景试探性伸出手给傅寒舟舀了一勺虾仁。

原主爱吃虾，闻燕来亲自炒了盘腰果虾仁，虾仁个头很大，一汤勺只装了两颗。

一点儿也不意外，傅寒舟把虾仁又扔了出来。他垂着眼睛，浓密的睫毛密密地铺了一片，让他显得十分阴郁孤高。

傅寒舟默默吃了两口米饭，隔了一会儿又用筷子把那两个虾仁捡了回来。

苏云景眉毛抖了抖，傅寒舟要是这个脑回路的话……

苏云景挖了一大勺爆炒香菇给他，想看他什么反应。

傅寒舟自然还是一个个拨了出来，一副"我不吃你给的菜，我只吃自己夹的菜"的样子。

苏云景又好笑又无奈。

之后苏云景不再逗他，低头自己吃自己的。

吃完午饭傅寒舟又趴到了桌子上，进入谁都不理的状态。

苏云景把教室的门跟窗户都打开了，想把中午饭菜的味道散出去。

初秋的风微凉，吹动着树叶哗哗作响，教室内的气氛异常沉默，苏云景没主动跟傅寒舟搭话。

这么叛逆，给他夹个菜还要扔出来，苏云景是真不知道要跟傅寒舟说什么，难道要说自己过段时间就要转学走了？

苏云景要还是陆家明，对方可能还会上心，但现在几乎不可能。

看着傅寒舟的发丝在阳光下的光晕，苏云景还挺犯难的。

这么扔下他吧，苏云景不太放心；不走吧，留在这里也只是干着急。

学生之间的友谊往往很简单，前几天苏云景还跟班里的男生连句话都没有说过，体育课的一场篮球赛就让他们打出了友谊。

第二天的大课间，陈越超单手抱着球招呼班里的积极分子去打球。

人召集得差不多了,陈越超突然问苏云景:"闻辞,那你要不要跟我们一块儿去?昨天咱俩合作挺好,今天再来一场呗!"

"南中"的大课间有三十分钟的休息时间,足够他们几个打半场篮球了。

跟许淮那场架让苏云景意识到体能的重要性。昨天活动过量,到现在胳膊内侧和小腿还有点儿酸,他真该好好锻炼一下身体了。

苏云景站起来:"行。"

一群人热热闹闹地出了教室,他们已经走出很远还是能听见陈越超的大嗓门。

"说实话,以前觉得你挺高冷的,没想到接触接触脾气还可以。"

苏云景想笑,长这么大他从来没听身边人说过他高冷,也不知道为什么他给陈越超留下这么个印象。

事实上,五班除了傅寒舟以外的人,基本都对苏云景是这个印象。不仅人长得帅,还跟傅寒舟是邻居,那家世肯定错不了,再加上很少主动跟人说话,苏云景自然而然就被划分为高冷的人。

今天跟昨天的阵容一样。

苏云景心理年龄摆在这里,他接触篮球的时间比场上任何一个人都要长,其实很适合做控球后卫,由他将整个球队串联起来。

但他的体力太差了,这是控球后卫的大忌。毕竟枪打出头鸟,作为球队进攻的起点,对手五个人盯他一个,可想而知需要多强的体能了。

好在他们不是什么正规球队,也不会打完四十分钟的整场比赛,所以陈越超还是把这个重要的位置交给了苏云景。

果然苏云景成了球场上的靶子,被人重点盯防,尤其李学阳几乎是贴在了苏云景身上。

苏云景单手运着球,挡在他前面的李学阳一直试图抢断。但球就跟黏苏云景手上似的,从地面弹回时立刻被他牢牢扣住。

苏云景跟陈越超的合作越来越默契,他们打配合,用了两个假动作骗过了李学阳，然后陈越超上篮进了一球。拿下两分后，陈越超吹了声口哨，上前跟苏云景击掌庆祝。

李学阳用黑色的护腕擦了擦汗，面上的表情有点儿难看。他以为苏云景什么都不懂，没想到实力会这么强。

之后李学阳算是彻底杠上了苏云景。苏云景又一次被李学阳锁死，陈越超也跟人僵持着。

苏云景正想着如何突破防守时，远处响起一阵尖叫声。他用余光瞥了一眼，正好看见一个篮球高速旋转着冲向篮球场外，然后砸向了路过的少年。

看到这幕，苏云景的瞳仁颤了颤，呼吸都停滞了片刻。

那少年留着一头墨色的长发，凤眸薄唇。

苏云景想也没想立刻丢下手里的球，然后朝着球场外狂奔。

陈越超也看见傅寒舟被球砸中，知道苏云景跟他是好朋友，也就没多问。

大课间时间好几个班的同学都在打篮球，傅寒舟的鼻子就是被另一拨人的球砸出了血。

苏云景跑过去时傅寒舟正用手捂着自己的鼻子，殷红的血从他指缝流出，滴滴答答地滴落在地面。

苏云景挤开众人，见傅寒舟满手都是血，心揪了一下，满脸着急地问："没事吧？"

傅寒舟狭长的凤眼扫了一眼苏云景，看对方拧着眉头，一副很担心的样子。但他也只是瞥了一眼，就把视线转开了，抿着嘴唇没说话。

"不好意思，让一让！"苏云景拉着傅寒舟推开围观的众人，朝医务室的方向走去。

好在那一球砸偏了，没直接撞上傅寒舟的鼻梁。他的鼻骨没事，就是鼻腔内部的毛细血管破裂引发出血，校医掏出棉球，打算给傅寒舟清理鼻腔里的血。

傅寒舟有些排斥地微微蹙眉。他不喜欢别人碰他。

看见傅寒舟的小动作，苏云景走上前对校医说："老师，我来吧。"

校医听到这话一愣，正巧兜里的手机振动了起来。他将棉球递给苏云景，然后从口袋里掏出手机。

"用这个先给他擦血。"校医嘱咐苏云景，"擦了血后再用冰袋给他敷鼻梁，冰袋在那个小冰箱里。"

苏云景点了点头："我知道了。"

"喂？我刚不是跟你说话，医务室有个同学鼻子受伤了。"校医走出去讲电话，"这个时候给我打电话有什么事？"

傅寒舟坐在医务室，头微微前倾，骨节分明的手按着鼻翼。

苏云景走过去用镊子夹着棉球，先是在傅寒舟鼻腔最前端擦了擦血，棉球很快就被血浸透了。

傅寒舟鼻子里还流着血。苏云景见这样也不是办法，于是从小冰箱里拿出冰袋。

以前打球时，苏云景的鼻子也被撞伤过，他会先把里面的鼻血擤出来，然后用冰块敷一下。但傅寒舟现在的情况显然不能硬擤，以防鼻腔血管再破裂。

苏云景拿了冰袋放到傅寒舟的前额处，促使血管收缩减少流血。然后他换了一个新棉球，小心地往鼻子里面深入。

傅寒舟仰着头，下颌白得像包了浆的玉石，黑黢黢的眼睛直直地盯着苏云景。

苏云景心疼地询问傅寒舟："疼吗？"

他一抬头，见傅寒舟没有搭理他的意思，也不再问了。

疼是肯定疼的，但也得把鼻子里的血块清理干净。

苏云景尽量放轻动作，将棉球塞进了傅寒舟鼻腔里。

一个鼻孔塞了两个棉球，再好看的颜值也经不起这样糟蹋，看着傅寒舟鼻孔大了不少，苏云景想笑，但又觉得这个时候笑太不厚道。

苏云景咳了下："你先躺下来，等一会儿血止得差不多了我给你取出棉球。"

医务室里摆着两张床，为了让傅寒舟躺得舒服点儿，他从另一张床上拿了一个枕头。

安顿好傅寒舟后正好上课铃响了，苏云景低头看了一眼手表上时间，什么都没说转身离开了医务室。

原本沉默躺着的傅寒舟立刻坐了起来，鼻梁上的冰袋掉到了床上他也没管，视线追着苏云景。

校医进来正好看见傅寒舟直挺挺地坐在床上，鼻子里还塞了两个棉球，鼓鼓囊囊的，隐约能看见里面的棉球洇了血。

校医急忙说："赶紧躺回去，要么就仰着头坐。"

傅寒舟鼻子里有棉球，仰着头血也不会回流。

苏云景跟张志刚请了两节课的假，然后去小卖部买了几瓶水。

苏云景进了医务室递给校医一瓶橙汁："老师。"

校医推拒着说"不用"。

苏云景放到他桌子上，说："已经买了。"

校医只好接下了。

傅寒舟坐在床上，一如既往地沉默。

见血好像止住了，苏云景拿镊子把里面的棉球取出来。

"老师，他的鼻子已经不流血了。"苏云景转头去看校医。

校医喝了一口橙汁："让他先躺一会儿，等会儿我用生理盐水给他清洗一下鼻腔。"

苏云景问："那现在他能喝水不？常温的。"

校医说："可以。"

苏云景拧开了瓶盖，喂傅寒舟喝了些水。

见傅寒舟手上沾满了血，指甲缝也有血迹，苏云景从兜里掏出纸巾，等傅寒舟喝完水递给了他一片。

傅寒舟拿着冰袋覆在自己的鼻梁上，斜眼看着苏云景。

苏云景："……"

行吧。苏云景认命地用湿巾给傅寒舟擦了擦带血的手。

唐卫和林列听说傅寒舟被篮球砸进了医务室，第三节课下课后他们俩从小卖部买了一兜零食来探病。

傅寒舟的鼻血是止住了，但脑袋被篮球砸得出现了轻微脑震荡的症状。

在校医的建议下，傅寒舟在医务室躺了一节课。

见唐卫他们提着零食要在这里开茶话会，校医无奈地给他们腾地方："你们注意音量，他现在身体还不舒服，别太闹腾了。"

唐卫立刻表示："放心，老师，我乖得很。"

校医心想：信你就有鬼了！

唐卫跟校医算老相识了，他有事没事就来这里挂一瓶葡萄糖。

等校医拿着财务报表一走，唐卫把零食往桌上一扔，扔出了霸道总裁挥霍上亿资产的猖狂霸气。

唐卫道邪魅一笑："来吧，我的兄弟们，来一块儿玩耍吧！"

苏云景和林列："……"

苏云景没心思跟他玩耍，有他们俩照看着傅寒舟，他觉得自己可以功成身退了。

苏云景起身："你们在这里吧，我先回去了。"

傅寒舟抬眸看了他一眼。

唐卫错愕地说："你回哪儿？"

苏云景说："回教室。"

唐卫还要说什么，但被林列拦住了。

林列擅长察言观色，隐约感觉到了气氛的微妙。他立刻掉转了风向，拉着唐卫准备要走："我们过来就是看看，既然傅哥没事了，那我们俩也该走了，零食留给你们吃。"

林列把唐卫拉出了医务室："走吧，下节数学课，咱该去'好好学习、天天向上'了。"

"你脑子进水了？你看我长了一张'好好学习、天天向上'的脸吗？"唐卫把自己的脸凑了过去，"你仔细看看，它有那个气质吗？"

林列把唐卫的脑袋拍开:"你能有点儿眼力见儿吗,两个人好不容易有和好的苗头了,你凑什么热闹?"

唐卫很是为难:"可下节是数学课,我还打算在医务室输一瓶葡萄糖呢!站着说话不腰疼,你跟老张关系好,但我可是天天挨他骂,而且数学作业我还没写完呢。"

林列偏科严重,数学理综有多强,语文英语就有多菜。

林列挑眉:"这不是有哥在呢,怕什么?"

唐卫嘿嘿了两声,讨好地说道:"哥,借我抄下作业呗。"

林列摸了摸唐卫的脑袋,语气十分温柔:"哥不同意,但哥可以给你讲讲题。"

唐卫翻脸说:"你不如杀了我,我还是去输瓶葡萄糖吧!我血糖低,哎呀哎呀,头好晕!"

林列领着装模作样的唐卫往教室走:"想得美!"

唐卫恼了:"你要勒死我呀?放开!"

"姓林的,你听见了没?"

"你要死啊!把你的冰凉的爪子放我衣领里,拿开!"

随着唐卫和林列打打闹闹地离开医务室,得,苏云景还得留在这里伺候"大爷"。

见唐卫那堆垃圾食品里竟然还有两袋干果,苏云景喜出望外。

"吃点儿这个吧。"苏云景拿了一袋给傅寒舟说,"补脑。"

傅寒舟不要,偏偏去拿另一袋吃。

苏云景咬牙切齿地想:这不是他的任务对象,这是他祖宗,要拿香火供起来的小祖宗!

以前傅寒舟跟苏云景虚与委蛇的时候,起码还会跟他交流几句。自从傅寒舟明晃晃地暴露了自己的恶意,他就没跟苏云景说过话了。而且表现得特别叛逆,你要他怎么样,他就不怎么样;等你不说了,他又开始做了。

苏云景是真搞不懂傅寒舟在想什么了，好像专门跟他作对似的。

苏云景还没见过他的这一面，刚认识傅寒舟时，他就是个"扎手的刺猬"。等后来他收起那些尖利的刺后就变得很乖，还会露出柔软的肚皮给苏云景摸。

现在的傅寒舟是"傲娇"死了，身上的刺还特别多，让苏云景无处下手。

虽然跟傅寒舟交流少了，但苏云景和班里其他同学慢慢熟了起来。最近陈越超要过生日，叫上苏云景一块儿吃饭。苏云景欣然同意。

陈越超随意地将胳膊搭在苏云景的肩上，笑着说："那说好了，这周五不管你有什么事都给我推了。"

陈越超一抬头，余光瞥见一双幽暗的眼睛，猛地撞上这样目光，他被吓了一跳。等他稳住心神再看的时候，对方已经趴回桌子上睡觉了，好像一切都是错觉。

苏云景没发现陈越超的异常，用胳膊捅了他一下："外面那个人是李学阳吗？"

操场上有一个练投篮的人，从身形来看跟李学阳很像，恰巧李学阳又没在教室。

普通课间只有十分钟的休息时间，操场上几乎没人，所以练球的人格外显眼。

陈越超回过神，心不在焉地看了一眼操场："是李学阳，你前两天把他刺激到了，所以现在一有时间他就去练球。"

说完，陈越超忍不住看了一眼后排的长发少年。傅寒舟跟往常一样懒洋洋地趴在桌子上睡觉。

陈越超眉头松了拧，拧了松，有点儿怀疑自己是不是太敏感了。

苏云景没察觉到陈越超的异样，仍旧看着操场上的李学阳。他没想到李学阳这么喜欢打篮球，虽然觉得这人有时候说话阴阳怪气的，但不妨碍他欣赏李学阳的刻苦和自制力。

陈越超过生日那天请了班里好几个关系不错的同学，苏云景问了问其他人，想着要不要准备一下礼物。

之前苏云景还担心陈越超请这么多人吃饭，不知道要花多少钱，没想到大家送的礼物朴实无华——钱。

陈越超先订好生日当天要去的饭店，然后大家看情况直接给他转钱，相当于大家 AA 制吃顿饭。

听到这个规矩，苏云景忍不住感叹："现在大家这么实在的吗？"

同学摊手道："没办法，这是学校的规定，防的就是大家攀比买礼物，搞生日会的排场。"

京城经济在这几年内发展飞速，光拆迁就富了一大批人。

"南中"无论是教学质量，还是师资团队都是顶尖梯队的，因此学校有不少富家子弟，但也有普通家庭。校方担心贫富差距太大会给学生一些负面影响，所以才有这样一条规定。

说是过生日，其实是打着过生日的名头大吃一顿。

陈越超喜欢一个叫李子欣的女孩儿。李子欣是班里的学习委员，全年级排名前二十。他想约李子欣出去玩，但怕对方拒绝，所以就想着搭上李子欣闺密的线，然后婉转地请李子欣一块儿去。

这种聚会想要拉女生去，就得有个长相出挑的帅哥出面镇场子，苏云景就是那个镇场子的"神兽"。苏云景为陈越超吸引了不少女孩儿参加他的生日会。

"南中"的 AA 制人人平等，参加生日会的女孩儿也要付吃饭的钱。

陈越超无奈地撩了一下刘海儿："像我这种富家弟子，想展现一下绅士风度都不行。"

听到他这话，一个女孩儿斜了一眼他，马尾一甩，又飒又高冷地说："谁缺你那几个钱？八十块拿去！"

这个时候通货膨胀还没这么严重，八十块钱相当于普通高中学生一个星期的伙食费了。

等女孩儿看见一旁的苏云景神色立刻变了，眼睛闪烁着八卦的光芒。她蹭到苏云景面前娇羞一笑,客气地问:"那个……周五傅寒舟跟你一块儿去吗?"

苏云景如实说:"不去。"

她对陈越超的生日会没兴趣,真正感兴趣的是八卦新闻。

全校女生没一个不对傅寒舟好奇的,可算让她们碰上了跟傅寒舟熟悉的人。

"没事,你去就好。"女孩儿眨着大眼睛,特别真诚地看着苏云景,"到时候我可以问你几个问题吗? 就几个。"

苏云景:"……"

虽然她一脸诚恳,但苏云景还是看出了她的意图。

怎么说呢……谁能抗拒得了傅寒舟呢? 那么难懂的一个人,苏云景自己都好奇死了。

苏云景硬着头皮说:"其实我们俩就是普通的邻居,关系挺一般的。"

女孩儿将头发挽到耳后,模样温柔地说:"你想多了,就很单纯很随便地聊聊而已。"

苏云景干巴巴地一笑:"好吧。"

得到满意的回复,女孩儿高高兴兴地走了。

陈超越幽怨地看着苏云景:"你不会把我的风头都抢了吧?"

苏云景拍了拍他的肩膀,语气沉重地说:"抢你风头的不是我,是傅寒舟,认栽吧。"

陈越超:"……"

陈越超找了一家人均八十元的日料店。因为人来得太多了,他们包下了二楼,将桌子拼成一条长龙,场面堪比《哈利·波特》里的学院用餐。

陈越超只请了六个男生,剩下乌压压都是女孩儿。也不知道唐卫跟林列从哪儿打听到的,居然也来凑热闹了。

苏云景错愕地看着他们俩:"你们怎么来了? 你们认识陈越超?"

唐卫一头雾水:"陈越超是谁?大家不是为了傅哥搞的聚会吗?"

一旁的陈越超:"……"

苏云景顿时感觉脑仁疼:"这里没傅寒舟,你来错地儿了。"

"没有啊,你看,地址就是这里没错。"唐卫把手机拿给苏云景看。

苏云景瞅了一眼——东华北路三十五号,吉川日料店二楼。

林列笑着解释:"不知道谁拉了个QQ群,说有人组织了场餐会,现场还有傅哥的发小可以揭秘傅哥不为人知的小秘密。QQ群名就叫——那些年你不知道的傅寒舟。"

苏云景:"……"

唐卫问:"谁是餐会的发起人?"

陈越超站出来:"我是,不过这不是餐会……"

不等他说完,唐卫随份子似的掏出两个红包:"我跟老林的那份钱,一共两百元,剩下的不用找了,算是你的小费。"

陈越超拿着那两百元钱,险些气得抽过去。

本想着拿苏云景"钓"李子欣,没想到事情发展成这样了,他堂堂一个主角俨然成了"跑堂小弟"。

唐卫还在一旁嚷嚷:"我们坐哪儿?"

林列微笑着站在唐卫身后,一脸"我就是来凑热闹"的表情。

陈越超完美诠释了什么叫"偷鸡不成蚀把米"。

席间女生占百分之七十,她们将百分之三十的男生包围住,看起来特别强势。

服务员先上了寿司和天妇罗,大家斯文地吃着。

唐卫一米八几的个子坐在榻榻米上,大长腿无处安放,人也就比较暴躁了。

"咱们餐会的主题是什么?干坐在这里吃饭?"唐卫问,"就没什么搞头?"

昨天要跟苏云景随便聊聊的女孩儿开口:"其实我很好奇,傅寒舟为什么要留长头发?"

这个问题一出，无数双眼睛齐刷刷地看着苏云景。

苏云景无奈地开口："这个我没问过他。"

女孩儿接着问："那你觉得呢？凭你对他的了解，你觉得是因为什么？"

苏云景继续"打太极"："不好说。"

见苏云景说不出来，女孩儿也只能放弃这个问题，转问其他："我见他天天戴着耳机，他爱听什么歌？"

"这个我知道，我知道。"唐卫很兴奋，傅寒舟的MP4是他送的，里面的歌也是他下载的。

喜欢做阅读理解的"文科精英们"见唐卫知道这题答案，双眼都开始放光。她们对傅寒舟的好奇单纯源于对美好事物的欣赏，尤其是这个美好事物还特别神秘，让人很有探索的欲望。如果用言情小说里的句子形容，那大概就是：男人，你的高冷成功引起了我的注意。

她们企图从一些细枝末节深挖傅寒舟，就跟做阅读理解似的。

然而令她们失望的是，傅寒舟品位奇特，居然爱好"非主流"的曲风。

一众女孩儿目瞪口呆：救命！这题我不会做呀！啊——

她们从苏云景这里什么有价值的信息都没有套出来，唐卫倒是说了不少，但每一条都让她们毁三观，感觉跟傅寒舟的形象完全对不上。一顿饭吃下来她们犹如坐过山车。

随着唐卫的爆料，她们在心里给傅寒舟勾勒出一个表面高冷倨傲、实际内心幼稚的反差形象。

这么一想，还有点儿萌是怎么回事？

今晚的主角本来该是陈越超，结果被没出席的傅寒舟抢光了风头。不过他也因祸得福，得到了李子欣的同情，终于加上了女神的QQ号。

看着陈越超抱着手机激动的样子，苏云景忍不住笑了笑。

林列抿了一口日式茶，清冽的声音在嘈杂的室内响起："你跟傅哥还没和好吗？"

苏云景听到这话，看向旁边清俊的少年，摇了摇头说："没有，'男人心'，海底针，捞不起来。"

林列笑了笑，意味深长地说："那你就别捞他，等着他捞你。"

苏云景不明所以："嗯？"

林列没说话，垂眸喝了口茶，眼角带着看破不说破的笑意。

明天正好是双休日，一群人打打闹闹吃到了将近九点才散了场。

苏云景住的地方离这里不远，步行了二十分钟就到家了。

闻燕来在家，最近她推了很多事，专心待在家里陪苏云景。

沈年蕴在冷静了两天后慢慢接受了现状。他对闻燕来是有感情的，虽然婚礼闹出这种事，但那都是十几年前的事了。

见他们俩没事，苏云景松了一口气。

虽然苏云景不是闻辞，但他一直很积极跟闻燕来培养感情。既然占用了闻辞的身体就该好好对他的家人，所以回去后他陪着闻燕来看了一部她拍的公益微电影。

电影只有二十分钟，拍得非常温馨，闻燕来还跟苏云景讲了拍摄的趣事。

"对了。"闻燕来突然想起什么似的，"我咨询了一位朋友，他说可以先转学，只要高考之前把学籍转到你就读的那所学校就可以了。所以不出意外的话，下周新学校的事就能安排好。"

苏云景没想到这么快，他愣了一下。

见苏云景似乎有心事，闻燕来抿了抿嘴唇："你是不想转回去吗？"

苏云景摇了摇头："也不是，只是刚认识了新的朋友就要跟他们告别，有点儿舍不得。"

他说完，闻燕来脸上流露出了一丝愧疚的表情。

苏云景看见后忙说："不过现在通讯这么发达，我们都加着QQ呢，而且我也想老家那些朋友了，能转学回去挺好的。"

闻燕来看出苏云景是在安抚她，心里更加不是滋味了。不过她也没有说什么，声音隐隐发哑："早点儿睡吧。"

苏云景点头:"好。"

回房苏云景冲了个澡,换上睡衣躺到床上想傅寒舟的事。想了一个多小时也想不出所以然,于是他就放弃了,想着顺其自然吧。

苏云景正要睡时,门铃突然响了。他有点儿纳闷儿,现在都晚上十一点多了,这个时候谁会来?

闻燕来很注重隐私,家里装着最先进的可视电话。苏云景没着急打开门,打开了玄关的可视电话。

通过门外的监控摄像头,看到来人,苏云景心里顿时一惊。

"谁按的门铃?"闻燕来听见动静也从房间出来了。

苏云景刚想找个借口敷衍一下,抬头一看,差点儿没被闻燕来吓死。

闻燕来脸上涂了一层蓝色的黏稠东西,猛地一看好像阿凡达,着实把苏云景吓了一跳。

苏云景激灵了一下,闻燕来这才意识到自己的模样可能有点儿吓人,连忙回了房间,把面膜洗干净。

趁着闻燕来去洗脸的工夫,苏云景心惊胆战地打开了房门,结果人却不见了,走廊黑漆漆的,一个人影也没有。

什么情况?

"辞辞,谁来了?是你沈叔吗?"闻燕来的声音从房间传出来。

"不是,好像是门铃坏了,可……可能是接触不良吧。"苏云景只能编了个谎话。

闻燕来洗干净脸,走出来见苏云景鼓捣门铃。

闻燕来说:"不行先把电池扣出来,明天找师傅来家里看看,快十二点了,先睡吧。"

苏云景心里揣着事,应了一声就回房间了。

闻燕来也听见门铃响了,那说明不是苏云景的幻觉,傅寒舟刚才就在门外,也不知道现在去什么地方了。

苏云景打开窗户朝外面巴望了一眼,奈何这里是十九楼,什么也看不见。傅寒舟没有手机，苏云景想联系他都联系不上。

不过傅寒舟是怎么知道他住这里的？苏云景纳闷儿了一分钟，很快就被担心取代了。

在房间焦灼地等了二十分钟，确定闻燕来回房后，苏云景披了一件外套，拿上钥匙悄悄出去找傅寒舟。

苏云景坐电梯下了楼，看到花坛旁边有道影影绰绰的影子。小区用的是节能灯，光线很暗，苏云景只能勉强看见一个轮廓："傅寒舟？"

苏云景走上前，果然是傅寒舟。他浓密的睫毛覆了层深秋的寒气，唇色苍白，眼尾还带着一丝水汽。

苏云景心里咯噔一下，上前担心地问："是不是又出现幻觉了？这里太冷了。"苏云景试探性地拉住傅寒舟的手，嗓音温和地说，"有事咱们回去说，好不好？"

傅寒舟的睫毛动了动，他没说话也没挣脱苏云景，没有血色的嘴唇发着颤。

在傅寒舟的世界里，这儿密密麻麻都是丑陋的虫子，只有苏云景一个人是干干净净的。他的掌心温暖而干燥，傅寒舟被他牵着离开了花坛。

苏云景把傅寒舟偷偷带回了房间，闻燕来就睡在隔壁，他不敢闹出太大的动静。

"你晚上在这里睡吧。"苏云景去橱柜拿了一床新被子铺到床上，"你睡床，我打地铺。"

苏云景一看他表情就知道情况不好。傅寒舟小时候出现过几次幻觉，都是苏云景陪他度过的。

苏云景听傅寒舟描述过那些虫子，光是听一听他就觉得浑身刺挠，更别说傅寒舟能"亲眼"看见了。

苏云景上前捂住傅寒舟的眼睛，不断重复强调：

"我房间里什么都没有，那些是假的。"

"不要想，什么都不要想。"

"先睡觉，睡一觉明天醒过来就好了。"

…………

苏云景脱了傅寒舟的外套，等靠近傅寒舟，他才感受到傅寒舟肌肉都在颤动。

苏云景一边耐心地哄他，一边将他拉到了床上。

傅寒舟突然推开苏云景，躺到床上拽过被子盖住了自己。

看着傅寒舟蜷缩着身体，像个没有安全感的孩子将自己埋进了被子里，苏云景的喉咙如同火烧似的难受。

以前傅寒舟出现幻觉时，他告诉他只要把被角掖好那些虫子就不会进来。没想到傅寒舟都这么大了，居然还在信他的那些话。

苏云景半蹲到床边把傅寒舟露出的鞋脱掉了，然后扯了扯被子将他裹紧了。

棉被里的人身体很明显僵了一下，之后很温顺地躺在床上，一句话也没有说。

Chapter 07

去找他

> 天彻底亮了，
> 别人家都开始关灯了，
> 那个窗户也没亮灯。

第二天一早，苏云景被一通电话吵醒了，他迷迷瞪瞪地接了电话。电话那边传来一个清亮的大嗓门："兄弟，救命啊！"

苏云景听出是陈越超的声音，他艰难地睁开惺忪的睡眼："出什么事了？"

一听这种浓重的鼻音，陈越超就知道他刚睡醒，不由得一阵羡慕。

如果是以往的休息日，这个时间他也幸福地躺在床上补觉，但昨天他跟李子欣约好，今天早上八点出来见面。他还以为是约会，早上七点就醒了，还花了半小时拾掇自己，谁知道李子欣是约他一起去图书馆学习。

这就是年级前二十名的好学生吗？思想觉悟也太高了吧，双休日居然都要学习！

如果只有他们俩，陈越超还能说服自己，学霸的约会方式就是这样文艺。但其实是李子欣参加了一个学霸小组，这次拉陈越超单纯只是为了学习，她叫上陈越超是想带领他这个"贫困户"走向的学霸生活。

陈越超知道李子欣的打算后大受打击，找了个借口去厕所给苏云景打电话，想问问他的意见。到底是为了爱好好学习，还是继续过放纵不羁爱自由的"浪子生活"?

陈越超在洗手间给自己的狐朋狗友打了七八通电话,但没有一个是靠谱儿的,他这才想到了苏云景。

"你说我到底是硬着头皮学习呢,还是现在赶紧溜了?"陈越超是彻底没主意了。

苏云景听完来龙去脉清醒了不少,抬手抓了一把头发。

今早闻燕来出门前在门口跟他说了一声,当时苏云景迷迷糊糊,甚至都不知道闻燕来说了什么。一觉睡到了九点十分,要不是陈越超的电话,他到现在都不可能醒。

这通电话不仅吵醒了苏云景,傅寒舟也睁开了眼睛。

苏云景一扭头,就见被窝里探出一双黑黢黢的眼睛。

傅寒舟蒙着被子睡了一个晚上,苏云景怕他呼吸不畅,半夜醒了好几次,给他把被子拉到下巴以下,但没一会儿他还是整个人缩在被窝里蒙着头睡。

此刻,傅寒舟很像某种蜷缩在洞里看似弱小,实际牙口很锋利的小动物。

大概是苏云景对傅寒舟滤镜太厚,竟然莫名其妙地觉得他很可爱。

电话那边的陈越超还在征询苏云景的意见,苏云景不想吵到傅寒舟,他穿上拖鞋去外面跟陈越超聊。

如果要他给意见,那他当然是赞成陈越超加入学习小组,为了自己的未来奋斗一把。

跟陈越超分析了七八分钟的利弊,对方突然压低声音,鬼鬼祟祟地说:"不跟你说了,我都在洗手间待半个多小时了,我看见有人过来找我了。"

苏云景:"……"

挂了电话,苏云景正要回卧室,回头看见傅寒舟穿着他的睡衣站在门口也不知道站了多久。

昨晚傅寒舟的幻觉消失后,苏云景给他找了一身自己的睡衣,不承想穿到他身上有点儿小。

闻燕来出门前给苏云景留了早饭，苏云景把饭菜放微波炉里热了热，因为傅寒舟在，他又炒了一个西红柿鸡蛋。

傅寒舟的长发松松散散地绑到脑后，他低头喝着面前的粥，浓长的眼睫被窗外的光镀了层淡金色。

看着沉默喝粥的傅寒舟，苏云景有点儿摸不准他什么意思。之前他是在彻底信任苏云景后，才会在出现幻觉的时候大半夜从孤儿院跑出来找他。那昨晚傅寒舟主动过来，是不是意味着他已经不排斥他了？

苏云景为了印证自己的猜测，故意给傅寒舟夹了块鸡蛋试探。

傅寒舟看着碗里的鸡蛋，抿了片刻嘴唇，然后用筷子挑了出来，等他喝了一口粥才把那块鸡蛋夹起来放进嘴里。

苏云景："……"

这不还是跟之前一样别扭？算了，算了，这下苏云景决定老实吃自己的饭。

吃了早饭，苏云景没多留傅寒舟，毕竟他在婚礼上干的事太不厚道了。

苏云景对傅寒舟多少有点儿私心，所以震惊大于生气。但闻燕来不同，她对傅寒舟没什么感情，他们俩唯一的联系就是沈年蕴，要是让她看见傅寒舟在这里，苏云景真不好跟她解释。

幸亏苏云景趁早送走了傅寒舟，他刚走没一小时闻燕来就回来了。

见苏云景什么也没准备，闻燕来纳闷儿地问他："你没收拾东西？"

苏云景一脸迷茫："收拾什么？"

原主的爷爷年轻时膝关节受过伤，天气转凉后老毛病又犯了，昨天下午住了院。

今早原主的奶奶给闻燕来打电话说了这件事，虽然身体没什么大毛病，但闻燕来还是想带苏云景回去看看。她临出门前跟苏云景说的就是回老家的事。

苏云景有点儿尴尬，他当时睡得正香压根儿没听清闻燕来在说什么，只是随口应了一句，然后翻了一个身，下意识地把傅寒舟盖在脑袋上的被子拉了下来。

当时傅寒舟也没醒，苏云景把他被子拉开后他又拱了进去，像个找洞睡的松鼠。

好在时间来得及，苏云景拿上自己的身份证又装了一身换洗的衣服，匆匆跟闻燕来下了楼。

闻燕来的助理常见已经在楼下等着他们，苏云景跟他打了声招呼就钻进了车里。

周一傅寒舟又没上早读，赶着八点的上课铃进了教室。他一直以来都是上学最迟的那个学生，没想到这个时间点他旁边的座位还空着。

直到打了上课铃，苏云景也没来。

傅寒舟趴在桌子上看着空荡荡的座位，似乎在想什么又似乎什么都没想，眼神很空。

直到放学苏云景也没来上课，教室的人都走光了傅寒舟还趴在桌上没走。

老吴家里有事请了一天假，今天换了个司机来接傅寒舟。新来的司机不知道傅寒舟的习惯，等了半小时也没见人出来，忍不住找了过去。

傅寒舟在学校是个扎眼的存在，跟人打听到他的班级，司机就找了过去。

高二五班教室的最后一排，有个长发少年枕着手臂趴在桌子上。夕阳的余晖晕染到他身上，仿佛泼了一身金色的颜料，有种残破的美感。

司机以为傅寒舟睡着了，走过去把他叫醒了。

傅寒舟睁开眼，残阳最后的光融进他眸里，像一朵快要燃尽的烟火。他没说什么，站起来跟着司机回去了。

第二天苏云景还是没来，傅寒舟的旁边又空了一整天。

老吴办完事回来见傅寒舟迟迟不放学，他也不着急，只是耐心等着。

傅寒舟跟其他学生不一样，放学一向不积极，偶然身上还会沾着猫毛。

今天老吴等了将近两小时，久得他都忍不住想去找傅寒舟时，人回来了。

俊美的少年拉开车门，像以往那样沉默安静。他坐在车厢后座上，一言不发地看着车窗外一闪而过的景色。

老吴虽然好奇他这次怎么这么晚，但也没有多问，开着车将傅寒舟送了回去。

沈年蕴没在家，好像又去什么地方出差了。

傅寒舟早就习惯了，他也没问什么直接上了二楼。回卧室时看了一眼对门的房间，他抿了一下唇才打开了自己房间的门。进了卧室他就没再出去过，一直到了凌晨他仍旧没有睡意。

这些年傅寒舟经常失眠，只有两次睡得比较好，一觉睡到了天亮。

他坐在阳台，看着夜色忽然生出一种厌恶跟烦躁。这种厌恶深深地根植在他的内心，时不时就会冒出来，像一头愤怒凶残的野兽在他身体里蠢蠢欲动。

傅寒舟站到了阳台上，看着漆黑的别墅区，心里的负面情绪越来越重，最终忍不住出了门。他在深秋的夜里游荡了很久，不知不觉走到了苏云景家楼下。

这个时候已经半夜两点了，小区住户都熄着灯，傅寒舟站在楼下一个一个地数着楼层。

凌晨三点，十九层一片漆黑。

凌晨四点，十九层一片漆黑。

早晨五点，有几户亮起了灯，十九层一片漆黑。

早晨六点，大多住户亮起了灯，十九层一片漆黑。

早晨七点，十九层那扇窗户还是一片漆黑。

181

傅寒舟又数了一遍楼层，数到十九时，那个窗户还是没亮灯。他偏执地继续数，来来回回数了十几遍。

天彻底亮了，别人家都开始关灯了，那个窗户也没亮灯。

苏云景本来以为这次回老家顶多只留宿一晚，没想到闻燕来的那个朋友已经帮他办好了入学的事。原主之前在衡林一中，闻燕来出于安全考虑把苏云景安排到了衡林二中。

周一的时候苏云景去学校参观了一下，顺便谈了谈入学。他的学籍还在"南中"，想要转过来还得等几个月。

闻燕来是想苏云景多陪陪她，但许弘文那边出了点儿麻烦。

许弘文是在妻子怀孕那年跟闻燕来在一起的，现在许家知道了闻燕来跟闻辞的存在，要不是许弘文病重早就闹翻天了。

许淮跟苏云景打了一架后还想过来找麻烦，这也是闻燕来想尽快把苏云景送回老家的原因之一。因为这事闻燕来也很窝火，但闹大了对谁都没好处，她只能让苏云景回来避避风头。

闻燕来委婉劝苏云景："你爷爷现在身体不舒服，正好也帮你谈好了入学的事，你就别回京城了，直接在这里上学行不行？"

苏云景愣了愣，他还想见傅寒舟一面，为此找了一个借口："可是我在'南中'还有很多东西没拿。"

闻燕来说："我会让人帮你收拾的，除了学校的东西还有其他要拿的吗？"

苏云景张了张嘴，但看着一脸忐忑的闻燕来，那些想说的话又咽了回去。

其实他很担心傅寒舟的精神状况，可看到闻燕来这样为难，又想到傅寒舟排斥的态度，苏云景心里压力很大。

如果他违背闻燕来的意思坚持留下来，万一傅寒舟再闹出像婚礼那天的事，比如把他的身份公布给媒体。到时候他再离开就来不及了，他不想给闻燕来添麻烦。

小时候傅寒舟的死老鼠没吓走他，是因为当时傅寒舟的恶意只是冲着他来。但现在不同，傅寒舟会伤害到别人。即便闻燕来的过去不光彩，苏云景也不想因为他被人曝光。傅寒舟的破坏力已经超出他能承担的范围。

只要傅寒舟不那么排斥他，那苏云景一定会顶着所有压力，留下来跟他一块儿读书。

苏云景想再为自己争取一次，他低头回避闻燕来期待的眼神，说了个模棱两可的回答，想再拖延一天的时间。

闻燕来心中有愧，见苏云景这个态度没敢多问。

跟闻燕来沟通完，苏云景掐着放学的时间给老吴打了电话。

闻燕来这意思是不准备让他再回去了，苏云景想最后问问傅寒舟的意思，如果对方还是不能接受他和闻燕来，那苏云景就留在原主老家上学。

结果很不巧，老吴那天没上班。

苏云景沉默好一会儿才说："那等你明天早上跟他说一声，我可能要转学回老家了。"

老吴有点儿惊讶："怎么突然要转走了？"

苏云景不好说真正的缘由，只能撒谎说："我爷爷腿不好，京城的天气太冷，还是老家比较暖和，所以想回去养着，我也想跟他们回去。"

老吴顺着苏云景的话问了问原主爷爷的病情，还给了他几个土方子。

说了几句，苏云景又把话题扯回到傅寒舟身上。他抿了一下嘴唇："寒舟也没有手机，我姑姑怕我爷爷的情况加重，所以我们回去得很突然，吴叔你帮我告诉寒舟一声。"

老吴应了一声："好。"

苏云景顿了一下又说："如果他能给我打一个电话最好，当然不打也没事，反正我改天还是会回来的。"

最后那句只是客套，苏云景是想让傅寒舟来电的。依照傅寒舟的性格，他要是肯打这个电话说明他多少有点儿舍不得他，但是不打那就……

如果明天晚上他没接到傅寒舟的电话，那他只好留在这里。

怕老吴忘记这件事，苏云景挂电话时特意叮嘱了他两遍。

挂完电话，苏云景长长地叹了一口气。

周四东食堂会推出特色菜，有时候是日料有时候是泰国菜，虽然做得不太正宗，但可以满足一下学生的猎奇口味，所以周四这天食堂排队的人会特别多。

上次林列抢了一份章鱼小丸子，觉得味道非常一般，也就没再凑这个热闹。

唐卫吃饭不积极，抱着手机跟人聊天，QQ响个不停。

林列还没见他这么积极地和人聊天，眉头微微一挑："怎么，你有情况了？"

唐卫手指在按键上翻飞，头也不抬地问："什么情况？"

林列猛地起身抢了唐卫的手机："你搞什么鬼呢？"

唐卫恼了："抢我手机干什么？"

"闻声识人？"林列看了一眼旁边的傅寒舟，"这好像是闻辞的QQ名。"

听到这个名字，傅寒舟指尖微顿。

唐卫抢回了自己的手机："我刚跟他联系上，你搞什么乱？"

林列观察了一下傅寒舟，然后冲唐卫扬了扬下巴："问问他去什么地方了，怎么这么多天都没来上学？"

唐卫翻了个白眼："用你说？"

这几天苏云景一直没上线，林列和唐卫只有他的QQ，忘加手机号了。对他们这个年纪的学生来说，QQ往往比打电话联系起来更方便。

唐卫看着手机，突然拍桌骂了一句："他竟然转学了，转回老家的……这个字念什么？"唐卫把手机递给林列。

林列低头看了一眼,颇为嫌弃地开口:"衡,衡林二中。你连这个字都不认识?"

唐卫不认字还特别跩:"谁规定我就得认识它,你问它认识我吗?"

林列:"……"

"这小子怎么回事?转学都没跟我们说一声。还抱歉?老子都差点儿当他被人绑票要报警了。"

唐卫一边骂,一边回复苏云景。

林列也没料到苏云景转学了,他蹙了蹙眉看向傅寒舟。

傅寒舟还是那个表情,像是没被这个消息影响到似的,但林列还是眼尖地看见他拿着筷子的手无声地捏紧了。

林列眉头不由得拧了起来。上次在日料店,虽然他跟苏云景说既然摸不准傅寒舟的心思,那可以反过来等着傅寒舟来捞他。但谁能想到苏云景玩这么大,居然一声不吭地转学走了,这可真是让他始料未及,同时也担心起傅寒舟来。

傅寒舟明显对苏云景的态度是不同的。林列本来以为傅寒舟对苏云景的不同,仅仅只是会审视苏云景,其他的跟对别人没什么两样,一样采取"不拒绝、不回应、不搭理"的态度。但后来有一次,林列发现自己把两个人的关系想简单了,傅寒舟对苏云景只是表面上的"三不政策"。

那次林列和唐卫在食堂没找到傅寒舟,他让唐卫帮他打饭,自己去五班看看情况。

那天五班上午最后一节课是体育课,按理说傅寒舟应该要比他们早到食堂。但在英语老师拖堂的情况下,他们俩去了食堂都没有看见傅寒舟,所以林列才去找他。

其他学生都去食堂吃饭了,五班只有两个人——苏云景跟傅寒舟。

林列找过去的时候苏云景正好给傅寒舟夹菜,结果对方又把菜拨了回去,但没多久他又捡回来了。苏云景再次给他夹菜时,他还是这个反应。

这是一个非常幼稚的行为,有点儿像小孩子闹脾气,生气时你给他吃什么他都不吃,但其实心里是想要的。所以他把东西扔出去,表达自己不屑的态度,然后又捡了起来,并且说服自己这不是他给自己的,而是自己从地上捡的。

说白一点儿就是自己给自己一个台阶下,能让自己心安理得吃下去。一种很别扭的自己跟自己较劲儿的心态。

明明是想要的,明明是在乎的,但不知道出于什么原因,傅寒舟却排斥抗拒这份"想"。

林列不知道他们俩是什么情况,也不知道他们俩发生了什么,所以那天他才给苏云景出了一个主意,让他等着傅寒舟来找他。

小孩子嘛,你不理他了,他没安全感,就会反过来找你的。

现在这个"小孩子"还在跟自己较劲儿,表现得很不在意,但林列知道他其实很在意。

不过现在说这些也没用了,苏云景已经转学走了,这个结果令林列很意外。他还以为傅寒舟想明白后,他们四个又能偷偷找个地方吃火锅。他有点儿遗憾,看来现在是没希望了。

"闻辞怎么突然转学了?我还以为他生病了,请了几天病假呢。"

"不知道,要不是刚才看见有人过来拿他东西,我都不知道他转走了。"

"好不容易混熟了,好端端的,怎么就走了,我感觉处得挺好啊。"

午休结束后,傅寒舟回到教室就听大家在热闹地讨论。他站在教室门口,看见自己座位旁边的课桌已经空了,那一刻傅寒舟露出茫然的表情。

晚上放学傅寒舟难得准时一次,下课铃响了没多久,他就从学校出来了。

老吴心情颇好,毕竟早点儿接他回去,自己也可以早点儿回家陪老婆孩子。

傅寒舟漆黑的眸子映着车窗外明明暗暗的光,看着自己这张脸心里忽然生出一种无法遏制的厌恶。虫子悄然爬满了整个车厢,傅寒舟竟有种毁灭的畅快。

就在那些虫子要爬进傅寒舟身体啃食他时,老吴突然开口了:"哎呀,忘了忘了,小辞让我告诉你,他要回老家读书了。"

傅寒舟怔了一下。

老吴在前面念叨自己脑子不够使了:"真是年纪大了不中用,昨天睡觉的时候我还想着今早跟你说这事,一出门全都忘了。"

傅寒舟的嘴唇动了动:"他什么时候给你打的电话?"

老吴没注意到傅寒舟的异常:"就是我休息那天,他应该是想亲自跟你说的吧,还特意在放学时候打,但那天我有事,没来接你放学。"

第二天苏云景还特意发消息问他有没有说,当时傅寒舟还没放学,老吴回了一句等他出来就说。

结果刚给苏云景发完短信,他就接到家里的电话说二女儿生病了,他一着急就忘记这事了。

苏云景一直等到凌晨也没等来傅寒舟的电话,第二天告诉闻燕来他想留这里读书。

老吴不知道苏云景这通电话真正的深意,更不知道因为他两个人错过了什么。

"小辞想你给他打个电话。"知道傅寒舟没手机,老吴把自己的递过去,"要打吗?"

傅寒舟没有说话,慢慢垂下了眼睛。那些虫子不知道什么时候消失了,他的眉眼逐渐平和。

衡林的深秋阴雨绵延,有一种黏腻潮湿的冷。

前几天刚下了一场秋雨,气温骤冷,放学后穿着外套的学生三五结群地从学校走出来。

女孩儿们挽着手叽叽喳喳地在谈论有趣的事,直到在校门口看见一个挺拔的少年，要说的话全都卡在喉咙里了。

那人穿着一件驼色毛衣，明明是男孩儿却留着一头墨色的长发。他长得很好看，眉长目深，五官俊美，远远看去仿佛一幅笔触细腻的丹青。

水乡小镇的人从来没见过这样漂亮的男孩儿，无论男女都忍不住驻足。

傅寒舟没理这些人的目光，他的视线扫过每个从学校走出来的人。

不知道过了多久，一个清俊的少年走了出来。傅寒舟眼睛一顿，正要上前却看见对方推着一个轮椅。轮椅上面坐着一个清瘦的男孩儿，长得白净文秀。

苏云景推着他边走边微微俯身，似乎在跟男孩儿说着什么，他脸上带着笑。

似乎察觉到什么，苏云景抬头扫了一眼四周，透过层层人群，他的视线跟傅寒舟对上了。

看着傅寒舟，苏云景一开始以为自己出现幻觉了，他眨了一下眼再看过去，那个漂亮的长发少年还在。他顿时露出惊喜之色。

顺着苏云景的目光，江初年看向校门口那个备受瞩目的少年。

"他是你的朋友吗？"江初年小声问。

苏云景想说是，但话到嘴边改成："以前学校的同学。"

虽然他把他们俩的关系说得很普通，但江初年还是能从苏云景的神情感觉到他的喜悦。

苏云景是真没料到傅寒舟会来找他，自然是非常高兴了。

苏云景推着江初年的轮椅，穿过马路朝傅寒舟走过去。

"你怎么来了？"苏云景眼底带着压不住的笑意，"就你一个人吗？"

"嗯。"傅寒舟虽然是在回答苏云景，但眼睛却瞟了一眼坐在轮椅上的人。

江初年是个极其敏感的人，虽然对方的目光很淡，可不知道为什么他感觉有点儿不舒服，局促地垂下了眼睛。

傅寒舟谈话兴致不高时就喜欢说"嗯",你问他什么问题,他都能用"嗯"回答你。

苏云景问了傅寒舟好几句,他都是冷淡的反应。

行吧。苏云景也不再问了,照例先将江初年送回去。

江初年家跟原主只隔了一条街,他小时候腿意外受伤,十岁就做了双腿截肢手术。

苏云景前两天放学,看见江初年在教室门口等家里人来接的时候,被两个男生推来推去地欺负。他特别看不惯这种事,上前帮了江初年一把。

江初年的父母在批发市场做服装生意,两个人平时非常忙,请了小区楼下一个卖水果的大姐每天来接江初年放学。

那天水果摊非常忙,来了好几拨顾客,也就耽误大姐来接江初年放学了。

苏云景知道他们俩家离得不远后,就开始送江初年回家。

江初年是个非常自卑、腼腆的孩子,有傅寒舟在他不会像平时那样跟苏云景聊天,傅寒舟就更加不爱说话了。

路上三个人谁都没有说话,气氛诡异地沉默着。

江初年住在一个老旧的居民楼,他家在三楼,这种老小区没有电梯。以往放学江初年会在水果摊上待到他爸妈下班回来,但苏云景每次都会把他背上楼。

走到居民楼下,苏云景从轮椅上背起了江初年。

看到这幕,傅寒舟漆黑的眼睛里透出丝丝寒气。

江初年虽然瘦小,但到底是个十六七岁的男孩儿,苏云景背他上三楼还是有点儿吃力。到了三楼,江初年赶紧拿出钥匙,打开了家里的房门。

苏云景将他放到了沙发上,然后在沙发旁边喘了口气,正要下楼把江初年的轮椅拿上来,傅寒舟拎着轮椅上来了。

他没进屋,只是把轮椅放到了门口。他站在门口,阴沉不定地问:"走不走?"

苏云景点了点头:"走,不过再等一下。"

苏云景把轮椅搬进了房间,背起江初年放到了轮椅上,这样他走之后江初年想去什么地方可以坐着轮椅去。

傅寒舟抿着唇,神色冰冷。

苏云景正要走却被江初年叫住了:"闻辞。"

苏云景转过身:"怎么了?"

"我妈说买了大闸蟹感谢你。"江初年推着轮椅,从冰箱里拿出一盒新鲜的螃蟹。

苏云景连忙摆手:"不用,不用,举手之劳而已,你家留着吃吧。"

"昨天我们已经吃了,这是专门给你留的,我妈用湿纱布裹着,螃蟹都还活着呢。"

江初年将那盒螃蟹给了苏云景:"你拿回去吧,别客气,真的很谢谢你每天送我回家。"

他垂眸看着那两条空荡荡的裤腿不免又自卑了起来,毕竟不是所有人都愿意跟他这样的人做朋友。

苏云景不擅长应付这种场面,他也不怎么会安慰人。

知道江初年竭尽全力地维持他们俩的友谊,是因为害怕苏云景有一天会不理他,苏云景只好收下江初年的礼物让他安心。

从江家出来已经是晚上七点,路边的灯亮了起来,橘色的灯光映照在傅寒舟身上。

他抿着薄唇,唇角的弧度显得他有些凌厉,看起来有几分负气的意味。

两个人沉默了一路。经过一个商店时,苏云景终于忍不住打破了平静:"你晚上要睡哪儿?"

见傅寒舟不答,苏云景无奈地说:"你要是睡酒店我就不管你了,但你要是睡我家,那得给你买牙刷和洗脸毛巾。"

这些他家里都没新的。

傅寒舟听到这话直接迈着大长腿进了商店。

见苏云景还愣在原地，傅寒舟回头拧着眉头说："不是要买牙刷吗？"

苏云景："……"

这一刻，他真想把这个熊孩子拖进巷子里狠狠打一顿。

买完牙刷跟毛巾，苏云景把傅寒舟带回去了。

闻燕来结婚那天原主的爷爷、奶奶虽然去了现场，但他们没见过傅寒舟，因为傅寒舟根本没露面，光顾着干坏事去了。

走到家门口苏云景有点儿犯愁，他后悔自己轻率的举动。其实应该让傅寒舟去酒店睡，带回家有点儿麻烦。

苏云景正想劝傅寒舟去酒店，对方见他迟迟不开门竟然上前按响了门铃。

苏云景瞠目结舌地看着傅寒舟，对方一脸高冷，半个眼神都没有给他，看起来凉薄寡情。

房门从里面打开，走出来一个上了年纪的老太太。

郭秀慧还以为苏云景忘拿钥匙也没多问，直到看见他旁边站着一个模样出众的少年，她微微一怔。

苏云景有点儿犯愁，不知道该怎么介绍傅寒舟。

傅寒舟倒是主动开口了，礼貌地叫了一声"奶奶"："我是闻辞以前学校的同学，今天来找他玩的。"

郭秀慧很热情："快进来，快进来，这孩子长得真好看。你是他哪个学校的同学，衡林一中吗？"

傅寒舟说："不是，我在'南中'，京城'南中'。"

"京城啊。"郭秀慧惊了，"这么远你是怎么来的？"

傅寒舟回答："坐飞机过来的。"

"那累不累？"

"不累，也就两小时的航程，不过我可能会在这里住两天，麻烦您了。"

"不麻烦，你大老远飞过来找他玩，我高兴还来不及呢，坐这儿吃点儿水果，千万别客气，就拿这里当家。"

苏云景拎着半盒大闸蟹，听着他们俩聊天，表情呆滞。

他跟长大后的傅寒舟相处了也有一段时间了，还从来没见他这么热情过，几乎是每问必答，回答的内容还不是敷衍了事。

见郭秀慧笑呵呵地直夸傅寒舟懂事有礼貌，苏云景莫名觉得这幕似曾相识。当初他第一次带傅寒舟回家时，宋文倩就是这么夸他的。

看着变得乖巧的傅寒舟，苏云景内心谜之复杂。

他跟当年一样能装。

不只是年轻人喜欢看颜值，老一辈人也喜欢长相好嘴巴甜的。看到傅寒舟，郭秀慧就把自己孙子都给忘了，聊了好一会儿她才看见苏云景站在客厅没坐下，手里还拿着一盒东西。

"你这手里拿的什么？"郭秀慧问。

"这是小年给的，说是谢谢我接他放学。"苏云景把大闸蟹给了郭秀慧。

郭秀慧打开盒子，看见七八个被尼龙线捆着的螃蟹。螃蟹个头很大，上面裹着湿纱布，所以到现在还活得好好的。

郭秀慧不太好意思地说："他家太客气了。这样吧，你姨姥姥给我拿了些土鸡蛋，明天你给他家送点儿。"

"好。"

"你和小傅聊着，我给你们蒸螃蟹去。"郭秀慧拿着螃蟹进了厨房。

见郭秀慧叫小傅叫得亲切，苏云景很想笑。他放下了书包坐到了傅寒舟旁边。

"小傅。"苏云景故意这样叫他，"你准备在我家麻烦我奶奶几天哪？"

扫了一眼笑吟吟打趣他的苏云景，傅寒舟没搭理。

见小傅还是那个冷若冰霜、高不可攀的样子，苏云景也不自讨没趣。

这时郭秀慧从厨房里出来："小傅，你晚上想吃什么？我炖了排骨，清炒了笋。你要是不想吃，我再给你做点儿别的。"

对上郭秀慧，傅寒舟马上变了个态度："不用了，奶奶，这些我都爱吃。"

这句乖巧的"奶奶"差点儿没把苏云景送上天，他是万万没想到这人还有两副面孔，这就是传说中的看人下菜碟吗？

闻怀山下完象棋一回来就看见餐桌上摆着一盘大闸蟹。

"哟，今天刮的什么风，你怎么买螃蟹了？"闻怀山笑着问。

郭秀慧端着排骨从厨房出来，见闻怀山拿了一个螃蟹要吃，她拿筷子敲了敲他的手。

"螃蟹不是给你的，而且医生让你少吃海鲜，刚出院几天，你就忘干净了？"

"什么都不让吃。"闻怀山放下了螃蟹抱怨，"这样活着有什么意思？"

郭秀慧瞪了他一眼："这不是有排骨，排骨还不够你吃？"

苏云景跟傅寒舟端着饭菜从厨房出来。

闻怀山看着傅寒舟："家里来人了？"

"这是我同学。"苏云景顿了下，含糊其词地说，"他叫小傅。"

闻怀山看着傅寒舟那头黑色长发有几分纳闷儿："小傅家是搞艺术的吗？怎么留了长头发？"

傅寒舟回答："不是，过几天就把它剪了。"

苏云景诧异地看了一眼傅寒舟。

闻怀山思想很传统："还是短发好看，男孩子嘛，就是利索点儿才显得精神。"

苏云景忍不住插了一句："还是看个人意愿吧，只要不影响其他人，长短都可以。"

反正傅寒舟都搞定学校了，既然"南中"校规都同意那就无所谓了。

闻怀山接受不了这么先进的思想,他始终认为男人就该有男人的样子:"你们这批孩子,真是没有我们当年吃苦耐劳的精神,想当年……"

郭秀慧没好气地说:"别想当年了,就是因为当年条件太艰苦你的腿才变成这样的,管好自己就行了,越活越老古板。"

闻怀山双手往后一背,开始闹脾气:"不吃了。"

说完小老头儿背着手还真回书房了,苏云景哭笑不得地跟在身后劝他吃饭。

郭秀慧转头和颜悦色地对傅寒舟说:"你别搭理他,坐下吃饭。"

苏云景劝解无果,从书房出来摊了摊手:"他说不吃。"

郭秀慧"哼"了一声:"那就别管他,饿了就会吃的,你们先吃。"

苏云景跟他们处了一个星期,也知道老两口经常拌嘴吵架,一个死倔死倔的,另一个也不惯他这个臭毛病。所以这种拌嘴经常在家里上演,苏云景都习惯了。

郭秀慧去厨房拌吃螃蟹的蘸料。

苏云景让傅寒舟坐下吃饭:"他们俩天天这样吵来吵去,算是一种特殊的相处模式,咱们先吃。"

苏云景怕他不自在才特意解释了一句,但傅寒舟适应良好,没有任何窘迫。至少苏云景看不出傅寒舟尴尬,他神色如常地坐到了餐椅上。

苏云景:"……"

心理素质过硬!

这点苏云景比不上傅寒舟,如果他在一个陌生的地方听见主人这么拌嘴,他会觉得特别尴尬。

苏云景同理心很强,他是那种会替别人尴尬的人。

看着傅寒舟英俊的侧脸,苏云景突然开口:"这么一看,你跟我爷爷还挺像的。"

傅寒舟:"……"

苏云景猛然发现两个人的共同点,脱口而出感叹了一句。他没打算跟傅寒舟深聊,而且苏云景觉得以傅寒舟的性格对这个话题应该不感兴趣。

没想到傅寒舟问了一句:"哪儿像?"

苏云景默默地说:"性格。"

一样都是别别扭扭、死倔死倔的。

别看现在闻怀山信誓旦旦说自己不吃晚饭,但等晚一点儿他饿了就会偷偷去厨房找吃的。郭秀慧只是嘴上不饶人,其实会给他留饭。

傅寒舟现在就像闻怀山似的,别别扭扭的。说讨厌他吧,今天自己主动找上门了;说想跟他和好吧,从见面到现在一个好脸色都没给他。

苏云景都不知道他到底来干什么,但傅寒舟能来他还是很高兴的。

郭秀慧蒸好螃蟹后,她给苏云景傅寒舟一人夹了一只。

见傅寒舟不动那只螃蟹,郭秀慧问他:"小傅怎么不吃螃蟹?"

傅寒舟垂下眼睫,看起来特别无辜:"我胃不好,吃不了这种性寒的东西。"

郭秀慧一听这话直皱眉头:"年纪轻轻的怎么胃不好?是不按时吃饭,还是家里没人做饭?"

傅寒舟小口扒着米饭:"他们都比较忙,不在家做饭。"

郭秀慧心疼地说:"那你平时在哪里吃饭?"

"学校吃食堂。"

苏云景:"……"

虽然都是实话,但怎么感觉这么别扭呢?沈年蕴是不做饭,可家里请了做饭阿姨怎么不说?

苏云景不好拆傅寒舟的台,闷头剥自己的螃蟹。

傅寒舟话锋一转,看了眼苏云景手里的螃蟹:"你少吃点儿螃蟹,你不是也闹胃病?"

苏云景愣了一下。

郭秀慧也看向苏云景:"你胃不舒服?"

苏云景支支吾吾:"那个……在京城的时候胃不舒服了几天,不过现在没事了。"

"那还是少吃螃蟹,这东西性寒。"郭秀慧给苏云景夹了块排骨,"多吃点儿排骨。"

在郭秀慧的监督下,苏云景只能含泪放下螃蟹。他才吃了一个,像他这样的壮小伙儿,吃两个完全没问题。

晚饭后傅寒舟表现良好地帮忙刷了碗,苏云景一头雾水。

这怎么突然转性了?

晚上他跟傅寒舟睡一个房间,等房门一关,傅寒舟依旧是那个高冷的傅寒舟,还是那种事事都要跟苏云景作对的傅寒舟。

傅寒舟去洗澡时,苏云景给他找了一件新睡衣。结果傅寒舟偏不穿,拿走了苏云景要穿的一套睡衣进了卫生间洗澡,全程不搭理苏云景。

洗完澡出来,他还不愿跟苏云景睡一张床,非要作妖自己打地铺。

苏云景这么好脾气的人被气得太阳穴突突直跳,最后他也懒得劝了,从柜子上拿出前几天刚撤下来的凉席。

郭秀慧抱着一床被子进来,见苏云景正往凉席上铺褥子。

郭秀慧有点儿惊讶:"怎么打地铺了,床上不够你们俩睡?"

苏云景面色僵了僵,他瞅了一眼坐在床边抿着唇的傅寒舟,最后还是把这口黑锅背下了。

苏云景支吾着说:"我怕自己晚上睡觉乱踢人,所以想睡地上。"

郭秀慧没多想,还真以为是苏云景作妖:"这几天正降温呢,地上寒气重,你别再感冒了。"

傅寒舟这个时候居然装好人:"床这么大能睡下咱们俩。"

苏云景的嘴角抽搐了片刻,还是咬牙把黑锅背稳了。

"行吧,那就不打地铺了。"苏云景把褥子扔到了床上,然后利索地卷走了凉席。

郭秀慧放下被子，嘱咐了几句就离开了。这次傅寒舟没再作妖，老实躺到了床上。

熄了灯，苏云景跟傅寒舟躺在床上无话可说。

衡林的夜里很冷，傅寒舟穿着单薄的睡衣，被子也没盖就这么躺在床上。

苏云景看不过去了，抖落开那床新被子给傅寒舟盖上了。

他刚盖上，傅寒舟就直接掀开，一点儿都不领苏云景的情。

苏云景动作微顿，然后慢慢躺了回去。

"如果你大老远跑过来只是单纯为了折腾我，其实真没必要这么做。"苏云景的声音在夜里显得极为安静平和。一开始见到傅寒舟，苏云景简直是喜出望外，但到现在心已经凉了半截。

傅寒舟的指尖无意识地蜷缩。

苏云景对傅寒舟一直以来都耐心十足，要是换成别人这样拧巴地跟他相处，以苏云景的性格早就敬而远之了。就像李学阳，其实他身上有苏云景欣赏的优点，但苏云景不会跟他做朋友，因为相处时感觉很不舒服。

傅寒舟的拧巴跟李学阳不一样，他似乎只对他一个人这样。

苏云景不知道原因，但不管什么原因，这种相处方式都是不健康的，他也不能接受："你要对我有什么不满可以直接说出来，人跟人相处就是要沟通，你不说我永远都不知道你想干什么。"

苏云景说完见傅寒舟迟迟没有回应，他最终还是放弃了。

这次失败的沟通让苏云景很无奈，他不知道这十年发生了什么，让原本可可爱爱的傅寒舟变成现在这样。

苏云景心事重重，但因为傅寒舟在旁边，他只能保持一个姿势。

傅寒舟一直到后半夜都没有睡着，他找过来不是为了折腾苏云景。他只是心里很生气，生气他对别人那么好。

穿书系统给苏云景找了个克星，傅寒舟的"人设"性格，完全就是在苏云景的软肋跟雷区上反复横跳。

苏云景自己跟自己生气，气到了凌晨三点才睡着。

早上苏云景是被郭秀慧叫醒的，听到门口的声音他一个激灵，睁开了眼。

睡在旁边的人也被苏云景的动静吵醒。

傅寒舟的老毛病又犯了，晚上喜欢贴着人睡觉，压得苏云景的胳膊发麻。

看出苏云景胳膊不舒服，傅寒舟沉默地给他捏了捏。

刺刺麻麻的疼让苏云景直缩脖子，其间还不忘看向难得收起刺的傅寒舟。也不知道是不是昨晚的话起到了作用，今天的傅寒舟倒没那么冷冰冰了，虽然还是沉默地不爱说话。

知道苏云景胳膊不舒服，吃饭的时候傅寒舟主动帮他添了一碗米粥。

苏云景也没敢太欣慰，毕竟这家伙在他面前演戏的次数太多了，现在他吃一堑长一智。

今天起得太迟，苏云景不敢多耽搁匆匆吃完了早饭。

郭秀慧简直把傅寒舟当亲孙子了，非要带他去中医馆看胃病。

苏云景一边暗笑他搬起石头砸自己的脚，一边整理自己的书包。

"我去上学了。"苏云景换了鞋照例跟郭秀慧说了一声。

"路上小心。"郭秀慧嘱咐。

"嗯。"苏云景拎上书包，飞快地下了楼。

走出楼道他朝五楼看了一眼，正好窗外站着一个少年也在看着他。

少年眉睫似墨，漂亮漆黑的眼睛望着苏云景，神情很是专注。

不知道为什么，苏云景突然想起了他们俩小时候的情景。每次苏云景上学，傅寒舟都会站在孤儿院的铁栅栏里送他，晚上也会在门口乖乖等着苏云景放学。现在傅寒舟的眼神跟当初那个在铁栅栏里送他上学的小男孩儿重叠在一起，他心神一荡。

他记忆中的傅寒舟是要回来了吗？

放学后，苏云景照例先去江初年的班级找他，因为江初年腿有残疾，他从高一到高二都是在一楼教室。

苏云景找过去时江初年已经收拾好书包，就坐在自己的座位等着他。

苏云景推着江初年走出学校，看见校门口站着一个黑发黑眸的少年。他笑了一下，然后推着轮椅上的江初年走了过去。

送江初年回去的路上，虽然他们仨还是一路无话，但苏云景的心情明显比昨天轻快。

到了江初年家楼下，苏云景弯腰正要背他上楼，傅寒舟突然说："我来吧。"

苏云景愕然地看向傅寒舟。没等苏云景说话，傅寒舟就将江初年从轮椅上背了起来。

江初年明显受到了惊吓，他不安地缩着肩膀，连呼吸都放轻了。本来江初年胆子就小，再加上第一次见面时傅寒舟的态度十分冷淡，所以他有点儿怕傅寒舟。

一路心惊胆战地被这个漂亮的长发少年背到了三楼，江初年拿着钥匙，指尖僵硬地打开了房门。

进了门傅寒舟把他放在沙发上，动作虽然不粗鲁，但江初年还是敏锐地察觉到对方不太想碰他。没一会儿，苏云景搬着轮椅上了楼。

苏云景刚把轮椅放地上，傅寒舟就一言不发地把江初年背到了上面。

对于傅寒舟的热心肠，苏云景可以说是刮目相看。

傅寒舟抬起漂亮的凤眼，平静地问苏云景："走吗？"

被傅寒舟这么一看，苏云景很难产生什么反对的意见。

"如果你没其他事，那我们俩先走了。"苏云景跟江初年道别。

江初年怔怔地点了点头，手指不安地攥紧了——这个长相精致的少年一出现就抢走了所有人的目光，包括苏云景。苏云景是他唯一的朋友，江初年有点儿害怕对方以后不愿意跟他玩，放学也不再送他回家。

苏云景正要走,他的手被江初年抓了一下。

"怎么了?"苏云景转过头。

跟苏云景一并回过头的还有傅寒舟,他的神情冰冷至极。

江初年只看了傅寒舟一眼,就吓得迅速收回抓着苏云景的手。

"你朋友也要转学过来吗?"江初年问苏云景,他的声音压得很低,似乎是怕傅寒舟听见。

苏云景反应了一下才知道江初年是在说傅寒舟,随即摇了摇头:"他就是来找我玩的,过几天就回去了。"

江初年松了口气,脸上又重新露出了笑容:"那你路上小心。"

傅寒舟看出了江初年的小心思,他比任何一个人都明白江初年什么心思,眼底深处渗出阴森森的寒意。

从江初年家出来,傅寒舟又开始变得沉默,一言不发地跟苏云景并肩走着。

苏云景突然问:"对了,你胃病看得怎么样?"

傅寒舟声音清浅:"医生给我开了几包中药。"

苏云景惊了:"你还真有胃病?"

傅寒舟垂下眼睛,看起来有点儿虚弱:"有胃炎。"

原本苏云景只是想调侃他偷鸡不成蚀把米,见他这样又觉得可怜巴巴的。苏云景只得老妈子似的嘱咐:"以后要按时吃饭,尤其是早饭,再困也得先把早饭吃了。"

"嗯。"这次傅寒舟很乖,很领情。

苏云景终于从他身上看见了过去的影子,那个软乎乎的、特别让人想撸一撸毛的小男孩儿。

"走。"苏云景心情很好,"回家吃饭。"

傅寒舟弯了弯眉眼,很轻地"嗯"了一声。

走出江初年家的旧小区,门口是一个露天水果摊,苏云景跟傅寒舟刚出来,迎面泼来一盆水。要不是苏云景手疾眼快,拉着傅寒舟后退了一步,那盆水就泼到他们俩身上了。

傅寒舟的裤腿湿了一片，浅色的运动裤洇出深色的痕迹。

苏云景登时就火了，脸色铁青地问水果摊主："你什么意思？"

"什么什么意思？谁还没个不小心？"水果摊主拎着水盆往门口一靠，摆出了泼妇骂街的架势，"倒是你年纪轻轻的，你爸妈没教过你走路要看道儿？我好好地在泼水，谁让你自个儿不开眼撞上来的？"

她的嗓门很大，声音又十分尖锐，很快就吸引了许多人的注意。

苏云景被她气得要上前理论，却被傅寒舟按住了："别吵了，咱们回去吧。"

见傅寒舟的裤腿湿了一大截，苏云景怕冻着他，没再跟那人理论，毕竟傅寒舟本身就怕冷。

深吸了一口气，苏云景快速调整心态对傅寒舟说："走吧。"

苏云景都不计较了，身后的女人还在不依不饶地骂他们俩不看路，污言秽语的，没一句是好听的。苏云景心里的火又被拱起来了，但他强行让自己当个聋子，拽着傅寒舟快步离开了。

傅寒舟回头看了一眼那个水果摊，幽邃的眸子深不见底。

走远之后傅寒舟才开口："你跟那个女人有过节儿？"

那盆水明显是等着他们出来故意泼上去的。

苏云景由衷为这些乱七八糟的事感到烦躁，但开口时语气还算平静："不算有过节儿，只能说我断了她的财路。"

江初年的父母平时非常忙，他们花钱请了这个女人每天去学校接江初年。她拿了人家的钱却一点儿都不上心，经常很晚才到学校。

自从苏云景上次撞见江初年被欺负后，他放学就会顺路把他送回来。因为这件事苏云景每次路过水果摊，这女人就鼻子不是鼻子，眼睛不是眼睛的。

不过平时她都是指桑骂槐几句，今天却直接动手了。要不是苏云景反应快，傅寒舟估计会被泼一身水。

傅寒舟听完幽幽问了一句："你为什么要管他，是因为觉得他很可怜吗？"

"这怎么说呢。"苏云景不知道该怎么回答这个问题。

说可怜并不准确。

"我很反感这种事情,就因为他的腿做了截肢,看起来跟正常人不一样,大家就联合起来排挤他。"

截肢不是江初年的错,他比任何人都想拥有一双正常的腿。

苏云景以前年少无知的时候目睹过类似的场景,甚至随大流地默认了大家对一个人的欺负。

那时他上初中,同班有个男孩儿家里很穷,他妈妈跟人跑了,爸爸得了重病,不知道是谁传的说人家爸爸得的是艾滋病。从那以后全班同学就开始排斥他,仿佛他是个病毒携带者似的,谁都不愿意跟他同桌也不愿意挨着他。

苏云景隐约觉得不对,可还是站在大多数那边。虽然他没有欺负那个男孩儿,但他是雪崩前的其中一片雪花。

后来那个男孩儿退学了,初三没读完就外出打工。

有一年十一小长假,苏云景从大学回家无意中看见了那个男孩儿。对方穿着建筑工地的脏衣服,他晒得漆黑,鼻下有层淡青色的胡楂儿,看起来跟苏云景不是同龄人,至少要比实际年龄大了十岁。

那一刻苏云景不知道为什么心里很酸,也很难受,回家后跟他妈说起了当年的事。

他妈听完问的第一句竟然是:"他是不是做了什么事,你们才欺负他的?"

苏云景默默无言了很久。

很多家长觉得如果不是你的错,为什么人家只欺负你不欺负别人?但有些人就是会无缘无故地生出恶意。

那天晚上苏云景跟初中一个老同学聊天说起了这件事,他妈不知道事情的原委,但对方可是一清二楚。结果他告诉苏云景,现在在工地干活儿其实很挣钱,一个月好几千块钱,比他们这些"上学党"强多了。

苏云景顿时有种无力感,这不是钱的问题,这是一个人的青春。

那个时候网上上兴起了一个话题——长大后才知道童年是最美好的。

但对有些人来说这话就是一个彻头彻尾的谎言。不是所有的人都是泡在蜜罐里长大的，有些人被毁掉本该最美好的时光，这是一辈子都没法儿弥补的。

苏云景不是同情可怜江初年，他只是正常地对待江初年。只不过因为别人都是恶意的，他微不足道的关怀反而成了江初年唯一的温暖。

直到现在苏云景想起他那个同学，都觉得有点儿愧疚。

没人能理解他这种感觉，包括他母亲，还有他过往的那些同学，他说多了反而让人觉得是矫情。

别人他管不了，苏云景只能做好自己。而且苏云景真没觉得自己做了什么了不起的事，都是一些小事，就跟当年给孤儿院小朋友糖果一样，他手里有富余的钱买糖，所以能给他们发糖。但因为能力有限，最好的东西他只能给一个人，他选择了最重要的傅寒舟。

现在的江初年就像那些孤儿院的孩子，苏云景实在不忍心看他在学校无依无靠。

"总之能帮就帮吧。"苏云景叹了口气，"其实我能做的事也就是送他回家，唉。"

傅寒舟没说什么，他略有所思地眯了眯眼睛。

快到家门口时，苏云景突然想起什么似的，说："你这次出来有没有跟家里人说，你爸爸知道吗？"

傅寒舟抿着薄薄的唇没有说话。

看他这样就知道他没跟沈年蕴说，苏云景顿时头都大了。

"那肯定也没跟学校请假吧？你这么跑出来谁都没有说，他们找不到你万一报警呢？"

被训的傅寒舟垂着眼说："他出差了，没有在家。"

这个"他"是指沈年蕴。

苏云景虽然只在沈家住了半个月，但也知道沈年蕴很忙，大部分时间都在忙工作。作为互联网企业的龙头老大，沈年蕴不可能只守着这片江山，为了公司能有更好的发展，他会扩张公司版图，忙也是正常的。

看来苏云景当年那番话并没有让沈年蕴记到心里，傅寒舟还是跟小说描写的一样，在一个缺失爱的家庭里长大。

这事怎么说呢……清官难断家务事，苏云景也说不好傅寒舟跟沈年蕴谁对谁错。

"他就算出差了也会从别人的嘴里知道你不在家，他毕竟是你爸爸，一定会担心你的安全，下次不要这样了。"苏云景谆谆教导。

傅寒舟乖巧地"嗯"了一声。

见他这么乖，苏云景也不好再教育了，有商有量地跟他说："你现在用公共电话给你爸打个电话报平安，然后让他帮你跟学校请个假。"

傅寒舟乖乖去小商店打电话。

沈年蕴也是刚知道傅寒舟两天没回家。

傅寒舟跟正常孩子不一样，他不爱搭理人，回家就待在卧室里不出来，对什么事都不积极，所以他消失了整整一天，大家才发现他没在家。

傅寒舟跟沈年蕴聊了不到一分钟，把事说清楚就挂了电话。

苏云景正在商店挑话梅，见傅寒舟走过来了，苏云景问他："你有想吃的糖吗？你不是一会儿要喝中药吗，那玩意儿苦得很。"

货架上挂了一排梅果，苏云景双手撑着膝，弯着腰在货架上挑，他还挺喜欢吃话梅的。

余光一扫瞥见旁边居然有奶糖，苏云景不由得笑了一下。

苏云景揶揄傅寒舟："给你买几颗奶糖吧，我那天见你房间有一罐。"

傅寒舟修长的身子俯下，纤长的睫毛垂落着，他的下巴几乎要贴到苏云景肩膀。

"嗯。"傅寒舟应了声。他眉眼低垂，看起来安静乖巧。

现在的大白奶兔奶糖不如小时候那么盛行，商店也不单卖，一买就是一整袋。苏云景很好奇傅寒舟那罐奶糖是在哪儿买的，现在不都是论袋买吗？

傅寒舟拿着一袋奶糖，苏云景则拎着两袋话梅，两个人肩并肩回了家。

事实证明，苏云景买糖是多么正确的一个决定。家里不仅有傅寒舟喝中药，闻怀山也被郭秀慧强行按着去看中医，郭秀慧一熬就是两锅，无论是厨房还是客厅都充满了中药味儿。

闻怀山同样不喜欢喝苦不拉几的东西，眼不见心不烦地回了书房。

熬好之后，两碗褐色的汤药冒着苦涩的热气，傅寒舟跟闻怀山成了"难孙难爷"，被郭秀慧逼着喝药。

苏云景候在一旁，没心没肺地看热闹。

拧着眉喝完药之后，傅寒舟抓了两块奶糖放嘴里，闻怀山吃了两颗冰糖。

见他们俩没留碗底，郭秀慧这才满意地拿着碗回了厨房。

遭受中药荼毒的傅寒舟，回房后病恹恹地躺到床上。

苏云景坐在电脑桌上，他背对着傅寒舟问："你回去是坐飞机，还是坐火车？"

傅寒舟漆黑的眸子一顿。

"还是坐飞机吧，飞机比较快。"苏云景自问自答。

苏云景在网上查着衡林回京城的航班，网上购票这个功能刚研发出来没多久，订购的人数不是很多。

"明天下午三点的航班，你看这个行吗？"苏云景扭头问傅寒舟，"正好明天周六，我可以送你去飞机场。"

傅寒舟没有说话，漆黑的眼睛定定地凝视着苏云景。

苏云景有点儿心软，但态度还是没有变："你不能总待在这里，你得回去好好读书。"苏云景晓之以理，"还有几个月就要放寒假了，到时候你可以来找我玩。"

傅寒舟没信苏云景这话，他之前吃过一次这样的亏，以后谁再跟他说这种话他再也不相信了。

心里虽然是这样想的,但傅寒舟面上没表现出来,顺着苏云景的意思说:"嗯,你订飞机票吧。"

收敛了尖刺利爪的傅寒舟就像个大型猫科动物,特别让人有给他撸毛的欲望。

他抬了抬薄薄的眼皮,看着苏云景的目光专注而沉静。

"我不想留长头发了,你帮我剪了吧。"傅寒舟突然说。

苏云景面容一僵,认真严肃地说了一句:"慎重。"

当年他对傅寒舟的头发动过剪刀,但成果非常失败,那个时候傅寒舟还小,就算变成"小杀马特",别人也不会说什么。现在傅寒舟长大了,在学校也是有头有脸的风云人物,他可不敢随便造次。

傅寒舟神色淡淡的:"不用剪什么造型,板寸就行。"

苏云景心想:这就是颜值高的自信吗?只要五官长得好,板寸也能帅破天际。

苏云景沉默了片刻,又拿出了当年的风范,一个"敢"字当先。

他做作地清了清喉咙,开口说:"如果你要这么说,那我就斗胆秀一秀我理发的天赋了。"

如今苏云景也不缺钱,第二天休息日就去商店大手笔地买了一套儿童专用理发器。这种理发器还带模型,可以自行选择留几厘米长的头发。

回去后他先给傅寒舟洗了头发,然后拿吹风机一点点将傅寒舟的头发吹干。

傅寒舟的长发像浸了水的绸缎,从苏云景指缝滑过,触感柔软。

面对这发质,苏云景流下了羡慕的泪水。

"你真的要剪了?"苏云景于心不忍,最后跟他确定。

傅寒舟没有半分犹豫:"嗯。"

这下苏云景不再迟疑,放下吹风机拿出还未开光的专业剪刀。苏云景将皮套打开,里面是一排大大小小的剪刀。他本事没有,准备的东西倒是齐全。

苏云景从里面抽出一把大剪刀，清了清嗓子说："我开始了。"

剪发的惴惴不安，被剪的倒是泰然处之。

傅寒舟声音很平和："剪吧。"

苏云景"唉"了一声，操起剪刀，然后挑起傅寒舟一缕长发咔嚓一声剪了下去。

傅寒舟头发太长，苏云景先用大剪刀给他剪了个"波波头"，转而用小剪刀，"波波头"变成了"狗啃毛刺"。

苏云景的心在颤、手在抖，拿着理发器迟迟不愿意下手："要不，咱们还是去理发店吧，现在去还来得及。"

傅寒舟头顶鸡窝造型仍旧岿然不动："继续吧。"

苏云景佩服他的境界，拿起理发器，按下了开关。

理发器嗡嗡地响，苏云景的心也随着嗡嗡地颤。

傅寒舟从前面的镜子，看着屏息凝神、专心给他理发的苏云景。

苏云景盯着理发器，半点儿马虎都不敢有，鼻尖沾了几根碎发也顾不上理会。

苏云景给傅寒舟剪完头发，感觉自己半条命都没了。他揉了揉酸涩的眼睛，感叹这真不是人干的活儿。好在他最后靠着理发器力挽狂澜，傅寒舟这才有了一个平平无奇的板寸。

没了长发的遮挡，傅寒舟的五官更加突显，睫毛浓郁似墨，鼻梁挺直，唇跟眉骨的线条凛冽。

好看，还是很好看的。

苏云景的眼睛映着傅寒舟的模样，越看越满意，果然他的理发手艺就得配这样一个帅哥，否则衬不出他精湛的技艺。

要是颜值差一点儿的，这个造型就丑得不能看。

闻怀山是第一个见证奇迹的人，看着傅寒舟的小板寸，立刻夸赞他："这个发型好，显得精神利索。"

郭秀慧有着正常的审美，看到后喃喃感叹："怎么剪头发了？留那么多年，多可惜呀。"

苏云景拿着笤帚扫地上的碎发，插话说："没事，以后还能留长，到时候我手艺练出来了，给他剪个好看的造型。"

这句"以后"让那傅寒舟的眸子闪了闪，然而他并没有发表意见。

苏云景给傅寒舟订的是下午三点的机票，吃了午饭他就打算送他去机场。

这种事宜早不宜迟，到了飞机场他可以陪傅寒舟多等一会儿，误了机就不好了。

但傅寒舟明显不想这么早走，他问苏云景："你不是还要给江初年拿鸡蛋？我们先去送鸡蛋，等回来再去机场。"

苏云景一看时间还早，点头同意了。

批发市场没有双休日，今天江初年还是一个人待在家里，见苏云景来找他，江初年还以为苏云景是想跟他一块儿写作业。

直到看见苏云景身后的少年，江初年先是一怔，认出他是谁后就有点儿失落了。

苏云景站在门外："我奶奶让我拿了点儿土鸡蛋，听说这种鸡蛋营养价值很高。"

江初年连忙打开门让他们进来。

苏云景婉拒说："我们就不进去了，一会儿我要送他去机场。"

一听说傅寒舟要走了，江初年是有点儿高兴的。自从他来之后苏云景都不留下来跟他一块儿写作业了。

江初年脸上刚浮现一丝笑意，傅寒舟的视线就扫了过来。他的目光冷冷淡淡的，让江初年打了个寒战。

从江初年家出来路过水果摊时，对方又开始扯着嗓子指桑骂槐。苏云景是个好脾气，但不代表他没脾气。

"走吧，去机场。"傅寒舟拉住了他。

苏云景忍下这口气，把傅寒舟送到了飞机场。换了登机牌，两个人步行去了安检口。

"你还是拿上这部手机吧,以后咱们联系也方便。"苏云景把之前给傅寒舟买的手机递给了傅寒舟。

看着那部手机,傅寒舟没再拒绝,默默接了过来。

苏云景嘱咐说:"路上小心,到了家给我打个电话。"

傅寒舟点了点头:"嗯。"

看着傅寒舟进了安检通道,苏云景才离开了。

苏云景刚离开没多久,傅寒舟从飞机场出口拿着登机牌出来了。

十几分钟后,飞机场广播里响起一个甜美的女声:"乘坐飞往京城的RT5632次航班的傅寒舟旅客请注意,您乘坐的航班马上就要起飞了,请您速到十六号登机口上飞机。"

广播连续播了三遍,直到RT5632次航班起飞,都有一位乘客没有登机。

Chapter 08

转学

> 我学习成绩一般,
> 以前在学校的时候跟小辞是同桌,
> 他经常给我补习功课,
> 所以我想着转过来跟他一块儿好好学习。

欣荣小区是衡林最早的小区之一,但现在已经十几年了。这条路段非常破旧,周边小商铺也都已经开了很多年,门帘一个比一个老旧。

小区门口只有一家水果摊,但因为水果种类少东西也不新鲜,只有周围的老太太图便宜会买。

一个发福的中年女人扯着嗓门对两个穿着工商局制服的人喊道:"你们凭什么收我的秤?"

工商局的人说:"有人举报你缺斤少两,我们要检查你的秤,如果情况属实不仅要罚款两百元,还要给人家补足斤两。"

戴着眼镜的斯文男人就是举报的卖家,他操着方言说:"她说苹果五块钱三斤,我买五块钱的,回家称了称根本不足三斤。"

"胡说八道,我什么时候说五块钱三斤了?我一直说的是五块钱两斤。"女人抢过他手里的苹果放到秤上一称。

如果是五块两斤,那斤两正好,一两也不缺。

男人并不慌,拿出手机点开了一段视频让工商局的人看。

刚才买水果时他偷偷录了像,里面女人清清楚楚说的是五块钱三斤。

这女人一看就是惯犯了,没人找茬儿还好,一旦有人反过来找她,她就会说当时说的不是那个价钱。恰好新价钱跟斤数又能对得上，如果不录像就算举报到工商也没用。

女人又狡辩："他肯定是自己偷拿了几个苹果，反过来污蔑我缺斤少两。"

男人早就提防她会这么说，连忙自证清白："三斤一共十二个小苹果，我是亲自数的，摄像头还拍下来了，您看这里面十二个苹果一个也不差。她就是缺斤少两！"

如今证据确凿，工商局的人立马收了她水果摊上的秤。

一听还要罚钱女人急了，她立刻跟工商局的人闹了起来。

对方见惯了这种人，其中一个人给局里打了个电话，叫来了一辆车直接把水果摊上的水果都搬走了。

女人骂骂咧咧，又哭又喊地撒着泼，围过来的人越多她闹得越欢。

工商局的人脸色铁青："明天下午来工商局交罚款，如果不来那可就不是二百元了。"

工商局的人说完也不跟她废话，直接开车走了。

远处的树荫旁站着一个身形颀长的少年。少年穿着一身白色运动服，头上戴着棒球帽，他冷漠地看着眼前这出闹剧。

这仅仅只是个开始而已，只要她在这里继续干，往后傅寒舟送她的礼物会越来越大。

傅寒舟瞟了一眼大声哭号的女人，移开了视线。他的目光穿过小区围墙，最后落到三楼一户人家。

从窗户上隐约看到一个熟悉的身影，傅寒舟眯了眯眼，心里升腾出一种难以压制的戾气。

傅寒舟离开之后，江初年又过上了平静的生活。

每天放学苏云景都会来教室接他回家，把他背到家后像往常那样留下来，他们边写作业边等着他爸妈回来。他喜欢这样的生活也不想别人打破，说实话听说苏云景那个漂亮的朋友要离开，他是非常高兴的。

写完数学练习册，江初年小声问苏云景："我家有草莓，你要吃吗？我去给你洗点儿。"

苏云景刚想拒绝，裤兜里的电话突然响了。他拿出手机，看见来电显示的电话号码后嘴角弯了下，然后接通了。

江初年看他的表情就知道是谁打来的电话。虽然羡慕两个人的友谊，有点儿自卑自己不是苏云景最好的朋友，但对方不歧视他，每天能接送他放学，晚上一块儿写作业，已经让他很开心了。

江初年没说什么，默默转着轮椅离开了书桌，打算去厨房给苏云景洗草莓。

自从两个人和好后，傅寒舟每天都会给苏云景打电话，用苏云景给他的那部手机。

"告诉你一个好消息，你还记得朝咱们俩泼水的那个女人吗？"苏云景笑着说，"听说她以后不在门口卖水果了。"

提起这事苏云景就觉得痛快。他是听江初年的父母昨天说的，好像最近老有人举报她缺斤少两，水果摊子都被工商局收了。

现在家里又出了什么事，据说是被债主泼了油漆，具体苏云景也不清楚，只是听江初年父母顺嘴说了一句。

苏云景感叹："真是恶人自有天收。"

傅寒舟语气平静："嗯，恶人自有天收。"

他站在一棵槐树下，目光幽幽地望着对面小区三楼亮灯的那户人家。他低声问苏云景："你现在放学回家了？"

"没有，我现在在小年家呢。"苏云景说话时目光下意识去看江初年。

江初年打开了冰箱，艰难地扶着轮椅的扶手，想要去拿放在上面的鱿鱼条给苏云景吃。

苏云景见状起身快步走过去，帮他把鱿鱼条拿了出来。

"是这个吗？"苏云景问江初年。

江初年点了点头。

"嗯?"电话那边传来傅寒舟清冽的声音。

苏云景用肩膀和耳朵夹着手机,笑着对傅寒舟说:"不是跟你说话,我帮小年拿东西。"

傅寒舟的嗓音有点儿凉:"叫得这么亲切吗?"

苏云景没觉得亲切,在他们老家都是这么叫邻居的。

跟江初年刚认识的时候,苏云景其实也是直呼其名。后来跟江初年的父母认识了,有时候还会和他们交谈,人家一口一个小年,苏云景总不能叫江初年吧?感觉很生硬也很没礼貌,所以他就跟着叫小年,叫着叫着也就习惯了。

听出傅寒舟话里的不满,苏云景知道他占有欲强的老毛病犯了。他没压住笑意,从喉咙溢出了一声轻笑。

"我前几天叫你小傅,你不是不搭理我吗?"苏云景随口调侃傅寒舟。

他是说者无心,但听者有意。

傅寒舟靠在槐树上整个人藏匿在黑暗里。远处有车行驶了过来,黑色的轿车开着远光灯往这里一照。金色的光短暂照亮了黑暗,傅寒舟漂亮的眼睛融进光里,眼尾染了一层薄薄的雾气。

见那边长久地不说话,苏云景觉得不对劲儿,不由得叫了他一声:"寒舟?"

"嗯。"傅寒舟应了一声,有很重的鼻音。

不过苏云景没听见,因为他的声音被汽车鸣笛声盖过了。

声音是傅寒舟那边的,苏云景看了一眼客厅的时钟,忍不住问:"你现在还在外面吗?"

"嗯。"

"声音怎么了,是感冒了吗?"苏云景这次听出了他的鼻音。

"没有,"傅寒舟看着三楼那个亮着灯的窗户,声音几不可闻,"就是有点儿怀念跟你一块儿上学的日子。"

傅寒舟知道苏云景转学回衡林,是因为他跟闻燕来的关系曝光了。

是他把苏云景推了出去，让他去了别的学校，还认识了其他朋友。

傅寒舟的心好像被一双大手搅弄似的，一时疼一时恨，怨恨的情绪不断侵蚀着他，让他极其厌恶自己。

看着那些过往的车辆，傅寒舟嘴唇轻颤，他不由自主地走了过去。

傅寒舟那边有点儿吵，好像是在马路上。苏云景以为他那边堵车了，闲着无聊给自己打了个电话。

他嚼着江初年给的鱿鱼，讲话语气轻松："过几天我姑姑过生日，如果她不回家我可能要去京城，到时候找你玩。"

闻燕来的生日是九月初八，那天正好是周五，而九月初十就是傅寒舟的生日。

小时候他跟傅寒舟过过一次生日，也不知道他现在还过不过那个生日。

傅寒舟已经站到了路边拐弯的道口，苏云景的声音隔着手机屏幕悠悠传来，那声音含着笑，似乎很惬意。

过往车辆太多，傅寒舟听不清楚他在说什么，只是隐隐约约听到他说什么京城，什么来找他。

傅寒舟如梦初醒，怔怔地问："你还会回来吗？"

傅寒舟站在车道上，路过的车辆边骂边狂按喇叭。

"什么？你那边有点儿吵，我听不见。"苏云景眉头拧了起来。

不仅傅寒舟那边吵，小区旁边那条马路上也不知道发生什么事了，一直有汽车在鸣笛。苏云景拿着电话去窗口看热闹。

听不到苏云景的声音，傅寒舟一下子慌了。他连忙找了个安静的地方，急迫不安地重复："你说什么？"

苏云景打开窗户，视线扫向对面的马路。他扯着嗓门吼："我说过两天我可能去京城找你，听见了吗？"

在一旁洗草莓的江初年被他吓一跳，错愕地看着苏云景。

"我听见了。"傅寒舟心中的戾气和不安瞬间被抚平，眼底的戾气也慢慢散去。

他弯下眼睛，声音清浅干净："那我等着你来找我。"

苏云景笑着说："到时候我提前跟你打电话。"

傅寒舟说："嗯。"

挂了电话的苏云景站在窗前看热闹。前面好像堵车了，因为天太黑他也看不清，没多想把窗户又关上了。

苏云景数着时间，打算再过几天给闻燕来打电话说过去的事。没想到他的电话还没打过去，闻燕来倒是先打过来了。

"傅寒舟想转到你们学校读书。"

苏云景："……"

这家伙还真是想一出是一出，不过苏云景非常欢迎。但闻燕来就没那么好说话了，她对傅寒舟厌恶透顶。要不是傅寒舟，她的婚礼也不会出那么大的纰漏，苏云景更不会被迫转回衡林。

"你对他转学是什么想法？"闻燕来问得很严肃。

苏云景没敢直接回答闻燕来，旁敲侧击地问："他怎么突然要转学了？"

闻燕来冷喝了一声："这就要问他了。"

听出闻燕来话里的戾气，苏云景抿了抿嘴唇，不过从她口里还是了解了事情的来龙去脉。

傅寒舟为了能转学过来，昨天晚上当着沈年蕴的面承认了自己的错误，还跟闻燕来道了歉。

有沈年蕴在，闻燕来就算心里有火也不可能真发出来。

闻燕来做做样子原谅他后，傅寒舟就顺势提出转学到衡林二中。

沈年蕴毕竟是傅寒舟的亲爹，就算傅寒舟犯了大错，他也觉得自己的儿子能改好。更何况傅寒舟难得低头一次，沈年蕴作为父亲，而且还是一位不大合格的父亲肯定会同意。

傅寒舟想在闻燕来家住几天，说等他熟悉了学校环境就住进学校宿舍，他不会住太长时间，只在闻家借住一个星期。

见傅寒舟还想住她家，闻燕来心里一万个不愿意，但为了不影响她跟沈年蕴的感情，这件事她不能出面拒绝。

闻燕来问："辞辞，我听他说，你跟他的关系现在很不错。前几天他还来家里亲自给你道歉，是有这回事吗？"

苏云景硬着头皮说："嗯，他是来过，也道歉了。"

他感觉自己就像是夹在亲妈跟傅寒舟中间的受气包，一边要安抚怒气值加满的亲妈，一边还得给傅寒舟干的坏事擦屁股。两边都要和稀泥，争取大事化小，小事化了。

闻燕来混迹娱乐圈多年，深谙人心，一听苏云景这口气就知道他被敌人策反了。

闻燕来态度很强硬："本来你交什么样的朋友，我不应该插手，但傅寒舟绝对不行。"

第一次跟傅寒舟见面，闻燕来就知道这不是一般的孩子。这次他不显山不露水地破坏了婚礼，闻燕来就更加肯定了自己的猜想。如今他又干出了一件令她刮目相看的事——居然跟她服软道歉了。

在闻燕来眼中，傅寒舟是一个为达目的能屈能伸，甚至是不择手段的人。短短几天工夫还把她儿子给策反了，让闻辞完全站他那边了。他只有十七岁，就有这样可怕的手腕，闻燕来不由得感到后脊发寒。

闻燕来冷声说："他绝对不能住咱们家，他住进来不知道还会出什么幺蛾子，你爷爷、奶奶岁数大了，经不起折腾的。"

苏云景张了张嘴想说什么，话到嘴边又咽了回去。他轻声"嗯"了一句，答应了闻燕来不让傅寒舟住进家里。

闻燕来打电话的目的很简单，了解傅寒舟有没有来家里，跟苏云景是不是真的交好，还有就是想让苏云景开口拒绝沈年蕴。

虽然傅寒舟十七岁了，但在沈年蕴眼里他就是个孩子。如果闻燕来想跟沈年蕴继续走下去就得接受他的儿子，就跟沈年蕴接受了苏云景是闻燕来的儿子一样。

恋爱是两个人的事，但婚姻是两个家庭的结合。沈年蕴先迈出了第一步，选择了理解闻燕来，这个时候闻燕来不能掉链子。

她不相信傅寒舟真的悔改了，但她又不能表现出来。

如今能理直气壮拒绝傅寒舟住进闻家的人只有苏云景，因为他也是个孩子，大人不好开口的事，他能用不懂事作为挡箭牌去做。

如果苏云景坚决不让傅寒舟住在家里，沈年蕴不会说什么，也不会怪到闻燕来身上，所以苏云景是做恶人的最佳人选。

即便苏云景相信傅寒舟真的变好了，不会再做那样的事，他也得听闻燕来的话。

站在闻燕来的角度，她为了自己家人着想，想让傅寒舟这个"小恶魔"有多远滚多远没毛病。

苏云景相信傅寒舟，完全是出于自己的私心。他没理由要求闻燕来跟他一样无条件地包容傅寒舟。就像当初他想收养住在孤儿院的傅寒舟，但考虑到宋文倩夫妇的家庭情况不得不放弃一样。这里是闻家，他不能私自答应傅寒舟搬进来。

最终苏云景妥协说："我知道了。"

虽然知道这件事错在傅寒舟，但苏云景还是不知道该怎么开口拒绝他。

闻燕来说过几天他们会一块儿回来，除了回家看望郭秀慧和闻怀山，还要跟学校谈谈傅寒舟转学的事。

转学是板上钉钉的，闻燕来虽然不想傅寒舟来衡林读书，但她也管不着这位继子。只要不在她家住，傅寒舟爱去哪儿就去哪儿。

苏云景想等傅寒舟跟闻燕来回来时，当面跟他谈谈这件事。

傅寒舟提出要转学到衡林后就没再去学校上学，在家等着沈年蕴给他办新学校的入学手续。

他们是周四下午一块儿坐飞机到衡林机场的。

郭秀慧昨晚就接到了闻燕来的电话，早就买好了闻燕来爱吃的菜，从早上就开始等着他们来。

闻燕来在娱乐圈闯出名堂后，为了防止粉丝和媒体打扰家里人，他们搬过好几次家，左右邻居都不知道郭秀慧的女儿是大明星。这次闻燕来回来也很低调,就连沈年蕴穿得都很普通,傅寒舟戴着棒球帽跟在他们身后。

等闻燕来敲开了家里的房门,一直安静的傅寒舟把棒球帽一摘,礼貌亲切地喊了句"奶奶"。

沈年蕴和闻燕来:"……"

看见傅寒舟,郭秀慧又惊又喜:"小傅,你怎么来了?"

闻燕来冷淡地开口介绍:"这是年蕴的儿子,叫寒舟。"

突如其来的剧情让郭秀慧愣了:"这……"

郭秀慧回过神后,嗔怪说:"你上次来也不说清楚,辞辞也没告诉我,我还真当你们就是普通同学呢。"

傅寒舟也没狡辩,直接认了错。

看着乖巧的傅寒舟,沈年蕴内心有些复杂。

他已经好多年没见傅寒舟主动跟人亲近,上次他这样还是跟姓陆的那家人。

那个时候他刚认回他,傅寒舟不爱说话更不爱搭理人,只有和陆家那个小孩儿打电话才会眉眼带笑,看起来又乖又懂事。但把电话一挂,他脸上的笑容就收起来了,恢复成谁都不理的状态。

郭秀慧很喜欢傅寒舟,听说傅寒舟要转学来衡林二中读书,她有点儿惊讶:"不是说京城的教学质量好吗?好端端的,你怎么要转到这里?"

"我学习成绩一般,以前在学校的时候跟小辞是同桌,他经常给我补习功课,所以我想着转过来跟他一块儿好好学习。"

傅寒舟眉眼干净,嗓音带着少年特有的清亮。

沈年蕴和闻燕来:"……"

闻燕来被他的无耻震惊到了。

就连沈年蕴也觉得尴尬,既然跟人家闻辞关系好,那婚礼上你闹什么闹?

但对于自己的儿子,他也不好拆台。

郭秀慧和闻怀山不知道婚礼上的内幕,听到他这么有上进心又跟苏云景关系好,心里很是高兴。

闻怀山忍不住插话:"那敢情好,正好小辞也没兄弟,你们就当亲哥俩处。"

郭秀慧笑着感叹:"可不是,这就叫'不是一家人,不进一家门',这两个孩子真有缘分。"

闻燕来脸色有点儿不好,但当着这么多人的面也不好发作。

沈年蕴冲傅寒舟轻咳了一声,提醒他差不多得了,再装就有点儿过了。

如果没有婚礼的那一出,沈年蕴也会被傅寒舟嘴里的兄友弟恭给骗了,现在把关系说得越亲,拆穿那天越难看,沈年蕴都替他不好意思。

但傅寒舟像完全不知道什么是脸皮,把郭秀慧和闻怀山哄得很开心。

一听说傅寒舟要住校,郭秀慧还有点儿不高兴:"就住家里,你要是不愿意跟辞辞一个房间,把书房腾出来给你住。再不行咱们搬个家,我们还有一套房子。"

这套房子是闻燕来买的,三室一厅,一厨一卫,包括一个主卧,两个次卧。老两口住主卧,苏云景住其中一个次卧,而另一个次卧被闻怀山改成了书房。

闻燕来每次回家要么住酒店,要么就是住那套大房子,而且她很忙,回家的次数屈指可数。

闻燕来几乎要听不下去了,坐在沙发上一直沉默不语。

苏云景放学回来就看见了一副诡异的场面。闻燕来沉着脸倚在厨房门口;沈年蕴在阳台讲电话;傅寒舟在厨房帮郭秀慧做饭,他们俩的气氛倒是很融洽。

闻燕来冷冷地看着傅寒舟。

在娱乐圈有很多面和心不和的"塑料友谊",闻燕来一路厮杀过来什么人没见过？已经很久没人能让她真的动肝火了。

见傅寒舟在这里装勤快，闻燕来嘴上笑着，眼神却发冷。

"寒舟，你去看电视吧。"闻燕来笑里藏刀，"妈，你也是，这活儿他哪懂？在家还不干呢。"

苏云景刚进门就听见闻燕来暗含讥讽的话，他的脚步一顿。

傅寒舟四两拨千斤地说："我平时都在学校食堂吃饭，以后搬过来了会经常来帮您干活。"

闻燕来没忍住，溢出一声冷笑："呵！"

傅寒舟跟闻燕来在厨房"刀光剑影"，苏云景也不知道是进还是退。

坐沙发上看新闻的闻怀山对一切毫无感知，看见苏云景站在门口，开口问他："怎么不进来？"

苏云景尴尬又不失礼貌地笑了笑，头皮发麻地进来了。

见他回来了，闻燕来给他使了个眼神，那意思很明显，让他赶走傅寒舟。

闻燕来再三肯定这小子不是什么好东西，绝不能留他住在这里。

苏云景接收到闻燕来的暗示，他只得硬着头皮点了点头。

见沈年蕴打完电话，闻燕来也不在厨房盯傅寒舟的梢，走过去坐到了沙发上。

苏云景心情沉重，路过厨房看见了帮郭秀慧炸鱼的傅寒舟。他穿着蓝色围裙，袖口挽在小臂上，手里拿着炒勺。

明明烟火气十足，但朝苏云景看过来时眸底的笑意像流转的波光，活色生香。

苏云景呼吸一滞，被傅寒舟的笑容晃了下眼。但想起闻燕来要他赶傅寒舟走，他彻底没心情了，勉强笑了笑就回了房间。

傅寒舟是个对情绪很敏感的人，只是他平时不在乎别人，所以懒得观察他们的情绪变化。但苏云景对他来说不是别人。

傅寒舟蹙了下眉，之后瞟了一眼坐在客厅跟沈年蕴谈话的闻燕来。

郭秀慧的声音在他身后响起:"小傅,把鱼翻一下,不然很容易煳。"

傅寒舟收回目光,把鱼翻了个身。

这顿晚饭吃得有点儿尴尬。

沈年蕴只来过闻家一次,就是他跟闻燕来结婚前两个人回家看了一次。上次见面是婚礼现场,还发生了那么尴尬的事情,原本是闻家不好意思,但现在沈年蕴比他们更不好意思。毕竟傅寒舟是婚礼闹剧的罪魁祸首不说,他现在还想住人家家里。

沈年蕴不知道傅寒舟是怎么想的,不过看他对闻家的态度,自己心里又生出了几分愧疚。是不是因为闻家很温馨,所以才让傅寒舟产生了向往,就像他小时候特别喜欢陆家似的?

说到底,还是他这个当爹的不合格。

其实沈年蕴知道闻燕来不想傅寒舟住到闻家,一边是儿子一边是妻子,他也有点儿犯难。

沈年蕴抬头看了一眼傅寒舟和苏云景。两个人坐得很近,傅寒舟夹了一块鱼,把鱼挑出来放到了苏云景碗里。

这鱼是傅寒舟做的,郭秀慧在一旁指导。他似乎真的很喜欢这里,收起了以往对什么都不在意的懒散,眉眼温和,唇角还挂着一点儿淡淡的笑意。

沈年蕴已经很久没有见他这样高兴了,不由得有些失神。

苏云景比沈年蕴还纠结,吃什么都食不知味。

郭秀慧跟闻怀山见他们俩关系这么好,倒是非常高兴。

"晚上小傅就留这儿睡吧。"郭秀慧提议。

"好。"傅寒舟很自然地答应了。

闻燕来听到这话,抬头看了一眼苏云景。苏云景假装没接收到闻燕来的暗示,低头吃着碗里的鱼。

说苏云景肯定会说的,只是他不想当着这么多人的面说,不想把事情闹得太尴尬,他想等晚上睡觉的时候私下跟傅寒舟谈谈。

郭秀慧没感受到饭桌上的暗流涌动,继续安排晚上住宿的事:"燕来,你跟年蕴想住酒店也可以,想回另一套房住也行,我都给你们打扫干净了。"

闻燕来心不在焉地应了一声。

好不容易吃完了晚饭,闻燕来和沈年蕴留下来聊了会儿天,聊到九点半他们才离开。

临走的时候闻燕来嘱咐苏云景,让他一定要把傅寒舟赶出去。

见她的态度十分坚决,知道这事没有商量的余地,苏云景叹了一口气。

送走闻燕来他们,苏云景和傅寒舟帮着收拾客厅。

郭秀慧挥手赶他们回屋:"你们别管了,早点儿洗澡睡觉吧,辞辞明天还要上学呢!"

"你先洗还是我先洗?"回屋后苏云景给傅寒舟拿了一件睡衣问他。

"你先洗吧。"

苏云景也没拒绝,又拿了套睡衣去浴室洗澡。

等苏云景关上浴室的门,傅寒舟收敛了笑容,然后拉开房门走出去。

苏云景洗完澡擦着湿头发出来,傅寒舟正坐在床上拿着语文课本在背。难得见傅寒舟学习,苏云景有点儿惊奇:"好端端的,怎么看语文书了?"

傅寒舟撩起眼皮,理所应当地说:"你不是说要一块儿考京城大学?我基础不太好,所以得抓紧时间学习。"

苏云景噎了噎,心里有点儿不好受。眼瞅着傅寒舟要变好了,结果没人愿意相信他。

苏云景坐到了傅寒舟旁边,酝酿了一下,还是把赶他走的话说出来了:"你……能不能住校?"

这话不好说出口，苏云景说完心脏怦怦直跳，好像做坏事的人是他。

结果等了一会儿，傅寒舟也没什么反应，只是很轻地"嗯"了一声。

苏云景感受到他低落的心情，想劝劝他，但一开口就变成批评了。

"你上次做的事太过了，你要是接受不了你爸再婚可以跟他好好沟通。虽然这件事是我姑……呃，我妈不对。但都过去那么多年了，哪怕你私下跟你爸说，你也不能当着那多人的面给他们俩难堪。"

苏云景本是想安慰傅寒舟，说着说着就成摆事实纠正对错了。意识到自己"画风"走偏了，苏云景选择闭嘴。

傅寒舟垂下眼睛："嗯，我错了。"

苏云景下意识说："你知道错了就好。"

说完他就后悔了，傅寒舟是错了，他也不想给他洗白。

苏云景原本是想先劝傅寒舟住校，等过几天再跟他讲一下对错，纠正他的三观。

苏云景强行解释："我的意思是，错了不要紧，只要你好好表现，让大家知道你真的改正了，总有一天他们会对你改观的。你先住学校，咱们好好读书，好好表现……"

苏云景正绞尽脑汁想措辞时，傅寒舟突然凑了过来。

"我不该那样对你，我错了。"他的声音轻轻的，"我晚上总是睡不好，脑子有很多声音在吵。"他抓住了苏云景衣摆的一角，"只有跟你待一块儿的时候，那些声音才会消失，你别生我的气，我知道我错了。"

傅寒舟气人的时候真的特别气人，但有时候又特别招人心疼。

"我不生你的气，但别再做这种事了。"苏云景拍着傅寒舟的后背。

"你先住到学校，等过一段时间，我看看我能不能也申请住宿。"苏云景安抚他，"好不好？"

傅寒舟乖顺地说了一句："好。"

沈年蕴虽然在休假，但电话一直响个不停，他们公司为了整合生

223

态系统和资源,最近要向视频平台下手了,目前正在收购优越视频。

趁着沈年蕴在酒店开视频会议,闻燕来给郭秀慧打了一通电话。

电话刚接通没多久,郭秀慧给她带来了一个意料之外的消息。

闻燕来秀气的眉峰拧了起来:"傅寒舟找你们道歉了?"

"你跟我爷爷、奶奶承认了婚礼上的照片是你放的?"苏云景瞳孔微缩。

傅寒舟"嗯"了一声。

苏云景顿时觉得云里雾里的:"你什么时候找的他们?"

刚才吃晚饭的时候,看他们俩对傅寒舟的态度不像是知道的样子。

傅寒舟的情绪已经恢复了平静,他坐在床上双手搭在膝盖上,抬眼望着苏云景说:"刚才你洗澡的时候。"

苏云景很愕然,没料到傅寒舟会主动找爷爷、奶奶自爆。

明明之前还装乖,把老两口哄得很高兴,现在把真相告诉他们,那之前的努力全白搭了。

苏云景叹了口气,看来傅寒舟是真的意识到自己错了,否则依照他的性格是不可能可怜巴巴地跟他们认错的。

傅寒舟意识到自己错了?

闻燕来嗤笑了一声,这小子分明是猜到她为了赶他出去,会把婚礼那天的真实情况告诉她爸妈,因此才先发制人。

之前闻燕来不想老两口担心她的婚姻,所以没说是沈年蕴的儿子干出了这档子事。

郭秀慧直叹气,她本来还高兴傅寒舟能接受闻燕来做后妈,跟她家辞辞的关系也好。谁知道⋯⋯

"唉,这事吧,我觉得⋯⋯"

一听郭秀慧这话腔,闻燕来开口强势地打断她:"我不管他跟您二老说了什么,态度有多诚恳,总之他不能待在家里。"

郭秀慧被闻燕来这么一说，话到嘴边又咽了回去。她面色发愁地说："我话都说出去了，咱们怎么跟年蕴说？"

闻燕来强压下了火气："这事您别管了，我会让小辞说的，无论如何也不能让他跟小辞做朋友。"

电话开着免提，闻燕来的声音不大，但书房里的两个人都能听得见。一旁沉默的闻怀山突然发火，他对着闻燕来劈头盖脸就是一顿骂："我说吃饭的时候你总给小辞使什么眼色？你自己不好意思干的事，你让他去当这个恶人，有你这么当娘的吗？"闻怀山越说声音越大。

苏云景隐约听到从书房里传来的声音，但他现在也没心情管。

"那你明天就跟你爸说，让他办转学手续的时候顺便帮你办住校的事。"

傅寒舟看着苏云景："那你什么时候住校？"

在傅寒舟满是期待的目光下，苏云景有点儿难开口："最早……也得下学期我才能住校。"

傅寒舟前脚刚住校，他后脚就提出也要住校，这不明摆着要反抗闻燕来？

明年他就要读高三了，为了能有更多的时间学习，顺势提出住进学校宿舍的请求，这很合情合理，谁都不会怀疑。

傅寒舟一听他下学期才搬过来，抿着嘴唇不说话了。

见傅寒舟心情不大好，苏云景拿起一旁的日历："今天都已经十月二十四日了，离过年还有不到三个月的时间，你坚持一下，行不行？"

傅寒舟的睫毛动了动，而后扬起脸，很轻地笑了一下，眉间的阴郁完全消失："我知道了。"虽然嘴上乖巧地应着，但他的眼睛连瞟都没有瞟日历一下。

郭秀慧被闻怀山的音量吓得连忙看向门外。

"你能不能小点儿声，生怕两个孩子听不见是吗？"郭秀慧瞪着闻怀山。

闻怀山重重地"哼"了一声，但再开口时声音还是小了不少，但难掩愤怒。

他冲郭秀慧说："出事了就让孩子出面,你怎么不问问她,她知道两个孩子的关系为什么会突然变好吗?这么多年来舍家舍业地拍什么电影,她关心过孩子吗?"

见闻怀山越说越不像样,郭秀慧也火了:"你这个当爹的就好了?家里两个孩子还不是我从小拉扯到大的,你管过他们吗?我生孩子的时候你不见人,老大出事的时候你也不见人。"郭秀慧别过脸,哽咽地说,"你现在有什么脸嚷嚷?"

闻怀山的工作特殊,就连闻燕来的哥哥出车祸时,他都在外地没赶回来。也是那次事故后,闻怀山才申请调了回来。这也是他一生的痛,如今被郭秀慧再次提及,他沉默地走出了书房。

郭秀慧擦了擦眼泪,对电话那边的人说:"别生你爸的气,他就是这个德行。"

闻怀山一出门就看见了在客厅里接水的苏云景。

卫生间里亮着灯,时不时传来水流声。

"小傅在洗澡呢?"闻怀山看了一眼卫生间问。

苏云景觉得闻怀山的声音有点儿怪,但他没有多想,点头"嗯"了一声。

苏云景接完水没立刻回卧室,因为他感觉闻怀山好像有话要跟他说。

沉默了良久,闻怀山才开口问:"你姑跟你说了?"

虽然闻怀山没说明白,但苏云景还是听懂了他的意思:"说了,我刚才也跟傅寒舟谈了谈,他会住校的。"

闻怀山张了张嘴,最后干巴巴地吐出一句:"你做得很好。"

闻燕来的意思很简单,让苏云景当着沈年蕴的面拒绝傅寒舟住进来的请求。但伸手不打笑脸人,晚饭那么和谐的气氛下,苏云景要是突然站出来跟沈年蕴说他不同意和傅寒舟住在一块儿,肯定会把气氛弄僵。所以他无视了闻燕来的眼神,想着跟傅寒舟私下谈一谈,劝他住校。这样既达成了闻燕来的目的,又不会把关系弄得尴尬。

苏云景出于私心能够谅解傅寒舟,不代表他也会劝别人原谅。他尊重闻燕来的选择。

闻怀山有些疲倦,声音也苍老沙哑了很多:"很晚了,早点儿睡吧。"

"您也早点儿休息。"苏云景端着水回房了。

郭秀慧打完电话出来见闻怀山一个人坐在沙发上,黑暗里的他像一尊雕塑似的一动也不动。

郭秀慧鼻头一酸,她知道刚才的话有点儿伤人,但又拉不下面子说软话,只得生硬地说:"你坐在那儿干什么?回房吧。"

说完,她自己先进了卧室,隔了好一会儿闻怀山才进来。

郭秀慧铺着床没搭理他,见闻怀山一直没有开口的意思她有点儿忍不住了。

"你怎么想的?"郭秀慧是在说傅寒舟的事。

三十多年的夫妻这点儿默契还是有的,闻怀山沉着脸说:"小辞已经跟他说了,让他搬到学校住。"

虽然他刚才骂了一顿闻燕来,但其实心里还是向着她的。

当年刚满二十岁的闻燕来挺着大肚子回家,气得闻怀山给了她两巴掌。

闻怀山是个非常传统的人,他接受不了闺女未婚先孕,问她孩子是谁的她也不说,所以一气之下他动了手。从小到大,他很少打这个女儿,一直是宠到大的。

因为这件事,闻燕来非常委屈,连着好几年都没有跟他说过一句话。

那个时候她月份已经很大了,也不能把孩子打下来,生产那天闻怀山都没去。

郭秀慧和闻燕来的大哥瞒着闻怀山,轮流偷偷去医院照顾她,但其实闻怀山都知道,他只是没有拆穿。

闻辞的身份对他们家来说就是一颗定时炸弹，如今终于被引爆了。

婚礼那天闻怀山又气又怒，觉得脸上无光的同时，看见了闻燕来的狼狈无措，身为父亲的他想杀了那个破坏女儿婚礼的人。

虽然这件事是闻燕来有错在先，被人揪住了小辫子，才闹了这么大一场闹剧。可她毕竟是自己的亲生闺女，犯了天大的错当父母的还是会向着自己的儿女。

只是没想到罪魁祸首居然是傅寒舟，他还主动认了错，事情的发展倒是让闻怀山有点儿茫然。

想起傅寒舟今晚说的那番话，他心里不是滋味了好久，所以闻燕来打电话的时候他才发了火，发完他就后悔了。

郭秀慧唉声叹气了半个晚上，她心里是没主意的，但听见闻怀山的话又觉得不妥当。商量来商量去，最终也没有商量出个答案。

第二天是闻燕来的生日，早上沈年蕴帮傅寒舟办了入学手续，中午大家一块儿为闻燕来过生日。一家人除了沈年蕴不知道发生了什么事，其他人各自心怀鬼胎。

闻怀山前一天晚上训斥了闻燕来一顿，现在心里有些愧疚，但又不知道怎么和解，一顿饭下来父女俩几乎没有眼神交流。

闻燕来又因为傅寒舟作妖非要住她家，心里感到火大，全程没理傅寒舟。

郭秀慧和闻怀山知道傅寒舟是大闹婚礼的罪魁祸首后，心里多少也有点儿疙瘩，对他不像昨天那么亲近。

苏云景看闻燕来脸色不好，以为她昨天没睡好是因为自己没在饭桌上按照她的想法拒绝傅寒舟，于是心里想着怎么跟她解释。

而傅寒舟则是因为苏云景不能马上跟他住宿舍，心里有点儿烦躁。

几个人各怀心思，还得维持表面的平静。

在大家共同的努力下，席间的气氛乍一看还挺和谐温馨。

吃完有史以来最尴尬的一顿生日宴后，沈年蕴还有工作要忙，当天下午坐车去了飞机场。

发生这种事傅寒舟也不好留下来，跟着沈年缊一块儿坐车离开了。不过两个人的目的不一样，一个是回京城，另一个去谈收购案。

闻燕来似乎也有很重要的事，总有人给她打电话。苏云景想要找她解释时，听见闻燕来打电话正在跟人发火。

"我跟你说很多遍了，让你少给我接这种访谈……"

"电影宣传又怎么样？难道电影是我一个人演的？少我一个人能少一个亿的票房？"

"是你跟人家说好了，不是我。"

"对，是我让你看着接活动的，但我没让你全都接了。你跟着我干了这么多年，不用什么事都要我教你吧？"

见闻燕来在忙工作上的事，苏云景也不敢走过去触她霉头。正要离开时，闻燕来的余光瞥见了他，嘴边的话顿住了。

"我这里有点儿事，一会儿再给你打过去。"闻燕来对电话那边的人说。

苏云景只好走过去，面露尴尬地说："那个……我已经跟傅寒舟说好了，他不会住到家里的。没其他什么事了，您先忙吧。"

苏云景速战速决，说完转身就走。

闻燕来叫住了他，欲言又止地说："小辞……"

被叫住的苏云景头皮一麻，僵硬地回身看她。

闻燕来很苍白地解释说："我刚才不是因为你才朝别人发火。他们没跟我沟通好，就自己做主接了工作。"

苏云景不了解娱乐圈的工作内容，也不知道闻燕来的工作流程，听她这么说先是一愣，接着点了点头："我知道，我知道。"

之后两个人就没话了。闻燕来似乎也不知道该说什么，于是两个人沉默了几十秒。

最后，苏云景打破了沉默："姑姑，你不是还要给他们回电话？你先忙，有什么事就叫我。"

"嗯。"

229

见闻燕来点头了，苏云景赶紧溜了。其实他挺不好意思的，傅寒舟要住进来完全是因为跟他关系变好了。傅寒舟是个一旦接受你就会变得很黏人的人，这跟他从小的经历有关。但是他这么贸然要住进来，搞得一家人都兵荒马乱的。

苏云景这两天脑袋都大了，如今好不容易解决，他总算安下心来。

闻燕来的工作似乎不能推，晚上她就坐飞机回去了，她脾气虽然大但很有敬业精神。

吃了晚饭苏云景在厨房帮忙刷碗时，郭秀慧突然问："辞辞，你是想跟小傅住一块儿，还是让他住学校？"

苏云景疑惑地看着郭秀慧。不是都商量好让傅寒舟住校的吗？而且苏云景还以为傅寒舟干的坏事曝光后，会人人喊打，怎么又提这事了？

苏云景琢磨着不对劲儿，委婉地说："我都可以，听你们大人的。"

他对这事不发表意见，一切听从组织的安排。

郭秀慧还是没放过这个话题："如果让你自己说，你能接受他住家里吗？"

苏云景眼睛左右乱晃，也不知道这个时候该说实话好，还是糊弄过去好。于情，他能接受；于理，大家都不能接受。

"这件事他做得确实很过。"苏云景斟酌着用词，"所以我觉得要不让他住校吧。"

这样家里还能风平浪静，毕竟除他以外谁都没义务惯着傅寒舟。

对苏云景来说，傅寒舟是不同的，就算他杀人放火了，苏云景也得第一时间赶过去劝他放下屠刀，不能一错再错。这就是他的任务，他就是跟傅寒舟绑定的。

郭秀慧没有说话，拿抹布擦燃气灶时显得若有所思。

刷完碗后，苏云景又帮忙拖了地，然后回屋写作业。

苏云景刚从书包里拿出数学练习册，傅寒舟的电话就来了。

苏云景以为傅寒舟是到家了，所以打通电话跟他报平安，结果人根本没走。

"你现在在我家楼下？"苏云景的屁股像被火烤了似的猛地弹起来，他走向窗口，探头往下看，"你怎么没走？"

下周一傅寒舟就要转学过来了，苏云景还以为他回去收拾东西了。

苏云景很快就看见了傅寒舟，他站在楼下，换了一身衣服，银灰色的休闲装，搭配一双白色球鞋，身形修长，随意一站就足以引人注目。

似乎知道苏云景在想什么，傅寒舟抬眸望着楼上的苏云景说："东西我已经拿过来了，不用再回去收拾。"

苏云景跟傅寒舟对上了眼神："我马上下去。"

挂了电话，苏云景拿上钥匙。闻怀山坐在客厅沙发上看《新闻联播》，苏云景对他说："爷爷，我下去一趟。"

闻怀山看了他一眼："拉上拉链，别着了风。"

苏云景一边拉上拉链一边跑了出去，下了楼看见傅寒舟已经在楼道口等他。

苏云景跟做贼似的，生怕熟人看见傅寒舟又回来了，就拉着他往小区外面跑。

傅寒舟一直等在楼下，见苏云景房间的灯亮了他才打的电话，所以苏云景一摸他的手，就感觉冷冰冰的，一点儿温度都没有。

苏云景习惯了傅寒舟这个夏凉冬冷的体质，焐着他的手问："你吃饭了吗？"

傅寒舟点了点头，其实他没吃，但他不想把时间浪费在吃饭上，苏云景一会儿肯定还要回去。

苏云景拉着傅寒舟出了小区："你不回京城，那你现在住哪儿？"

"住前面那个酒店。"傅寒舟用手指了指。

苏云景抬头一看，是一家连锁酒店。衡林只有三星级酒店，但离他们小区有点儿远，傅寒舟就近选了一家普通的酒店。

他们俩也没其他地方待，苏云景只好跟着傅寒舟回了酒店。

傅寒舟订了一个标准间，房间摆着一个银灰色的拉杆箱，应该就是傅寒舟说的行李。

苏云景围着行李转了一圈:"你这什么时候拿过来的?"

昨天傅寒舟从京城飞过来的时候,苏云景没见他拿行李箱。

"我是托运过来的。"他这次来就没打算回去,所以提前把行李托运了过来。

前几天傅寒舟在衡林就住在这里,他回京城那几天也没退房。

从他离开衡林决定转学过来的那一刻,后续的事傅寒舟就全部想好了,包括跟闻燕来主动道歉、和郭秀慧他们摊牌。

苏云景坐到了床上:"你是打算这两天都住酒店?你跟你爸说了吗?"

"说了。"傅寒舟站在床边,盯着苏云景,"你明天晚上能过来吗?"

"住这儿陪你?"苏云景挑眉。

"嗯。"傅寒舟目光清澈干净,"我订的是标准间,正好一人一张床。"

苏云景犹豫了一下:"应该能吧,我得跟我奶奶说一声。"

他都十七岁了,在朋友家留宿一晚,理论上问题不大。

傅寒舟心情愉悦地坐到了苏云景旁边,后仰躺了下去。

酒店的房间很暖和,灯光也是暖色的,傅寒舟心里也暖烘烘的。

"今天我姑过生日,你什么时候生日?"苏云景用一种很自然的口吻问他,怕引起他怀疑,还刻意加了一句,"唉,我生日早过了。"

其实他们这个年纪互问生日很正常,有的男生总喜欢装大哥,只比对方大一天就跟得了天大的便宜似的,让人家喊他"哥"。

但苏云景心虚,因为他知道傅寒舟的生日,搁这儿揣着明白装糊涂。

本来他就虚,没想到傅寒舟反问了一句:"你不知道吗?"

苏云景耳根一麻,在心里说了好几句脏话。

傅寒舟躺在床上,漆黑的眼眸被光染成蜜糖色。他看着苏云景,浓郁的情绪得几乎要溢出来。

苏云景一回头，就撞进他深沉似海的眼眸，像是被什么蛰了一下，苏云景有一瞬的慌乱。

苏云景脑子空白了很久，反应过来后他干巴巴地笑了笑："你这话说得，我应该知道你生日吗？"

"我以为你记得。"傅寒舟的目光幽深。

苏云景的心立刻提了起来，被傅寒舟这话弄得忐忑不定的。

傅寒舟收回了视线，淡淡地开口："上次你给我买飞机票不是用了我的身份证吗？我以为你记得我的生日，我九月初十的。"

苏云景差点儿被傅寒舟这大喘气给吓死，他还以为自己的身份暴露了呢。

上次苏云景给傅寒舟在网上订飞机票时，见他的生日时还惊讶了一下，因为他的身份证的出生日期还是按照农历计算的。

苏云景干笑着解释："我忘了，当时只顾着输身份证号，没仔细看你的生日。"

傅寒舟"哦"了一声。

苏云景继续明知故问："你也是过农历生日的吧？"

"嗯。"

苏云景假装惊喜地说："那后天就是你生日呀。"

傅寒舟看着他："你要给我买生日礼物吗？"

苏云景愣了一下，心想：这么直接的吗？

"行啊，你想要什么？"

傅寒舟合上了狭长的眼睛："我想想，想好告诉你。"

苏云景一看时间不早了："你先想吧，我得回去了，太晚家里人该着急了。"

傅寒舟站起身："我送你。"

苏云景笑了："这两步路来回送什么？"

傅寒舟立马问："那你明天晚上过来吗？"

苏云景朝门口走："我白天就过来，正好在你这里写作业。"

傅寒舟眉眼弯了弯，但不知道想起什么，笑容突然敛了一些："以后不要在江初年家写作业了。"

苏云景："……"这都要计较一下？

小时候傅寒舟不许他给别人糖，后来又不许他给别人买糖葫芦，长大之后变成不许找人写作业了吗？占有欲这么强，他未来女朋友受得了吗？

苏云景无法想象，傅寒舟跟别人恋爱了会变成什么样。

"那咱们仨一块儿写作业？"苏云景试探着他的底线。

傅寒舟负气地抿了抿嘴唇，最后委曲求全地说："好吧。"

见他一副特别不情愿的样子，苏云景哭笑不得。

Chapter 09

睡在我上铺的兄弟

> 你每天给它换一身衣服,
> 就相当于每天都有只不同的玩偶熊陪着你睡,
> 多棒的体验感,心动不?

第二天吃了早饭,苏云景跟郭秀慧说了一声,然后拎着书包出门去找傅寒舟。

苏云景和傅寒舟并肩坐在桌子前,他们一人一本练习册,只不过苏云景的是高中练习册,傅寒舟的是初中练习册。

没办法,傅寒舟的基础太差了,除了英语以外,他没有一科好好听过课。

傅寒舟的英语很好,不过这不是在学校学的,是沈年蕴给他请的家教。他英语好到可以跟外国人正常交流的地步。苏云景还以为他喜欢英语,后来一琢磨原因估计是出在他身上。

当年傅寒舟跟沈年蕴走后,他们俩每天都会打一通电话。

那个时候沈年蕴就开始请家教给傅寒舟补课,毕竟他七岁都没有上学,和同龄孩子差了不少。

苏云景当时在电话里嘱咐傅寒舟好好学习,尤其是学好英语。因为小县城的英语教学水平有限,他跟傅寒舟开玩笑说,等他们俩考上同一所大学了,他还得让傅寒舟给他补补口语。

估计是傅寒舟把这话听进去了,所以把英语学得很好。

不过傅寒舟也没白学,至少现在还能教教他口语发音,如果他们俩能一块儿考所好学校,也算完成了当年的约定。

苏云景那个时候是真的在开玩笑,毕竟他才八岁,离上大学还很遥远,当时只是习惯性地逗傅寒舟。

一个多月前他只是个八岁的娃娃,一眨眼他就要跟傅寒舟为高考奋斗了,这种感觉还挺奇妙的。

苏云景笑着捅了捅一旁的傅寒舟:"有什么不懂的就问我,别跟哥哥不好意思。"

傅寒舟正在做数学题,被苏云景的胳膊一碰,笔下的"A"画出了好长一道。他微微抬眼,在苏云景写字时也碰了他一下,见苏云景的字也写扭曲了,才一脸正经地继续做题。

"嘿。"苏云景的眼睛瞪圆了,装作不高兴的样子,"我又不是故意的,你还打击报复我?"

傅寒舟的嘴角弯了弯,含笑的眼睛里有细碎的光泻出来。

苏云景在酒店和傅寒舟写了一天的作业,写完自己的,还要给傅寒舟补习落下的知识。

到了晚上苏云景回家拿了一身换洗的衣服,跟郭秀慧说要在同学家留宿。原主以前在朋友家留宿过,所以郭秀慧没多说什么,只是叮嘱他路上小心。

苏云景没在家吃晚饭,跟傅寒舟选了一家自助小火锅店。

汤锅的热气氤氲在傅寒舟的眉眼附近,他的眼尾透了一层薄薄的红。在这样嘈杂的气氛下,他仍旧像个富贵少爷,清俊贵气。

苏云景发现傅寒舟是真的很好看,难怪以后会做炙手可热的"顶流巨星"。

见苏云景莫名笑了一下,傅寒舟抬头问他:"怎么了?"

苏云景涮着毛肚说:"没什么,就是感觉你颜值很高,以后要是当明星不知道迷死多少小女孩儿。"

傅寒舟对自己的外貌其实没太大的感觉,被苏云景这么一夸,他忽然觉得长得好看也挺好。起码苏云景愿意看,而他愿意给他看。

吃饱喝足后，苏云景和傅寒舟回酒店，一前一后去卫生间洗掉了身上的火锅味儿。舒舒服服躺到床上那一刻，苏云景感觉人生都圆满了。

黑暗里傅寒舟突然开口："你明天要给我过生日吗？"

"嗯，你想好要什么生日礼物了？"苏云景默默补了一句，"千万别太贵。"

他现在是"学生党"，虽然家里每个月都会给不少零花钱，但苏云景总觉得还是不要太浪费。

"其实明天还有一个人过生日。"傅寒舟的声音在夜里莫名有点儿寂寥。

苏云景心里咯噔了一下，喉咙不自觉有了一丝哑意："还有谁？"

其实他也知道傅寒舟在说谁——陆家明，苏云景的上一个身份。

傅寒舟低声说："小时候认识的朋友。"

难得傅寒舟愿意跟他坦白过去，虽然那个过去他一清二楚，但对傅寒舟来说这是一种信任的表现。所以他没说话，耐心等着傅寒舟说下去。结果七八分钟过去了，傅寒舟也没再开口。

苏云景实在忍不住，开口问傅寒舟："然后呢？"

"然后他死了。"

苏云景心里一酸，以为傅寒舟会跟他袒露心声。他又等了七八分钟，对方还是没开口。

苏云景耐心告罄："没了？"

"没了。"

苏云景心想：什么？！他跟傅寒舟处了大半年就换来这么短短两句话的评价？

苏云景忍不住去看傅寒舟，对方平躺在他身旁，脸上什么表情也没有，苏云景不知道他在想什么。

突然傅寒舟侧身转向他，身子像婴儿那样蜷缩，这是一个很需要人保护的姿势。

苏云景怔了一下,仿佛感受到了傅寒舟此刻的彷徨脆弱。他的鼻头酸胀得难以忍受。

苏云景清了清嗓子,尽量让自己的声音听起来是正常的:"把腿放平睡,你这样不利于骨骼的发育。"

傅寒舟很听话地把腿放直了。

他应该是伤心难过的,苏云景忍不住想。

当初陆家明突然去世,依照傅寒舟的性格应该会很难过,毕竟他那么依赖陆家明。

想到这儿,他拍了拍傅寒舟的背,轻声安慰他:"都过去了,别再想了。"

傅寒舟没有说话,只是用力地抓住苏云景的衣摆,然后将自己埋进了被子里。

第二天一早,吃了早饭,苏云景活动着右臂问:"你想好要什么礼物了没?"

傅寒舟提出一个朴实无华的生日礼物:"我想要一辆自行车。"

苏云景还以为傅寒舟说的是那种酷酷的山地车,万万没想到对方要的居然是普通的自行车。

看着正在测试后座是否稳固的傅寒舟,苏云景婉转地说:"其实你也没必要为我这么省钱的。"

山地车虽然贵一点儿,但以苏云景现在的经济水平还是负担得起的。

傅寒舟无视苏云景,起身去问商铺的老板:"这辆车多少钱?"

"看你们诚心要,那咱们就讲个实在价,两百六十块钱。"老板能说会道,"我看你们都是学生,放心,我不会多要你们的。"

傅寒舟问:"这个车座牢固吗?"

老板笑了:"肯定牢固,你们俩大小伙子骑一辆,一丁点儿毛病都不会有。"

傅寒舟长腿一跨,坐到了车座上,回头对苏云景说:"上来。"

苏云景："……"

这一看就是个富家大少爷。作为贫苦子弟的苏云景从初中就骑自行车上下学，后座不知道载过多少男同学，根本不用试就知道肯定没问题。

傅寒舟还在一旁催他："上来。"

苏云景没多说什么，很给面子地坐了上去。

傅寒舟骑着自行车带苏云景转了一圈，回到车铺后，他按下刹车闸，腿往地上一支。等自行车停稳后，他扭头问苏云景："坐着还舒服吗？"

"还行。"肯定不如汽车坐得舒服，这玩意儿坐时间长了硌屁股。

"那就这辆吧。"傅寒舟准备付钱，"多少钱，二百六十块，是吗？"

老板乐颠颠跑过来："对，两百六十块。不挣你钱，也就是卖个吆喝。"

苏云景按住了傅寒舟掏钱的手，大气地说："今天你生日，这辆车我买单。"

刚跟傅寒舟装完阔，苏云景转头和老板正式杀价："两百六十块太贵了，一百五十块吧。"

傅寒舟："……"

老板："……"

老板摆了摆手："这价可拿不了，咱这自行车不是杂牌子，这可是国产老牌子，我两百六十块卖你都不赚钱。"

苏云景笑呵呵地说："老板，你开门做生意目的就是赚钱，怎么可能赔本赚吆喝呢？咱们就别玩虚的，这样，再给你加十块，一百六十块行不行？"

苏云景跟老板你来我往好一会儿，最终以一百八十五块拿下了这辆自行车。其实苏云景不会讲价，但他以前见他爸买过自行车，还是了解这个年代自行车的行情的。

老板是看他们俩年轻，所以把价格往高了抬，一百八十五块他都不可能赔钱。

苏云景付了钱，从傅寒舟手里接过自行车："今天你生日，我来带你，让你享受一把大少爷的待遇。"

傅寒舟唇角的弧度上扬了一点儿，坐到了自行车的后座上。

苏云景骑着自行车，载着傅寒舟穿梭在大街小巷。深秋的寒风从两个人耳边刮过，吹乱的头发在风里肆意飞扬。

苏云景已经好久不骑自行车，也好久没有带过人了，今天还真勾起了不少上学时的回忆。

"你就只要一辆自行车？"苏云景微微侧身问傅寒舟，"还有其他想要的吗？"

傅寒舟的心情很好，轻轻地"嗯"了一声。这声"嗯"融进了风里，随着寒风吹向四方。

苏云景眼尖地看见前面一家奶茶店，他的眼睛顿时一亮。

"你喝奶茶吗？"苏云景舔了下嘴唇。

说起来挺惭愧的，他特别爱喝珍珠奶茶，尤其喜欢嚼里面的珍珠，感觉特别解压。

傅寒舟不爱吃一切甜食，包括黏稠的奶茶。听出苏云景话里的喜欢，傅寒舟问他："你想喝什么味儿的？"

"原味就行。"苏云景停了下来，"我要中杯。"

不等自行车停稳，傅寒舟就下来了，然后迈着长腿去给苏云景买原味奶茶。苏云景单腿支着地，等傅寒舟回来。奶茶店这个时间段人少，傅寒舟很快就拎着一大杯原味奶茶回来了。

将吸管插进了奶茶里，傅寒舟伸手递给了苏云景。

苏云景趁热乎赶紧吸溜了一口，嘴里含混不清地问："你不喝？"

买奶茶的小姑娘大概见傅寒舟长得好看，所以加了不少珍珠。

傅寒舟摇头："我喝不了那么多，跟你喝一杯。"

苏云景没觉得有什么不妥，又喝了两大口。吸出不少珍珠后，他终于心满意足，把奶茶递给了傅寒舟。

傅寒舟坐到后车座上，苏云景腿一蹬，耳边的风又张扬了起来，傅寒舟的手里捧着热乎乎的奶茶。

在自行车停到红绿灯路口时，傅寒舟从苏云景身后将奶茶吸管递到苏云景嘴边。

苏云景觉得小傅服务得十分到位，眼睛带笑地吸了一大口奶茶。

等绿灯亮起，傅寒舟收回了奶茶。他低头含住了吸管，温热的奶茶滑入喉中，很甜很甜。

苏云景骑了十来分钟，傅寒舟的腿突然往地上一撑。苏云景觉得骑得有点费劲儿，回头询问傅寒舟："怎么啦？"

傅寒舟问："累了吗？"

"还行。"

"奶茶快凉了。"

苏云景迅速"退位让贤"："那你骑会儿，这玩意儿凉了就不好喝了。"

傅寒舟跟苏云景换了个位置。苏云景舒舒服服地坐在后车座上，嘬着珍珠奶茶，表情惬意。

傅寒舟在前面顶着寒风，耳尖吹得有点儿红。

苏云景忍不住吐槽："你上辈子是块冰吧？"

傅寒舟慢悠悠的声音从前面传来："那你上辈子可能是把火。"

苏云景挑眉："专门克你？"

他怎么感觉这家伙是来克他的？

傅寒舟笑了笑没说话。

傅寒舟不仅耳朵凉，裸露的后颈也像冰雕似的。

正好路过一家服装店，橱窗里的模特戴着一条红色带字母的围巾。苏云景叫停了傅寒舟，带他进店买了一条围巾。

从店里出来，苏云景让傅寒舟坐到后面。

傅寒舟裹着红围巾，用苏云景的话说，今天他生日，买个红色的围巾图吉利。

围巾很长，在傅寒舟脖子上缠了两圈，尾端还是垂到了胸口。

傅寒舟坐在后车座，看着苏云景那截从领口延伸出来的修长脖颈。他摘下了自己的围巾，一端套在苏云景脖子上，另一端围在自己身上。

苏云景没傅寒舟那么怕冷，骑了会儿自行车，他甚至感觉有点儿热。

"我不冷。"苏云景想扯下围巾，但身后的人突然勒紧了，倒不至于勒得他喘不上气，但也有点儿不舒服。

傅寒舟两只手一边紧紧攥着围巾，一边伸进苏云景的上衣口袋。虽然隔着一层衣服，但苏云景仍旧被傅寒舟冰得一激灵。

苏云景倒抽了一口凉气："哟，过分了啊！"

傅寒舟没说话，手指悄然攥紧那抹红色。

今天是傅寒舟的生日，苏云景想着好歹也得给他买块蛋糕吃，所以他最后停到了一家蛋糕店前。

刚要下车就发现自己被围巾给困住了，苏云景以为傅寒舟只给他一个人围了，谁知道他是一人围了两圈，然后缺德地把他们俩绑在一块儿了，最后还打了个死结。

苏云景："……"

幼稚成这样，苏云景也是长见识了。

因为绑得太死，苏云景鼓捣了半天才解开。他倒是没生气，进店买了一块巴掌大小的蛋糕。

傅寒舟不爱吃甜食，于是三分之二都进了苏云景的肚里。

他们俩也不着急回去，骑着自行车慢悠悠地前行，看见想吃的小店就会停下来买点儿。

一路走走停停，两个人换着骑车就当锻炼身体了。

骑着自行车一直晃荡到下午三点，苏云景接到了郭秀慧的电话。

苏云景下意识看了一眼傅寒舟，然后拿着手机去旁边接电话。

电话一接通，那边传来了郭秀慧的声音："辞辞，你现在还在同学家呢？"

苏云景半真半假地说："没有，我现在在外面呢。"

"那小傅有没有给你打电话？今天周日，他明天就要来'二中'上学了，怎么也得提前一天来吧？"

苏云景没料到郭秀慧还会关心这个，但谎都编出去了，只能硬着头皮继续圆下去："呃，他今天晚上的飞机，大概七八点钟到吧。"

郭秀慧似乎很在意他们俩有没有联系，再次跟苏云景确定："是他给你打电话说的，还是你自己问的？"

苏云景觉得这话问得有点儿古怪，斟酌了一下，说："是他给我打的。"

那边停顿了几秒后才又传来了声音："七八点钟到的话，那他现在还没坐飞机吧？你给小傅打个电话，让他下了飞机就过来。"

苏云景怕傅寒舟来了一家人尴尬："我跟他已经说好了，让他在酒店住一晚，等明天直接去学校。"

郭秀慧声音有些不自然："住校的事先缓缓。小傅刚转学过来，人生地不熟的，先住家里几天，以后的事以后再说。"

苏云景有点儿蒙，傅寒舟那天晚上的认错态度到底有多好，才会让郭秀慧说出这番话？

苏云景心情复杂地挂了电话，看着一旁的傅寒舟。苏云景走过去，上上下下将他审视了一番。

对于苏云景莫名其妙的行为，傅寒舟给予最大的理解，站在原地，任由他看。

苏云景寻思着，傅寒舟是不是有什么特殊的认错技巧，才能让他犯了那么大的错后还能获得大家的原谅。

苏云景压不住心中的疑惑，问他："你那天都跟我奶奶他们说什么了？"

傅寒舟垂眸："没说什么，只是告诉了他们真相。"

苏云景不太相信地上下挑眉：不能这么简单吧？

"我奶奶说让你先在我们家住几天，等过段时间再住校，你什么意思?"苏云景问他。

傅寒舟摇头,乖巧地说:"我没意见,都好。"

见傅寒舟对这个消息一点儿也不惊讶,苏云景觉得这里面有猫腻。他使劲儿打量傅寒舟,想找出端倪。

郭秀慧的态度转变得有点儿快,苏云景总感觉其中有什么他不知道的事。但他能问的只有傅寒舟:"你那天真没说其他话?"

傅寒舟看着苏云景缓缓地说:"我跟他们说我从小没有妈妈,我爸工作忙没时间陪我。跟你深入了解后觉得咱们俩很像,所以我很后悔做那些事。我不该伤害你,也不该曝光你的身份。"

听到这话,苏云景瞳孔微震,整个人都要炸裂了。

傅寒舟漆黑深邃的眼睛里清楚地映着苏云景惊愕的模样。

"怎么了,我说错了吗?"傅寒舟目光锁定着苏云景,"你难道不是因为这个才一直对我这么好的吗?"

苏云景喉咙滚了滚,勉强从嘴里挤出一句:"是……是有这个原因。"

按常理来说,傅寒舟在婚礼上揭穿了苏云景和闻燕来的关系,他闹出这么大的动静,要是原主在这里的话,揍傅寒舟一顿的心都有。就连对他的滤镜厚得要死的苏云景,都被他狠辣的手段吓到了。

苏云景甚至也有一段时间想过打退堂鼓,打算听从闻燕来的安排,老老实实地回衡林读书。只不过后来他无意中发现傅寒舟的精神状况不太好,几番犹豫之下,还是主动凑了过去,想看看自己能不能帮上忙。

但苏云景现在的身份是闻辞,他是最不可能关心傅寒舟的人,更不可能跟傅寒舟成为朋友。毕竟要不是傅寒舟,他私生子的身份不可能曝光。

现在傅寒舟倒是给苏云景的行为找了个借口——他们俩都是在缺失的家庭中长大,彼此能从对方身上看到自己的影子,所以惺惺相惜,抱团取暖。这个解释合情合理,没有一点儿毛病。

但是如果从闻燕来和郭秀慧他们的角度来看，那这件事就严重了。苏云景跟傅寒舟成为朋友只能说明，他只是表面接受自己是私生子，实际根本没解开心结。但这种事他又不可能到处宣扬，于是，跟他家庭背景相同的傅寒舟就成了他唯一发泄的渠道。现在的苏云景在闻燕来他们眼里，看似云淡风轻，其实内心千疮百孔。

苏云景终于知道为什么那天闻燕来会那么暴躁，郭秀慧又为什么这么关心他跟傅寒舟的关系，原来是傅寒舟不知不觉地挖了个坑。

苏云景陡然生出一个可怕的想法——傅寒舟到底是瞎猫碰上死耗子，还是他故意这么跟郭秀慧说的？

他心里惊疑不定，太阳穴突突直跳。

"你是真的知道自己错了吗？"苏云景看着眼前俊美的少年，语气有点儿不确定。

苏云景现在十分担心，此刻的傅寒舟跟他在这儿演"宫心计"呢。

傅寒舟看着苏云景，目光平和干净："嗯，以后我不会反对我爸跟她结婚了。"

苏云景不喜欢他做的事，他都不会再做。

听到这话，苏云景才稍稍安心了："那回家吧。"

因为傅寒舟对他们俩友谊的神级理解，导致剧情发生了大反转。就连原本态度强硬的闻燕来，在傅寒舟住进家里这件事上都没有再发表意见。她不是不排斥傅寒舟，她是不敢再轻举妄动了。当初苏云景表现得有多理解她，现在就有多让人担心他的心理状况。

郭秀慧一直问他跟傅寒舟的关系，其实是想从侧面窥探他的真实想法。

闻燕来甚至还请教过心理医生，心理医生告诉她，苏云景跟傅寒舟的关系越好，说明他越是排斥原生家庭。

私生子的秘密被揭穿的那一刻，苏云景有了被家人欺骗和背叛的心理。这种欺骗让他有了逆反心，甚至对傅寒舟产生了奇特的情绪依赖。

那个心理医生是闻燕来的朋友，根据苏云景的反应，她把自己的猜测告诉了闻燕来。其实总结起来就一句话——现在他对傅寒舟的信任多过对家人的信任。

被心理医生这么一提醒，一家人都觉得还是让傅寒舟住家里比较好，起码两个孩子都在眼皮底下，干什么事他们都知道。

苏云景："……"

琢磨明白郭秀慧他们的心理后，苏云景默默无言了好久。他没叛逆，他是真的理解闻燕来，包括她不让傅寒舟住在家里的原因，他也理解。但就是因为他表现得太理解了，反而显得有问题。

不过误打误撞，倒是成功让傅寒舟搬到了闻家去住。

苏云景现在就算想解释清楚也无从开口，他怎么解释自己跟傅寒舟的关系这么好？

早知道会这样，当初傅寒舟找过来的时候他就不该把人往家里带，谁能想到会发生这么一连串的事？

苏云景十分头疼，现在搞得他好像有心理疾病似的。

傅寒舟倒是很淡定，一副"既来之，则安之"的模样。其实他更想跟苏云景一块儿住学校宿舍，这样苏云景放学就不会再送江初年回家，还一块儿写作业。但苏云景一时半会儿住不到学校宿舍里，傅寒舟只能跟他一块儿住在闻家。

苏云景之前跟郭秀慧撒了谎，说傅寒舟晚上七八点的飞机，他话都说出去了，傅寒舟也只能在九点的时候拎着行李箱过来。

"小傅吃晚饭了吗？要不要我给你下碗面？"郭秀慧问。

虽然同意让傅寒舟住在家里，但心里多多少少还是有点儿芥蒂的，相处的时候也不像之前那么亲热，反而有点儿客套。

傅寒舟仿佛没看出郭秀慧的变化，态度一如既往，礼貌地表示自己在飞机上吃了套餐。

尬聊了几分钟，苏云景带着傅寒舟回了自己房间。

傅寒舟把行李箱整理好就去洗漱了，回来见苏云景坐在电脑前，

QQ响个不停。

苏云景正在跟陈越超聊天。陈越超左思右想,最终决定为爱努力一把,加入了李子欣的学霸小组当学渣。

超越自我:我还以为我跟她最大的障碍是丈母娘,没想到是"数理化"。

陈越超跟苏云景哭诉,他现在都快被"数理化"折磨疯了。

超越自我:我以后又不当科学家,你说我学它干什么?天塌下来有高个子顶着,外星人要是入侵地球,就让那些科学家上,我一个小学渣,我招谁惹谁了?

苏云景哭笑不得地安慰他,熬过这一年,光明的未来等着他。

超越自我:家里有矿,不需要靠高考,我就身处巅峰。

苏云景心想:行吧。

虽然跟苏云景吐槽,但李子欣一上线,陈越超就秒变好学生。

超越自我:不跟你说了,我"老师"开视频要听我背英语单词了。唉,这种甜蜜的痛苦你个"单身狗"不懂。

苏云景:"……"

被陈越超秀了一脸恩爱,苏云景正要关电脑下线时,林列的QQ头像闪了起来。

请叫我林总:傅哥转学了,这事你知道吗?

苏云景看了一眼旁边的傅寒舟:"你没告诉林列他们你转学过来的事?"

傅寒舟站在灯下,半垂的睫毛还带着湿意,看起来温和无害:"忘了。"

"那我告诉他们了?林列正问我呢。"苏云景敲着键盘。

"嗯。"

闻声识人:我知道,他转到我们学校了。

请叫我林总:你们俩到底什么情况?

这不仅是和好,同学情还更进一步了?

闻声识人：没什么情况，总之有空可以过来玩。

见苏云景不愿说，林列也不再多问只是开玩笑：那我等你们俩桃园三结义的时候加我一个。

苏云景在玩哏儿方面不输他：彼此彼此，我也坐等你跟唐卫结义的时候加我一个。

傅寒舟转到了苏云景的班级。虽然他剪了头发，但班里女生还是认出了他就是之前等在校门口的长发美少年，一个个神情都十分激动。

她们班竟然转来了两个超级帅的转学生，这是什么运气！

傅寒舟特意跟班主任说他和苏云景认识，以前苏云景经常帮他补习。班主任见他们关系好，就把两个人调成了同桌。

跟"南中"大家都在食堂吃午饭不一样，衡林二中可以选择回家吃午饭或者是在食堂吃午饭。以前苏云景都是回家吃午饭，后来和江初年认识后经常帮他去食堂打饭，所以偶尔也会留学校吃午饭。现在傅寒舟来了，怕回家吃大家都尴尬，苏云景就带他去了食堂。

江初年不知道傅寒舟转过来的事，看见他出现在学校还跟苏云景待在一起时，心里猛地一颤，然后抬头茫然地去看苏云景。

苏云景笑着说："寒舟今天刚转学过来，以后大家就是同学了。"

江初年身子一僵。他悄悄抬起眼皮，正好对上了傅寒舟黑黢黢的眸子。他顿时更加不安了。他清清楚楚地知道对方不喜欢他。

放学后，苏云景跟傅寒舟一块儿送江初年回家。到了小区楼道口，傅寒舟主动背起了江初年，苏云景拿着轮椅跟在后面。把人送到家，苏云景也没着急回去，在江初年家里多待了会儿。

见傅寒舟竟然没说什么，江初年又意外又惊喜，讨好似的要给他们俩洗水果吃，却被苏云景拦住了。

一直等到江初年的爸妈回来了，苏云景跟傅寒舟才离开。

苏云景怕傅寒舟多想，回去的路上主动解释："小年这个人……"

傅寒舟嗓音微凉地纠正他："是江初年。"

苏云景："……"

见傅寒舟对这个称呼很敏感，苏云景只好改口："学校很多人对江初年恶意很大，他心思敏感又自卑，咱们应该多关怀关怀他。你觉得呢？"苏云景用肩膀撞了撞傅寒舟。

傅寒舟不说话。

"说话呀，小傅。"苏云景又撞了他一下。

傅寒舟还是不说话。

"小寒？小舟？"苏云景每喊一个称呼就故意用肩膀撞撞他。

"再不行，那我叫'船船'了？"

光线昏暗的街道上，傅寒舟眉目一点点弯了下来。对于苏云景的提议，他终于开口"嗯"了一声，表示自己答应了。

虽然傅寒舟跟江初年的关系一般，两个人说话的次数屈指可数，但他也会帮着苏云景照顾江初年。对于傅寒舟这个讲道理的优点，苏云景还是非常满意的。

跟傅寒舟相处了一个星期后，郭秀慧老两口的态度不像最初那么生硬了，与他的关系也缓和了些。毕竟这段时间傅寒舟表现良好，会帮忙收拾碗筷，还会跟苏云景一块儿打扫家里的卫生。

这期间闻燕来也打来过电话，敏感地避开了傅寒舟这个话题。

闻燕来现在不反对傅寒舟住进闻家，倒不是因为他表现得太好，获取了她的信任。完全是因为傅寒舟之前那番话杀伤力太大了，让闻燕来无从下手，也不敢让苏云景和他断了联系。

苏云景像个夹心饼干，被迫夹在他们俩中间左右周旋，希望所有人都能相安无事。

"拔了刺"的傅寒舟不像之前那么叛逆了，只要好好地跟他讲道理，他什么都听。唯一的缺点就是睡觉喜欢挨着苏云景，搞得苏云景每天早上醒来都胳膊疼。

傅寒舟是要长住的，苏云景跟闻怀山商量了一下，打算把他们房间的大床换成上下铺。

现在订床都是送货到门，加点儿钱还能让师傅把原来的床帮忙抬走。

沈年蕴虽然不是个合格的爹，但在钱的方面从来不会亏待傅寒舟。傅寒舟现在手里就有一张透支额度很高的卡。

知道傅寒舟现在住在闻家，沈年蕴还非常不好意思，送了郭秀慧他们一支基金，往里面存了一笔钱。

苏云景知道后瞠目结舌，原来这就是有钱人送的礼物，多么的朴实无华——送你一支基金，还会帮你打理，你坐等收钱就好。

闻怀山虽然不想收，但沈年蕴把话说得很周到，实在是让他盛情难却。

两个男孩子其实没那么多讲究，不过分开睡的确好。

郭秀慧经常看见两个孩子挤在一张书桌上学习，想着把大床换了，能节省卧室空间，到时候再给傅寒舟添个书桌。就算她对傅寒舟有点儿心结，也不会耽误孩子学习，况且难得他们俩都这么勤奋。

一家人都对这个主意没意见，除了傅寒舟。

但苏云景这次没有妥协，他知道傅寒舟晚上挨着他会睡得好。但他想来想去，觉得傅寒舟是因为极度缺乏安全感，所以才希望有人陪着他。

傅寒舟对他这么依赖是把双刃剑，往好的方面想，苏云景可以用这份信任把傅寒舟往身心健康的道路上领。但缺点也很明显，万一他离开这个世界呢？

原主的身体很健康，应该不会像上次那样病逝，不过苏云景总感觉绑定他的穿书系统有点儿不靠谱儿。不怕一万，就怕万一，为保险起见，还是要锻炼傅寒舟自我入睡的技能，这样他离开后，傅寒舟也不至于晚上睡不着。

在苏云景的坚持下，傅寒舟的反对无效。好在他没表现出太强烈的情绪，只是情绪不佳，沉默寡言。

苏云景有点儿不落忍，明明傅寒舟一米八几的个子，那么大一坨，但他眼睫一垂，薄唇微抿，立刻给人一种可怜巴巴的感觉。

新床买回来那天，苏云景骑自行车载着傅寒舟去商店，给他买了一只超大的玩偶熊。

付了钱，苏云景把玩偶熊往傅寒舟怀里一塞："给你，晚上抱着它睡，抱它可比抱我舒服多了。"

在一旁的女店员听到苏云景这话，抬头看了他们一眼。

个子稍高的少年头发剪得奇短，眉目精致，鼻梁直挺。他抱着那只大玩偶熊，长长的睫毛垂落下来。另一个长相清俊的少年对他说："抱上你的玩偶熊，咱们走！"

说完，少年就率先离开了精品店。短发少年抱着玩偶熊跟在身后，他心情似乎很低落，一言也不发。

女店员被这幕可爱到了，特别想揉一揉对方毛刺刺的头发。

苏云景在前，傅寒舟跟在后面，他们俩本来就长得好看，再加上一只超大的玩偶熊，简直是"吸睛利器"。

走出商店，苏云景拿钥匙打开了车锁，然后骑车带着傅寒舟往家走。傅寒舟侧身坐在自行车后座上，抱着玩偶熊，神色怏怏。

苏云景见不得他这样，开口哄他："这不是给你买玩偶熊了吗？软乎乎的，晚上抱着多舒服？"

傅寒舟不说话，不知道的还以为他受了天大的委屈。

苏云景问："喝奶茶吗？"

傅寒舟抿着嘴唇，心情低落。

苏云景不气馁地问："那想吃点儿什么吗？"

傅寒舟还是抿着嘴唇，心情低落。

苏云景没话找话："要不要我给你这只大玩偶熊买几件新衣服，我看店里有卖的。"

见傅寒舟还是不说话，苏云景继续说："你每天给它换一身衣服，就相当于每天都有只不同的玩偶熊陪着你睡，多棒的体验感，心动不？"

傅寒舟不理人,并且彻底跟苏云景闹起了别扭。

他当着郭秀慧和闻怀山的面十分乖巧,但回卧室关上门就一句话也不说,特别高冷。

苏云景:"……"

晚上苏云景要去洗澡,打开衣柜发现自己常穿的那套睡衣不见了。他正纳闷儿时,就见傅寒舟床上的那只大玩偶熊穿着他的睡衣。

苏云景满头黑线。

傅寒舟压在玩偶熊身上,长腿随意搭在床栏杆上,冷白如玉的肤色跟棕色的玩偶熊形成了鲜明的对比。他似乎很烦躁,拧着眉头。

本来苏云景想让傅寒舟睡下铺,谁知道他非要睡上面。

看着傅寒舟,苏云景又好笑又好气,拿了另一套睡衣去洗澡了。

等他洗完澡出来,傅寒舟还保持着原来的姿势躺在床上。

苏云景戳了戳傅寒舟的腰窝:"船船。"

傅寒舟有痒痒肉,他小时候一被碰就缩得跟个煮熟的虾似的。因为闹脾气,苏云景这次碰他,他竟然坚挺地躺着,一动不动。

苏云景挑眉:哟,出息了!

他伸出手,在傅寒舟腋窝处一挠,对方立刻蜷成虾状。

傅寒舟一回头就撞上了苏云景荡着笑意的眼睛:"还生我气呢?"

傅寒舟身子猛地僵住,倾低身子凑上前:"为什么要换成这样的床?"

苏云景摆出了讲道理的架子:"你看,变成上下铺了,房间是不是显得宽敞多了?"

苏云景理解傅寒舟。他就是失去得太多,所以格外没安全感。跟你不熟时连个眼神都懒得给你,一旦信任你后就会彻底敞开自己,所以傅寒舟才会特别招读者的喜欢跟心疼。

现在女主角还没有出现,苏云景就成了他要抓住的唯一的朋友。

苏云景用哄人的语气说:"你现在就睡我上面,一探头我就在下面,跟过去没区别。"

闹完脾气的傅寒舟进入了听劝模式。一低头就能看见苏云景，这样的距离他勉强能接受，但不能再远了。

傅寒舟点了点头，又枕回到了大玩偶熊身上。

这一个晚上，傅寒舟睡得不太好，其间无数次醒过来，每次醒来都要低头去看床下那个人。屋内的光线很暗，苏云景面容模糊，虽然只看到一个轮廓，但他还是安心地躺了回去。

因为睡得不太好，早上傅寒舟没能准时起床，苏云景衣服都穿好了，他还蒙着头在睡。

苏云景打着哈欠叫他："寒舟，起床上学了。"

被子被掀起一个小角，一双乌黑的眼睛从里面探了出来。

傅寒舟抱着玩偶熊，半张脸枕在玩偶熊的胸口，狭长的凤眼惺忪，俨然没有睡醒的样子。

苏云景又喊了一声，结果傅寒舟把被角掖紧了，又躺了回去。

苏云景："……"

看他不愿意醒，苏云景也没勉强他，自己先去洗漱。

苏云景刚出卧室，正在摆碗筷的郭秀慧说："要开饭了，小傅醒了吗？"

"还没醒。"苏云景挤着牙膏说，"他估计换了新床不习惯，昨晚也没怎么睡好，一会儿我再叫他。"

郭秀慧嘱咐了一句："你们都快点儿收拾。"

苏云景刷着牙，应了一声。

等他洗漱完回了房间，傅寒舟还在睡。被窝鼓鼓囊囊的，一人一熊在里面。

苏云景上前掀开了被子："醒醒，别睡了，再睡下去就迟到了。"

傅寒舟抱着玩偶熊又拱回了被窝。

苏云景："……"

苏云景把被子全撩开了，一人一熊无所遁形。见傅寒舟打了个冷战，苏云景于心不忍，又给他盖上了被子。然后傅寒舟拱回了被窝里，继续赖床不愿起。

苏云景眼皮突突直跳:"你是要让我奶奶叫你是吧?"

傅寒舟这下终于拱出了被窝。他在郭秀慧和闻怀山面前一直在装乖巧宝宝。

苏云景没好气地说:"合着你就欺负我,除了我谁都不敢惹,是吧?"

"我昨天很晚才睡的。"傅寒舟支开眼睛,说话时有点儿鼻音,像是在撒娇,也像是在埋怨苏云景不愿意跟他一块儿睡。

苏云景知道他这是"戒断反应",时不时就要闹一下脾气。不搭理他这茬儿,苏云景说:"赶紧起来,我先去吃饭了。"

给了傅寒舟一个潇洒无情的背影,苏云景关门走出卧室。

很快门外就传来了郭秀慧的声音:"小傅还没醒呢?"

苏云景说:"已经醒了,正在穿衣服呢。"

傅寒舟只好从床上坐起来。

两个人吃了早饭后,傅寒舟没精打采地跟苏云景上学了。

苏云景也不知道他是真困,还是在故意做样子,傅寒舟一到课间就趴在桌子上。

苏云景偷偷戳了戳他的痒痒肉:"真困还是假困?"

傅寒舟缩了缩身子,把脸埋进手臂里看不见表情。苏云景隐约听见好像有闷笑声,但又好像没听见。

"是不是装的?"苏云景戳了戳他的肩头,"嗯,是不是?"

傅寒舟漂亮的凤眸从两臂之间露了出来,里面含着笑意。

苏云景不禁感叹:"你这演技不做演员真是可惜了。"

傅寒舟眼皮一垂,又恢复病恹恹的困顿模样:"昨天是真的没睡好。"

苏云景心想:你以后成为"顶流"要是被人说演技不好,我是不信的。

心软是不可能心软的,苏云景铁石心肠地想。任凭傅寒舟怎么撒娇卖乖，他都不可能心软。

晚上睡觉的时候，傅寒舟的"戒断反应"又出来了，刚熄了灯没多久，他就在床上动来动去的。

床板很结实，不管傅寒舟怎么折腾，床都不可能像学校宿舍的床发出吱呀吱呀的声音。

苏云景镇定自若地躺在床上，不理会上铺的傅寒舟。但傅寒舟非要作妖，见苏云景不理他，他就推下了那只大玩偶熊捣乱。

苏云景被穿着自己睡衣的大玩偶熊盖住了脸。他生无可恋地躺在床上，闹别扭的傅寒舟真是……没一会儿，从上铺伸下一只骨节分明的手。

苏云景知道傅寒舟是在跟他要玩偶熊。他坏笑了一声，然后抬腿将脚放到了傅寒舟手中。

傅寒舟反应很快，立刻攥住了苏云景的脚踝。

苏云景的腿被吊在半空，挣扎了两下，见对方不松手也就不动了。苏云景想着他玩累了就会松开，但这条腿吊了五六分钟，傅寒舟仍旧没松手的意思，反倒是他大腿内侧的筋扯得有点儿不舒服。

苏云景抬起另一条腿，踢了踢上铺，示意傅寒舟赶紧松开。

上铺那人没有任何反应。

嘿！苏云景忍不住起身去掰傅寒舟的手。

傅寒舟不肯松手，手指反倒是扣得更紧了。

苏云景扒住上铺的栏杆，慢慢撑起另一条腿。他探出身子，然后艰难地站了起来。

傅寒舟躺在床边，苏云景一起身，脸差点儿贴上去，好在他稳住了自己。

苏云景愣了愣："睡不着？"

傅寒舟没有说话，只是看着苏云景。

苏云景抿了抿嘴唇，最终还是妥协了。

周四晚上,苏云景正辅导傅寒舟化学时,接到了江初年的电话。

江初年父母进货的服装厂出了点儿事,不准备再干下去了,夫妻俩要过去跟服装厂结清账目,顺便再跟新货源签合同。

这种私人工厂周六、周日不休息,所以江初年爸妈打算周六早上走,正好把江初年送到他奶奶家住两天。他奶奶家有个邻居从小就爱欺负他,骂他是"没腿的小瘸子"。

江初年不想过去,因此给苏云景打了个电话,问苏云景自己能不能在他家借宿一晚。

苏云景想也没想就答应了:"那我周六过去接你,你晚上就来我家睡吧。"

在他心里这根本不叫事,但一旁正在做化学题的傅寒舟倏地抬起了头,眼底沁着森森寒气。

苏云景挂完电话,看见傅寒舟的表情,心想:糟糕,捅马蜂窝了,答应得太痛快,忘记问他的意见了。

苏云景赶紧补救说:"江初年很腼腆,他很少开口让我帮什么忙,这次好不容易开口了……"

不等苏云景说完,傅寒舟就沉着脸打断了:"不要让他过来!"

就江初年那个性格,能开口一次不知道鼓足了多少勇气,苏云景不想打击他的自信心。

苏云景只好跟傅寒舟商量:"我让他睡我床上,晚上咱们俩睡上铺行不?"

"不要把别人带回家!"傅寒舟出乎意料地强势,一字一顿地说,"不要把人带到咱们的房间!"

上次苏云景要换床,傅寒舟虽然不高兴,但也没像现在这么生气,甚至苏云景答应晚上和他一块儿睡都哄不了他,只能说明这行为触及了他的底线。

苏云景思忖了片刻,他这个人心大,对什么事接受度都高。但傅寒舟不一样,他私人领域感很强,非常不喜欢陌生人进入他的地盘。

见苏云景有点儿头疼和为难，傅寒舟眼眸逐渐深沉，深处狂卷着惊涛骇浪，似乎有什么狂暴的东西要从里面跑出来。傅寒舟压低眼眸，突然问苏云景："你为什么要管我？"

苏云景愣了一下，没太明白他的意思："什么？"

傅寒舟的眼尾带着凌厉，声音又沉了一分："你对我的好跟照顾江初年的理由一样？"

怕现在袖手旁观看着他发疯，许多年后会觉得自己是雪崩时的那片雪花？为了将来不自责，所以才管他的？

苏云景觉察出傅寒舟的情绪有些不对劲儿，但有点儿不太明白他为什么发这么大的火。而且这怎么能一样？他帮江初年只是举手之劳，但傅寒舟是他的责任，而且是终生保修的那种。一旦出了任何问题，他都会第一时间冲上前。他对江初年没有这种责任，也没有这么深的感情。

苏云景琢磨了一下傅寒舟为什么会问他这个问题，很大的可能是占有欲作祟，觉得他对江初年太好，所以生气了。

弄清楚傅寒舟发火的原因，苏云景轻车熟路地给他顺毛："当然不是了，我照顾你是因为咱们俩是兄弟。"苏云景坚定地说，"无论什么选择题，只要选项有你，我都会坚定不移地选你。"

傅寒舟眉宇间凝聚的戾气冲淡了一些，他的语气缓和了一点儿："不要对别人比对我好。"

"你说这话的时候能摸一下自己的良心吗？"苏云景十分不满，"我对谁比对你好了？"

他长这么大，还没在其他人身上费过这么多心思呢！身边的朋友都是能处就处，不能处就拉倒，还从来没有上赶着的时候。

傅寒舟的唇角微微上扬，撞了一下苏云景的肩，他才慢慢抬起了头。

其实他想说不要对别人好，哪怕只是好一点儿他都会接受不了。他帮苏云景照顾江初年，不过是不愿意在这种小事上跟苏云景产生分歧，惹他生气罢了。

傅寒舟低声说："不要让他住咱们的房间，不要随便把任何一个人领回家。"

苏云景叹了一口气："你毛病也太多了吧？"

傅寒舟口气有点儿凶："我就是毛病多！"很快，他的声音又乖巧了起来，"但其他事我会听你的话。"

苏云景对于傅寒舟听话的承诺没太大的反应，这段时间他已经变得很好了，虽然偶尔"炸蹶子"，但只要不危害到别人，大部分事苏云景还是会依着他的。

现在的问题是怎么跟江初年说，他都已经答应人家了。如果是一个普通人听到苏云景的拒绝，对方肯定不会多想，但江初年不一样。

似乎看出苏云景的为难，傅寒舟眉头微蹙，还是选择妥协了。

"不能让他来家里。"傅寒舟退了一步，"我顶多答应跟你去他家待一个晚上。"

苏云景一想也行，打了个电话问了问江初年。

江爸和江妈对苏云景很有好感，放心家里没大人时让他跟自己的儿子做伴。

周六上午，苏云景和傅寒舟一早去了江初年家，他爸妈赶六点四十分的火车走了，这个时间点的火车票便宜一点儿。

其实他家不缺钱，夫妻俩这些年也攒了小一百万元。这时候的几十万元，在房价还没起来的县城能买好几套房子。但两个人是苦日子过来的，再加上江初年身有残疾，他们俩省吃俭用，为江初年以后做打算。

傅寒舟对江初年来家里的意见很大，他们两家只隔了一条街，苏云景本来想着中午跟晚上回家吃，但傅寒舟不乐意。为了不让江初年来家里，午饭他们是在江家做的。

下厨的人自然是傅寒舟，苏云景则在厨房帮忙打下手。

傅寒舟在闻家表现得一直很好，经常进厨房帮郭秀慧做饭。正所谓伸手不打笑脸人，郭秀慧这几天的态度明显又软化了不少。

苏云景不得不感叹，傅寒舟要是下功夫讨好一个人的时候，真的很难让人拒绝。

看傅寒舟切的土豆丝比手指头都粗，苏云景忍不住吐槽："你这刀工也太差了吧？"

平时在家都是郭秀慧切菜，傅寒舟只负责炒，菜的味道还不错，就是刀工一言难尽。

傅寒舟切了块熟的丸子，塞进了苏云景的嘴里。

"好大的脾气。"苏云景用胳膊肘碰了碰傅寒舟的肩，调侃他，"你最近飘得很厉害，还不让人说了？"

傅寒舟嘴角微弯，又投喂了苏云景一块丸子。

江初年坐在轮椅上，见他们俩关系这么好，心里十分羡慕。

从厨房走出来的傅寒舟收敛了笑容，恢复了一贯的清冷，也不搭理江初年。不过有苏云景这个黏合剂在，三个人的气氛还算融洽。

江初年的床不是很大，睡三个人有点儿挤。

他家是两室一厅，苏云景也不好趁江爸江妈不在家去人家卧室睡。最后他们搬出了江爸前几年买的折叠床，跟沙发拼成了一张双人床，他和傅寒舟在客厅睡。

为了跟沙发拼在一块儿，他们把沙发移动到了客厅中间。原来的沙发底下都是灰尘，苏云景勤快地拿笤帚打扫，让江初年非常不好意思。

"我来吧。"他推着轮椅想过去帮忙。

苏云景摆了摆手："没事，也不是多累的活儿。"

傅寒舟默默地去拿了墩布，把苏云景扫的地方擦干净了。

他们俩十分默契，再加上傅寒舟有意无意地忽视江初年，江初年有种格格不入的失落感。

晚上江初年要洗澡，苏云景给他往浴缸里放好了热水，把毛巾、洗发膏、沐浴露放到了手边。大概是为了照顾江初年，江家的洗手间的浴缸上还设计了一个花洒，可以泡澡也可以冲洗。

江初年推着轮椅进了浴室,见苏云景还留在原地不走,傅寒舟把他拽了出来,顺手关上了门。

"有事?"苏云景一头雾水地跟着傅寒舟出来了。

"他要洗澡,你在里面干什么?"傅寒舟蹙眉。

怕江初年听见,苏云景压低了声音:"他身体不方便,我得把他放进浴缸里。"

傅寒舟观察力显然要比苏云景强很多,嗓音微凉地说:"他自己可以。"

江初年看着瘦弱,双臂却很结实,只要他把轮椅固定住,双手是可以撑着自己进浴缸的。

傅寒舟语气不太好:"不然你以为他这么多年,每天还要他爸他妈抱他上下床?"

苏云景还真没发现这个细节,仔细一想江初年的手掌好像有层薄薄的茧,应该是长期活动造成的。

傅寒舟咬牙切齿地说:"是不是他晚上睡不着,你还会哄他睡觉?"

苏云景睨了一眼傅寒舟,说:"那倒不会,因为人家也不会像你毛病这么多,晚上还失眠。"

傅寒舟面无表情地掏出一颗话梅糖,撕了包装袋就塞进了苏云景嘴里。

苏云景含着话梅糖看他:"嗯?"

傅寒舟又面无表情地塞了一个。

苏云景:"……"

小时候苏云景要是说了傅寒舟不爱听的话,他就喜欢往他嘴里塞吃的。大概是为了堵住他的嘴,让他少说话?

对于傅寒舟这种"小学生行为",苏云景当然是先顺毛撸了,顺好毛再跟他讲道理,让他不要老盯着他对江初年的好。

苏云景拍了一下傅寒舟:"大气点儿,上铺的兄弟。"

傅寒舟不说话,又喂给了苏云景一颗话梅。

苏云景："……"

苏云景睡眠质量一直很好，再加上心比较大，到哪儿都适应良好，熄了灯没多久他就迷迷瞪瞪地睡着了。

傅寒舟对睡眠的要求一向高，环境不熟悉，床又不舒服，而且还是别人家的被褥。他一个人睡觉总是习惯蒙着头，但这次只把被子盖到了胸口。

半夜江初年起来去洗手间，他尽量放轻动作，生怕闹出动静会吵醒睡在客厅的苏云景跟傅寒舟。

从洗手间出来，江初年下意识地看了一眼客厅中央。正好一双黑黢黢的眼睛看了过来，那双眼睛非常漂亮，但眼尾锋锐，带着戾气。他吓得连忙收回视线，慌乱地推着轮椅回了房间。

其间不小心撞到了什么，弄出来的声音让苏云景的眼皮动了动。

苏云景艰难地撑起眼皮："怎么了，哪儿响了？"

傅寒舟垂下眼睫，眸中的情绪不着痕迹地抹去。

苏云景还没睡醒，迷迷糊糊地问："怎么了？"

傅寒舟垂着眸不说话，苏云景还以为他又做噩梦了，习惯性地轻拍着傅寒舟的背后，傅寒舟这才合上了眼睛。

其实傅寒舟对江初年没什么感觉，他只是不喜欢苏云景将注意力分给任何一个人，但他能忍，不管苏云景在学校对江初年有多好，他虽然会闹闹脾气，实际上也不会真做什么，这次发火完全是因为江初年触及了他的底线。

周六、周日他只想跟苏云景两个人待在一起，不想被任何人打扰，周一到周五苏云景想做什么，他都不会插手太多。

好好的一个周末被江初年破坏了，傅寒舟心里是有火气的。生气归生气，他也不可能真对苏云景发脾气。

这种不好的心情一直持续到了第二天，晚上等江初年父母回来后，他跟苏云景离开了江家才终于好了起来。

苏云景隐约感觉傅寒舟的心情似乎不错，晚上洗完澡甚至还给那只大玩偶熊换了身衣服,还是苏云景的睡衣。

看着傅寒舟专心给那只玩偶熊扣睡衣扣子,苏云景嘴角抽搐了片刻。

真是"男人心",海底针,捞不起来,捞不起来呀!

从江初年家回来,傅寒舟就闹了一场小感冒。

苏云景带傅寒舟去小区诊所看了看,医生说他晚上着了凉,人没什么大事,只给他开了点儿感冒药。

虽然问题不大,但傅寒舟看起来病恹恹的,一下课就趴在了课桌上。

苏云景想说,一场小感冒,不至于吧?但看见傅寒舟凤眼含泪、鼻尖红红的样子,他就把话咽回去了。

好歹也一米八几的大个子,怎么这么弱不禁风,跟黛玉妹妹似的?

用傅寒舟的话解释,他每次感冒都要拖很久,哪怕医生说没事。

苏云景小时候没见过傅寒舟生病,无法判断他这话的真假。

傅寒舟的体质跟正常人向来不一样,鬼知道作者会胡乱给他这个万人迷男二号加什么奇奇怪怪的设定。

大课间苏云景去二楼接热水时,傅寒舟要跟着去被苏云景劝住了。他们俩一直是"焦不离孟,孟不离焦"的,难得苏云景能单独去干点儿什么。

苏云景一走,傅寒舟百无聊赖地趴在桌子上。等了好长时间,苏云景才拎着两个保温杯,一脸怒气地回来了。

见他脸色不对,傅寒舟的眼神透出几分锐利:"怎么了?"

苏云景很少发火。他重重地吐了一口气才恢复了平静:"没事,刚跟人吵了一架。"

要不是年级主任正好路过,他们俩估计会动起手来。

平时苏云景很少去水房接热水,这次傅寒舟感冒,他灌傅寒舟喝了不少水。苏云景接水时突然想起了江初年,打算给他接一杯过去。

江初年班上有个男生，跟江初年是小学同学，见苏云景来给江初年送水，就说了一个八卦新闻。

小学五年级的时候，江初年因为双腿不方便，又不好意思请别人帮忙，家里就给他穿了大孩子用的纸尿裤。后来被班里一群调皮捣蛋的男孩儿发现了，江初年一直被嘲笑到小学毕业。

上了高中，江初年跟这人分到一个班后总是有意无意地躲着他，生怕他会说出这件事。

其实那人早忘了，今天要不是苏云景问江初年喝不喝水，他压根儿想不起这件事。

苏云景因为这人嘴欠，差点儿跟他打起来。

刚才他去了一趟办公室，把情况跟江初年的班主任说了一下，希望老师以后能让他在上课的时候带江初年去厕所。

自从小学发生那件事后，江初年就不敢在学校喝水了，生怕再闹出这么难堪的事。

学校厕所的设施对他很不友好，每次实在忍不住想上厕所时，他都是趁着打了上课铃偷偷去。

苏云景跟自己班主任和江初年的班主任商量好了，上午第二节课跟下午第二节课，他们俩会晚几分钟上课。

像江初年这样天天不喝水又习惯性憋尿，以后时间长了，身体肯定是要出毛病的。

苏云景想想就气得不行，一个十七八岁的少年哪来这多恶意，拿别人的生理缺陷开玩笑。

"我太大意了，都没想过江初年去厕所的事，难怪他中午从来不喝汤。"苏云景用力按了按太阳穴。

听出他话里的自责，傅寒舟抿了抿嘴唇。

他们俩其实是两个极端，苏云景是个共情能力很强的人，很会设身处地为别人着想，有时候还会产生自责的情绪。

傅寒舟则是个自私的人，不关他的事，他只会冷眼旁观。他不理解苏云景为什么要对别人产生同理心,有时候还会因为苏云景过于关心别人而生气。

即便是苏云景为别人打抱不平,傅寒舟也是不高兴的。但这种不高兴他不会表现出来,至少不会在苏云景面前表现出来。有些事他闹闹脾气,苏云景会过来哄他。可苏云景有自己的底线,他要是在这个时候表现得漠不关心,一定会惹苏云景生气。

傅寒舟不想他过于关心江初年,只能说:"现在的课程我也听不懂,你好好上课,我去吧。"

苏云景瞅了一眼傅寒舟。心想就算他同意,江初年也不会同意,因为江初年有点儿怕傅寒舟。

苏云景委婉地拒绝:"你跟他现在还不是很熟,等过一段时间再说吧。"

傅寒舟眼底含着戾气,能帮就不错了,他还挑三拣四!

傅寒舟身体里的每个细胞都在疯狂冲苏云景叫嚣——不要管他!不要管他!

但这话他只能在心里想想,面上没有表露半分:"趁这次机会多接触接触就熟了。"末了,傅寒舟还温和地补了一句,"我会对他很有耐心的。"

苏云景对傅寒舟的热心肠给予了肯定,但最后还是决定亲力亲为。今天这么一闹,江初年肯定会更敏感,他现在信任的只有苏云景一个人。

傅寒舟虽然不得江初年的信任,但他有一项别人没有的技能——"钞"能力。

现在最大的问题就是学校没有残疾人专用厕所,只要解决了这个问题,苏云景就不用每天带江初年去上厕所了。

如果只是在学校修个残疾人专用厕所,傅寒舟手里的钱就够。但苏云景不知道傅寒舟是怎么说服沈年蕴的,他居然给学校捐了一笔钱。现在不仅要重新建一个厕所,两个教学楼以及学生宿舍楼还要安装直升电梯。

沈年蕴来衡林看望傅寒舟的时候，还专门跟学校谈了谈这件事。

见傅寒舟搞出这么大的动静，苏云景下巴差点儿没掉下来："不用这么夸张吧？"

傅寒舟解释说："这笔钱是以公司的名义捐的。"

一个企业在发展到一定规模后，它是有社会责任的，慈善就是其中的一部分。

像沈家这种龙头企业，做慈善能提升企业信誉和声望。

傅寒舟对衡林二中做过简单的调查，它是本市十大重点中学之一。如果能评为省内重点中学，就可以得到更好的教育资源。衡林二中的升学率还可以，但跟其他省内重点中学比就要逊色很多。但升学率只是重点中学评选的其中一项，要是这个学校其他方面办得有特色，还是有机会的。

如果衡林二中为身有残疾的学生开辟一个绿色通道，只要把名声打出去，就可以吸纳像江初年这样的孩子。所以必须要装修教学楼，安装直升电梯，以及实施一些其他措施。

苏云景忍不住夸傅寒舟："你太聪明了，如果像江初年这样的学生多了，学校一定会有很多相应的保护措施。"

只有江初年一个人，他的需求很难被学校发现，人数多了学校才会重视。

苏云景以为傅寒舟是因为前几天江初年受到了不平等的待遇才想出了这个办法，但其实傅寒舟志不在此。建一所残疾人专用厕所很简单，但仅仅只能解决江初年上厕所的问题，后续还有无穷无尽的麻烦。不如给他找些同伴，扩展他的交友圈。朋友多了，他就不会总黏着苏云景了。

面对苏云景的夸奖，傅寒舟微微一笑："能帮到他们，我也很开心。"

苏云景顿感欣慰，傅寒舟的三观真是越来越积极向上了。

Chapter 10

取暖费

前面是赠品,
后面这个才是卖品,不能不要。
所有解释权归商家所有。

二中校长跟教育局报备了学校未来的计划,得到了上级领导的大力支持。

有了教育局的认可,校长回去之后就把江初年叫到了办公室,询问他在学校有没有遇到什么困难。末了还给江初年一个意见表,让他对二中的基础设施提一些意见。

校长从江初年班主任口中得知前几天有一位学生欺负了江初年,他对这件事非常重视。

教育局领导再三强调,一定要加强对残疾学生的保护,尤其是他们的心理健康。

校长让班主任多留心江初年,还要跟那个学生的家长好好谈一谈,以后对这样的事情决不能姑息。

也不知道是谁把消息传开的,没多久,学校就流传出傅寒舟家很有钱的传闻。学校贴吧讨论了上千层楼,不少外校的女生慕名而来,对傅寒舟的身份进行了各种猜测。

长得帅,家世还好,一夜之间"衡林女孩儿"们直呼,小说里的男主角终于有脸了。这年头很多女孩儿都喜欢霸道总裁,像苏云景这种"暖男"只能靠边站。

一早上学，傅寒舟从桌洞里翻出了不少情书和巧克力。据苏云景目测，情书少说也有二三十封。他还不知道贴吧的事，因此困惑了好久。

正好班主任来检查早读，傅寒舟把情书和巧克力一敛，面无表情地交给了班主任。

班主任教书这么多年还没遇见过这样的阵仗，看着厚厚的一沓情书和巧克力，他问："这是？"

"不知道，一早放在我桌洞里的。"傅寒舟神色冷淡，说完就回自己座位了。

"咦，我这儿也有两封。"苏云景从桌洞里摸出两封粉色的信。

傅寒舟看见后直接拿走，又上交了班主任。

苏云景："……"

他都不知道是写给他的，还是想给傅寒舟结果放错地方了。

班主任拿着傅寒舟上交的情书跟巧克力，笑眯眯地扫了一眼教室。有个别同学在这样的目光下，悄悄地低下了头。

这么多信肯定不全是他们班女生写的，班主任也算"活久见"了，还没见哪个同学受欢迎成这样。不过他不准备追究，弥勒佛似的笑呵呵地说："我看人家小傅同学只想好好学习，不想搞那些乱七八糟的事，所以这信我也就不拆了。"他半玩笑半认真地说，"但没有下次，要有下次，等开家长会的时候，我就让你们当着自己爸妈的面把信念一遍。"

杀人诛心，这话成功震慑住了那些蠢蠢欲动的学生。

"好好读书。"班主任把巧克力给了班长，"把这个发下去给大家吃，别浪费了大家的心意。"说完，他拿着情书就走了。

班主任一走就有男生想起哄，但傅寒舟还在教室，最近有关他的传闻特别多，谁都没敢当着他的面闹。

苏云景占据天时、地利、人和，在书桌下把竖着大拇指的右手默默地移了过去。

267

苏云景心想：这个处理方式可以，很强！

坐姿笔挺的傅寒舟正在看语文书，垂眸看到苏云景伸过来的手。他勾了一下唇角，抬手把苏云景竖起的大拇指推了回去。

苏云景笑了笑。

傅寒舟这一招儿稳、准、狠，把大家的小心思扼杀在摇篮里，从那以后没人敢再给他送情书了。但也因为他这个无情的行为，反而吸引了很多"小迷妹"，觉得他又酷又有个性，冰山校草的头衔就此坐稳了。

苏云景无意中知道傅寒舟还有个"冰山王子"的称号，笑得差点儿没从床上摔下来。他欠儿欠儿地用腿踢了踢上铺，躺在玩偶熊胸口背文言文的傅寒舟微微探下了身。

"你看咱们学校的贴吧了吗？她们说你是'冰山王子'。"苏云景笑得眼泪都出来了，他抱着笔记本给傅寒舟看。

奈何"冰山王子"太高冷，平静无波地"哦"了一声，然后躺回去继续背拗口的文言文。

傅寒舟以前在"南中"的时候，因为一头齐腰的长发引人注目。再次成为学校的风云人物，他也没什么特别反应，依然跟苏云景过着三点一线的生活。

进入十一月后，天越来越冷，傅寒舟已经围上了苏云景给他买的那条红围巾。

回家的路上，傅寒舟和苏云景背着化学公式。

这段时间傅寒舟学习很努力，再加上他很聪明，很多知识点一点就通，学习方面有很大的进步。但他落下的功课太多了，照这样学下去考个差一点儿的二本大学都有点儿勉强，更别说上京城大学了。

好在这个时候教育局还没取消高三回校复读这个规定。送江初年回家后，苏云景在路上跟傅寒舟商量复读的事。

苏云景是想和傅寒舟一块儿上京城大学，但如果上不了他也不会太遗憾。所以复不复读还要看傅寒舟的想法，如果复读的话，他倒是可以陪着他一块儿读。

苏云景正在询问傅寒舟的意见时,突然角落里跟上来一个黑影。

那个人戴着鸭舌帽,穿着一身黑,在光线暗淡的小巷里很不打眼。

苏云景隐约觉得不对劲儿。他回头看了身后一眼,见那人从怀里掏出一把弹簧刀朝傅寒舟捅了过去。

苏云景脑子还没反应过来,身体倒是先动了。他抓住傅寒舟的胳膊猛地往后一带,避开了那个人。锋利的刀尖划过他的手背,划出一道血线,疼得他抽了口凉气。

下手的那个人似乎也受到了惊吓,握着带血的刀转身跑了。

傅寒舟听到动静,回过头看见苏云景手背流着血,漆黑的瞳孔剧烈收缩,脸色一下子变得难看起来。

见傅寒舟神情不对,苏云景忙问他:"怎么了?"

傅寒舟就像得了失语症似的,上下唇瓣微微颤着,唇色惨白,活像一个夜间活动的吸血鬼。

"有……"他艰难地开口,"有虫子。"

苏云景没太听清:"你是说有虫子?哪儿有虫子?"

苏云景的手背被划出一道不小的口子,像是有虫子从皮肉里涌出来。

傅寒舟的眼皮神经质地抽搐着,他想把那些虫子吸出来。

傅寒舟的情绪明显不对劲儿,很有可能是发病了。

想到这儿,苏云景也顾不上去想刚才的那个人是谁。

"你是说我手上有虫子,是吗?"苏云景隐约想明白了傅寒舟在想什么,"那不是虫子,那是血。"苏云景轻轻拍着他的背,"我只是受伤了,上点儿药就会好的。"

苏云景的话似乎起到了作用,傅寒舟抬头茫然地看着他。

苏云景受伤这件事刺激到他了,所以他才出现了幻觉。

苏云景放缓声音安抚他:"我没事,只是手被划破了,上了药就好了。"

苏云景不想自己的血再刺激到傅寒舟,所以用另一只手捂住了他的眼睛。

傅寒舟脸色发白,浑身都在发抖。

那不是血,那是虫子,它们会把他彻底带走的。

傅寒舟的眼底弥漫着一层雾气,像深秋早晨的大雾,又厚又浓。

"你跟我过来。"苏云景放开了傅寒舟的眼睛,拉着他的手腕朝小区诊所走。

傅寒舟下意识地跟着苏云景,但目光还是落在他带血的手背上。

傅寒舟嘴唇发抖,眼尾却满是狠戾。

苏云景一直留意着傅寒舟的神色,见他要去吸自己手背上的血,苏云景连忙捂住了他的眼睛。

"你忘了?你上次鼻子受伤不也流血了吗?后来我带你去医务室处理了一下,它才不流了。那只是血,没有虫子,寒舟别怕!"

苏云景牵着发病的傅寒舟,同时还担心刚才拿刀的人会折返回来。这个时间段路过这里的人很少,再加上路灯坏了,谁都说不准那人还会不会再返回来。对方明显是冲着傅寒舟来的,刀尖的方向是傅寒舟的胳膊,而苏云景因为上手拽他才被误伤了。

好在傅寒舟没怎么闹,只是总盯着苏云景手背上的血。

到了诊所,医生检查了一下,见伤口并不深,并没有给苏云景缝针只是做了包扎。

傅寒舟坐在苏云景旁边。他脸色苍白如纸,眼睛上蒙着一只手。苏云景怕他情况会严重,不想让他看到医生给他处理伤口的场景。

感受到了傅寒舟的坐立难安,苏云景安抚他:"别动,我没事。"

"疼吗?"傅寒舟双手牢牢地抓着苏云景的手腕,喉咙上下滚动着,"还有……血吗?"

其实他是想问还有虫子吗,但苏云景一直告诉他那不是虫子是血,他才改了口。

"快没了,医生正给我处理呢,马上就好了。"苏云景耐心地哄他,

"再等一下咱们就可以回家了。"

诊所医生忍不住抬头看了他们俩一眼,虽然觉得奇怪,但什么也没问。包扎好伤口后,诊所医生起身去给苏云景开消炎药。

等医生走后,苏云景放开了傅寒舟的眼睛。他把裹着纱布的手给傅寒舟看:"你看,是不是没虫子了?"

傅寒舟小心翼翼地捧着苏云景的手,垂着眸没说话。

医生开了几包消炎药,嘱咐苏云景过两天过来换一次药,这段时间手尽量不要碰水。

"谢谢。"苏云景付了钱,拿着药带着傅寒舟走了。

傅寒舟像是恢复了正常,又好像没有回复正常。他一路捧着苏云景的手,模样安静乖顺。

傅寒舟突然开口:"报警了吗?"

苏云景摇了摇头:"还没呢。"

傅寒舟又不说话了,幽邃的眼睛低垂着,不知道在想什么。

随后,苏云景报了警,跟傅寒舟在公安局录了口供。

根据多年的办案经验,警方觉得这涉嫌寻衅滋事,毕竟如果是抢劫,不可能直接动刀子。

听说苏云景被人刺伤后,闻燕来和沈年蕴坐飞机赶了回来。

虽说苏云景没什么大事,但没出事完全是因为他们俩幸运。

这两天郭秀慧一直偷偷抹眼泪,闻家一家人都不安心,因为闻燕来的哥哥嫂子出车祸那天,其实闻辞也在车里。只不过坐在汽车后座的他福大命大,前排的两个人当场死亡,他只是脑震荡,加上手臂被车玻璃划伤了。所以现在他出了这样的事,一家人都十分后怕。

傅寒舟只是在最初的时候发了一次病,之后他一直很安静,正常得有点儿不正常。苏云景留心观察了傅寒舟两天,但也看不出什么端倪,可心里总觉得不放心。

因为担心傅寒舟的情况,再加上警方还没抓住人,苏云景这几天难得地睡不踏实。这天晚上,他半夜醒过来后,刚睡着没多久隐约感觉身边有人。

身体的防御机制让苏云景猛地清醒，他睁开眼看见一个修长的人影半蹲在自己床边。

房间光线有点儿暗，但苏云景还是看清了他的长相，是傅寒舟。

苏云景松了口气，从床上坐了起来："怎么不睡觉？"

傅寒舟的面容有些模糊。他看着苏云景被纱布包扎的那只手一言不发，紧抿的嘴唇有种难以消散的阴郁。

"寒舟？"苏云景见他不说话，伸手碰了他一下。

指尖掠过傅寒舟宽阔的肩头，苏云景才发现他的身体绷得异常紧，手臂内侧的肌肉甚至都在抽搐。

苏云景意识到情况不好，立刻坐直了身体，担心地问："做噩梦了，还是又看见虫子了？"

傅寒舟仍旧死死盯着苏云景的手背。

苏云景察觉出他的想法，开口问他："还怕我手上有那些虫子？"

傅寒舟这才有所反应。他看着苏云景，然后轻轻点了点头。

诊所的医生让苏云景明天去换药，伤口虽然还没好，但估计不流血了，只要不流血就不会刺激到傅寒舟。

"没有虫子，不信你把纱布解开看看。"苏云景把自己的手推了过去。

傅寒舟的嗓音沙哑至极："会疼吗？"

苏云景笑着说："不会，医生放了一层凡士林纱条，纱布跟肉不会黏在一块儿的。你动作轻点儿，我就不会疼。"

傅寒舟喉结滚了滚，随后垂下眼睛小心地解开了纱布。

伤口跟纱布之间有一层透明的纱布，上面沉淀着暗红色的血渍。纱布块跟肉有一点儿粘连，揭开之后露出一道还未愈合的伤口。泛白的皮肉张开着，周围的肌肤高高肿起，像一张丑陋的鱼嘴。

"是不是没虫子了？"苏云景问他。

傅寒舟的眼睫颤动着，睫毛每颤动一下，他眼底的雾气就厚一分。

看他表情不对，苏云景赶紧说："过几天伤口就能长好，别担心了，我没事，更不会被那些虫子咬。"

傅寒舟心情却没有变好，眼底的雾气越来越浓，低头的样子像个易碎的瓷娃娃。

苏云景看不得他这样，从床上下来俯身跟他平视着。

"你看我好好的，能蹦能跳能跑的，只是手上被划了一个口子，这能有什么大事？"

知道傅寒舟因为他受伤心情低落，苏云景尽心尽力地安慰着。

傅寒舟的睫毛被泪水打湿了，漆黑的眼眸里沁着水光："我做噩梦了，梦见你离开了，怎么找也找不到。"

意识到傅寒舟哭了，苏云景顿时手足无措，连忙安慰傅寒舟："别想太多了，我这不是好好的？"

苏云景连哄带安慰地把傅寒舟劝上了床。

苏云景伤得不严重，可以正常上学，只不过右手受伤了，近期不能写作业。

警方那边已经有了眉目，通过附近监控找到了嫌疑人，但没拍到他的正脸。不过从身形体貌，确定年纪大概十八岁到三十岁之间，不排除花钱受雇的可能。

傅寒舟去公安局辨认视频里的男人时，倒是给警方提供了一条线索。之前傅寒舟在"南中"附近的小巷里打了一场架，正好赶上有关部门扫黑活动，将"南中"附近那帮小混混儿连根拔除。

傅寒舟得罪的人不多，除了这几个人，就是闻燕来了。但闻燕来再怎么不喜欢他，也不可能雇人搞出这么一出警告他。

要是那群人出狱了，搞不好会打击报复傅寒舟。

有了傅寒舟提供的线索，警方立刻展开了相关调查。那些小混混儿身上有案底，今年公安局内部又更新了系统，一部分档案全国共享，所以很快就查到了一些眉目。的确有一个小混混儿因为在狱中表现良好，被提前半年放了出来。这人叫顾晓亮，他就是跟傅寒舟打架被打

273

断腿那位,他户籍所在地正好就是衡林。

顾晓亮有很大的作案嫌疑,警方连续走访调查了三天,最后在顾晓亮的朋友家将他成功抓捕,当天他就老实交代了。

顾晓亮从监狱出来后,在京城找不到工作,只好回老家找了个网管的活儿,上班期间无意中听见路过的学生提起了傅寒舟。他本以为是同名同姓,也没在意,但闲着无聊时他去学校的贴吧看了看。有学生偷拍了傅寒舟的照片放到了贴吧上,他看到的确是和他打架的傅寒舟,越想越气,就打算给傅寒舟点儿教训。

人被警方抓捕后,苏云景着实松了口气,但傅寒舟这几天心情不好,或者说自从那晚后,他的情绪一直不佳。苏云景想着这周末带他出去散散心。

没发生意外之前,双休日他们都会待在家里学习,自从出了事,为了安全起见他们俩更是很少出去活动。

周六一大早,苏云景把傅寒舟从被窝里挖了出来,骑着自行车去外面遛弯儿。

前几天刚下了一场小雪,这两天正在降温。傅寒舟体质特殊,手脚冰凉,一时半会儿很难暖过来。

两个人路过一家礼品店时,苏云景看见里面摆着充电暖宝宝,进店给傅寒舟买了一个。

店里摆着很多文创用品,造型非常可爱,苏云景上高中时他们学校的女孩儿很喜欢互送这种东西。

苏云景逛了一圈问他:"你还要别的东西吗?"

傅寒舟对这些花里胡哨的小玩意儿没什么兴趣,兴致不高地跟在苏云景身后。

货架上摆了一排玩偶熊,其中一个米白色的玩偶熊穿着小纱裙,头上还带着一个蝴蝶结。

苏云景上前拿下这只玩偶熊,低声一笑:"船船,再给你买只玩偶熊吧,正好跟你的大玩偶熊配成一对。"

爱穿睡衣的"直男熊"和穿着蓬蓬裙的精致小公主。

傅寒舟撩了一下漂亮的凤眼，把货架上穿着蓝色针织外套，一看就是公熊的玩偶熊拿了下来："要这个。"

苏云景诧异地看了看傅寒舟。他只是故意逗逗他，没想到他真的要再买一只玩偶熊回家。

最终，苏云景拿着充电暖宝宝跟一只抱枕大小的玩偶熊，在前台付了钱。

买了一只玩偶熊后，傅寒舟的心情也没有好起来，坐在自行车后座上抱着玩偶熊一言不发。

路过一个上坡时，苏云景骑得有点儿费劲儿，傅寒舟从自行车上跳下来推着他上了坡。

要下坡了，苏云景对傅寒舟说："坐好，我要加速了。"

苏云景微微弓起上半身，车子往下走时速度本来就快，他还不停加速。

耳边呼啸着疾风，苏云景身上的驼色大衣被风吹鼓，仿佛下一秒就要乘风而去。

傅寒舟瞳孔微缩，心里陡然生出一种不可遏制的恐惧。他猛地抱住了苏云景，双臂死死地勒着苏云景的腰。

苏云景被傅寒舟勒得有点儿喘不上气。他停下来回过头问："怎么了？"

傅寒舟紧紧抱着苏云景，手里那只玩偶熊掉到地上他也不管，嘴唇抿得发白。

苏云景知道他又犯病了，顿时心疼得不得了，抚摸着他的后颈无声地安慰着他。

直到现在，苏云景都没有摸清傅寒舟发病的规律，不知道什么时候他就会像现在这样极度低落。《星光璀璨》的作者没有具体说明傅寒舟到底有什么样的精神疾病，只说是家族遗传。

苏云景感觉有点儿像抑郁症，傅寒舟的心情常会无缘无故地低落，或者直接陷入崩溃。

回去的时候，傅寒舟骑自行车带着苏云景。快到了小区时，他突然停到了一家中型超市门口。

超市门口正在做巧克力的促销活动，傅寒舟走过去买了几盒巧克力。

苏云景以为傅寒舟是想吃巧克力了，谁知道对方一直盯着他，只要苏云景开口就会被塞一块巧克力。

被塞了三块巧克力的苏云景实在忍不住了："你不吃买它干什么？"

傅寒舟没说话，又往苏云景嘴里投喂了一块。

苏云景："……"

到了晚上睡觉的时候，躺在床上的傅寒舟问苏云景："你有没有想过以后？"

苏云景当然想过。他心心念念要去京城大学就是因为这所大学的心理学系。

苏云景说："你要是想复读一年，咱们就一块儿考'京大'，我学心理学，你学经管，当然你也可以选其他专业。"

再往后的事，苏云景就没想过了。

按照小说的设定，傅寒舟未来是要当明星的。他是半路出家，意外进了娱乐圈。凭着高颜值外加不凡的家世，他一跃成为娱乐圈的"顶流"，粉丝很多。

用粉丝的话说，傅寒舟是娱乐圈唯一不用立"清贵公子人设"的明星，因为人家本来就是富二代，正儿八经的贵公子。

不管以后傅寒舟会不会当明星，苏云景觉得艺多不压身，万一他要是回去继承家里亿万资产呢？所以学个经管也不错。但如果傅寒舟没兴趣也可以学其他专业，反正他无论继承不继承沈年蕴的事业，都是稳稳的人生赢家。

傅寒舟问："你学心理学专业是想给我治病吗？"

苏云景从傅寒舟的话里没听出反感，于是点了点头，实话实说：

"你总看见虫子又老做噩梦,我想看看有没有解决的办法。"

不管是西医、中医,还是心理学,都会规避给家人亲友看病。苏云景没想当傅寒舟的私人心理医生,但起码学了这一行能更好地了解他的心理状态。

"好。"傅寒舟弯了弯眼睛,"我等着你来治疗我。"

见傅寒舟不忌讳就医,也不排斥别人觉得他的精神有问题,苏云景松了口气。

其实傅寒舟不忌讳的是苏云景,他喜欢苏云景把心思放在他身上,更喜欢苏云景规划的未来里面永远有他,这让傅寒舟有安全感。但同时也夹杂着一丝恐惧,他想把自己的心剖给苏云景看,但又怕苏云景看见自己狠戾冷血的一面,会失望地想远离他。

傅寒舟情绪不佳,隔天一早又开始沉默不语,看起来蔫儿蔫儿的。

苏云景也不知道傅寒舟到底怎么回事,昨天睡之前明明还好好的,睡醒之后又变成这样。

早读时傅寒舟趴在桌子上,怀里抱着充电暖宝宝。但哪怕心情不好,他也在背语文课文。

看着又乖又可怜的傅寒舟,苏云景的心情也跟着不好了。

下了早读课,苏云景整理学习资料的时候,傅寒舟伸手碰了碰他的手背。

苏云景抬头纳闷儿地看他:"嗯?"

傅寒舟没说话,又用手碰了碰他。略带凉意的指尖掠过苏云景的手背。

苏云景恍然大悟:"暖宝宝不暖和了?"

苏云景一摸,果然不暖和了:"教室没插座,一会儿拿去医务室充充电。"

傅寒舟趴在桌子上,眉眼精致,温顺乖巧,却悄然将自己的手伸进苏云景上衣兜里。

见傅寒舟把自己当暖宝宝了,苏云景斜了一眼:"我价格可是很贵的，你暖不起。"

傅寒舟没说话，从口袋里掏出一块巧克力放到桌子上，然后慢慢推给了苏云景。

苏云景不屑地说："就这？"

傅寒舟又加了一块巧克力。

苏云景仍旧高冷地说："呵！"

傅寒舟从桌洞里拿出一杯奶茶。这下苏云景绷不住笑了起来："你什么时候买的？"

傅寒舟眼里也有了点儿笑意："你没看见的时候。"

苏云景收走了傅寒舟的"贿赂"，默许了他的行为，低头继续整理学习资料。

大课间休息的时候，苏云景把暖宝宝拿去充电，等他回来傅寒舟已经冲好了奶茶。

苏云景喝了口奶茶，然后把杯子推给傅寒舟，让他抱着暖手。

傅寒舟懒洋洋地趴在桌子上，双手焐着桌子上的奶茶。苏云景还在整理学习资料，偶尔凑过来吸口奶茶。

傅寒舟还在补习初中落下的知识点，所以苏云景把高二的资料整理出来，以后傅寒舟学到这里就可以看他做的笔记了。

见苏云景这么认真，傅寒舟抿了抿嘴唇，然后拿出一套卷子开始刷题。

半夜傅寒舟突然发起了高烧，一直烧到了三十九摄氏度，苏云景带他去医院打了退烧针。

回来后傅寒舟躺在床上，枕着小玩偶熊，怀里抱着大玩偶熊，整个人缩在被窝里，只露出一双因为发烧而亮得惊人的眼睛。

埋在毛茸茸的玩偶熊里的傅寒舟，看起来又可爱又可怜。虽然傅寒舟有一米八几的个子，但被棉被这么一盖，都让人忘记他的体型了。

苏云景好笑又心疼，又抱了一床被子盖到傅寒舟身上。

苏云景掖着被角说:"你好好在家休息,我到了学校会给你请假的。"

傅寒舟从棉被里又钻出了一点儿,露出鼻子和烧得殷红的嘴唇。他的声音哑哑的:"早点儿回来,别在江初年家待太久。"

苏云景哭笑不得地说:"我知道了。"

苏云景走了没多久,郭秀慧进来问:"寒舟,喝水吗?"

没一会儿,从被窝里探出一个脑袋:"不喝。"

"别蒙着头睡,对身体不好。"

"嗯。"

傅寒舟露着脑袋,但等郭秀慧一走,他又钻了进去。

傅寒舟睡了一整天,中午也没胃口吃饭,被郭秀慧强劝着喝了半碗小米粥,下午又睡了过去。一直到晚上一个凉冰冰的东西贴到了他脸上,他这才慢悠悠地睁开眼睛。

见苏云景回来了,傅寒舟惺忪的睡眼有了笑意,将额头的可乐瓶推开。

苏云景笑着问:"喝不喝?"

傅寒舟点了一下头。

苏云景压低声音说:"别让我奶奶知道了。"

小时候他发高烧就会特别想吃有滋有味的东西,清淡的食物根本吃不下去。

苏云景打开手里的可乐,摇了摇,这样喝起来胃里不会胀气。

苏云景给傅寒舟倒了小半杯。他就是想让傅寒舟有点儿食欲,其实不敢让他多喝。

苏云景还特意拿了一根吸管,放进杯子里让傅寒舟躺着也能喝。

傅寒舟一口一口地啜着,没过一会儿,杯子就见底了。

苏云景摸了摸傅寒舟的额头:"烧退下来了吗?"

"退了。"

苏云景放心了:"那有没有其他想吃的,我现在下楼偷偷给你买回来。"

既然是要偷偷买回来,那肯定是要吃点儿不能让家长知道的。

傅寒舟没什么精神地躺在床上,静静地看着苏云景:"我想吃糖葫芦。"

苏云景愣了一下。

说起糖葫芦,苏云景想起当年自己答应给傅寒舟买糖葫芦,但最后因为生病,他食言了。再听见傅寒舟想吃糖葫芦,他的内心复杂难言。

楼下的小超市就有卖糖葫芦的,苏云景拿上零钱,下楼去给傅寒舟买了一串冰糖葫芦。

苏云景回来时,傅寒舟已经从上铺下来了。他身上裹着一件外套,坐在苏云景床上等他回来。因为生着病他脸上染了一层潮红,似墨的眉睫投下一片阴影,看起来孤寂落寞。

见苏云景回来了,傅寒舟眼睛里才有了点儿神采,抬眸安静地注视着苏云景。

苏云景把糖葫芦递给了他。他撕开外面的透明塑料,像小时候一样先让苏云景吃。不过以前物质条件差,他的那些吃的喝的都是苏云景给他的。

傅寒舟把糖葫芦递到苏云景嘴边,等苏云景咬下一颗,他才拿回来吃了第二颗。

傅寒舟已经很久没有吃糖葫芦了,裹着一层冰糖的山楂表皮很脆,咬下去酸酸甜甜的,很开胃。

苏云景买的是带籽儿的糖葫芦,山楂的味道很大,不知道是不是山楂真帮傅寒舟开了胃,晚上郭秀慧熬的小米粥,他喝了一整碗。

看傅寒舟食欲好了,郭秀慧喜笑颜开:"这就对了嘛,多吃点儿饭身体才好得快,要不要再喝一碗?"

苏云景帮傅寒舟解围:"这一天他都没好好吃东西,一下子吃太多不太好,尤其是晚上。"

郭秀慧一想也对，就没再给傅寒舟添饭。

傅寒舟的高烧已经退了下来，再吃两天感冒药基本就没什么问题了。

晚上苏云景刚躺下没多久，上铺的兄弟又开始不安分了，扔下来一只小玩偶熊。

苏云景笑了笑，故意没理傅寒舟。不多时，从上铺探下一只手，意图很明显，跟他要那只玩偶熊。

苏云景瞧了一眼那只修长的手，闭上眼睛说："没收了。"

傅寒舟又扔下一只大玩偶熊。

苏云景还是那句话："没收了。"

隔了一会儿，上面没动静了，苏云景还以为傅寒舟终于不闹了。没想到他自己下来了，把那两只玩偶熊都扔回了上铺，然后躺到了苏云景旁边。

苏云景嘴里哎了好几声："你干什么？"

傅寒舟悄悄抓住了苏云景的衣摆："把这只也没收了吧。"

只能把这只没收，其他不许。

苏云景的冷酷表情维持不住了，笑了起来："你想得美，你这只毛病多事也多，我才不要！"

傅寒舟看着他，像是有蜜糖在眸里化开一样："以后会乖的。"

苏云景忍不住笑了："那就好好睡觉，小心感冒。"

苏云景不放心他，半夜一点的时候醒了一次，下床摸了摸他的额头。他倒是不烫了，甚至还有点儿凉。接着苏云景将手指伸到了他的后颈，想看看他其他地方的体温是否正常。

一双幽邃的眼睛突然睁开，在黑夜里眼眸极亮。

苏云景担忧地问："还难受吗？"

傅寒舟抿着嘴唇没说话，他将脑袋缩进了被子里，只留出一双漆黑的眼珠。

这突如其来的撒娇让苏云景身体一僵，听着傅寒舟溢出的类似小奶狗呜咽的声音,他顿时有点儿心疼了:"是不是烧得难受,要不去医院看看?"

傅寒舟把自己更深地埋进被子里。他的确委屈,也的确难受,眸中染了点儿水气,眼尾泛着红,可劲儿地蹭着被角,像一只乞怜的小奶狗。

傅寒舟也不说自己怎么了,苏云景以为他又烧起来了。

虽然平时傅寒舟就爱撒娇,但从来没有像现在这样过。苏云景心里有些着急:"穿上衣服,咱们去医院打一针。"

傅寒舟纤长的睫毛有点儿湿,可那双黑眸却有了一丝笑意,可怜的同时还有点儿欠打。

苏云景真是又气又无奈:"你到底有事没事?"

傅寒舟自己也不知道,说没事,他的确不舒服;说有事,这样闹一闹苏云景后,他心情又很愉悦。

傅寒舟垂下睫毛继续装小可怜:"不舒服,但能忍。"

苏云景磨了磨牙:"你就瞎折腾吧,我看你一天不作就浑身不舒服。"

嘴上骂咧咧的,但苏云景还是出去给傅寒舟拿了退烧药进来。

夜里时间长,感冒要是严重的话,理论上可以再加一次药。

明天苏云景还要上学,傅寒舟喝了药后就没再闹他,乖乖躺下睡觉了。

第二天一早,苏云景醒来的第一件事就是测了测傅寒舟的体温,见温度正常,就把他叫醒了。

这次傅寒舟倒是没赖床,苏云景洗漱回来,他已经整理好床铺准备去刷牙洗脸了。

这几天傅寒舟的情绪起起伏伏,苏云景整天被折腾来折腾去,处在发火的边缘,傅寒舟终于恢复了正常。

傅寒舟决定高三复读一年,他想跟苏云景一块儿考"京大",所以这段时间很刻苦地在学习。

苏云景周末难得有空，刚登 QQ，好多消息弹了出来。

以前原主的那些同学看闻辞经常不上线，回消息又不积极，渐渐就断了联系。如今还有联系的人也只有唐卫、林列还有陈越超他们三个人。

唐卫给苏云景发了一条验证消息，拉他进了一个叫"南中四大天王"的群。

扑面而来的"中二气息"让苏云景的眼皮抽了抽，但他还是点击"同意"进了群。

唐门第一机密：你终于上线了，我还以为你被人做成木乃伊了。

闻声识人：……

请叫我林总：好久不见哪，最近在忙什么呢？

苏云景刚想回复，唐卫就发过来一个视频邀请。

苏云景点了"同意"之后，唐卫和林列一块儿出现在电脑屏幕上。

苏云景有些惊讶："你们俩怎么在一块儿？"

说起这事唐卫就火大："你问这人，大周末的非要来我家补习。补习个鬼，我是学习的料吗？"

对于唐卫嘲笑自己异想天开，林列也不生气，悠悠地说："是谁上个星期大半夜跑到我家，抹着眼泪说……"

不等林列说完，唐卫慌忙地堵住他的嘴："给我闭嘴，别说了，再说一句你试试！"

上个星期期中考，唐卫又考了个倒数第一，被他爸妈进行了一番"爱的教育"。他倒是不怕打，就是烦他们总拿别人家的孩子跟自己做比较。伤了自尊心的他离家出走，去林列家过了一夜。

林列在唐卫爸妈眼里也算是"别人家的好孩子"，虽然他年级排名一般，但理科成绩很耀眼。在他的和稀泥下，唐卫一家人和好了。

林列今天找唐卫补习也没指望他能好好学习，但总得装一装，让爹妈看见他有颗想奋起的心。

被爸妈揍到离家出走这事，唐卫觉得太丢脸，死活不让林列说。

林列摸着唐卫的脑袋瓜，一副爷爷宠爱孙子的模样："行，行，给你个面子，我不说了。"

"滚！"唐卫恼火地拍开了林列的手。

苏云景在一旁看热闹。

对比唐卫这个叛逆少年，苏云景忽然发现，哪怕是前几天拼命折腾人的傅寒舟都比他乖。

林列不想跟唐卫计较，把话题转开了。他问苏云景："今天周日，就你一个人在家？"

唐卫非常眼尖："等等，你的床怎么是上下铺？旁边还有一双腿？"

还没等苏云景回答，唐卫就大喊："这是我傅哥的腿，我认得出来！"

苏云景："……"

林列低头瞅了唐卫一眼："怎么认出来了？你就算是'腿控'也不能天天盯着人家的腿看吧？"

唐卫风评被害，气得破口大骂："你懂个屁，这是战略性套话，我妈经常这么诈我。先把莫须有的罪名加你身上，等你不服气辩解的时候就能找到你说话的漏洞。"

唐卫为林列科普知识点。

虽然林列觉得不是所有人都会像唐卫这个二傻子一样犯错后会自己说出来，但他现在更关心苏云景和傅寒舟是不是真住在一块儿了。

林列问："那是傅哥？"

苏云景见瞒不住，动了动电脑，坐在上铺背语文书的傅寒舟就出现在镜头里了。

林列发出意味不明的声音："啧，还真是。"

唐卫角度清奇地说："傅哥手里那是什么玩意儿，是语文书吗？"

傅寒舟在"南中"的时候稳坐全年级倒数第一的宝座，倒数第二就是唐卫。自从傅寒舟走后，唐卫顺位继承了倒数第一，因为这事他才挨揍了。

眼看比自己学习还差的人居然拿起了书，唐卫着急了："咱们不是说好一起做文盲吗？傅哥你到底在干什么？你清醒一些！"

被诋毁的傅寒舟终于抬了抬眼睛，隔着屏幕看了一眼唐卫，然后慢条斯理地丢给他八个字——好好学习，天天向上。

唐卫："……"

苏云景继续往唐卫胸口"插刀"："小傅同学期中考试考了三百多分呢，在咱们学校排名中游。小唐，你也该加油了，我看好你。"

傅寒舟的文科成绩不错，英语没得说，语文跟文综大多都是背诵的内容，只要肯下功夫，成绩不会太差，就是"数理化"的分数一言难尽。

只考了不到二百分的唐卫忍无可忍地"闭麦"了。

林列知情识趣，没问他们俩为什么会住在一块儿，只是说："这次元旦难得休息四天，你们是跟家里人过，还是出去玩？"

林列父母离异后各自组成了新家庭，他谁都不想跟，自己一个人住着一套二室二厅。唐卫父母很忙，家里没有一起过元旦的传统。两个人合计了一下，打算出国去滑雪，想问问苏云景和傅寒舟要不要一块儿去。

苏云景有点儿犹豫，傅寒舟这人怕冷，去这么冷的地方估计会受不了。但他隐约记得，傅寒舟出车祸好像就是在元旦前后，然后被小说女主角给救了。

那场车祸傅寒舟没受什么重伤，不过却刺激得发病了。混乱中他抓住了小说女主角的手，心地善良的女主角见他情况不对劲儿也不敢走，留在医院照顾了他一个晚上。

等傅寒舟第二天下午醒过来的时候，女主角已经离开了，直到很多年后他们才再次相遇。每次傅寒舟犯病，女主角都会恰巧出现在他身边。久而久之，他对她的感情越来越深。

苏云景对这位女主角没有任何意见，但既然人家都有"官配"了，苏云景就不想让傅寒舟掺和进去，成为求而不得的深情男配角。所以他对林列的提议有点儿心动,因为傅寒舟出了国,应该就能跟剧情线完美避开。

苏云景转头去看傅寒舟:"要去吗?"

"一块儿去吧,大过节的闷在家里多无聊?滑滑雪,泡泡温泉,小日子岂不是美滋滋?学什么习,有什么好学的?"唐卫铆足劲儿蛊惑傅寒舟。

傅寒舟听到温泉眼睛动了一下,最终点了点头。

挂了视频电话,唐卫转头见林列托着下巴一副若有所思的样子。他纳闷儿地问:"想什么呢,一脸欠抽的表情?"

林列笑了笑,温和地问:"什么?"

唐卫看他这样觉得毛骨悚然,但架不住天生那股欠儿欠儿的性格。趁林列不备,他抽出一旁的皮带,照着林列的屁股抽了一下。

甩下皮带,唐卫大笑着飞快逃离卧室。林列眯了眯眼睛,捡起地上的皮带,追了过去。

晚上苏云景躺在床上想傅寒舟的事,想那场车祸,以及他跟小说男、女主角的三角恋。突然上铺垂下一条丝带,尾端绑着一块巧克力,在苏云景前面晃来晃去,像是在诱惑他。

苏云景笑了一下,抬脚踢了踢上床,故意挑刺说:"一块巧克力就想打发我?"

他话音刚落,丝带又往下垂了垂,巧克力后面绑着一杯奶茶。

苏云景仍旧挑剔:"此一时彼一时,时代不同了,船船,通货膨胀了,你不知道?"

傅寒舟没说话又放下一截丝巾。

看到奶茶后面绑着的奶糖,苏云景没忍住笑了。

巧克力只是打了个头阵,后面奶茶、奶糖、话梅、牛肉干,还有一袋香辣豆干,除了巧克力,其他都是苏云景爱吃的,丝巾很长,巧克力已经垂到苏云景床铺上了。

苏云景还是不松口,挑着眉头说:"就这?就这点儿?"

上面的人又动了动,这次丝巾绑着傅寒舟的右手手腕垂了下来。一张俊美的脸从上铺探下,漆黑的眼睛注视着苏云景。傅寒舟指了指自己:"还有这个。"

苏云景被他逗笑了,默默解开了所有零食:"这些都是我的,最后那个归你。"

傅寒舟抱着枕头,长腿一跨,直接从上铺下来了。

"前面是赠品,后面这个才是卖品,不能不要。"末了,他还一本正经地补了一句,"所有解释权归商家所有。"

苏云景:"……"

傅寒舟用实际行动诠释了买定离手是什么意思,他规规矩矩地躺在苏云景旁边。

苏云景正好也想跟他唠一唠:"你喜欢什么样的女孩儿?"

苏云景不担心别的,就怕这次阻拦了傅寒舟跟女主角见面,改天他还是会对人家有意思。

傅寒舟合着眼眸,神色淡淡的:"什么样的都不喜欢。"

苏云景:"……"

行吧,没遇见女主角之前做什么假设都白搭,毕竟人家女主角光环摆在这里。

傅寒舟反过来问他:"你喜欢什么样的人?"

苏云景双手枕在脑后:"没有具体类型,合适就好。"

见苏云景没有目标,傅寒舟没再继续问,起身又回到了上铺。

Chapter 11

元旦旅行

"错了,哥哥,我错了。"

郭秀慧和闻怀山都是保守的老一辈思想,觉得大过节的,一家人就是要团团圆圆。

沈年蕴观念要开明很多,他觉得孩子们既然商量好了节假日结伴出去玩,只要注意安全也不是什么大事。

收购案已经谈得差不多了,沈年蕴不像之前那么忙,就让闻燕来把老两口从衡林接到了京城,准备跟他们一块儿过元旦。至于苏云景和傅寒舟,沈年蕴听说他们要跟另外两个朋友一块儿去滑雪,就给他们在滑雪场订了房间,甚至往返的飞机票钱都是沈年蕴出的,还帮他们升了头等舱。

飞机落地后,滑雪场派了车过来接,还有私人管家专门为他们服务。

唐卫不禁感叹:"有个有钱的亲爹真好。傅哥,你爸还缺儿子吗?你看我做你的弟弟怎么样?"

唐卫家里经营着一家大型游乐场,每年净利润虽然非常可观,但跟互联网大佬一比简直是小巫见大巫。

林列在一旁调侃他:"我看你不像弟弟,反而像小弟。"

唐卫恼羞成怒:"滚。"

林列看了一眼苏云景，意味不明地说："我怎么觉得闻辞倒是挺像傅哥的弟弟？"

突然被点到名的苏云景开口纠正："错了，我是他哥，不是他弟弟。"

上次陆家明比傅寒舟年纪大，这次闻辞比傅寒舟月份大。

傅寒舟从下了飞机就把自己裹在毛毯里，哪怕在温度舒适的车厢他也裹着毛毯，虚弱地靠在苏云景身上。

"还冷？"苏云景给傅寒舟拉了拉毛毯。

林列见状"啧"了一声。

唐卫难得跟林列统一战线，凑到林列耳边小声说："我觉得傅哥不像闻辞弟弟，像他的小孙子。"

这还是他认识的那个对谁都爱搭不理的傅哥吗？要不是亲眼看过傅寒舟打架，唐卫都以为这是黛玉妹妹转世了。

林列端着一副长辈般慈祥的表情，拍了拍唐卫的肩膀："小唐，看破不说破。"

他们俩的声音虽然不大，但车厢就这么大点儿地方，门窗还关着，想让别人听不见都不行。

苏云景有点儿护犊子，开口为傅寒舟辩解了一句："他只是怕冷，刚过来不太适应。"

林列"哦"了一声，拉长的声音充满了可解读的空间——怕冷居然还来滑雪！

唐卫跟着林列一样拉长音"哦"了一声，虽然他不知道林列在"哦"什么，但他是在"哦"原来傅寒舟也有这么虚弱的时候。

唐卫的内心有些膨胀，直到他们去滑雪场，每人领了一套最贵的滑雪装备。

滑雪场有出租滑雪板的地方，他们来之前私人管家就订好了专业的装备。

唐卫家是有点儿小钱，但要是他花两千多美元买这贵的滑板，他爸妈会抽死他这个败家子的。他抱着自己喜欢了很久的滑雪板,眼泪都要流下来了。

拿着滑雪板的唐卫迫不及待去雪上冲浪了。

傅寒舟对滑雪没什么兴趣,他也没要装备,穿着一件过膝的厚羽绒服站在雪地里。

苏云景怕傅寒舟感冒:"要不你回去吧,你又不滑,别在外面挨冻了。"

傅寒舟坚持要在一旁看苏云景滑雪:"冷了我会去室内的。"

苏云景又给他拉了拉衣服:"行吧。"

那边林列已经准备妥当,催苏云景过去,要教他滑雪。

苏云景长这么大还没有玩过这种有钱人的运动,戴上护目镜老老实实地跟林列学习。

他们用的是 VIP 滑道,没有其他人打扰。

唐卫从来没这么爽过,一个人滑无聊了就跑过来给苏云景和林列捣乱。他每次过来都会扬起一把雪,细碎的雪片裹着寒风,迎头吹了苏云景和林列一脸。

"来追我,追上了我给你们买糖吃。"唐卫大笑着,抡着滑雪杆像个撒欢儿的小马驹,欠儿得不行。

林列脸上都是雪。他忍着没发作,继续教苏云景:"别搭理他。"

没一会儿,唐卫又滑过来了,滑雪杆一挑,又是一次人工降雪。

"来呀。"唐卫嘚瑟地挑衅着,"追不上吧?哈哈哈哈哈。"

苏云景:"……"

不得不说唐卫拉仇恨的能力是满分的,苏云景这么好的脾气都觉得唐卫有点儿欠了,更别说林列。

唐卫之所以拉仇恨有很大一部分的历史因素。上次他拿皮带抽了林列一下,被逮住之后林列居然拿皮带捆了他的手脚,还逼着他做数学题。

林列先给唐卫讲一遍解题思路,然后再让他做同类型的题,做错一道就拿唐卫家用来装饰的藤条抽他。

藤条非常细，像抽了新芽的柳树枝，抽人身上火辣辣地疼。

这事唐卫一直记到现在，好不容易有机会报复林列，他可劲儿撒欢儿。

纷纷扬扬的雪花里，林列不怀好意地笑了："欠收拾！"

林列转头对苏云景说："你先按我教你的找找感觉，我一会儿就回来。"

苏云景没说什么，默默地为唐卫祈福。

前面的"小马驹"一点儿危机意识都没有，还在雪地里撒着欢儿。等他听见后面的动静，回头一看，五脏六腑都跟着颤了颤。

眼看林列要追上来了，唐卫头皮一麻，忍不住骂了一句。

见唐卫加速了，林列声音温柔地说："不是要请我吃糖吗？跑什么呢？"

唐卫暴怒地说："有本事你就来。"

"呵。"

没一会儿，他们俩就没影儿了，苏云景按林列教的技巧一点儿一点儿滑行。

VIP滑道里就只剩苏云景一个人，他也不怕丢脸地慢慢滑行。没一会儿，他还真琢磨出了一点儿门道跟乐趣。

不过担心傅寒舟还等在外面受冻，苏云景滑了一会儿就回去了。

果然寒风里站着一个少年，被臃肿的羽绒服结结实实地裹住，围巾里露出被风吹得通红的鼻尖。

看着眉清目秀的俊美少年，苏云景觉得他可怜巴巴的。

苏云景摘了护目镜走上前："冷吧？怎么不回室内等我？"

傅寒舟缩在围巾里没回复苏云景的话，反而问他："玩得怎么样？"

"还行，挺好玩的。"苏云景活动着双臂，"就是胳膊有点儿疼，不知道是不是劲儿没用对。"

傅寒舟戴着手套给苏云景捏着胳膊内侧。苏云景有一根筋抻到了，被傅寒舟一捏，顿时有种奇异的酸麻。

在滑道没见到苏云景的身影，林列跟唐卫一前一后地回来了。跟在林列身后的唐卫臭着一张脸，显然是被林列教育了。

林列一回来就看见苏云景和傅寒舟站在一块儿，两个人不知道在说什么，气氛很融洽的样子。

一向对外界冷淡的少年此刻低垂着眼睫，凤眸含着笑意，嘴角微翘，心情似乎很好，喜悦之情从身体里不断往外冒。

林列从来没见过傅寒舟这样的神情，这次见面他感觉到了傅寒舟的变化。如果是以前，依照傅寒舟的性格，他甚至不会接受邀请，跟他们一块儿出来玩。看来傅寒舟真被苏云景改变了。

下午四个人围在客厅壁炉吃烤鹿腿。酒足饭饱后，几人先是在房间打了一会儿游戏，然后结伴去泡温泉。

按私人管家给他们的流程，泡完澡接下来就是SPA（水疗），所以温泉室里提供的睡衣有两种。一种是浴袍；另一种是上下分离的睡衣，方便一会儿做SPA。

从温泉浴室去按摩馆要穿过一个长廊，苏云景隐约看见一个眼熟的人进了一间温泉室。

见苏云景盯着一个方向看，傅寒舟问他："怎么了？"

苏云景收回了视线，摇头说："没什么，好像看见了一个认识的人。"

傅寒舟顺着他刚才的视线看过去，没在走廊看到任何人。

"别看了，他已经走了，我也不确定是不是他。"

苏云景说的那个人是许淮，也就是原主同父异母的兄弟，上次他和许淮在学校门口打了一架，对那张脸记忆尤深。不过刚才只是匆匆一瞥，他也不知道自己有没有认错人。毕竟许弘文还在医院，作为亲儿子，许淮应该不可能在这个时候来滑雪、泡温泉吧？

前段时间许弘文也不知道从哪儿知道苏云景的电话，换了两个号码给苏云景打电话。他每打一通，苏云景就拉进黑名单一个号码。

苏云景对许弘文没什么特别感情,既然闻燕来不想让他认许弘文,他也不会私下跟他见面。不管闻燕来这个当妈的是否合格,但这些年都是她赚钱养着原主,在物质上面从来没亏欠过原主。

许弘文没给过父爱,更没给过钱,在这个时候想认回儿子给他尽孝,天下哪儿来这样的好事?

见苏云景不想多说,傅寒舟也没有再问,只不过路过那间温泉室的时候他多看了一眼。

有竹帘挡着,傅寒舟没看见谁在里面。

做SPA的时候,苏云景和傅寒舟是分开做的。

房间开着暖色的灯,还点着令人放松的熏香,苏云景舒舒服服地趴到了按摩床上。

按摩师在苏云景背后抹上了精油,刚要下手按摩时,站在门口的漂亮少年做了个嘘的动作。他摆了摆手,示意按摩师出去。

虽然不明所以,但按摩师也没有多问,悄悄走出了房间。

苏云景都打开了平板电脑,身后的按摩师却迟迟没有动静。他正要回头看看,微凉的液体被一双手推开了。

傅寒舟没学过按摩,好在苏云景以前过得也糙,根本没做过SPA,也不知道身后的人手艺如何。

傅寒舟没有经过系统的训练,也不敢在苏云景身上用太大的力气,只好先给苏云景松了松肩,然后推着精油一路向下。

傅寒舟不懂按摩,苏云景也不懂,反正他感觉还挺舒服的,趴在按摩床上昏昏欲睡。

今天苏云景滑雪时力度没掌握好,手臂上两根筋抻得有点儿难受。

傅寒舟摸到那根筋,快要睡着的苏云景突然说:"就是这儿有点儿酸。"

苏云景侧头一看,发现是傅寒舟,就把眉梢高高地挑了起来:"怎么是你,我的按摩师呢?"

虽然被苏云景发现了,傅寒舟依旧面不改色:"我想学学按摩技术，所以就让他走了。"

苏云景枕着自己的另一条手臂，眼皮半垂着："你学技术我不管，但你可别给我按瘫痪了。"

傅寒舟看着苏云景打瞌睡的样子，心里像有一片羽毛轻轻拂过，既痒又觉得柔软。他倾下身子，对苏云景说："你睡吧，我动作轻点儿。"

苏云景有点儿痒，别过头："好好干，船船，做得好将来给你提成。"

傅寒舟"嗯"了一声。

做完SPA，离吃晚饭还有一段时间，唐卫撺掇着大家打了几场只有他一个人在乎输赢的游戏。

跟一群参与感太差的人打游戏，唐卫热情大减："你们能不能认真点儿？有没有竞技比赛的紧张跟荣誉感？"

苏云景没什么竞技比赛的紧张感和荣誉感，他只有昏昏欲睡。

刚泡完温泉，还做了一个技术含量很低的SPA，苏云景整个人都懒洋洋的，根本不想动弹。

傅寒舟膝上盖着一条纯手工羊毛毯，要不是有苏云景在，他根本不可能搭理唐卫组队玩游戏的要求。

林列鼓捣着无人机，在百忙之中搭理了唐卫一句："乖，你自己玩，哥现在没时间带孩子。"

唐卫忍不住骂了一句，新仇旧恨加一块儿，上手就要抢林列手里的无人机。结果情绪激动之下，他不小心打翻了旁边的饮料，果汁洒了苏云景一裤子。

苏云景穿着酒店提供的睡衣，那杯饮料洒下来，大腿附近洇湿了一片深色的水痕。亚麻的布料一沾水就会贴在身上，苏云景大腿根凉飕飕的，不知道的人还以为苏云景尿裤子了。

"我不是故意的。"唐卫也没料到会误伤无辜，抽了几张面巾纸就要给苏云景擦。

唐卫的手还没碰到苏云景就被傅寒舟截下了。他莫名地抬头去看傅寒舟，却见对方眉目深沉，神色格外冷漠。

傅寒舟放开唐卫，转头对苏云景说："去换身衣服吧，一会儿正好吃晚饭。"

苏云景一想也是，总不能穿着睡衣去餐厅，起身去衣橱找自己带过来的衣服。

餐厅就在酒店内，因此不需要穿多厚的衣服。苏云景找了一套运动装，正要脱了上衣换时，傅寒舟突然开口了。

"你去浴室换吧，顺便洗个澡。饮料黏在身上不舒服。"

"别去洗了，刚泡半个多小时的温泉再洗秃噜皮了，这有湿巾。"唐卫拿起桌上的消毒湿巾，正要给苏云景时，被林列抢了过来。

"你干什么？"唐卫瞪着林列恼火地说，"诚心跟我过不去是吗？"

"用一下。"林列慢条斯理地从里面抽出一张面巾，然后擦着无人机的螺旋桨。

唐卫见不得林列得势的样子："买个无人机可把你厉害坏了。"

林列挑眉："羡慕？"

唐卫不屑一顾地说："老子会羡慕你？"

见他们俩又吵起来了，苏云景等湿巾等得花儿都谢了，无奈只能去浴室洗一洗。傅寒舟见状，从衣柜翻出一件干净的衣服递给苏云景。

对于如此有眼力见儿的傅寒舟，苏云景笑了笑，拿着衣服进了浴室。

唐卫吵不过林列，气得不想跟他坐一块儿，抬屁股刚要坐到床上，就听到不远处传来冷清的声音。

"下去！"

唐卫吓得一激灵，抬头看见傅寒舟表情凌厉地看着他。他立刻滑坐到了地上，速度快到令人咋舌。

傅寒舟收回了目光，不再看他。

饶是唐卫神经大条，这时候也有点儿委屈："我把他当朋友，他连

295

床都不让我坐。"

林列安慰他:"我坐上去,他也会是这个反应。"

这下唐卫心理平衡了,甚至怂恿林列:"那你快点儿坐上去。"

觉得唐卫不值得安慰的林列,继续鼓捣他的无人机。

苏云景在浴室听见傅寒舟那句"下去",好久没听到傅寒舟用这种语气说话了,他也顾不上洗澡,从浴室里出来了。

苏云景问:"怎么了?"

唐卫还没缓回来,欲言又止地看着苏云景,满腹心事的模样。

傅寒舟的声音没有了刚才的冷漠,比唐卫还像个小媳妇。他垂眸敛眉说:"他没换衣服,穿着外衣要坐床上,我怕不干净。"

唐卫:"……"

怎么回事?刚才你还不是这个口吻呢。

唐卫捅了捅林列,让他帮忙说句公道话。

林列早就看出傅寒舟在演技上面的造诣,并不想蹚这趟浑水,所以不搭理唐卫。

苏云景也不好说什么,每个人的生活方式不一样,况且傅寒舟从小就有点儿洁癖。他只能说下次去唐卫他们房间玩,这样唐卫可以想干什么就干什么。

最后苏云景嘱咐傅寒舟:"下次好好说话,别凶人。"

"好。"傅寒舟乖乖地答应。

酒店顶楼有西式自助餐厅。

苏云景他们拿着沈年蕴的会员卡,其实可以在房间点餐让特级厨师为他们单独做。但苏云景想见识下这种五星级酒店提供的都是什么自助餐,所以一群人去了顶层吃饭。

唐卫操着他不太熟练的英语,比比画画竟然神奇地跟外国人聊到了一块儿。苏云景和傅寒舟没有交友的欲望,找了个安静的靠窗座位。

不一会儿,唐卫眉开眼笑地回来了,从苏云景盘子里顺走一块比萨。

唐卫咬着海鲜比萨，跟他们俩分享自己打听出来的情报："我刚才找人问了问，这里晚上有一个超大的派对。"

傅寒舟对他好不容易打听来的情报不感兴趣。苏云景虽然也没有兴趣，但还算给面子，放下手里的比萨继续聆听唐卫的话。傅寒舟懒得听，他拿起苏云景盘子里咬过的比萨吃了起来。

唐卫兴致勃勃地说："晚上要不要一块儿去凑凑热闹？"

苏云景只拿了两块比萨，一块被唐卫抢走，另一块刚咬一口又没了。他挑着眉看着傅寒舟，用眼神无声地质问傅寒舟——你吃了我的比萨，那我吃什么？

傅寒舟把自己盘子里的巧克力可颂给了苏云景。可颂的一角被傅寒舟咬了下来，露出了里面的夹心巧克力。不知道为什么，傅寒舟最近很喜欢吃巧克力，他不仅自己爱吃，还经常投喂苏云景。

行吧，苏云景无奈地拿起了可颂。

唐卫两口解决了一个比萨，见他们俩似乎都不在状况，不满地用手敲了敲桌子："哎，你们俩听到我说什么了吗？晚上咱们去看看热闹吧？"

苏云景一头雾水："凑什么热闹？"

唐卫："……"

要不是傅寒舟在这里，唐卫都要开骂了，合着他说了半天两个人谁都没有听，唐卫有点儿生气。他拿起一旁的餐刀打算又走苏云景盘里的刺身，但被傅寒舟冷冷瞪了一眼，他顿时老实了。

唐卫委屈巴巴地放下餐刀，正巧林列端着两盘东西过来了。他刚坐下来就被唐卫打劫走了一盘食物。

林列知道唐卫手欠的毛病，并没有跟他计较。

见苏云景和傅寒舟对派对不热情，唐卫开始跟林列卖弄了起来："今晚哥哥带你出去见见世面。"

林列同样没兴趣："不去。"

唐卫不满地说:"你们怎么回事?出来玩哪有你们这样的,整天闷在房间里有什么意思?"

苏云景心软,听到这话正要开口,一旁的傅寒舟突然戳了他一下。

"嗯?"苏云景转头看他。

傅寒舟没说话,只是往苏云景嘴里塞了一块巧克力。

苏云景无奈:怎么又是巧克力?

见劝不动苏云景和傅寒舟,唐卫只好缠着林列陪他一块儿参加派对。林列被他烦得不行,最终点头同意。

苏云景和傅寒舟吃了饭直接回到房间,林列被唐卫拽去参加派对。

苏云景刷完牙从洗手间出来,见傅寒舟看着窗外的雪景不知道在想什么。看着有些郁郁寡欢的傅寒舟,苏云景担心地走过去:"怎么了?"

傅寒舟收敛了脸上的情绪:"你说……"

苏云景挑眉:"说什么?有什么疑惑说出来,闻老师给你在线解答。"

傅寒舟看着苏云景,眼眸深处沉淀着一种莫名的情绪,低沉的嗓音有点儿哑:"你说,如果两个人是好朋友,但是其中一个人在可接受的范围内,做了一件不太好的事,可以吗?"

傅寒舟说得太绕了,苏云景困惑了好几秒才捋清这段话:"你的意思是 A 和 B 是朋友,但是 A 瞒着 B 做了一些不太好的事,但这个不好的事在 B 接受的范畴内,是这个意思吗?"

苏云景等了一下,接着说:"既然在 B 接受的范畴内,那应该也不是多不好的事吧?"

"嗯。"

苏云景给傅寒舟一个能拿满分的答案:"只要两个人在舒适状态下,那就没问题。但是吧,具体事情还要具体分析。"

根据国际惯例,一般以"我有个朋友"为句首的问题,那这个"朋友"基本就是问问题的人,所以苏云景怀疑傅寒舟是在说他俩。傅寒舟做了一件会让自己生气,但又不会发太大脾气的事。傅寒舟不好意思直接跟自己认错,忐忑不安之下来探探自己的态度,可又不想自己听出来,因此编造了这个问题。

苏云景一通名侦探的操作,立刻把傅寒舟看穿了。他信誓旦旦地说:"如果我是那个人,只要不是伤天害理,或是触犯刑法这些原则性的问题,我就绝不会生气。"

苏云景这么说是在暗示傅寒舟坦白从宽,老老实实地交代自己干了什么坏事。

傅寒舟眼眸顿时雪亮:"真的吗?"

苏云景给了他一个非常肯定的回答:"真的!"

"哦。"

苏云景等了一会儿,见傅寒舟没有坦白的意思,所以他到底干什么坏事了?

苏云景忍不住旁敲侧击:"那你觉得这个A会干什么不太好的事?"

"我想想,"傅寒舟一副沉思的模样,"比如……"

苏云景正满头问号时,一个枕头突然砸到他背上,傅寒舟立刻枕了上去。

听见背上那人的闷笑声,苏云景意识到自己被耍了。他咬牙切齿地说:"我看你是皮痒了。"

苏云景说着翻过身开始疯狂挠他痒:"错了吗?"

"错了,哥哥,我错了。"

这声"哥哥"清清浅浅,带着少年特有的清亮的嗓音。

小时候苏云景经常让傅寒舟喊他哥哥,说只要他喊了,第二天晚上还会让他来自己房间里睡觉。

苏云景每次逗傅寒舟的时候,他通常都不会说话。但等苏云景关了房间的灯,他就会悄悄凑到他耳边,在黑暗里小声喊他哥哥。那个时候的傅寒舟乖巧得不得了。

苏云景看着傅寒舟,眼前这个眉目精致的少年跟当年那个瘦瘦小小的孩子重叠到一起。

苏云景忽然笑了:"嗯,我原谅你了。"

傅寒舟眼睫颤了颤,心底莫名生出几分恐慌。他想起了陆家明,害怕眼前的人会像当初那样消失。

察觉到傅寒舟情绪的变化,苏云景耐心地哄他:"怎么了,要不要我给你讲个笑话?"

傅寒舟不想听苏云景讲笑话,只希望他不要离开。但傅寒舟什么都没有说,他没将内心的惶恐和不安告诉苏云景。他只是点了点头,同意了苏云景的提议。

隔天私人管家给他们安排了缆车去山上看雪景。

今天的天气非常好,连绵不尽的雪山被艳阳一照,宛如披了一层锦色的绸缎。远处的山峰几乎要跟天际的云交会,天地一线,云山不分。

苏云景和傅寒舟坐在一个缆车上。傅寒舟身上裹着毛毯,兴致不佳地垂着眼。他的情绪总是这样反反复复,在特别高兴的时候很容易进入低迷状态。

苏云景隐约感觉到傅寒舟的不安,大概也能猜出他的不安源于什么,有一大部分的原因应该出在自己身上,当初自己突如其来的病逝对傅寒舟的打击很大。再加上小时候一些不好的经历,以及在遗传性精神疾病的多重影响之下,他才会变成今天这样。

唯一让苏云景高兴的是,不管傅寒舟心情再怎么不好,他也只是安静地待在自己身边。

不过苏云景担心自己不能陪他太久,穿书系统没有承诺他可以一直待在这具身体里。如果他注定在这个世界待不久,那他希望自己能在走之前治好傅寒舟,让傅寒舟真正开心起来,而且是没有他也能开心的那种。

缆车外银装素裹,寒气顺着缆车的缝隙钻进来,傅寒舟蜷缩在苏云景身旁。昨晚他的心情就不好,以前他的情绪也经常无缘无故地变得很差。一旦情绪上来,他就会生出自我厌弃的想法。现在有苏云景在他身边，这种情况好了很多，至少没有再做什么极端行为。

傅寒舟靠着苏云景，摄取着他身上的温度，在缆车里小小地睡了一觉。他这一觉睡得很浅，缆车刚停下他就醒了，眼尾有了一层浅浅的褶皱。

刚睡醒人会感到冷，苏云景怕傅寒舟感冒，就带着他坐车先回酒店了。

娇滴滴的傅寒舟让唐卫至今都不适应。看着他们俩离去的背影，唐卫的嘴角抽搐了两下："这还是我认识的那个傅哥吗？"

以前每到冬天，傅寒舟仿佛一只被迫营业的冬眠动物，身上总有一种谁都不敢招惹的戾气。现在可倒好，变成一株娇柔的菟丝花，恨不得二十四小时缠在苏云景身上。

林列拿出手机查看着私人管家发给他的路线，听到这话头也不抬地说："你管好自己就行，自己都管不好还操心别人？"

唐卫暴躁地说："你就不能好好说话？我说什么你都要挤对我！"

林列收回手机："出来玩最重要的是自己开心，你自己还没玩爽就不要担心别人了。他们有自己的计划。"

这话唐卫听着顺耳，他脾气来得快去得也快。

林列脸上带着笑，声音温柔地说："那现在咱们聊聊，昨天你在派对上的事。"

唐卫："……"

一听林列这话锋不对劲儿，唐卫骂了一句就慌忙跑路了。

昨天他非拉着林列去参加派对，结果没玩好反倒惹出一堆麻烦事，最后还是林列帮他收拾烂摊子。

这事完全是唐卫的责任，因此面对林列，他多少有些气短。

林列轻轻地笑了一下，然后不紧不慢地追了上去。

酒店的暖气开得很足，苏云景刚进大厅就感觉到了一股暖意。他抱着毛毯跟傅寒舟等在电梯口。

没一会儿，电梯门打开，从里面走出几个青年。其中一个人高马大，五官立体英俊，看见苏云景后，黑眸迸射出骇人的戾气。

同伴见他还在电梯，纳闷儿地回头叫他："许淮？"

有其他人在场，许淮不会跟苏云景算账。他眸里的戾气不着痕迹地敛尽。从电梯出来时，许淮的肩重重地撞上苏云景。

傅寒舟手疾眼快地将苏云景拽到自己旁边，避开了不怀好意的许淮。

傅寒舟眉宇间覆了层阴鸷，他刚要做什么就听到苏云景说："别管他，回去再说。"

人这么多，苏云景也不想闹起来，事情闹大了，曝光他跟许淮的关系，最尴尬的人还是闻燕来。他不想给闻燕来惹麻烦。

傅寒舟狠戾地看了一眼许淮，不过一瞬间，他就恢复了正常，老实地跟苏云景进了电梯。

用房卡打开酒店的房门，苏云景跟傅寒舟一前一后进去了。

苏云景刚打开灯，身后的傅寒舟闷闷地开口："是他吗？"

苏云景不解其意："什么？"

傅寒舟问："那天在校门口打你的人，就是刚才故意撞你的人？"

他身上还带着外面的寒气，面色苍白如纸，身上那股羸弱的病态成功掩饰了内心的狂暴和戾气。

苏云景多少还是有点儿"偶像包袱"的："我不是揍揍那方好不好？你是没见他满脸血的样子。"

不管那天是苏云景单方面揍揍，还是两个人互殴，印在傅寒舟脑海深处的是苏云景一脖子血的模样。

要不是他在婚礼上的捣乱，苏云景就不会受伤。

傅寒舟的眼睫扇动了两下，心里滋生出无数憎恶。

他憎恶许淮，更憎恶自己。

苏云景见他不对劲儿，心里一慌："寒舟，你听我说，我跟许淮打架和你无关。谁想当私生子？谁都不想的！但出生这件事自己是没办法选择的，他连这点儿道理都不懂，是他这个人很差劲。"

傅寒舟喉咙如火烧，说话声音嘶哑至极："还疼吗？"

苏云景连忙安慰说："早不疼了，都过去那么长时间了，而且那天只是看着流了好多血，其实伤不重的。"他把受伤的右耳凑过去给傅寒舟看，"你看，是不是连疤都没有留？"

苏云景的伤在耳根后面，那里的肌肤十分嫩，覆着一层极细的白色绒毛。上面其实有个颜色很淡很细的浅白色伤疤，不过不仔细看根本看不出来。

傅寒舟的眼睫动了一下，温热的液体滑了下来："我当时不知道是你。"

苏云景还没从震惊中缓过来，脑子里一片糨糊。

见傅寒舟难过地哭了，苏云景无措地安慰着："都过去了，你也说了，你当时不知道是我，所以我不怪你，别再想了。"

傅寒舟没说话。但这次傅寒舟的情绪明显比上次崩溃得还要严重，搞得苏云景的心跟着一揪一揪地难受。

苏云景笨拙地安慰他："你看我在你身边呢，我早没事了，你别这样……"

傅寒舟低落的心情一直持续到中午都没缓回来，他没吃午饭，苏云景在房间陪着他。

卧室拉着窗帘，光线很暗，苏云景和傅寒舟待在床上，不知不觉地睡着了。醒过来后，他就看见傅寒舟侧躺在旁边，眼睛一眨不眨地凝视着他。

傅寒舟望着他："我可以看看你耳朵后面的那个疤吗？"

苏云景："……"

虽然不知道疤有什么好看的，但苏云景还是趴到了床上。他把左耳贴着枕头，露出了半张脸给傅寒舟看。

傅寒舟凑过去，看着苏云景耳根那道淡白色的疤。他低声说："我以后不会再伤害任何人，也不会再让你为难，我会做个心地善良的好人。"

苏云景笑了,开口夸奖道:"船船小朋友好乖,一会儿哥哥给你买糖吃。"

"嗯。"

苏云景领着傅寒舟出去吃饭。吃完饭他们在附近的商场逛了一圈,然后一块儿去泡了个温泉。

被温热的水一泡,苏云景舒服地喟叹了一声。他将额前的头发推到脑后,手肘撑着温泉,闭着眼轻笑。有一缕碎发垂下来,发尖搭在了他的睫毛上。他有点儿痒地眨了下睫毛,那缕碎发顺势滑下。

感受到旁边有水流波动,苏云景睁开眼见傅寒舟过来了。见苏云景眉峰高高挑起,对方坐到了他的旁边,学着苏云景的样子,闭着眼睛仰起头。苏云景把想说的话咽了回去,继续舒舒服服地泡着温泉。

泡完澡苏云景想做正宗 SPA,但傅寒舟以他的按摩技术还需要精进为借口,拒绝了苏云景找按摩师的要求。

傅寒舟再次亲自上阵,在苏云景身上苦练按摩技术。苏云景被按得昏昏欲睡。等他睡熟后,傅寒舟悄然离开了按摩室。

每次做按摩,工作人员都会点帮助放松神经的熏香。熏香效果奇佳,苏云景两次按摩睡得都很好,醒过来时傅寒舟还在给他按摩肩背。

苏云景打了个哈欠,把傅寒舟的手按住了:"歇会儿吧。"

听说按摩师这活儿很累,傅寒舟又不懂技巧,手部关节肯定会更累。

傅寒舟半蹲在苏云景旁边,看他在打盹。

刚醒过来,苏云景精神还没恢复,懒洋洋地撩起眼皮瞅了瞅近在咫尺的傅寒舟。

傅寒舟现在就像一只守着主人的大型犬科动物,低眉敛眸,分外乖巧。

苏云景被自己这个想法逗乐了,抬手像给狗狗撸毛似的摸了摸傅寒舟的头发,问他:"累不累?"

傅寒舟点头:"累,手有点儿酸。"

苏云景："……"

怎么不按套路出牌？不是应该说不累的吗？

傅寒舟脸皮特别厚地说："算是提前付了我以后的'取暖费'吧。"

苏云景："……"

怎么想苏云景都觉得自己亏了，他本来可以享受一把专业的按摩技术，结果被傅寒舟截和了，最后还欠下了人情。

在按摩室待了半小时，苏云景和傅寒舟出来正要回房间时，唐卫急匆匆找了过来。

"大热闹，快跟我去看。"唐卫乐疯了，"有人打起来了，我还上去踹了好几脚。"

苏云景欲言又止："你这么暴力真的好吗？"

唐卫啐了苏云景一口："你他……"

见傅寒舟眼神不对，唐卫连忙止住了到嘴的脏话，改口说："是派对上那浑蛋。"

苏云景听唐卫说过他参加派对时，被几个人高马大的人找麻烦，虽然唐卫也有不对的地方，但是对方先出言挑衅。

一听是惩恶扬善的戏码，苏云景终于有点儿兴趣了："在哪儿？"

唐卫说："在休息厅。"

苏云景接着问："林列呢？怎么没看见他？"

唐卫不以为然地说："老林还在现场看热闹呢，我是怕你们错过好戏特意来叫你们的。怎么样，兄弟够意思吧？"

苏云景："……"

果然，唯恐天下不乱是唐卫一贯的作风。

既然唐卫这么热情地相邀，苏云景很给面子地去了休息厅。

他们来晚了一步，双方已经被酒店的工作人员拦下，但通过地上的血迹还是能看出刚才的惨烈。

苏云景不晕血，但看见大面积血迹，眼皮还是跳了跳。

苏云景担心傅寒舟会晕血，不动声色地挡住了傅寒舟的视线，问:"两拨人是怎么打起来的?"

"不知道,我跟老林听到动静就看见他们打起来了。尤其是那个人下手特别狠,不过他也受了伤。"

唐卫指了指角落正在接受医护人员包扎的青年。苏云景看了过去,看见对方的长相后眉梢向上抬了抬。

林列眼尖心细:"你认识这人?"

是许淮。

但苏云景不好明说他们俩的关系,支吾了一下:"今早在酒店见了一面。"

林列"哦"了一声,瞥了一眼从头到尾都保持安静的傅寒舟。他跟唐卫过来的时候,似乎在人群里看见了傅寒舟,但他也不确定那是不是傅寒舟。

虽然那几个人伤得不轻,但许淮也没好到哪里,打架时鼻骨被撞断了,脑袋还被砸出了血。

酒店的医护人员正在进行简单的处理,不过正鼻骨还得去正规医院,他们已经打了急救电话。

闹出这么大的动静,就算酒店的工作人员不报警,也有其他客人在慌乱中打了电话。

在异国他乡闹到警察局,可有许淮受的了。

苏云景本来还担心许淮会找他麻烦,没想到他自己倒是先出事了。

唐卫心情不错,邀请苏云景和傅寒舟去他们房间看电影。

前段时间刚上映了一个大片,唐卫没去电影院看,正好酒店里液晶电视的付费频道能看。看电影嘛,人多热闹才有氛围。

刚才在按摩室睡了一觉,苏云景现在已经恢复了精神,闲着也没事干就去唐卫他们房间里看电影。

酒店房间的液晶电视是六十寸,虽然比起电影院差了不少,但视觉效果还不错。

这部电影刚下映没多久,全球狂揽九亿美金的票房,蝉联好几周票房冠军。剧情讲的是外星人入侵地球，将人类当作繁衍的工具，跟《异形》有点儿像，场面极度血腥，动不动就出现一群绿色的虫子，某些桥段甚至有点儿反胃。

由于电影画面过于恶心，唐卫头皮一麻，咒骂时手里的薯片都撒出来不少。

苏云景下意识捂住了傅寒舟的眼睛，生怕这一幕会刺激到他。

早知道是这么个电影，苏云景说什么也不会拉着傅寒舟看。

"没事吧？"苏云景低声询问傅寒舟。

傅寒舟状态良好，电影剧情没引起他任何不适。他不晕血也不害怕虫子，只在特定情况下才会对血和虫子产生不适，其余时候傅寒舟根本不放在心里。

傅寒舟钩住了苏云景衣摆的一角，指尖不由得蜷缩了一下。他嗓音清浅："没事。"

唐卫表面是个"中二少年"，实际上看个鬼片都要害怕好久。之前就是听说这个电影恶心场面很多，唐卫想着人多应该没问题，谁知道开场就这么恐怖。

唐卫被开场那一幕恶心得够呛，手里的黄瓜味儿薯片瞬间不香了。他直接把薯片扔给林列："赏你了。"

林列瞥了他一眼，没搭理日常嘴欠的唐卫，只是说："把你掉地上的薯片给我收拾了。"

唐卫不以为意地说："明天早上会有人来打扫房间。"

林列有强迫症，看不得房间脏乱差，冷冷地说："不把碎渣儿都收拾干净了，你晚上别想上床睡。"

唐卫知道林列的臭毛病，骂骂咧咧地开始收拾。林列没搭理他，捞起地上的遥控器换了个超级英雄类的"爆米花大片"。

剧情变得轻松后，苏云景重新打起精神，随便抓了一包妙脆角吃。撕开包装袋后他先往傅寒舟嘴里投喂了一个，才自己尝了尝。他好久没有吃过膨化食品了，以前他最爱的就是泡面、辣条、泡椒鸡爪，还有香辣豆腐干。

被投喂的傅寒舟"滴水之恩，涌泉相报"，从口袋里掏出一块巧克力。

苏云景哭笑不得地说："你怎么老给我吃巧克力？"

傅寒舟掰下一块巧克力："入乡随俗。"

苏云景不知道他随的哪个习俗，刚想问，傅寒舟就往他嘴里塞了一块巧克力。

苏云景："……"

看完电影已经晚上九点多了，苏云景和傅寒舟回了自己的房间。

苏云景洗漱完换上酒店提供的睡衣躺到了床上，傅寒舟在浴室待了将近半小时才出来，身上沾着寒气和湿意。

"你又冲澡了？"傅寒舟一钻进被窝，苏云景就打了冷战，"还是凉水澡？"

"不是凉水澡，只是水温不太高。"傅寒舟解释，腹部结实漂亮的肌肉线条随着他的动作在睡袍中若隐若现。

苏云景问："怎么不用热水洗？"

傅寒舟掖紧了被角："冬天冲凉好。"

苏云景笑了："就你这个体质，我劝你还是不要作了。"

傅寒舟若有若无地"嗯"了一声，现在不管苏云景说什么，他嘴上都是不会反驳的。

卧室里的空调可以调节温度，苏云景调高了一些。刚躺下一只手伸过来戳了戳他的脊椎，见他不理自己，傅寒舟继续戳。

苏云景拍开了那只手："好好睡觉，一会儿温度上来就暖和了。"

傅寒舟偏不，继续戳，活像个闹脾气要糖吃的小孩儿。

傅寒舟理直气壮地说："到了陌生的地方我睡不着。"

苏云景："……"

行吧，你弱你有理。

Chapter 12

满是虫子的世界

"我是不会后悔的。"
"不后悔什么?"
"很多!"

元旦假期痛痛快快地玩了三天,虽然中间有几个不愉快的小插曲,总体来说这个假期过得很愉快。

开学前一天下午,苏云景和傅寒舟坐飞机回到了衡林。

郭秀慧和闻怀山早一天从京城回来,开车过来接苏云景他们俩。

出去玩了一趟,心还没收回来,第二天开学又进入紧张的学习状态。

马上就要放寒假了,各科老师都疯狂起来,作业多得苏云景都有点儿吃不消。最让他头疼的是傅寒舟越来越黏人,他们俩二十四小时几乎形影不离,即便是这样傅寒舟还是很焦虑。

当年陆家明就是在这个时候离开的傅寒舟的,即便是过去了十年,那天的事傅寒舟仍旧记得一清二楚。所以他比以往还要缠人,也比以往更加敏感。

苏云景擦着头发从浴室出来,傅寒舟突然凑过来闻了闻,活像一只缉毒犬。

苏云景被傅寒舟这个架势弄得一愣:"怎么了?"

傅寒舟摇摇头:"没什么,就是觉得你身上的气味不对,好像是换洗发水了。"

苏云景："……"

超市洗发水搞促销，牌子正好是家里常用的，只不过他们家之前买的是去屑那款洗发水，促销这个是护发的洗发水。家里不缺钱，但郭秀慧节俭惯了，觉得价格划算就买了两瓶。

虽然是同一个牌子，但护发洗发水跟去屑洗发水的味道不一样，苏云景没发现什么不同，家里买什么他用什么。所以他很不理解，换个洗发水而已，不至于这么大的反应吧？

见苏云景似乎不理解，傅寒舟睫毛垂了下去，再睁开时眼里的情绪消失得一干二净。

傅寒舟低声说："我对气味很敏感，闻一闻才知道能不能用。"

苏云景还不知道傅寒舟有这个毛病，不自觉地也闻了一下自己，没闻出有什么不同。

对于傅寒舟超多的毛病，苏云景接受能力极强："那这个味儿行吗？不行我去楼下超市给你重新买一瓶。"

傅寒舟的心情忽然又变好了："能闻，再闻几天就习惯了。"

苏云景感觉傅寒舟恋旧的方式古古怪怪的，连换种洗发水都要习惯一下。

苏云景虽然不理解傅寒舟奇奇怪怪的习惯，但第二天还是问了问郭秀慧以前家里买的什么洗发水。

晚上放了学，苏云景带着傅寒舟去了超市。傅寒舟很少逛超市，老实地跟着苏云景去了生活用品区。

苏云景婉拒了超市工作人员的推销，直奔那款去屑洗发水而去。

从货架上拿下蓝色的瓶子，苏云景打开了瓶盖让傅寒舟闻了闻："是这个味道吗？我奶奶说之前买的是这个牌子的去屑洗发水。"

傅寒舟点了点头："嗯。"

确定是这瓶洗发水，苏云景合上瓶盖："还有其他需要买的吗？有没有想吃的？"

傅寒舟开口："泡椒凤爪、豆干、话梅。"

苏云景笑了，这些都是他爱吃的："那你呢？有没有想吃的？"

傅寒舟摇了摇头。

苏云景拎了一袋零食回去后，不出意外地被郭秀慧进行了"爱的教育"，嫌他买垃圾食品吃。

傅寒舟出来"背锅"："是我非要买的，也都是我想吃的。"

虽然郭秀慧不像之前那么排斥傅寒舟，但毕竟不是自己的亲孙子，不好教训，零食上就放了他们一马。

见购物袋里还有洗发水，郭秀慧拧眉问："怎么又买洗发水了，家里不是刚买两瓶？"

苏云景刚还称赞傅寒舟的讲义气，这次他就拉苏云景下水了。

傅寒舟一本正经地说："他有头皮屑，需要用去屑的洗发水，新开的那瓶用了头皮发痒。"

苏云景："……"好吧，这个锅我背。

过了郭秀慧这关，回到房间后傅寒舟叮嘱他："以后记得用这个洗发水。"

苏云景无奈叹息："知道了。"

傅寒舟现在头发短，未必能闻到自己头上洗发水的味道，但绝对能闻见他的。

几天后，傅寒舟渐渐恢复了正常，总算没之前那么吹毛求疵，苏云景身上一点儿小的改变都让他不安。

年关将近，期末考试结束后，苏云景他们开始放寒假。

傅寒舟学习成绩进步很大，从三百多名变成二百名的尾巴，但这个成绩想考个好大学还是非常难，不过他能好好学习就已经让沈年蕴很意外了。他没想到自己的儿子会跟苏云景这么投缘，两个人在一起不仅没惹出什么乱子，还共同进步了。

放假之后，沈年蕴将闻家人从衡林接到京城过年。

虽然闻燕来还因为婚礼的事对傅寒舟有偏见，但多种因素下，她也只能跟傅寒舟维持表面的和气。

苏云景原本还担心傅寒舟会跟闻燕来处不好,没想到年前爆发的第一次争吵,居然是闻燕来和郭秀慧老两口。

闻燕来和沈年蕴没有领结婚证,只是举办了婚礼。对老一辈的人来说,结婚证是不可或缺的。所以老两口很不理解,既然婚礼都办了,也住到一块儿了,为什么不领结婚证?

依照闻燕来的意思,要不是想让老两口放心,她连婚礼都不想办。

她和沈年蕴在经济上是相互独立的,会尊重对方的隐私,给彼此私人空间,在事业上也是理解居多。她觉得这种相处模式很舒服,但在郭秀慧眼里这就不是一段正常健康的婚姻关系。

两代人对于婚姻的不同理解触发了矛盾,气得郭秀慧想立刻回老家。

苏云景能理解郭秀慧,她是心疼闻燕来,希望她的后半生有个稳定的依靠。大多数家长催促儿女结婚,都是觉得成家之后夫妻俩会相互帮衬照顾。

但每个人对婚姻的理解不同,对幸福的标准也不一样,只要自己高兴,一辈子不结婚也没什么问题。

家里的气氛微妙了好几天,闻燕来找郭秀慧深谈之后,她才想通了,没再揪着这事不放。

这个年总算安安稳稳地过去了,苏云景也舒了一口气。

傅寒舟车祸被女主角救下的剧情,在苏云景刻意的规避下也没有发生。

年前苏云景和傅寒舟一直老实待在沈家,唐卫约他们出去玩都被苏云景拒绝了,他怕会出现意外情况。

正月初四这天,林列打电话约苏云景和傅寒舟明天去他家玩。

林列父母早离婚了,母亲嫁到了国外,父亲另娶,还给林列生了个小十几岁的妹妹。他一个人生活,每个月只回去一两次,除夕才会在家里待一晚。

初五正好是林列的生日,所以他才约苏云景他们来家里聚会。

老吴开车将他们俩送了过去，苏云景按林列给的地址，按响了门铃。

房门一开，露出了唐卫那张暴躁的脸。见是苏云景跟傅寒舟，唐卫拧紧的眉毛缓和了一些："我还以为是送比萨的，说是二十分钟送过来，这都过去四十多分钟了。"

看了一眼唐卫脚上的拖鞋，苏云景没直接进去，站在门口问："我们要不要换拖鞋？"

林列拿着手机从客厅走了过来："不用换，他穿着拖鞋是因为昨晚就过来蹭吃、蹭喝、蹭我家游戏机了。"

唐卫不爽地"呵"了一声："什么叫蹭吃、蹭喝、蹭游戏机？老子是看你大过年可怜巴巴的，好心好意陪着你。"

林列没理唐卫，给比萨店拨了个电话问问情况。

苏云景闻着有火锅料的味道，走到客厅果然看见一个鸳鸯涮锅，忍不住笑了一下："比萨配火锅？"

唐卫爱一切垃圾食品，今天就是垃圾食品的盛宴，他嘚瑟地说："老林生日，要搞就搞一把大的。"

火锅、比萨、汉堡、芝士炸鸡、烧烤，还有可乐。苏云景一听就感觉很胃疼，但也爽得很。

傅寒舟口味清淡，饮食绿色健康，还有胃病，苏云景怕他承受不住这样的快乐。

苏云景侧过头跟傅寒舟说："吃不惯的话一会儿我给你煮面。"

傅寒舟轻轻"嗯"了一声，那声"嗯"听起来轻飘飘的，带着一丝愉悦。他喜欢苏云景时时刻刻在意他、关心他。

苏云景去问唐卫："对了，你们买面条了吗？"

"吃火锅当然要面条了，买了我最爱吃的杂面。"

苏云景："……"

他从来不知道唐卫竟是这样的重口味。

苏云景好养活，也不挑食，不太爱吃的他也能对付几口。但只有

313

三样东西他从来不碰——溏心鸡蛋、炒熟的黄瓜，还有杂面。

林列打完电话从阳台走了过来："我刚才问了问，那边说是外卖员拿错比萨了，中途又回去了一趟，所以会晚一点儿送到。"

特别想吃比萨的唐卫忍不住骂了一声。

苏云景给林列一张购物卡："生日快乐，这是我和寒舟一块儿的。"

苏云景也不知道要送什么生日礼物，听唐卫说林列爱好摄像，他不懂这方面的知识，只知道这个爱好很烧钱。于是他跟傅寒舟合计了一下，送了林列一张朴实无华的商场购物卡。

苏云景很霸气地开口："买什么东西刷这卡就行。"

林列接过了购物卡："谢了。"

一旁的唐卫两眼放光："这里面放了多少钱？看闻辞的穿着就知道也是大户人家，傅哥出手更不可能是小数目。老林哪，苟富贵，勿相忘。"唐卫钩住林列肩膀疯狂暗示，"我喜欢的一款球鞋马上就要上市了，你懂的吧？"

林列弹开他的手，云淡风轻地说："我心仪的一款相机也要上市了。"

唐卫大叫一声："你不是刚买了无人机？"

林列淡淡反驳："无人机是无人机，新相机是新相机。你这么多双球鞋，不还是要买？"

唐卫无力反驳，甚至觉得非常有道理。

唐卫在林列身上看不到希望，最近他又因为学习问题被父母削减了零花钱，只能把希望寄托到苏云景身上。

刚想跟苏云景借点儿钱周转一下，等他手头宽裕就还。他还没开口，手也还没搭到苏云景肩膀上，就被傅寒舟不友好的眼神瞪了一下。

唐卫顿时老实不敢再作了，并且深刻检讨不应该借钱买特别适合自己的球鞋。

上次他们四个人一块儿吃火锅，还是在学校的天台上。唐卫买的那两个酒精炉被教导主任没收了，直到现在都没有还给唐卫，估计要等毕业了。

饮料是唐卫从家里拿的,是他爸从国外带回来的。苏云景越喝越不对味儿,甜味儿后劲儿泛上一种说不出来的苦味儿。

苏云景看了看饮料瓶上的字,不是英语,他一个字也不认识。

"我怎么总感觉有一股酒味儿?"苏云景闻了闻装饮料的杯子。

唐卫吃着羊肉说:"本来就是酒,是国外的一种果啤,比我国的果啤后劲儿要大。"

唐卫刚说完就发现大家都在看他。他停下了筷子有点儿摸不着头脑:"怎么了,看我干什么?"

苏云景无奈地说:"未成年人不能喝酒,啤酒也不行。"

其实他们上学的年纪很有大的bug(漏洞),苏云景在现实世界时十七岁周岁已经上高三了。但小说里提过,女主角是在傅寒舟十七岁上高二那年救了他,就这么一句话,直接导致这个世界的上学年龄都晚了一年。

"关键咱也不是未成年哪。"学渣唐卫振振有词,"现在已经过了年,你们忘了自己长了一岁,今年十八岁了?"

林列正在检查酒精含量,听到这话看了一眼唐卫:"法律上的十八周岁是要按照身份证的出生日期算的,而且还是次日。"林列给唐卫科普,"懂什么意思吗?哪怕是我也得过了今天半夜十二点,才算真真正正的十八周岁。"

"这么复杂的吗?"见他们好像都知道,唐卫有点儿怀疑人生,"老师上课的时候跟咱们讲过这个吗,我怎么不记得?"

苏云景不好打击唐卫说这是常识,他默默收走了果啤:"等来年这个时候咱们再喝酒,今天喝点儿饮料吧。"

苏云景收拾傅寒舟那杯果啤时,发现他已经喝了一大半,不由得看了他一眼。

见傅寒舟神情正常,苏云景觉得不会有什么大事,毕竟只是果啤,比正常啤酒酒精含量还低。但吃着吃着,苏云景感觉有点儿不太对劲儿，傅寒舟撑着手肘一直盯着前面笑。

苏云景看见傅寒舟这样，忍不住问："船船，你喝醉了吗？"

傅寒舟摇了摇头。

苏云景又问："那你笑什么？"

傅寒舟趴到了桌子上，脸枕在手臂里。

苏云景一愣。

唐卫和林列也发现了傅寒舟的不对劲儿，问苏云景他怎么了。

苏云景对唐卫他们说："可能是喝醉了吧。"

听苏云景这么说，唐卫都好奇这果啤的酒精含量了。他摸着自己的腹部，静静感受了一下后劲儿："你别说，我感觉也有点儿热。哎呀！脑袋突然有点儿晕了。"唐卫越说越不舒服，表情纠结，"不是，喝的时候明明挺爽口的呀。"

林列看了一眼自己给自己诊断的唐卫，又扫了眼趴在桌子上的傅寒舟，目光有几分耐人寻味。他没说什么，起身将窗户打开了。

林列家两室两厅，客房时不时就会接待唐卫，所以被褥齐全。林列让苏云景把傅寒舟带客房休息一下。

傅寒舟很老实，苏云景去哪儿他就去哪儿，也不知道是不是真的醉了。

进了房间，傅寒舟躺在床上。苏云景问他："你是喝醉了吗？"

傅寒舟眼含笑意，摇了摇头。

苏云景继续问："那你头疼吗？"

傅寒舟继续摇头，眼底漾了一层水光，显得十分透亮。

苏云景哭笑不得，就傅寒舟一直否认自己喝醉、总冲他笑、莫名其妙高兴这几点，很像喝醉的症状。但酒量得多差才能喝果啤把自己给喝醉了？

不过傅寒舟是他们几个人里面喝得最多的，可能进入了微醺状态。

苏云景眉头一皱，坐到了傅寒舟旁边："你到底是蒙我呢，还是真有点儿醉？"

傅寒舟没回答。他调整了一个姿势,合上眼睛,睫毛在眼睑下方投下一个漂亮的扇形阴影。

看着安静的傅寒舟,苏云景怕他不舒服,给他揉了揉太阳穴。

原本安安静静的傅寒舟,突然抓住了苏云景的手腕。

苏云景跟那双漂亮的眼睛对视片刻,无奈地开口:"敢问你几岁?"

傅寒舟重新闭上了眼睛,报给了苏云景一个数字:"七岁。"

苏云景在心里吐槽:你七岁的时候可不这样折腾人。

似乎知道苏云景在想什么,傅寒舟把他的手放到自己的眼睛上,轻轻地说:"你一直在这儿,我就不这样闹了。"

"嗯?"苏云景莫名觉得他话里有话。

傅寒舟没再说话,像是睡着了。苏云景看着安静平和的他,不知道为什么,心里暖烘烘的。虽然傅寒舟不像小时候那么乖,有时候很傲娇还喜欢折腾人,但苏云景不得不承认,他对他生不起来气。

苏云景他们在京城一直待到正月初十才坐飞机回了衡林。傅寒舟也跟着苏云景回来了,没有在沈家多待一天。

原本郭秀慧在闻燕来的影响下,觉得傅寒舟可能藏着什么坏心思才会接近闻辞的。但这两个人的关系太好了,郭秀慧还从来没见两个孩子吵过架,再加上傅寒舟一直表现得很懂事。

郭秀慧忍不住跟闻怀山感叹:"亲兄弟都不过如此。"

"这就是投缘。他们脾气秉性差不多,又都是十七八岁的年纪。"闻怀山的视线从报纸上移开,看了一眼郭秀慧,"希望小傅是真拿小辞当兄弟,这样以后出什么事了,两个人也能互相帮衬。"

"我就是这么想的,就怕辞辞一个人太孤单。"郭秀慧长一叹,眼角有点儿湿意,"这孩子命苦,小的时候从鬼门关里走过一遭。算命的都说他八字弱,少不了大灾大难的……"

闻怀山听不得封建迷信这套,重重地翻了一页报纸,口气有点儿不耐地说:"行了行了,这都什么年代了,还算命,还八字弱!"

郭秀慧也恼了:"嘿,你这个老头子……"

317

苏云景和傅寒舟正在打扫房间卫生，听着隔壁断断续续的争执声，不知道老两口又因为什么事拌起了嘴。

虽然走的时候门窗都关好了，但回来屋子里还是落灰了。

苏云景擦着灰说："大部分人婚后可能就是我爷爷、奶奶这样吧，吵吵嚷嚷一辈子，就这么过去了。"

傅寒舟听见郭秀慧说后悔嫁给闻怀山这个老古板时，突然开口："我是不会后悔的。"

苏云景纳闷儿地问他："不后悔什么？"

傅寒舟只回了苏云景一句"很多"，就没下文了。

苏云景没懂这句"很多"是什么意思，但隔壁吵得越来越激烈，他只能过去充当和事佬。在闻家没学会别的技能，劝和苏云景倒是一把好手。

寒假很快就过去了，高中统一正月十八开学。

因为电视台的大力宣传，开学之后学校转来了很多像江初年这样的新生。

学校完善了很多基础建设，方便了残疾学生在校的生活。周边县城的不少学生家长在电视上看到相关新闻后，参观了学校，很快就办了入学手续。

江初年他们班就分到了两个这样转学生，虽然他们还没成为朋友，但江初年非常高兴，回去的路上话都多了不少。

开学还没一个月，陆陆续续又转过来几个学生。

学校贴吧有几个学生开玩笑说，"二中"都快成了残疾学校，谁不正常谁来这个学校上学。当天这个帖子就被删了，发帖和起哄的人也遭到了严厉的惩罚。为此校长还开了师生大会，重点强调了禁止歧视残疾人士的问题，鼓励学生之间要互帮互助。

傅寒舟身体力行地实践着"二中"互帮互助的新校规，组织了多次新学生的聚会。在他的努力下，这些同学迅速混熟了，江初年也有了新的朋友。

苏云景对傅寒舟刮目相看，没想到他现在越来越热心肠了。

傅寒舟不仅出钱出力，还策划和举办活动，每次活动都有一个好玩有趣的主题，吸引了学校其他同学加入。

苏云景觉得现在的小团队很和谐，加入其他学生可能会乱起来。

傅寒舟有自己一套理论："他们总是要步入社会的，不可避免要跟陌生人打交道。"

苏云景一想也有道理，于是被傅寒舟说服同意了。

傅寒舟作为学校的风云人物，真富二代，未来的霸道总裁，有他在的小团体聚会足够吸引人，更别说傅寒舟还把社团活动搞出了花样。

傅寒舟在学校论坛弄了一个申请参加社团活动的帖子，想要参加社团就要申请，还要写清楚自己的优势跟特长。

苏云景还以为傅寒舟只是随便搞一搞，没料到他居然弄得这么正式。

傅寒舟解释说："想参加的人多，但咱们不能找这么多人，所以需要筛选。"

苏云景问："怕人多了，管不过来吗？"

"嗯。"

其实不是担心管不过来，江初年之所以会受到歧视不是因为他身有残疾，是因为他不是大多数人。在健全的人为主的人群里，残疾人士是异类，但如果这个世界上残疾人士居多，那健全的人才是异类。想要改变江初年等人弱势的地位，就要控制社团其他同学的人数。如果社团有十个江初年，一个苏云景，那就应该是苏云景绞尽脑汁地想融入"江初年们"。

傅寒舟提高参加社团的门槛，是因为他知道一个道理，这个世界上便宜的东西叫大促销，贵的东西叫奢侈品。如果是白送的东西，大家只会怀疑它的质量；价格高昂的东西反而令人趋之若鹜，分外珍惜。

傅寒舟在用自己的名声和钱，帮这个一文不值的社团抬高身价，把门槛设置得越高，越有人想削尖脑袋往里面钻。

傅寒舟浪费这么多时间弄这个社团，可不是只想给江初年找几个朋友，让他不要再来麻烦苏云景这么简单。

苏云景是一个同理心强，会对弱者施以援手的人。想要他不再担心江初年很简单，但是如果不改变现状，很快就会有第二个江初年，所以最根本的办法就是得改变"江初年们"在学校的地位。

一旦这个社团跟高身份、高地位画等号了，学校大部分人都会想加入。以后搞个会员投票制度，让"江初年们"决定谁能加入，到时候他们的地位就今非昔比了。

苏云景不用再担心"江初年们"，他的目光就会回到傅寒舟身上。

傅寒舟是典型的商业思维，把社团品牌化，名声打出去就能吸引大量的拥趸。优点是可以扩大社团的影响力，将社团包装成高大上的品牌；缺点是吸引过来的人中不乏心怀鬼胎者，他们加入社团并不是真心想跟江初年他们做朋友，只是因为社团在学校有影响力。

所以傅寒舟吸纳新社员时，最注重对方是否有"商业价值"，帮他提升社团的品牌影响力，引领更多人想加入。

苏云景的目的则很简单，就是为了让大家舒服自在地交一些情趣相投的朋友。他跟傅寒舟理念不同，不要求那些想加入社团的人有多优秀，不会歧视其他人就可以了。

苏云景这样的想法，只能建立一个小众品牌。品牌不出名，人数也少，但贵在内部团结。缺点也很明显，就是没有太大的发展前景，只能"圈地自萌"。

傅寒舟知道苏云景未必赞同自己的想法，所以他把自己的真实想法隐藏得很好。苏云景把大权都交给了傅寒舟，他怎么指挥，苏云景就怎么做。

原本只是一个小众社团，在傅寒舟的管理下成功吸引了大家的注意，短短两个月的工夫，不仅在本校出名，还火到了其他学校。

江初年是第一个感受到社团变化的人。最初的时候大家相处很好，社团气氛也很和谐融洽，后来慢慢分成了两派，一些人觉得应该维持现状，反对新成员的加入。另外一些人认为能交更多的朋友，为什么不能大方点儿，接受人家抛出进来的橄榄枝？因为意见不合，社团内部开始产生矛盾。

除了社团内部的变化，学校的学生一夜之间忽然对他们十分友善，甚至会主动帮江初年的忙，课间还会找他聊天，还有人跟他请教作业。

之前班里的女生见他和傅寒舟走得近，也对他友好过一段时间，向他打听傅寒舟的情况。

虽然天天接触傅寒舟，但江初年跟他是真的不熟，甚至还有点儿怕。

见从他这里什么都打听不到，那些女生也就慢慢失去兴趣，不再来找他了。

但这次不仅是女生，就连男生也对他改变了态度。他们会问他社团的主题是什么，好不好玩之类的。

一下课好几拨人围着他，晚上放学还有同学提出送他回家。

一开始苏云景还不放心，会跟着大部队一块儿送江初年回家。见江初年班上的两个男生轮流把他背上了楼，三个女生一块儿抬着轮椅，苏云景有点儿不敢相信自己的眼睛。

苏云景不太逛学校贴吧，不知道他们的社团火成什么样了，对校内突然兴起的互帮互助风潮一时无法适应。

苏云景站在江初年家楼下，目送那群人把他送回去，摸着下巴，露出惊疑的表情。

苏云景一脸复杂地问傅寒舟："你掐掐我，看我是不是在做梦。现在大家的素质都这么高了吗？"

傅寒舟站在苏云景身侧，有求必应地掐了一下苏云景。

苏云景拍开傅寒舟的手，笑骂道："还真掐？走，回家吃饭。"

傅寒舟"嗯"了一声。

现在的江初年每天放学都会有人送他回家，苏云景不知道这是傅

321

寒舟制定的入团考核指标，所以每天放学都会来江初年班上问一声。见江初年有人陪，他和傅寒舟就会直接回家。

江初年是个很敏感的人，他隐约感觉到自己跟苏云景正在慢慢疏远，而导致他们俩疏远的源头就是傅寒舟。

自从社团变得受人欢迎，内部就一直矛盾重重，感觉到不安的江初年总是会忍不住观察傅寒舟。

虽然这个社团是傅寒舟发起的，如今社团能这么火爆也跟他有很大的关系。但江初年还是能从细枝末节中，敏感地察觉出他根本不在乎这个社团。

天气变暖和之后，傅寒舟租了一辆大巴车组织他们去郊游。

他们正在吃午饭时，苏云景突然接到了闻燕来的电话。不方便让其他人知道他和闻燕来的关系，他给傅寒舟比画了一个手势，起身找了个安静的地方。

苏云景一走，江初年发现傅寒舟放下了筷子，漫不经心地看着苏云景讲电话的背影。他现在的神情很淡，让人看不出喜怒，也不敢随意上前搭话。

江初年早就发现每次苏云景在的时候，傅寒舟就会浅笑怡然，一副脾气很好、很有耐心的样子。一旦苏云景的视线离开，他就眼睛一垂，看起来沉默冷淡，对谁都爱搭不理。

所以大家都莫名地有点儿怕傅寒舟，哪怕他从来没有发过脾气，说话行事都极其有教养，甚至一直贴钱给他们各种福利，但谁都不敢跟他明目张胆提要求，甚至只敢在有苏云景的场合和他说话。

人是趋利避害的动物，规避危险几乎是本能，没人能说清他们为什么会对傅寒舟生出莫名的畏惧。

只有江初年窥探到了一点儿真相，他们怕傅寒舟，是因为傅寒舟不真实。傅寒舟就像一头披着羊皮的狼，即便伪装得再好，但天性使然，羊群仍旧害怕这只假羊。江初年是羊群中最敏感的羊，他嗅出了傅寒舟身上的狼性，察觉到了傅寒舟的伪装。

等苏云景打完电话回来，傅寒舟不着痕迹地收敛了刚才的漠然，漆黑的眸里有了一种江初年说不清楚的神采。

那头潜伏在羊群里的狼将最后一点儿狼性小心翼翼地收好，在苏云景走过来时把筷子递给他。

苏云景坐到了傅寒舟旁边，笑着问他："你吃饱了？"

傅寒舟喝了一口保温杯的水，嘴唇上沾了一点儿湿意，微微弯起来的时候好看极了，然后江初年听见他说："等你回来。"

苏云景跟傅寒舟开玩笑："吃个饭还要人陪，你几岁了？"

傅寒舟没说话，只是给苏云景夹了一筷子菜，低垂的眼眸里染着笑意。

吃了午饭，傅寒舟和苏云景坐在小溪边聊天。溪水刚化冰没多久，潺潺的流水清冽，傅寒舟身上盖着毯子。

江初年看着他们俩时，有几个人朝他走了过来，想说服他在意愿书上签名。

他们希望能用意愿书告诉傅寒舟，让他不要再往社团里添新人了。

"你不觉得自从那些新人加入后，咱们社团的氛围越来越差吗？而且不断涌入新人的后果就是僧多粥少，那些以前看不起咱们的人，现在见咱们社团福利好就想进来分一杯羹，你真的甘心吗？咱们也不是想跟他们对立，你看郭鑫和杨丽，人家以前帮过我，他们加入社团完全没问题，但其他人完全就是为了自己的利益。"

听到这话，江初年心里莫名有些烦躁。他很想告诉他们几个，社团本来就是傅寒舟办的，他想招多少人就招多少人，想给谁发福利就给谁发福利，谁也没权说三道四。

但他不是强势的人，表达能力也不强，只能说自己一切听傅寒舟的。

最终，江初年没在意愿书上签字，几个人不高兴地走了。

现在苏云景基本不送江初年回家了，每天放学会在他们班门口问一声"晚上有人送江初年回家吗"。这个时候送的人自然会说话，苏云景听见后就跟傅寒舟直接回家了。

江初年性格腼腆自卑,他麻烦别人的时候会非常不好意思,哪怕这个人是苏云景。

其实他想像过去那样,苏云景送他回家,然后留下来一块儿做作业,等他爸妈回来。可又怕自己打扰到苏云景,所以不知道该怎么跟他说。

他没闻燕来那么深的阅历,见识的人不多,但他心思细腻,对别人的情绪十分敏感。所以他跟闻燕来一样,第一眼就看出了傅寒舟的本质。因此他很想找苏云景谈谈,想要提醒苏云景小心傅寒舟,傅寒舟并不是表面展现的那样纯良。

这事一直拖到周四,这天放学苏云景来问的时候,江初年终于鼓足起勇气拒绝了别人,让苏云景送他回去。

傅寒舟扫了一眼江初年。

察觉到傅寒舟的不悦,江初年不安地别开了视线,扶在轮椅上的手指悄然攥紧。

"行啊。"苏云景进班里把江初年推了出来。

一路上江初年都在想怎么跟苏云景单独说这件事,但他跟傅寒舟几乎形影不离,江初年找不出空当说。

到了江初年家楼下,他原本想让苏云景背他,结果被傅寒舟抢先了。

江初年心惊胆战地被傅寒舟背上了三楼,进了房间后对方将他放到了沙发上。

没一会儿,苏云景抱着轮椅上来了,怕江初年一个人在家会有危险,苏云景跟傅寒舟留下来陪他。

这期间江初年一直在找说话的机会。他以前没干过这种事,整个人显得心神不安,心脏不受控制地狂跳。偶尔偷偷打量傅寒舟时,他的手都在哆嗦。

江初年又一次偷看傅寒舟,被正主逮个正着,一双漆黑的眼眸牢牢地锁在他身上。江初年连忙慌乱地移开视线。

傅寒舟的声音淡淡的："你总看我是有什么话要说？还是有什么事不能当着我的面说？"

苏云景听到这话抬头看了一眼傅寒舟，最后把视线放到明显受到惊吓的江初年身上。

察觉到气氛不对，苏云景半开玩笑半认真地说："就算寒舟长得好看，你也不能总看他。"

江初年的心脏怦怦直跳，他嗓音发紧地说："我……只是有一道题不会做。"

苏云景看了一眼他的数学练习册："哪道？"

江初年心不在焉地指了一道做了很久的题，让苏云景给他讲了讲。

被傅寒舟这么一戳破，江初年不敢再东张西望，直到他父母回来前都没敢抬一下头，闷着头刷题。

在苏云景看来就是占有欲超强的傅寒舟让江初年隐隐感觉到了敌意，所以今晚他才会这么异常。

苏云景没多想，回去之后吃了晚饭，照常给傅寒舟补习功课。

天气暖和，苏云景舒舒服服地躺在床上，手机来了短信提醒。

傅寒舟正好从浴室出来，正在擦头发，苏云景问他："谁发的短信？"

傅寒舟捞起桌上的手机，修长的眉毛不动声色地蹙了一下，然后点开那条短信："江初年。"

苏云景有些惊讶："他发了什么？"

江初年：有一部电影你一定看看，叫《天若有情》。

傅寒舟没看过什么《天若有情》，搜了一下剧情。

见傅寒舟迟迟不说话，苏云景按捺不住坐了起来："他到底发什么了？"

傅寒舟快速浏览着电影介绍，头也不抬地说："他给你推荐了一部电影。"

大晚上的怎么想起给他推荐电影了？

苏云景纳闷儿地问："什么片子？"

傅寒舟面无表情地说："我把短信删了。"

苏云景不解地问："你删人家短信干什么？"

傅寒舟把浏览记录删了，给江初年回了一条短信。

见傅寒舟在拿自己手机打字，苏云景担心他会给江初年发什么不好的短信，立刻从床上跳了下来。

"你编辑什么消息呢？"苏云景走过去抢他的手机，"我看看。"

傅寒舟避开苏云景，点击了发送，删除他编写的短信后才把手机给了苏云景。

苏云景一翻短消息，里面什么东西都没有了，好气又好笑地问他："你给他发什么了？"

傅寒舟背对着苏云景，眼中翻滚着戾气，他极其厌恶江初年这种多管闲事的行为。

见傅寒舟的情绪不对，苏云景不由得担心了起来："怎么了，心情又不好了吗？"

傅寒舟快速平复自己的心情，他转身将眼前的碎发撸到了脑后，冲苏云景摇了摇头："没事。"

嘴上说着没事，但苏云景能感受到他在极力压制负面情绪，于是开口安慰他："别想那些不开心的事，要不……我明天再给你买一只玩偶熊回来？"

最近只要傅寒舟闹脾气，苏云景就会送他一只玩偶熊。现在傅寒舟已经有了好几只玩偶熊，还有个迷你小熊钥匙扣。

傅寒舟晚上睡觉会埋在玩偶熊堆儿里，第二天叫他起床，苏云景还得扒开一堆玩偶熊才能看见他的脸。

傅寒舟看着苏云景说："床上盛不下，再来一只我就没地儿睡了。"

苏云景："听说现在有卖那种毛茸茸的拖鞋，给你买双拖鞋吧？"

傅寒舟靠着苏云景没再说话，心情莫名低落。

苏云景察觉到他的不高兴，抬手摸了摸傅寒舟的脑袋，终于松口说："行吧，再给你买一只。"

傅寒舟这才笑了。

江初年给苏云景发完短信后就一直在等对方的回复。他躺在床上十分不安，短短的一分钟被无限拉长。

手机短信提示音响起，江初年连忙打开收件箱，看见上面那一行话：**管好你自己。**

扑面而来的戾气让江初年脸上血色尽失，手也无意识地抖了一下。

傅寒舟虽然对江初年已经厌恶到了极点，但也不会孤立他让苏云景发现端倪。他不会因为任何人而冲动地做什么事，然后惹苏云景生气，让他们俩的关系疏远。所以苏云景没发现任何异常，而江初年被傅寒舟警告之后也不敢再轻举妄动。

五一小长假前，唐卫打电话约苏云景和傅寒舟出去玩，但被苏云景拒绝了。因为五一那天正好是郭秀慧大儿子和儿媳的忌日，苏云景要回原主的老家祭拜。

每年这个时候郭秀慧的心情都会很不好，即便过去这么多年了，她还是放不下。

这让苏云景忍不住想起了宋文倩夫妇，也不知道他走了之后夫妇俩过得怎么样。

苏云景曾经想过联系他们俩，当初夫妇俩对他很好，但又怕打扰他们的生活，毕竟他现在不是陆家明，而且也不可能再是陆家明，穿书这件事也不能告诉任何人。

本来他还想着，宋文倩肚子里那个未出生的孩子的到来会缓解他们的丧子之痛，但郭秀慧的反应告诉他，有些东西是不可能有替代品的，陆家明永远是陆家明，谁都不可能替代，宝宝更不可能是替代品。

苏云景虽然不是真正的闻辞，但非常理解郭秀慧的悲伤，也能代入她的感情。

这几天郭秀慧心绪不宁，在厨房做饭的时候突然昏倒被闻怀山送到医院。

她因为晚上睡不好,这两天总是头晕心悸,送去医院一查,高压飙到了一百八十多,闻怀山立刻办了住院手续。

苏云景和傅寒舟放学赶过去时,郭秀慧躺在床上脸色苍白,浑身一点儿劲儿也没有。

"奶奶,您没事吧?"苏云景看她这么不舒服,心里也不太好受。

郭秀慧头晕得厉害,声音也发虚:"没事,明天再输一天液就能出院了。"

见郭秀慧明天就想出院,闻怀山拧起了眉:"人家医生可没说你明天就能出院,你这个情况怎么也得在医院住一个星期。"

"哪有这么严重?明天如果头不晕了,你就给我办出院手续。"郭秀慧很坚持。

知道她不舒服,闻怀山不想跟她在这个时候起争执,没再说什么。

她这么着急出院是因为后天打算回老家扫墓。苏云景忍不住劝她:"身体要紧,您先把病治好了什么时候去看都行。"

闻怀山赶紧帮腔:"你就算不听我的,不听医生的,也得听听孩子的。"

郭秀慧眼眶含泪,闭着眼睛,喉咙发涩。不知道为什么她最近心慌得厉害,眼皮还直跳,当年孩子出事就是这样。越是这样她越是想回老家见见儿子、儿媳,晚上想得根本睡不着,又怕闻怀山看见了自责。

在闻怀山跟苏云景的双重劝说下,郭秀慧才打消了这个念头。

闻燕来明天就能从京城赶过来,闻怀山打算让她留院照顾郭秀慧,五一那天他和苏云景回老家一趟。

苏云景要回去,傅寒舟自然也会跟着一块儿去。

闻怀山的老家是东林市的一个村子,一家人因为工作调动才搬出了东林市。后来闻燕来怀孕,把儿子过继给自己的大哥。怕这件事暴露,一家人又搬了一次家,最后在衡林定居了。

老一辈人都讲究落叶归根,闻怀山在东林市生活了二十几年,对这片土地有很深的感情。

大儿子和儿媳死后闻怀山就把他们俩葬回了老家的坟地,东林市跟衡林市离得不远,开车一个多小时就能到。

五一那天,早上六点苏云景他们从医院出发回东林。

东林是一个旅游市,每年小长假都会迎来一批观光游客,担心堵车他们才起得这么早。

他们在路上堵了一个多小时,到老家时已经十点多了。

闻怀山早就买好了纸钱。快到村子时闻怀山在马路边的小商店买了一瓶酒,他没回老家跟人叙旧,直奔闻家坟地。

村里的坟修葺得不像墓园那么整齐,而且还挨着一大片玉米地。

车子停稳后,苏云景拿着纸钱,傅寒舟拿着一瓶白酒,跟在闻怀山身后进了坟地。

到了夫妇俩的坟头,闻怀山一言不发地把周围的野草拔干净了。当初小两口出事时他还在外地上班,连最后一面都没有见到,他一直愧疚到现在。

知道他心里不好受,苏云景和傅寒舟谁都没有说话。

拔完野草,闻怀山从兜里掏出两个小酒盅,闷声对苏云景说:"给你爸妈倒杯酒吧。"

农村好像是有这个习俗,以前苏云景的爸爸带他去给他爷爷上坟时也会让他敬杯酒。

苏云景从傅寒舟手里接过酒,拧开瓶盖往酒盅里倒上白酒:"爸、妈,我来看你们了。"

"他们俩虽然不是你亲爸妈,但是他们把你养大,待你跟亲生的没什么区别。"闻怀山声音哽咽,"给他们俩磕个头吧。"

苏云景不太适应老一辈的习俗,不过也没说什么,跪到了闻延夫妇俩的墓前,替原主给他们俩磕了个头。

苏云景刚跪下,傅寒舟也跟着他跪下了。苏云景惊讶地看了一眼傅寒舟。对方没什么情绪,眉眼微垂。

傅寒舟没什么信仰，他不信天，不信地，也不信鬼神，但他信苏云景。苏云景信什么，他就信什么；苏云景怎么做，他也怎么做。

苏云景收回目光，对着闻延夫妇的坟头恭恭敬敬地磕了两个头。

闻怀山用力抹了抹眼角，转过身见苏云景和傅寒舟并肩跪在一块儿，不知道的还以为亲哥俩给父母上坟了。

见他们兄弟俩关系这么好，闻怀山多少有点儿欣慰，开口让他们俩先站起来，回车里等他一会儿。

傅寒舟站起来后，弯下腰先给苏云景拍了拍膝盖上的土。

苏云景连忙后退一步："我自己来。"

傅寒舟帮苏云景拍掉了身上的土，然后拉着他走了。

两个人先回到了车里，留闻怀山单独在坟头待一会儿。

坐进汽车后座，傅寒舟看着车窗外，透过郁郁葱葱的玉米地，能隐约看见那两个挨在一起的坟头。

见傅寒舟看得出神，苏云景问他："想什么呢？"

傅寒舟唇角微微向下："想老了之后的事。"

苏云景没想到带傅寒舟上一次坟，把他退休老干部的做派又激发出来了，不由得笑了起来："你跟我老了之后干什么？一块儿下象棋，还是一块儿跳广场舞？"

傅寒舟漆黑的眼睛一片静谧："什么都不做，一块儿埋进土里的那种老了。"

他们俩才十八岁，都考虑到死之后的事了？

苏云景没好气地说："你就不能盼我点儿好？"

傅寒舟低声笑了起来："我比任何一个人都希望你好，不管你做什么，我都支持你。"

苏云景摸了摸傅寒舟长出来的黑发，忍不住在心里感叹，船船真是越来越乖了。

闻怀山独自在闻延夫妇俩的坟前待了二十多分钟，回来的时候眼眶还有点儿红。

苏云景不好戳穿闻怀山，假装没看见。

郭秀慧还在医院，闻怀山也没心思在这里多留，开车直接回衡林。

进了东林市区车又堵了起来，闻怀山只能绕远路想走高速。虽然路程比较长，但总比堵在这里强。闻怀山掉转车头离开了这条街，身边的车辆渐渐少了。车刚拐个弯，准备上高速，没想到前面迎面撞上来一辆货车。

闻怀山猛地收缩瞳孔，连忙掉转方向盘。汽车轮胎跟地面摩擦，发出刺耳的响声，眼看就要撞上路墩了。

苏云景下意识去护着傅寒舟。但傅寒舟手疾眼快，把倾身而来的苏云景按进了自己怀里，死死地护住了他的脑袋。

巨大的冲力让苏云景眼前一黑，耳膜像被尖锐的锥子狠狠刺穿了那般疼痛。

苏云景短暂地失去了意识，再睁开眼睛时汽车已经翻了，他被傅寒舟压在身下。

闻怀山坐在驾驶座，傅寒舟坐他后面，整辆汽车向右翻去，只有苏云景一个人被压住了，双腿完全没知觉。

他顾不上自己，一边喊闻怀山的名字，一边轻轻拍打着傅寒舟的脸，试图把他们俩叫醒。

见这里发生事故，路过的车辆停下赶过来救援。

车玻璃被震出了蛛网一样的纹路，用力一敲就能击碎。后车窗被击碎后，露出一张清丽漂亮的脸，女孩儿满脸担心的表情："你们没事吧？"

苏云景看见女孩儿一愣。

见苏云景耳根流着血，女孩儿怕他听不见，大声地问。

苏云景只看见对方的嘴一张一合，根本听不见她在说什么。他从震惊中迅速回神对女孩儿说："救他。"

其他救援的人也陆续赶过来了，他们合力将前面的闻怀山拽出了车厢。

苏云景松了一口气，然后费力地挪动着傅寒舟，帮着女孩儿跟另一个男孩儿把傅寒舟先救出去。

傅寒舟死死地拽着他的手。苏云景下半身已经失去了知觉，他也不知道自己被什么东西压着。

外面那个男孩儿说："你让他先放手，一次救不了两个，咱们没那么大的力气。"

苏云景还是听不见，耳朵针扎一般地疼，但从他们的口型隐约看出"放手""救"之类的字眼，猜出他们在说什么。

苏云景只能去掰开傅寒舟的手。

傅寒舟陷入了昏迷，额角有血顺着他细长的眼尾滑下，像一道泪痕在耳郭聚积了一小摊血迹。

他的指尖攥得青白，仿佛是跟苏云景的手指镶嵌到了一起。苏云景一根一根地掰也掰不开。

"寒舟，放手。"苏云景的声音有点儿哑。

昏迷的傅寒舟根本听不见，仍旧死死地握着他的手不愿意松开。好在苏云景手上沾了不少血，有血做润滑他把自己的手从傅寒舟的手里慢慢抽了出来，手指都是勒痕。

好不容易把傅寒舟送出了车外，苏云景艰难地移动着身体。腰下还是没有任何知觉，苏云景不知道怎么回事，低头一看才发现变形的副驾驶座把他的腿卡住了，裤腿都被血浸透了。

苏云景咬着牙掰开了副驾驶座，疼得他后背直冒冷汗。但为了能让别人救他的时候顺利一点儿，他还是忍着钻心的疼，继续朝车窗口爬。爬了一会儿，他就没了力气，意识也越来越差。

迷迷糊糊中苏云景好像闻见了什么烧焦的味道，他挣扎了两下，最后还是昏了过去。

番外 1

你是我的糖

> "如果我吃不完那些糖,
> 但我还是要走你身上所有的糖,
> 你会给我吗?"
> "当然。"

苏云景从学校回来之后,迫不及待去孤儿院找傅寒舟。

今天期中考试的成绩出来了,苏云景考得非常好,宋文倩一高兴准备今晚加菜庆祝。苏云景趁机提出要傅寒舟来家里吃饭,宋文倩二话没说就答应了。

自从上次傅寒舟来家里过生日,宋文倩就对这个礼貌又漂亮的小男孩儿很有好感。

到了孤儿院门口,宋文倩减慢了车速。

看到站在门口等他的傅寒舟,苏云景笑着从后车座跳下来。

宋文倩的声音在身后响起:"慢点儿跑。"

苏云景应了一声,快步走进孤儿院。

大概在寒风中待的时间有点儿长,傅寒舟的脸颊冻得有点儿红,一双乌亮的眼睛漾着笑意。

苏云景走过去焐住他冰凉的脸:"不是让你别在门口等我,冷不冷?"

傅寒舟摇了摇头:"不冷,你布置的作业我写完了,现在要看吗?"

苏云景:"回我家再看,我妈今晚做好吃的。"

傅寒舟清俊的眉眼微微弯下:"好。"

宋文倩停下自行车，进孤儿院去跟院长说带傅寒舟回家吃饭的事。

见他们大人聊了起来，苏云景对傅寒舟说："咱们先回去。"

傅寒舟先回孤儿院宿舍拿了作业本，等他出来见到苏云景跟孤儿院最胖的那个小孩儿站在一起说话。他脸上的笑意淡了下来。

小胖跟傅寒舟的年龄差不多，今年也是八岁，但他的体格比瘦弱的傅寒舟壮不少，做出可怜巴巴的表情效果也不一样。

他扭捏地问："你怎么最近都不在院里玩了？"

以前苏云景经常来孤儿院找傅寒舟，还给其他小朋友发糖吃。天变冷之后，宋文倩怕他感冒，不让他在外面玩，他只好带傅寒舟回家。

听小胖这么说，苏云景笑了："想我了？"

小胖欲言又止地看着他，正要说什么，傅寒舟面无表情地走过来，然后拉着苏云景就走了。

小胖追了几步，但没经过院长允许，他也不敢走出大门。

苏云景回头看他，身旁的傅寒舟却拽着他跑了起来。

路上的车辆很少，傅寒舟拉着苏云景一口气跑到了马路对面。

苏云景好久没这么运动了，跑了几步就喘得不行，还忍不住咳嗽了起来。

知道苏云景身体不好，傅寒舟赶紧拍着苏云景的后背给他顺气。

见傅寒舟一脸担心，苏云景喘匀了气说："我没事。"

傅寒舟垂眸抿着唇，像是在自责懊恼。

苏云景笑着用肩撞了撞他："我真没事，倒是你怎么不高兴了？"

傅寒舟垂着头不说话。

想到这几日傅寒舟经常拿走他口袋里的糖，不让他发给其他小朋友，苏云景无声地笑了。

他没批评傅寒舟的这个行为，拉上他的手："走了，回家检查你作业。"

见苏云景没有生气，傅寒舟拧着的眉头才渐渐松开。

知道两个孩子感情好，宋文倩让傅寒舟晚上留在家里睡，院长那边她已经沟通过了。

晚上，两个人洗完澡，苏云景趴在床上用发短信的方式巩固自己教傅寒舟的拼音以及汉字。傅寒舟极其聪明，苏云景每天教他十个汉字，到现在他已经学会了上百个字。

今天苏云景教他"爱心"这个词。说起爱心，苏云景想起了孤儿院的孩子。他放下手机看着傅寒舟。

傅寒舟似乎知道他要说什么，眼睫垂了垂。

苏云景开口："我知道你很信任我，不想我跟其他小朋友玩，我也很喜欢你。"

傅寒舟毕竟年龄小，说得太深他未必懂，苏云景尽量用他这个年纪能听懂的话说。

"如果我有一颗糖，那我会把这颗糖留给你。但我要是有一堆糖，在能满足你的情况下，我会把糖分给其他小朋友。我一直拿你当亲弟弟，我对你是家人的爱，对其他小朋友是爱心的爱，你懂吗？"

傅寒舟不懂，他只想苏云景把糖都给他。但对上苏云景那双温和的眼睛，傅寒舟还是乖巧地点了一下头。

苏云景摸了摸他的脑袋："我知道你不喜欢小胖，但他本质不坏。"

孤儿院条件有限，每次看到这群孩子苏云景心里多少有些不是滋味。所以在他能力所及的范围内，苏云景还是想让这些无父无母的小孩子开心一些。

傅寒舟知道苏云景总会对弱小的事物产生怜悯，要不然也不会对自己这么好。他听着苏云景讲什么爱心，什么交朋友，不管心里怎么想的，面上他都表现得很乖。

苏云景给傅寒舟灌输一大碗"鸡汤"，希望他长大以后是一个乐观的、积极向上的、富有爱心和同情心的人，摆脱在原著中孤零零的命运。

看傅寒舟的表现，苏云景觉得这番"爱的教育"很成功，于是他心满意足地关灯睡觉。

房间陷入一片黑暗,傅寒舟忽然开口:"如果我吃不完那些糖,但我还是要走你身上所有的糖,你会给我吗?"

苏云景没有犹豫:"当然。"

傅寒舟嘴角松开,他慢慢靠过来,最后窝在苏云景身旁。

苏云景又补了一句:"吃不完是浪费,咱们要节约。"

傅寒舟轻轻地"嗯"了一声。

苏云景以为他困了,拍了拍他的背说:"好了,睡吧。"

傅寒舟:"嗯。"

孤儿院规模小,外来的捐赠者很少,都是靠上面拨款补助维持。但自从苏云景学校的校长搞了一次捐赠活动,上了地方电视台之后,捐赠者比以前多了不少。

傅寒舟一直不喜欢这种施舍,每次志愿者或者捐赠人来他都不会凑上前,对那些捐赠品也没什么兴趣。最近这两次他积极了不少,凭着出众讨喜的长相无往不利,每次都能额外收到一堆东西。等那些人走后,不管收到什么东西,他都会分出来给其他小朋友,其中小胖最为受利。他给小胖的东西要比其他小朋友多,这让小胖受宠若惊。

眼见傅寒舟变得开朗有爱心,苏云景很是欣慰。

在一次傅寒舟给人发糖时,苏云景被气氛感染,掏出兜里所有糖:"我这里还有……"

话还没有说完,傅寒舟熟练地拿走他的糖,拉着他走了。

嗯?

苏云景不明所以,傅寒舟倒是无辜地说:"我今天的作业还没有写。"

看着他冻红的鼻尖,苏云景说:"那去我家写。"

傅寒舟:"嗯。"

明天是休息日,苏云景不着急写作业,躺在床上拿着一本漫画书看。

傅寒舟坐在书桌前,长长的眼睫被台灯染成淡金色。他一口气写了十个汉字，二十道算术题。

房间十分安静，只有铅笔落在纸张上唰唰的声音。

写完作业，傅寒舟回过头，发现苏云景不知道什么时候睡着了，手里的漫画书落在了一旁。

傅寒舟看了一会儿，起身拽过被子给他盖到身上。

苏云景睡得不沉，傅寒舟过来时他就醒了，睁起眼缝问："写完了？"

傅寒舟："写完了。"

苏云景打了一个哈欠："明天再检查吧。"

反正傅寒舟正确率很高，苏云景忍不住偷懒一次。

今天周五放学早，宋文倩见两个小孩子在学习，她便去隔壁打麻将了，一时半会儿还开不了饭。

"冷不冷？"苏云景掀开被子给傅寒舟让了半张床，"上来躺一会儿。"

傅寒舟脱了衣服和鞋，只穿着保暖衣钻进被窝，躺到苏云景旁边。

苏云景重新合上眼睛，因为有点儿小感冒，没一会儿他就睡着了。

虽然不知道苏云景为什么总是喜欢照顾别人，但傅寒舟不在乎，只要他乖乖的苏云景就会一直喜欢他。

傅寒舟将脑袋靠过去，枕在苏云景的肩边。

在这个寒冷的冬天，傅寒舟找到了一个温暖安逸的窝，他希望这份温暖能永远延续下去。

番外 2

"傅船船"赖床记

"你收这个干什么?"
"收集你欺负我的证据。"

早上六点半,苏云景起床刷完牙,上铺的傅寒舟卷着被子还在睡。他走过去拍了拍那团鼓包,被子里的人动了动,但没有起来的意思,反而往里面埋了埋。

苏云景:"寒舟,起床了。"

听到这话,被子被掀开一角,露出一双睡得惺忪的凤眼,活像一只不肯出洞的冬眠生物。

苏云景又好笑又好气:"昨晚让你早点儿睡,你非要瞎折腾。"

傅寒舟垂着眼角,声音沙哑低沉:"几点了?"

苏云景板着脸吓唬他:"七点了,再不起来咱们就迟到了。"

傅寒舟"嗯"了一声,然后再次钻进被窝里,瓮声瓮气地说:"再睡五分钟。"

苏云景嘴角抽了抽,最终还是妥协了:"别蒙着头睡。"

傅寒舟听话地露出一颗毛茸茸的脑袋,怀里还抱着一只棕色的玩偶熊。

之前苏云景把他那头齐腰的长发剪成板寸,现在头发已经长出来,此时因为他不良的睡姿,头发翘起一大半。

看着这头蓬松的黑发,苏云景忍不住揉了一把,正要收回手,对方却不肯，抓着他的手放到脑袋上。

苏云景调侃说："属猫的？"

傅寒舟嘴角翘了翘。

苏云景又抓了一把傅寒舟的头发，催促他："既然醒了就赶紧起来。"

门外正好传来郭秀慧的声音："你们俩还没收拾好？"

傅寒舟只得起床，怀里抱着玩偶熊醒了一会儿神才下床。

因为没睡够，傅寒舟的情绪不高，上早读的时候趴在课桌上自己不学习，还要干扰背英语单词的苏云景。

几次下来，苏云景忍无可忍，按住那只作乱的手："请这位学渣不要影响别人进步。"

被叫学渣的"傅船船"有些不高兴，抽出一张纸，拿笔写写画画一番，然后叠好推给了一旁的苏云景。

苏云景挑眉看他，离这么近还要传字条？

不知道"傅船船"在搞什么，苏云景拿过字条，摊开见上面画着一只小乌龟。

苏云景不屑地哼哼两声，拽过傅寒舟手里的笔，在纸上潇洒地画了几下，写完将纸甩给傅寒舟。

傅寒舟低头一看，小乌龟旁边画了一个箭头，旁边写着一句话——我是傅寒舟。

傅寒舟弯了弯嘴唇，在那句话上加了三个字，然后这句话就变成——我是傅寒舟的哥哥。

苏云景睨了他一眼："你幼不幼稚？"

苏云景嘴上说着幼稚，自己又画了一只小乌龟，拿胶带把字条贴在了傅寒舟的后背上。

傅寒舟没有生气，笑着将字条揭下来。之后他没再闹苏云景，而是把这两张画着乌龟的纸收进了文件袋。

苏云景纳闷儿地说："你收这个干什么？"

傅寒舟半真半假地说："收集你欺负我的证据。"

苏云景见文件袋里还有不少纸："这里面都是我'欺负'你的证据？"

傅寒舟："嗯。"

苏云景好奇地问："我看看里面都有什么？"

傅寒舟的语气一本正经，眼里却含着笑："这是秘密，你不能看。"

最终苏云景也没看到文件袋里都有什么，因为傅寒舟捂得很严实。

上午第二节课后做完体操，苏云景带着傅寒舟去小卖部买水。

入冬以后，温度一天比一天低，苏云景要了一瓶热的咖啡，给傅寒舟打了一杯热水。

小卖部只卖咖啡和柠檬红茶这两种热饮，傅寒舟体质特殊，既不能喝咖啡也不能喝茶类饮料，喝完精神就会亢奋。上次傅寒舟喝了几口他的咖啡，失眠了大半宿。苏云景比傅寒舟喝得多，但一点儿事都没有，不过还是忍着困意陪他唠了半宿的嗑儿。

回到教室，苏云景喝了两口热咖啡，胃暖和之后开始整理学习笔记。

傅寒舟的怀里塞着暖手宝，手里捧着热水杯，脖子上裹着苏云景给他买的围巾，窝在课桌上。见苏云景半天都不理他一下，他放下水杯，拿起苏云景的咖啡。

苏云景瞥见他的小动作，见他拧开瓶盖，仰头往嘴里灌咖啡，连忙哎了两声制止他。

傅寒舟眼里慢慢有了笑意，他放下饮料瓶，苏云景才发现瓶盖压根儿没拧开。他只是假装拧开了瓶盖，用虎口挡着瓶口，造成了自己喝咖啡的假象。

苏云景没好气地说："你几岁？"

傅寒舟理直气壮地说："八岁。"

苏云景拿他没办法，正要说他几句，语文课代表抱着一沓卷子进来了，在门口叫了苏云景一声。

苏云景抬起头,然后听到对方说:"数学老师叫你过去。"

苏云景是数学课代表,数学老师叫他应该是要交代什么事。于是他应了一声。

等苏云景一走,傅寒舟眸里的笑意散得一干二净,百无聊赖地盯着苏云景做的笔记。

苏云景回来后手里也抱着一沓卷子,班上的同学顿时一片哀号,甚至还编了一个顺口溜。

"语文老师发,语文老师发,语文老师发完数学老师发;数学老师发,数学老师发,数学老师发完英语老师发……"

苏云景也无奈,各科老师跟商量好似的,这两天疯狂给他们发卷子。

见苏云景发卷子,傅寒舟帮他一块儿发。发完之后,苏云景翻看卷子的最后几道大题,傅寒舟突然探过脑袋。

苏云景逗他:"你看得懂吗?"

傅寒舟没说话,丧着脸往苏云景嘴里塞了一块奶糖。虽然被堵住了嘴,但苏云景还是发出了嘲笑,结果又被塞了一颗糖。

苏云景:"……"

郭秀慧秉承着早睡早起的原则,九点半就开始提醒他们俩睡觉。要是苏云景不关灯,她每隔十分钟就会催一次。到现在苏云景已经养成习惯,九点半准时关灯上床睡觉。

苏云景一向心大,吃得香,睡得好,很少有失眠的时候,哪怕白天喝了咖啡,晚上也不影响睡眠质量。但傅寒舟不同,早上不肯醒,晚上不肯睡。

关灯没多久,上铺的人就开始闹腾,第一招就是翻天覆地制造动静。

见苏云景不理他,第二招紧随而来,没一会儿上面开始"下雨"。只不过傅寒舟下的"雨"不是水滴,而是一只只玩偶熊,打头阵的是前几天他给傅寒舟买的那只"暖手小熊"。

很快苏云景的床上积了一堆玩偶熊,苏云景继续闭目养神。

没得逞的"傅船船"开始用第三招。他探出半截身体,手里拿着一端带钩的棍子。他先是钩上来两只玩偶熊,试探苏云景的态度。见苏云景还是不肯理人,他钩住苏云景盖在身上的被子,准备把他的被子偷上来。

苏云景被偷过一次被子,这次学聪明了,用胳膊死死压着被子。

傅寒舟只好祭出大招——萝卜蹲。他从床上跳下来,蹲在苏云景床头幽怨地盯着他。

苏云景每次都失败在这招,被"傅贞子"盯着的感觉实在不好,你不理他,他就会一直盯着你。

苏云景拽过被子蒙到脑袋上,既不看他,也不让他看自己。

傅寒舟用小学生告状的口气说:"你蒙头了。"

苏云景不为所动。

"你说蒙头睡对身体不好。"

苏云景还是不说话。

"你说蒙头睡对身体不好。"

"傅贞子"变成复读机,在对方持续不断地重复下,苏云景只能露出脑袋,然后翻身背对着他。

傅寒舟似乎早预料他有这一招,打开一样东西,房间里瞬间亮了起来。

苏云景下意识地睁开眼,然后看到面前的墙壁上映着傅寒舟的照片。

见傅寒舟把投影仪都搞出来了,苏云景彻底绷不住了,扑哧一下笑出声。他无可奈何地坐起来:"你就不能好好睡觉?"

傅寒舟的眼睫一垂,看起来比谁都可怜:"我睡不着。"

苏云景又认输了,让出半张床后,又陪傅寒舟聊了一个多小时,总算将他哄着了。

第二天苏云景准时起床,傅寒舟精神萎靡地赖在床上,叫他几次都不肯起。

苏云景撂下狠话:"今晚再不好好睡,你试试看!"

傅寒舟探出脑袋看了他一眼。

对视了五秒,苏云景叹息一声:"行吧,你再睡五分钟,明天不能这样了,知道吗?"

傅寒舟乖巧地应了一声,钻回去继续睡。

图书在版编目（CIP）数据

贪光 / 策马听风著 . — 武汉：长江出版社，
2024.1
ISBN 978-7-5492-9279-0

Ⅰ.①贪… Ⅱ.①策… Ⅲ.①长篇小说－中国－当代
Ⅳ.① I247.5

中国国家版本馆 CIP 数据核字（2023）第 254576 号

贪光 / 策马听风 著
TANGUANG

出　　版	长江出版社
	（武汉市解放大道 1863 号　邮政编码：430010）
市场发行	长江出版社发行部
网　　址	http://www.cjpress.com.cn
责任编辑	钟一丹
特约策划	晗　光
特约编辑	晗　光
封面设计	伪　鳝
印　　刷	大厂回族自治县德诚印务有限公司
版　　次	2024 年 1 月第 1 版
印　　次	2024 年 1 月第 1 次印刷
开　　本	880mm × 1230mm　　1/32
印　　张	10.75
字　　数	290 千字
书　　号	ISBN 978-7-5492-9279-0
定　　价	49.80 元

版权所有，侵权必究。如有质量问题，请与本社联系退换。
电话：027-82926557（总编室）　027-82926806（市场营销部）